中公文庫

受難華

菊池　寛

中央公論新社

受難華　目次

受難華

美しき謎

学生生活を送った者は、誰でも知っている、あの卒業前のあわただしい、うれしいような悲しいような一学期を。

「学校なんか、いやになっちまうわねえ。昼から、また教頭先生の歴史！　おおいやだ、いやだ。」

そんなことを、毎日のように口にしていた学課嫌いの人達も、三月に這入《はい》り、どの学課も、あと二時間か三時間になってしまうと、教室の机もボールド〔黒板〕も何となく名残が惜しまれる。

まして、長い間親しんで来た国語の岸辺先生、英語のマダム・カズンス、音楽の伊東先生、そんな人達が、

「もう、妾《わたし》のお教えするのも、あと二時間です。」

などと、しんみり云うと、急に楽しかった学生生活が、絵巻物のように、くり拡げられ、

早く経てばよいと明暮《あけくれ》祈っていた五年の月日が、あまりに早く経ち過ぎたように、寂しくなる。

級《クラス》の人達も、出てから専門学校へ行く人々は、入学試験に忙殺され、でない人は、卒業が近づけば近づくほどただ形だけ教室へ顔を出して、上の空で講義を聴いている。とにかく、女学校を卒業してしまえば、それでいい人達はのんきであった。

みんなそんな気持でいる三月初めのある日であった。五年級の東組で、いつも三人お揃《そろ》いの身装《なり》をするので、三人組と云われている照子《てるこ》と寿美子《すみこ》と桂子《けいこ》とは、食後の休みに、教室の裏の温室の前の芝生の上に坐って、銘々別な姿勢で靴を穿《は》いた小さい足を、行儀よく前へ投げ出していた。

三人とも、同い年の十九である。

照子が、一番長身で、上品な浅黒い顔に、黒い眸《ひとみ》が、ぱっちり輝いていた。眉毛が、少し濃過ぎるのが、欠点だが、その欠点を上品な口もとが、十分に償っていた。

黒王女《ブラックプリンセス》！ 級《クラス》でそんな仇名《あだな》がついていたほど、彼女の顔はどことなく高貴であった。

寿美子は、三人の中で一番小柄であった。可愛い丸顔は、二つの掌《てのひら》に入ってしまいそうに小さかった。誰でも、ちょっと手でさわって見たいほど、二つの頬が愛くるしい曲線を描いて、小さい顎《あご》を作っていた。じっと見つめると、眼が黒く澄んだ。三人の中では一番年若に見え、彼女だけお下げに結っているのが、少しも不調和でなかった。

桂子は、美しいと云う点では、他の二人よりも美しいかも知れなかった。色が、くっきりと皓《しろ》かった。だが、彼女には照子の持っている上品さ、寿美子の持っている愛らしさ、そうした特徴はなかった。

三人は、三年の初め、同じ級になったときからの仲よしである。小さいなりに、妙に人を支配する力を持っている寿美子が、この群《グループ》の中心で、おとなしい照子と桂子とは、いつも寿美子の云うままになっていた。

蒼い早春の空には、光が一杯に充ちていた。お濠《ほり》を隔てて見る山の高台が、油絵のようにあざやかである。

「ねえ、妾《わたし》昨日園田さんに逢ってよ。」

桂子は、二人を顧みて云った。

「園田さんって？」寿美子が訊《き》き返した。

「ホラ妾《わたし》達より二級上だった！」

「園田光子さん！」

「ええそう。とても、ハイカラになっていらっしゃるのよ。それに、ハズバンドの方と御一緒よ。ハズバンドの方、きっと、芸術家よ、オールバックにして、タキシードを被《き》ていらっしゃるのよ。」

「タキシードって何？」寿美子が訊いた。

「ホラ、燕尾服とモーニングとの合の子のような服があるでしょう。外国じゃ、あれならどこへでも被《き》て行かれるんですって。」

「そう、園田さんはどんな装《なり》？」

「こんな大きい芙蓉《ふよう》の模様のついた錦紗《きんしゃ》の羽織！」桂子は、両方の手で、直径三寸ぐらいな円を作って見せた。

「まあ！　それじゃ可笑《おか》しいでしょう。華美《はで》すぎて！」

「いいえ、ちっとも可笑しくないの。よく似合っていてよ。」

「そう。」

「新婚らしいわ。」

「まあ！」今まで黙っていた、照子が口もとに、微笑を漾《ただよ》わせながら云った。

「照子さん、羨《うらや》ましい？」寿美子が、照子を揶揄《からか》うように云った。

「あら、いやだわ。」

「だって、貴女《あなた》なんか卒業すると、すぐでしょう。」寿美子は、快い揶揄《からかい》の手をゆるめない。

「まあ、どうして、そんなこと、仰《おっ》しゃるの。」照子は、真赤になっていた。

「だって、先方の方《かた》、とてもあなたに熱中していると云う噂《うわさ》よ。」

「いやだわ。そんなこと、仰しゃっちゃ。ねえ、菊岡《きくおか》さん！　そんなこと云わないでね。」

照子は、哀願するように、寿美子に云った。

「だって、云って悪いことじゃないわ。だってあなたも、熱中していらっしゃるんでしょう。」寿美子は、何でもズバズバ云ってのけるのが好きだった。

「いやな、寿美子さん。妾《わたし》、彼方《あちら》へ行ってよ。」照子は、逃げようとして、立ち上った。すらりとした、長身が均整がとれていて、一茎《いっけい》のコスモスの如《ごと》く、しなやかで美しい。

「彼方《あっち》へいらっしゃいよ。そして、一人になって、あの方のことよくお考えなさいよ。」

寿美子は、名剣客のように、サッと言葉の太刀で、やさしい照子の胸に斬りつける。

照子は、不意を打たれて、立ち去り得ないで、腰を降す。

「行かないわ。そんなこと、仰しゃるのなら。」

「怒って？」寿美子は、小さい顔をかしげ、宥《なだ》めるように訊く。

「怒りやしないわ。でも、あんなこと仰しゃっちゃいやだわ。」照子はまだ恥《はずか》しそうだった。

「ねえ、結婚ってどんなものかしら。」二人の争いを、微笑しながら見ていた桂子が、話題を易《か》えるように云った。

「さあ。どんなものでしょう。分らないわねえ。」寿美子も、考え込む。

「幸福なものでしょうか。」桂子は、ちょっと真面目になる。

「自分のこの人と思う人と結婚が出来たら、幸福に違いないわ。」

「寿美子さん、そんな方在《あ》って！」

「ううむ。」寿美子は、ちょっと顔を赧《あか》くしながら、首を振った。

「じゃ、照子さんなんか、きっと幸福だわ。」相槌《あいづち》を打つ筈《はず》の寿美子は、何か考えていた。

「でも、結婚が必ずしも、幸福とは決っていないわねえ。」寿美子は、考えた後にこう云った。

「でも、妾達《わたし》の運命は、やっぱり結婚よ。とにかく結婚よ。」照子も寿美子も、黙っていた。

「妾《わたし》なんか、愛人なんか出来ないわ。だから、妾は平凡に結婚してしまうつもりよ。」

楽天家の桂子は、無邪気に告白した。彼女は、両親がもう八分通りまで、運んでくれている縁談のことを考えていた。相手は、京都大学を出て、三井物産に勤めている三十になる青年であった。その人の父は、三井に功労のあった実業家だから、青年の前途は、春の海のように洋々としていた。

桂子は、母からこの人の写真を見せられた。少し不安になるくらい、立派な風采だった。両親は、申分のない縁談として、最初から乗気《のりき》になっていた。桂子だって、この縁談から、如何《いか》なる不幸も、醸《かも》されるとは思えなかった。

「でも、結婚なんて、どんなものかしら。」桂子は、また同じ言葉をくり返した。

「結婚している人にきけば分るわ。」寿美子が云った。

「でも、誰に訊いても、みな笑って話してくれないわ。」

「じゃ、妾《わたし》が先へ結婚して、教えて上げるわ。」

「ほんとう、寿美子さん！」

「うそ！　妾《わたし》結婚なんかしないわ。」寿美子は、そう云うと立ち上って、くつくつ笑いながら、二三間《けん》向うへ走って、此方《こっち》を向くと笑いこけていた。

「寿美子さん、いらっしゃい！　相談があるのよ。」桂子が呼んだ。

「なに！」寿美子は、まだ笑いながら近づいて来た。

「こうしない！　妾達《わたし》も、いつか結婚するでしょう。まあ、誰が先に結婚するか分らないわ。でも、きっといつかするでしょう。それで三人とも結婚してしまったら、いつか一度会って、三人とも銘々の結婚生活の報告をしない！　どう、寿美子さん！　どう照子さん！」

「いいわ、いいわ。」寿美子は、すぐ賛成した。

照子は、顔を赧くしながら、もじもじしていた。

「ねえ、照子さんも、賛成でしょう。」

「ええ、いいわ。」照子は、低い声で答えた。

「じゃ、覚え書をかいて置かない。」桂子が云った。

「ええ、書きましょう書きましょう。」寿美子は、そう云うと、芝生の上へ放り出してあった、英語の読本を取り上げると、表紙裏の白い頁《ページ》をあけた。

「ここへ書きましょう。」

「そんな所へかいていい?」

「いいわ、もうこんな本いらないわ。」

そう云って、寿美子は、万年筆を取り出すと、彼女自身のような細い自由な字でかいた。

お約束

三人が皆結婚してから、一年目に、三人で会って、結婚生活の報告をすること。


「これでいい。最後の人が結婚してから、一年ぐらい経たなきゃいけないでしょう。」

「それは、そうだわ。」

「これでいい。」

「いいわ。」

「じゃ、妾《わたし》署名することよ。」そう云って、彼女は菊岡寿美子とかいた。

「さあ、桂子さん。」桂子は、本を受け取ると、吉沢《よしざわ》桂子とかいた。

「さあ、照子さん。」内気な照子は、一番恥しそうだったが、それでも長沼《ながぬま》照子と、丁寧に署名した。

「おほほほほ。」寿美子が、急に笑い出した。

「何が可笑しいの！　寿美子さん。」

「だって、こんなお約束しても、しないと同じよ。」

「なぜ。」

「だって、妾《わたし》永久に結婚しないつもりだわ。」

「うそ！」桂子は、言下《げんか》に打ち消した。

「うそなら、うそにして置きなさい。」

「なぜ。」

「なぜでも、結婚しないのよ。」

「結婚しない訳があるの？」

「何もないの。でも、結婚しないわ。」

「そんなこと、仰しゃっていても、いつか結婚なさるわよ。」

「しませんよ。」

「なさるわよ。」

「しませんよ。」

「でも、もしかなさったら、このお約束実行するでしょう。」

「ええ、それはするわ。」

「そう、そんならいいわ。」

桂子に取っては、結婚はすぐ実現する楽しい現実だ。照子に取っては、結婚は紫色の空気の中に匂っている近い未来だった。だが、寿美子に取って、結婚は、彼女の心が変らない限り、永久に解くることとなき氷の中に閉ざされている不可能事だった。

照子は、遠縁に当る青年から愛されていた。愛されていると云うよりも、むしろ相愛の間だった。しかも、二人が結婚しようと思えば、いつでも周囲が承諾するほど、二人の境遇は恵まれていた。だが、寿美子は、恋すべからざるもの、愛すべからざるものを愛していた。彼女は、妻子のある男性と烈《はげ》しい恋に陥《お》ちていた。

順の愛、逆の愛

その日は土曜日で、課業は十二時限りであった。照子と寿美子とは、帰りの省線の電車が同じであった。市《いち》ケ谷《や》から中野行きに乗り、代々木で乗り換えてから照子は原宿で降り、寿美子は、一つ向うの渋谷で降りるのであった。

二人は、連れ立って学校を出た。外濠の土堤《どて》の芝生が、冬枯れのままの色ながら、どことなく生々《せいせい》の色を湛《たた》えて、春遠からじと思わせた。空にも、早春らしい光が流れていた。

中野行きの電車は、いつもよりも混んでいた。話好きの寿美子も、電車があまり混んでいるせいか、何も口を利かなかった。代々木で乗り換えするとき、彼女は突然照子に云った。

「長沼さん、妾《わたし》きょうここで失礼するわ。」

「まあ！　なぜ。」照子は、ちょっといぶかしそうに訊いた。

「なぜでも。」

そう云って寿美子は、ニコニコ笑った。彼女は、平生《へいぜい》から極端な秘密主義者であった。云ってもよいことでもなかなか人に云わなかった。照子は、それに馴れているので、

「そう。じゃ、妾《わたし》一人で帰るわ。」

「御免なさいね。わるいわねえ。」

「いいえ。」

寿美子は、ちょっと顔を赧《あか》くして、あやまるように頭を下げて、照子の傍《そば》から離れると今丁度《ちょうど》止まったばかりの上野行きの電車の方へ、二三間小走りに走ったが、ふと左足の踵《かかと》で、くるりと廻《まわ》ると照子に云った。

「大塚の親類へ行くのよ。」

なぜだか云い訳らしく云って、照子がうなずくのを見てから、小さい身体を、ひらりと飜《ひるがえ》しながら、電車に乗ろうとする群集の中に身をかくした。

照子は、友のショールの緋色が、電車の中で、ちらと動くのを見たと思ったとき上野行

きの電車はすぐ動き出してしまった。

でも、寿美子に取り残されても、照子は少しも寂しくはなかった。なぜと云って、いつも土曜日には彼女の愛人の信一郎《しんいちろう》が、必ず訪ねて来てくれるからだった。

彼女の愛人の信一郎は、外交官の試験に及第した若い俊才だったが、今年の五月頃には仏蘭西《フランス》へ行くことに定《き》まっていた。行ったら、二三年は帰れなかった。だから、行くまでに式だけは挙げて行きたい。そして、向うへ行ってからの都合で、彼女を呼び寄せよう、彼女の愛人は常に彼女に、そう囁《ささや》いていた。未来の外交官夫人！　照子は、それを考えただけでも、胸がわくわくした。幸福と云うのはこんな気持じゃないかしら、彼女は人には云わなかったが、自分だけではそう考えていた。彼女の父も母も、二人の間を好意的に許していた。ただ、二人の恋愛は、婚前交際と云ったような正しい名前で、照子の父母から許されていた。ただ、仙台にいる信一郎の両親が、どう思っているかは分らなかった。だが、信一郎は、『僕の両親も反対する筈《はず》はない。』と、幾度も照子に保証した。そんな意味で、二人の恋愛には、楽しい春が約束されていた。

だが照子と代々木で別れた寿美子の恋には、陰惨な風が吹き荒《すさ》んでいた。荒寥《こうりょう》たる冬の風が吹き荒んでいるのだった。それは、春の前駆としての冬の風ではなくして、永劫につづく冬の風だった。大塚へ来ても、彼女はむろん降りはしなかった。『大塚の親類』そんなものは存在しなかった。彼女の恋愛は、まことに恋愛ではあったけれども、いろいろの偽りの衣を、まとわねばならなかった。親しい友をさえ、あざむかねばならなかった。だが、そうした陰の愛、逆の愛なればこそ、お互《たがい》の心は却《かえ》って、思いつのるのであった。上野公園の東照宮の五重塔の傍に、われを待つと云う前川俊一《まえかわしゅんいち》のことを考えると、寿美子は電車が駅々で、止まることさえもどかしかった。

御兄妹ですか

寿美子が、前川俊一と知り合いになったのも、人生の不思議な遭逢《そうほう》の一つであろう。

寿美子の家は、寿美子の幼い時から、ずうっと東京に住んでいたのだが、去年の春父が長年勤めている××銀行の大阪支店長に昇進したので、一家は父に従って、大阪へ移り住むことになった。寿美子も、一緒に行く筈だったが、もう一年で出る筈の女学校を中途で廃《よ》すことが、惜しまれたのと、大阪へ行ってよい学校へ転校出来るかどうかが危まれたので、彼女一人なつかしい母や弟妹と離れて、東京に止《とど》まることになり、渋谷の伯母の家に預けられたのである。

だから、去年の夏休みに、大阪の父母の許《もと》へ飛ぶように走り帰って、楽しい一夏を過したが、秋風と共に、また東京へ帰らねばならなかった。ついつい出立が遅れて、大阪を立ったのは、もう二学期の始まっている九月の十五六日頃だった。その日、同行してくれる筈だった知人夫婦が、つい差支えが出来て出発を中止することになったが、寿美子もそれにつれて、中止するのにはあまりに出立が遅れていた。母が、一人旅を心配するのも聴かず、彼女は予定通りの夜汽車に乗ってしまった。

汽車が、折あしくたいへん混んでいた。送って来てくれた家人達が、手分けして席を探してくれたけれども、どこにも空席がなかった。客車は、二人ずつ坐る座席が、両側に並んで付いている新式の二等車なので、二人ずつ坐ってしまうと、どこにも空席は残らないのであった。座席に洩れた乗客が、入口近くに三四人も、荷物の上などに腰を降したりしていた。

座席がないので、母はやきもきしていた。

「ねえ、寿美子さん、この次ぎのになさい。汽車はいくつもあるんだから。」

「いいわよ。お母さん、大丈夫よ。今に空《あ》くわ。」

寿美子は、なおも止めようとする母を制して、とうとうその汽車に乗ってしまった。だが、車室は寿美子の思ったように、容易には空《す》かなかった。京都で五六人降りたが、その後へと思っている間に、寿美子同様座席のなかった男の乗客達が奪うように後を塞《ふさ》いでしまった。そして、降りたより以上の客が、なだれ込むように乗って来た。大津でも米原《まいばら》でも、誰も降りなかった。寿美子は、三時間近くも立ちつづけている。折々、車室を出て、乗降台《デッキ》に立って見ても、月のない夜の沿線には、心を慰むるものは目に入らなかった。彼女は、夜寒《よさむ》を感じて、車室へ這入《はい》ると、扉《ドア》を背にして立っていた。

「どうも、お気の毒さまです。しばらくお待ち下さい。」

通りがかりに、列車ボーイから、そんな挨拶をされると、一倍自分の身が、気恥しいように悲惨なように感ぜられて、寿美子は少し悲しくなったほどである。母が、寝台を取ろうかと云ってくれたのを、寝台で一人寝ることが怖いような、気味がわるいような気がして断ったことさえ後悔された。岐阜近くなると、乗客達は皆、それぞれの姿勢で、眠りをむさぼり始めて、ただ立っている寿美子だけがすべての乗客達から、取り残されたように、ションボリしていた。

心の寂しさと、肉体の疲労とが、一緒になって、寿美子の小さい身体を、さいなみ始めた。

汽車が、カーヴを過ぎて、ガタリと一揺れ揺れると、寿美子は危く倒れそうになったのを、やっと踏みこたえたときだった。寿美子の立っている扉《ドア》から、二番目の座席に坐っていた青年紳士が、立ち上ったかと思うと、つかつかと寿美子の方へ、歩み寄って来た。寿美子は、扉《ドア》を開けるのだと思って身体を避けようとすると、彼は意外にも寿美子に云った。

「先刻《さっき》から、お立ちになっているんでしょう。おかけになりませんか。僕が代ります。」

相手が、純に深切《しんせつ》であることが、寿美子にはすぐ分った。だが、寿美子は儼《げん》として断った。

「いいえ。いいえ。どうぞ。」

「お疲れでしょう。少し代りましょう。」

「いいえ。どうぞ。いいのでございます。どうぞ。」

寿美子は、母からくれぐれも云われて来た。汽車の中では、見知らない男と口を利いてはいけない。どんなに、深切にされても応じてはいけない。寿美子は、相手の青年紳士が、心からの深切で云ってくれているのが、よく分ったが、しかし母の訓《おし》えは大切であった。

寿美子の顔に、見も知らぬ人の好意を受けまいとする決心が、動いているのを感じると、青年はそれ以上、すすめなかった。それ以上すすめるのは、非礼に当ると思ったのだろう。

「そうですか。それでは。」

そう云って、青年紳士は、席に復したが、寿美子は相手の深切な申出を、すげなく断ったのが、すまないような気がしてならなかった。青年紳士は、座席に着くと、すぐ眼を塞いで眠ろうとするらしかったが、決して眠れないことは、彼が幾度《いくたび》も身体の姿勢を換えるので、寿美子によく分った。

名古屋に着いたとき、もう十二時に近かった。一人も降りる人がなく、商人風の旅客が一人増えただけである。汽車が名古屋を離れたとき、青年は再び立って寿美子の所へ来た。

「ほんとうに、お疲れでしょう。少し、おかけになったら、どうです。後で、また代っていただきますから。」

「ありがとうございます、でも、結構でございますから。」

「僕は、男ですから、立っていても苦痛ではありませんから。」

「いいえ。どうぞおかまいなく。」

寿美子は、ハッキリと答えた。相手の深切が、寿美子にはよく分っているのだが、それを受けることが、母の言葉に対して悪いような、また何となくきまりがわるかった。青年は、落胆したように、席へ帰って行った。

寿美子は、自分が青年の目の前に立っているのが、いけないのだと思った。目の前に立っているから、あの人の良心の重荷になるのだと思った。そう思ったので、彼女はそっと扉《ドア》をあけて、また乗降台《デッキ》の上に立った。両側の扉は、閉ざされていても、客車と客車との継ぎ目から、吹き上げる風で、初秋の深夜は寒かった。夜汽車は寒いから、襦袢《じゅばん》を重ねてゆけと云った母の注意が身にしみてうれしかった。

一時間ばかり、寿美子はそこに佇《たたず》んでいただろう。ふと、扉《ドア》が開いたかと思うと、顔を出したのは先刻《さっき》の青年である。

「僕の隣にいる方が、豊橋へ降りるそうですよ。傍《そば》へ来ていらっしゃい、外《ほか》の方に取られるといけませんから。」

もう、寿美子は『いいえ、結構でございます』と云えなかった。

「どうもありがとうございます。」

素直に答えて、寿美子は車室に帰った。なるほど、青年の傍の客は立ち上って、網棚から荷物をおろしかけていた。また、その空席を襲おうとして、三四人の座席のない乗客が遠近から、鷹《たか》のような目を刮《みは》っているのだった。寿美子は、それを見ると、心が少し暗くなって、それらの競争者を出しぬいてまで、その座席を占めたくはなくなった。だが、青年は、

「あなたの荷物をお出し下さい。」と、寿美子の荷物を受けとると、立ち上っている乗客の座席へ、ちゃんと置いてくれて、後継者たる寿美子の権利を、確立してくれた。疲れ切っている寿美子には、涙が出るほどうれしかった。豊橋へ来てその乗客は降りた。寿美子は、五六時間も立ちつづけて堅くなっていた下半身をやっとくつろげることが出来た。

「どうもありがとうございます。」

「いいえ。」

青年は、そう答えると、すぐ目を塞いでしまった。寿美子もまた目を閉じて眠れたら、眠りたいと思ったが、眼が冴え冴えとして、どうしても眠れなかった。一人旅の興奮もあるのだが、一番いけないのは、若い男性と間近く、腰をかけていることだった。しかも、その男性が、彼女に対して、示してくれた心づかいだ。汽車の中で、深切にしてくれる男などは却って危険なのだと、彼女の母親は、そう云った。だが、その青年にはどこにも危険らしいところはなかった。黒い背広服を着ていながら、少しも、浮ついていず、重厚な

様子のあるところが、どうしても会社員などとは思えなかった。寿美子は、出来るだけ、青年の身体から離れて、青年の存在を意識の外へ押し出そうとしたが、興奮した頭の中に、また興奮した神経に、すぐ傍にいる青年が重たくのしかかっているように感ぜられた。却って立っていたときの方が、気が楽であったとさえ思った。

箱根の山にさしかかる頃から、窓外の夜は、しらじらと、明けて行った。夜が明けるのが、救いだった。

国府津《こうづ》へ着いたときには、快い朝日が車窓にさし込んで来た。寿美子は、昨夕《ゆうべ》一夜の疲労を忘れたようなさわやかな気持になった。誰より先に、洗面所へ行って顔を洗った。帰って来ると、彼女と入れ違いに、青年も洗面のために席を離れたが、すぐ食堂へ行ったと見え、なかなか帰って来なかった。

寿美子と、向い合せに坐っている四十前後の夫婦ものも、ようやく目を覚した。玄人《くろうと》上りらしいおかみさんの方は、洗面所へ行って、朝の身じまいを済ましてから帰って来ると、寿美子に如才なく挨拶した。

「お早うございます。」

「お早うございます。」寿美子も丁寧に挨拶した。

「おやすみになれましたか。」

「いいえ。」少し色が蒼すぎるが、美しい顔立だと思った。

「腰かけては、どうしても眠れませんですわねえ。殊《こと》に、女は別格でございますわねえ。」そのくせ、よく寝ていたのに、寿美子は少し可笑《おか》しかった。

「お連れさまは、お兄さま！」

「ええっ！」寿美子は、小さい雷火《らいか》に打たれたように、駭《おどろ》いて叫んだ。

「お兄さまじゃ、ございませんの……お連れの方？」寿美子は、顔が真赤になった。彼女は、あわてて打ち消した。

「いいえ、お連れではございませんの。」

「そうですか。それは失礼しました。妾《わたし》、御兄妹かと思いましたのよ。並んで坐っていらっしゃると、誰だってそう思いますわ。」

寿美子は、顔があつくなって、何も返事が出来なかった。彼女は、そのまま黙ってうつむいてしまった。

青年が帰って来て、座に着いたとき、寿美子はいたたまれないような羞恥《しゅうち》を感じた。彼女は、他に席を移そうと思ったが、それでは青年から逃げ出すようで、わるいと思ったので、じっと辛抱していた。しかし、また向いの女から、同じようなことを訊かれたり、もし、青年から話しかけられたりしたら、どうしようかと思うと、彼女の胸は絶えず顫《ふる》えていた。だが、青年は寿美子の方をなるべく注意しないようにしていた。バスケットの中から、九月号の「××××」を取り出すと、論文のところを、一心によみ耽《ふけ》っているらしかった。品川へ来るまでの二時間が、寿美子には三時間も四時間ものように考えられた。だが、青年は始終一言も口をきかなかった。

品川で降りるとき、彼女は青年に会釈した。昨夕《ゆうべ》の深切を、謝したかったのであるが、言葉は少しも口へ出なかった。青年も、会釈を返しただけだった。

山の手線に乗り換えてからも、青年のことは頭の中を、去らなかった。「御兄妹ですか」と、訊かれた言葉を、思い出すと、すぐ胸が迫って来て、顔があつくなった。

もし、このままで二人が会わなかったら、寿美子に取って、「汽車中で会った深切な青年の思い出」は、かすかに記憶の中に止《とど》まるのに過ぎなかっただろう。だが、機会はもっと悪戯者《いたずらもの》だった。

それは、十月の初めだった。寿美子は、渋谷から電車に乗って吊皮を持つと自分の後から乗った洋服を着た男が、一つ向うの吊皮を取って寿美子の方へふと顔を向けた。それは、思いがけず汽車の中で乗り合したあの青年だった。

「まあ！」

寿美子は、つい口に出ようとする驚きを、かみしめたけれど、その驚きの崩れが、微笑になって、顔に出るのをどうすることも出来なかった。青年も、寿美子の微笑をすぐ認めて、浅黒い細面《ほそおもて》の顔に人なつこい微笑を浮べて、ちょっと頭を下げた。寿美子も、あわてて頭を下げたが、すぐはずかしくなって、くるりと身体を廻して、眼を窓外にやった。

代々木の明治神宮一帯の森が、十月の朝の日に、あかあかと輝いていた。だが、寿美子の意識や感情は、そちらへ向わずすべて背後へ向っていた。

それは、軽い驚きだった。だが、決して不快な驚きでなかった。

「あの方も、渋谷にいらっしゃるのかしら。」そう思うと、寿美子は嬉しいような迷惑なような気がした。時々、顔を合したら、どうしよう。顔を合す度に、挨拶をすることになったら、どうしよう。ああ挨拶するのじゃなかった、どうして笑いたくなったのだろう。一度挨拶した以上、今度挨拶しないわけには行かない。ああ、困った困ったと寿美子は思った。

代々木で乗り換えるときも、寿美子は青年の方は、向かないで、どんどん東京駅行きの電車に移った。だが、寿美子の感じでは、あの青年も、やっぱり乗り換えているような気がした。

その日、一日寿美子は、そわそわしていた。代数の問題を当てられて、教壇へ出たが、いつもの寿美子と違って、問題を解くのに二十分近くもかかった。

それから、毎朝渋谷の駅で電車に乗るのが、不安だった。だが、五日ばかり経った頃、寿美子は、プラットフォームで電車を待つ、群集の中で、また青年と顔を見合した。寿美子が、それと気が付いてかくれようと思っていると、青年は黒いソフトを取って、挨拶した。寿美子は、自分がかくれようとした動作が、相手に見つかりはしなかったかと、少し赤くなりながら、頭を下げた。

青年は寿美子が最初感じたように、代々木で乗り換えて、寿美子と同じく万世橋《まんせいばし》方面へ来るのだった。

市ヶ谷で降りるとき、寿美子の眼は、われ知らず、乗客の間を縫うて向う側にいる青年の方へ注がれた。片隅にしぼりのついた黒い縮緬《ちりめん》の風呂敷包みを、膝の上に載せながら、青年は右の手で、薄いパンフレットらしい洋書を読んでいた。

寿美子は、そんな風に十月の終りまでに、幾度も青年に会った。会ったと云っても、後ろ姿を見ただけのこともあった。

「妾《わたし》は、あの方に会いたいのかしら、会いたくないのかしら。」

寿美子は、毎朝伯母の家から、渋谷の駅へ来るまで、いつもそんな事を考えた。会うまでは、何となく不安だった。会わなければいい、そんなことを考えていながら、会ってしまうと、その日は何となく愉快だった。生甲斐《いきがい》があった。目に見る物が、すべてイキイキと輝いているような気がした。

「やっぱり会いたいのじゃないかしら。」

寿美子は、そんな風に考えることが、多くなって来た。プラットフォームでも、電車の中でも、寿美子は妙に、自分の神経が緊張しているのを感じた。そして、車内に青年の姿を見出さないと、寿美子はホッと安心すると同時に、物足りない寂しさを感じた。おしまいに、電車が混んでいると、一台も二台も待って見る習慣が付いて来た。以前は、小さい身体を敏捷に働かせて、どうしてでも、乗ってしまわなければ承知しない彼女だったのに。「空《す》いた電車を待つ」そんな口実で——自分自身に対するそんな口実で、一時でもプラットフォームに残っていたかった。もっとも、それは少し朝早く家を出たときに、限ってはいたけれども。空いた電車を待つつもりでいながら、自分の視線が改札口からプラットフォームへ上って来る階段の方へ惹き付けられているのを知ったとき、彼女は自分自身恥しくなったけれども、そんな恥しさを堪《こら》えてまで、寿美子は空いた電車をよく待つようになっていた。

避けがたき魅力

十一月に這入《はい》って、一週間ばかりした頃、寿美子はピアノの練習でたいへん遅くなって、代々木で乗り換えした頃には、車窓から見える郊外の高台には、水色の灯《ともしび》が淡くまたたき始めていた。電車は割れるように混んでいた。渋谷へ着いたとき、寿美子は、降りる乗客の群に、押し流されながら改札口まで来た。改札口の処で、しばらく渦巻いてから、寿美子はやっと改札口へ流れ込んだ。そしてそこで一人の男ともつれ合って、押し出された。

「どうも、失礼！」

男は、自分の身体が、小さい寿美子の身体を、木柵へかなり強く押し付けたのを詫びた。その男の言葉をきいて、寿美子は驚いて、彼を見た。彼も気がついて寿美子を見返した。

「まあ！」

寿美子は、つい低い声ではあったが、そう叫ばずにいられなかった。その男は、まぎれもない彼《か》の青年であった。

「たいへん、混みますね。」

「ほんとうに。」

「今、お帰りですか。」

「ええ。」

青年の言葉は、自然であった。寿美子も、ついそれに釣り込まれて、並びながら、十間《けん》ばかり歩いた。

「あなたは、いつもこの頃、お帰りになるのですか。」

「いいえ、こんなに遅くなることは、滅多にございません。」

「そうですか。僕はたいてい、この頃です。」

道理で、朝はよく会っても、学校からの帰りには、今まで一度も逢ったことはなかったと思った。

寿美子は、この人と一緒に歩いていいものか、悪いものか分らなかった。ただ、彼女の身体は、火のように燃えて、足が地に付いているかどうかさえ分らなかった。駒場の方へ折れる町角へ来たとき青年は云った。

「僕は此方《こちら》へ折れるのですが。」

「妾《わたくし》も。」

寿美子は、すべてを忘れたように、青年と肩を並べて歩いた。

「学校はどちらです。」

「麹町《こうじまち》の×××女学校です。」

「ああ、そうですか。」

二人は、また黙って歩いた。

こんな人と歩いているのを、お友達や伯母の家の人に見られたら、どうしよう。そんな不安に襲われながら、寿美子は自分がそれとなく遅れることも、それとなく行きすぎることも出来ずに、強い力に引きずられるように並んで歩いた。青年のいかにも落ち着いた歩調と、しとやかな物の云い方に、彼女は男性に対するたのもしさを、初めて感じながら。

「僕は、此方《こちら》へ行きますから失礼します。」

農科大学の一町ぐらい手前で、青年は、突然そう云うと、挨拶をして、右へ小さい横町へ折れて行った。

異常な興奮から醒めて、寿美子は、深い吐息をついた。彼女は、駅から、今までの道を、天国の散歩道を歩くような嬉しさで歩いていた。胸がはじけるように一杯になり、いつも感じるような恥しさは、すっかり忘れていた。

一度口を利いてから、寿美子と青年とは今まで、せかれていた水が溢れるような勢いで親しくなった。二人は、打ち合せもしないのに、よく帰り途《みち》で一緒になった。寿美子は、いろいろな事にかこつけて、遅くまで、学校に残った。四時半頃に帰ると、代々木のプラットフォームで、青年が品川行きの電車を待っているのに会った。品川行きの電車を待つような様子をして、本当は自分を待っていてくれたことが、寿美子には、はっきり分った。

電車の中では、むろん一、二間離れて乗っていた。だが、プラットフォームから、改札口へさしかかる頃には、いつの間にか寄り添っている二人だった。

「この頃はよくお目にかかりますね。」

「ええ。」

話しかけられただけでも、寿美子は胸がときめいた。

「そうそう、名前を申し上げて置くのでした。僕は……」

そう言いながら、ポケットを探ると、一枚の名刺を出して寿美子にさし出した。寿美子は、おずおずそれを受け取った。明るい道玄坂下《どうげんざかした》の道は、歩きながら、それがはっきりと読めた。法学士前川俊一！　寿美子は、何だかきいたことのあるような気がした。

「大学の研究室へ通っているのですが、傍《かたわ》ら法政大学へ一週間に二日ばかり出ているのです。」

「妾《わたし》、何だかお名前をきいたことがあるような気がいたしますわ。」

「じゃ、僕が雑誌にかいた論文でも、よんで下さったのでしょうか。」

「ああ、妾《わたし》思い出しましたわ。先月の『××』におかきになりましたわねえ。」

「ああ あれですか、あれは吉田博士に勧められて、仕方なく出したのです。『××』なんか、およみになるのですか。」

「論文なんか、よみませんわ。創作欄しかよみませんの。でも、お名前ぐらい気をつけていますわ。」

「今の女学生の方は、あんな雑誌もよみますかね。僕達が、考えているよりは、ずっと進んでいるのですね。」

「あら。『××』ぐらいよみますわ。」寿美子はつい平生の快闊な彼女になり切っていた。

「そうですかね。僕は、やっぱり『少女の友』か何かよんでいるのかと思っていたのです。」

「まあ！ そんなに、馬鹿になすっちゃいけませんわ。」

「あなたは、今の有名な女性の中では、誰が一番偉いとお考えになりますか。」

「まあ、妾《わたし》のメンタルテストを遊ばすの。」寿美子は、才気煥発だった。

前川は、少しタジタジとなった。

「これは恐れ入りましたな。そんな意味じゃありません。決して。」

「そう。じゃ、お返事するわ。妾《わたし》、下川園枝さんが、偉いと思いますわ。頭のいい方ですわねえ。」

「下川園枝！」青年は、意外だと言うように、口の中で呟《つぶや》いた。今まで少女のように思っていた寿美子が、彼の肩の所まで見るまにすくすくと伸び上って来たように感じた。彼は、口には出さなかったけれども、寿美子に対するある敬意が、むくむくと頭の中に持ち上って来た。

「あなたは、誰を一番偉いとお考えになりまして。」寿美子は、すぐ問い返した。

「今度は、僕のメンタルテストですか。」

「ええ。そうです。」寿美子は、打てばひびく明敏さを持っていた。

「困りましたな。あなたのような取って置きのいい返事が出来ませんね。僕も、上田わか子女史などとは云えないし……」

「いけませんわ。そんな常談《じょうだん》おっしゃっちゃ……」二人は別れ路《みち》に来ていた。

「じゃ、宿題にして置きますわ。この次ぎまでに考えて置いて下さいませね。さようなら。」

　寿美子の白い顔が、闇の中で、曲線を描いてお辞儀をした。寿美子は相手の名前をきいてすっかり安心した。この人なら信頼できる。彼女の心に残っていた二条の警戒の糸が切れた。

「何と云う可愛い人だろう。何と云う頭のいい女だろう。」

前川はそう思って、自分の家へ急いだ。だが、家で自分を待っている妻と、去年生れた子供のことを考えると、彼は慄然《りつぜん》とした。妻子のある既婚の自分が、ああした処女と親しくしていいものかしら、いけない、どうしてもいけない。あしたから決して、会うまい。絶対に、会うまい。今一歩踏み出すと危険だ。彼は、寿美子と別れて、一人になると、きっとそう決心した。だが、翌日になると、翌日の夕方になり、代々木のプラットフォームへ乗り換えのために降り立つと、彼の足はそこのコンクリートの上に、釘着けのようになるのだった。そうだ、今日もう一度だけ会おう。そうして、もう一度だけあの微笑を享《う》けよう、もう一度だけあの可愛い声をきこう。そうだ、今日一度だけならいいだろう。そう思って、立っていると、寿美子の小さい顔が、周囲の混乱から、たった一つ浮き上ったように、彼の前に現れるのであった。その顔を見ると、彼はすべてを忘れた。学問も家も妻子も。

待ち合すとも、待ってくれとも云わないで、二人は一緒の電車に乗って渋谷へ降りると、駅から十間ばかりの道を、珊瑚の玉を敷きつめてあるかのように、大事に楽しみながら歩いた。

「妾《わたし》、いつかゆっくりお話したいと思いますわ。」寿美子は無邪気に云った。

前川は、何とも答えられなかった。いけない、これ以上這入っては破滅だ。どこかで、約束でもして会えば、まぎれもない密会だった。前川は寿美子の言葉に耳を掩《おお》うた。だが、心の中では、自分に妻子がなかったら、どんなにしてでも、この人を自分のものにしないではないのにと思った。

「妾《わたし》、いつかゆっくりお目にかかりたいのです。いけません？」前川はだまっていた。

「妾《わたし》、いろいろお話したいのです。」父や母と別れている彼女は、人なつこい彼女だった。

「あなたと初めて、お目にかかった汽車の中でね。私達の前に、夫婦の方が乗っていたの覚えていらっしゃる。」

「覚えています。」

「あのおかみさんの方覚えていらっしゃる。」

「忘れましたねえ。」

「あの人が……」寿美子は、そう云いさしてくつくつ笑った。

「どうしたのです。あの人が？」

「云わないでおきますわ。」そう云って、寿美子は、またくつくつ笑った。

「気味がわるいですね。どうしたのです、云って下さい。」

「やっぱり云わないわ。」

「お人がわるいですね。」寿美子は、まだくつくつ笑っていた。

「そんなに可笑《おか》しいことですか。」

「いいえ。」

「じゃなぜです。」

「なぜでも。」

「じゃ、なぜ笑うのです。そのわけは。」

「そんなにお問いになったらいや。」

そう云って、寿美子は笑いながら、一間ばかり駈け出したが、くるりと振り返ると、ほのかな夜の光の内に白い花の如く笑いながら、

「やっぱり云ってあげましょうか。」

「云って下さい。」

「恥しいわ。」

「何がです。どうも、あなたは手数をかけていけない。」

そう云いながら、前川は何と云う弾力のある柔軟な個性だろう、こうした女性なら、生涯愛していても飽きないだろうと思った。

「ねえ、云って上げましょう。ねえ、あのおかみさんがねえ。あなたが洗面にいらっしった後で、あの方、あなたのお兄さまですかと仰しゃったのよ。おほほほほ、さようなら。」

そう云い捨てると、寿美子はまだ別れ路《みち》が来ないのに、あっけに取られている前川を振

り捨てて、とっとと走り去った。

「菊岡さん！　菊岡さん！」

前川は、ついこの間教わったばかりの寿美子の名を呼んだが、ただ遠ざかりゆく小さい影と、かすかになってゆく靴音とが聞えるばかりだった。

「小鳥のような女だ。何と云う魅力だろう。」

前川は、口の中でつぶやいた。すぐ次ぎの瞬間には、この怖《おそろ》しい魅力が、だんだん致命的に働いて来るのを感ぜずにはいられなかった。

√5

前川俊一は、やがて第二学期が終ろうとする十二月の半ばのある金曜の午後、受持の講義をするために、法政大学へ出た。職員室へ這入《はい》ると、いつものように、自分に当てられた机の引出しを開けて見た。そこに学校宛に来る郵便物が、入っているからである。その日も、開き封になっている二三の書状と、寄贈雑誌が在った。彼は、それを選《よ》り分けているると、その間から、石竹色《せきちく》の封筒が一つ、雑草の中の花のようにパッと彼の眼に映った。彼は目をみはった。そんな優しいなまめかしいものを受け取るのは、彼としてはほとんど初めてであると云ってもよかった。

直感的に、差出人はすぐ判ったが、さすがに学説や思索で、鎧《よろ》うている彼の胸が、わくわく慄《ふる》えるのであった。

手に取って見ると、表には『法政大学職員室気付。前川俊一様』とかいてある。裏には署名がなくて、封じ目に$\sqrt{5}$と書いてあるだけだった。

$\sqrt{5}$！　それが前川には何の事だか分りかねた。彼は、それを解こうとして、また生れて初めて肉親ならぬ異性から貰った愉しい手紙を開く前の期待の快感を、なるべく長くしようとして、しばらく封を開けかねた。

$\sqrt{}$！　$\sqrt{}$と云う符号は、数学で開くと云う意なのだ。だが、4と云う数は、開けるけれども5と云う数は開けないのだ。$\sqrt{5}$と云う字は、開けないと云う意味なのだ。なるほど$\sqrt{5}$と云う意味は、厳封と云う意味なのだろう。女性は、手紙の封じ目に蕾《つぼみ》とかいたものだが、今の若い女性は$\sqrt{5}$とかくのだな、そう気が付くと、前川は今まで自分の少しも知らなかった新時代の女性の世界が、パノラマのようにマザマザと心の眼に映って来るような気がした。自分などの少しも知らなかった新しい女性の生活があるのだ。寿美子の持っている劇《はげ》しい魅力なども、新時代の女性の持っている魅力なのかしら。前川はそう考えながら、異常に感激して、自分だけに開くことをゆるされている、その$\sqrt{5}$を開いた。

字は美しく可愛くふっくらとしていて、寿美子自身を思わせた。

前川様。

私、あなたとお目にかかるのは、ほんとうにうれしいのですけれど、お目にかかると二三日勉強が出来なくて困りますの。よくこの頃、教室で先生に叱られますのよ。それで、私あなたにお目にかからないことにしようかと思っていますの。お目にかからない方が、やっぱりいいと思いますわ。一層《いっそ》のこと省電をよして、市電で通おうかと思っていますの。でも市電で通うと、私一週間に二度ぐらいは遅刻いたしますわ。私朝寝坊ですもの。私、やっぱり省線で通いますわ。もう今度から、プラットフォームでお目にかかっても、きっときっとお言葉かけて下さいますな、私一生のお願いでございますわ。でも、お目にかからなくても、貴方のことは決してお忘れいたしませんわ。いつまでもいつまでも。

かしこ

寿美子

無邪気で奔放で自由な寿美子の心が、心の動揺がそのまま紙の上に躍っていた。だが、この無邪気な表現から、前川は寿美子の自分に対する愛を、ハッキリと感ぜずにはいられなかった。『お目にかかると二三日勉強が出来なくて困ります。』それが恋愛でなくて何んであろう。自分が、彼女を愛しているほど、彼女も自分を愛しているのだ。素絹《しらぎぬ》のような処女の心が、自分に対する愛で、真紅に染められているのだ。そう思うと、前川は、恋愛の歓喜で全身が押し流されそうになった。だが、やっとふらつこうとする道念の足を踏みしめて、冷静になろうと努めた。自分は、処女の愛を受ける資格はないのだ。二人の間の愛は、二人の身を焼き亡《ほろぼ》す炎になるかも知れないのだ。全力を尽しても避けねばならないのだ。まして、向うで自分に会うまいと努力しているのに、妻子の在る自分が、相手の心を擾《みだ》してはならないのだ。そうだ、此方《こっち》こそ、あの人と逢う機会を作ってはならないのだ。……と前川は決心しようとした。……だが、しかし何と云う魅力のある手紙であろう。それは『私はあなたを愛しています。でも、お目にはかかりませんわ。』と云うのであった。新しい恋愛技術では、『どうぞ忘れないで。』と云うよりも『どうぞ、忘れて下さい！』と云う方が、どれほど男の心を動かすか分らないと云われている。『愛しているから会って下さい。』と云うよりも、『愛してはいるけれど会わない。』と云う方が、どれほど相手の心を擾すかも分らない。寿美子に、そんな意識した技巧がある訳はなかったが、彼女の素直な自由さが、自然な技巧となって、前川の心を擾し動かすのだった。今、彼の眼には彼が、半生の間、そのために心身を砕いたあらゆる学問の本よりも、寿美子の一枚のレターペーパーが、人生の宝石のように光りかがやくではないか。マルクスの学説よりも、カウツキーの言論よりも、寿美子の一片の手紙の方に、より多く人生の真実があるように思った。どんな学説も、どんな学問上の黄金律も、寿美子のこの手紙の前には、鉛のように光を失った。この手紙だけが、生きているのだ。ここにこそ人生の真実があり、ここにこそ人生の本当の歓喜があるのだ。『あなたにお目にかかると二三日勉強が出来なくて困りますの。』そんな力強い言葉を、前川は如何なる学者より聴いたことがあるか。如何なる書籍で読んだことがあるか。人生のすべては灰色だ。ただ恋愛こそが緑なす生命の樹だ。恋愛こそは、人生の退屈な生存の中に、涌いている一つの泉だ。瓦礫《がれき》の中の花だ。沙漠の樹だ。前川は実感としては、そう感じた。彼は、一高時代も、大学時代もただ書籍の中に暮して来た。大学を出ると、故郷のある富豪の娘を貰った。人生には学問と大学としかないように思っていた。こんな力強い簡単な言葉があることが、今になって彼にやっと分ったのだった。

恋愛至上。彼はそんな言葉をけなしていた。だが、今の彼の心持は……恋愛至上、それがどの真理とも負けないくらいに、人生に儼《げん》として存在することが分った。

だが、前川はどこまで行っても、自分に妻子があることを忘れなかった。相手が、自分を独身者と思えばこそ、こんなに慕ってくれているのだ。それを自分が、だまって相手の愛を受けていれば詐欺である。そうだ。相手が会うまいとするこそ、いい幸いだ――自分も思い切って、この愛慾の絆を切り取ろう。それがどんなに苦しくとも。

前川のその日の講義は、頭のいい彼としては、しどろもどろであった。

忘れるために

前川は、恋愛の園の入口を、一足くぐっただけで、すぐ後へ引き返した。一足入れたとき、彼の人生は燦《さん》として光りかがやいた。だが、引き返したとき、彼の生活は光を失った。光を失ったばかりでなく、前よりもすべてが灰色になってしまった。

寿美子の手紙を手にして以来、二十日《はつか》ばかり怏々《おうおう》として過した。むろん、その間寿美子に会わなかった。すぐ冬の休暇になったので、逢う機会も当然なかったのだが、寿美子のことはしばらくも忘れることが出来なかった。忘れようとしても、もがけばもがくほど、彼の聴覚のどこかで、寿美子がくつくつと忍び笑いに笑った。彼の視覚のどこかで、靴をはいた小さい足がちらちらした。

ちょっと外出しても、若い女学生に会うたびに、心が痛んだ。赤いショールを見る度に、寿美子を思った。お下げや、オールバックを見ると、心がかなしんだ。もう、会うこともないのかと思うと、やるせない悲しさが、若い学者の胸をかきむしった。

一月の十五日であった。前川は、大学からの帰途、五時頃に代々木で乗り換えた。そして、品川行きを待って、プラットフォームに立っていると、ポンとやさしい手が、彼の外套を叩いた。振り返ろうとすると、寿美子が彼の背中にすがりながら、彼の視線を避けようとして、くるくる廻った。

彼は愕然《がくぜん》とした。欣《よろこ》びよりも、むしろ駭《おどろ》きが強かった。彼女が、こんなに早く決心を翻《ひるがえ》してもいいのかと思った。

寿美子は、彼から離れると、ショールで顔をかくして、くつくつ笑っていた。

「菊岡さん。」

「ええ。」彼女は、ショールの中で答えた。

「僕とお会いになってもいいのですか。」前川の声は、興奮のためにかすれていた。

「ええ。」

「いいのですか。」

「ええ。いいわ。」

「なぜ決心をお易《か》えになったのです。」

「でも、お目にかからないでいると、なお勉強が出来ないのですもの。」そう云うと、寿美子は逃げるように前川から、一間ばかり離れた。

そこへ品川行きの電車が来た。だが、前川も寿美子も乗ろうとはしなかった。電車が出てしまうと、人目がうすくなった。

前川は、感激で胸が一杯になっていた。若い少女から、一途に思い慕われている歓喜が、彼の心を狂わせた。これほどの幸福、これほどの歓喜が、またと生涯の中にあるべしとは思われなかった。と、云って彼は相手の愛を、このまま受け取ることは出来なかった。彼には妻子があった。処女の美しい愛を、そのまま受け取り得る資格はないのである。事が、ここまで来た以上、妻子があることを打ち明けないのは、相手を陥穽《かんせい》に入れることである。そうだ、すべてを打ち明けて、ハッキリ思い切って貰おう、自分もハッキリ思い切ろう。前川はそう決心した。そして、寿美子の傍《そば》へ歩み寄った。

「菊岡さん。」

「ええ。」

「ちょっと、お話したいことがあるのですが、すぐお帰りにならなければいけませんか。」

「いいえ。」

「何時までに、お帰りになればいいのです。」

「七時までならいいわ。」

「そうですか……」前川はやっと勇気を鼓《こ》した。「じゃ、ちょっとここを出て、その辺りを一緒に歩きましょうか。」

「ええ。」

寿美子は、素直に応じた。二人は、肩を並べて階段を上った。これが、二人の最初のそして最後の密会《ランデブー》だなと思うと、前川は胸がとざされた。代々木駅を出て、駅前の大通りを横ぎって、すぐ向う側へ降りた。汚い町の石ころの多い道に出た。でも、どんな汚い道でも、二人は満足していた。二町ばかり歩く間、前川は一言も発しなかった。並んで歩く寿美子の靴音がなやましかった。

前川は、思いきって云った。

「菊岡さん。お互によく考えなければならないと思うのですが。」

「なにをです。」寿美子は、前川の云う意味が、よく分らないらしかった。

「つまり、私達はかなり、大事な所《シーリヤス》へ来ているのです。お互に。」寿美子は、だまっていた。

「あなたは、僕を愛していて下さるでしょう。僕もほんとうは、あなたを愛しているのです。」

「あら、いやだわ。そんなこと、私知らないわ。」そう云うと、寿美子は前川を離れて、くつくつ笑いながら駈け出そうとした。

「菊岡さん。笑い事じゃありませんよ。待って下さい！　待って下さい！」そう云って前川は、寿美子の左の肩をつかんだ。何と云うやわらかい肩であっただろう。

寿美子は、前川に肩を捕えられると、おとなしく足をゆるめた。

「真面目に、お話しなければいけないことです、お互に一生の問題ですから。」

「まあ！　そんな大事なこと。私ちっとも知らなかったわ。」

寿美子は、それが故意であるかと思われるほど、晴々しく笑った。

「だって、あなたに取っても初恋でしょう。僕だってそうです。」

「まあ！　やっぱり恋愛ですか。」寿美子は、あきれたように云った。

「そうじゃありませんか。お互に男女が慕っていれば、恋愛でなくて何です。」

「まあ！　でも、私もそうじゃないかと思っていましたの。」

何と云う無邪気さであろうと前川は思った。彼女がわざと、そんな無邪気さを装っているとは思えなかった。純情な心が、こんな魅力のある無邪気さになって、自然に出るのだと思った。もし、自分に妻子がなかったら、このままいだきしめて、将来をかたく誓ったであろうと前川は思った。

だが、相手が純なれば純なほど、妻子があることをかくしてはいられなかった。この上、かくしているならば、処女をだます色魔と同じであった。彼は、あらゆる道徳的勇気を振《ふる》って云った。

「寿美子さん！」彼は、初めて相手の名を呼んだ。

「ええ。」

「僕は、あなたにお詫びしなければならないことがあるのですが。」

「まあ。そんなこと、ある筈《はず》がございませんわ。」

「いいえ、あるのです。僕はあなたにかくしていることがあるのです。たいへんな事をかくしているのです。」

「何です。仰《おっ》しゃって下さい！」寿美子は、美しい目をみはった。

「今まで、申しませんでしたが、実は僕は妻子があるのです。どうぞ、許して下さい。」

前川は、そう云って立ち竦《すく》んだ。彼は寿美子が駭《おどろ》いて悲鳴を挙げるのを待っていた。だが、案外彼女は落ち着いていた。彼女は、二三分間だまって歩いた。前川は、その間じっと判決を待つ罪人のように首をうなだれていた。いつの間にか二人は、夜の薄闇に包まれて広い原っぱの一角に立っていた。恐らく代々木の原だったろう。

寿美子は、いつになくしんみりとして云った。

「私、その事なら存じていましたの。」

「ええ！」前川は、啞然とした。「ほんとうですか。」

「ええ。」

「初めからですか。」

「いいえ。」

「いつからです。」

「去年の暮、お手紙を差し上げたとき、初めて知ったのです。」

「だから、僕に会わないと仰しゃったのですね。」

「ええ。」前川は、無邪気そうに見えていても、彼女に思慮のあるのをうれしく思った。

「それが、またどうしてお会いになるのです。」

「どうせお別れしなければならないのなら、せめてもう二三度、お目にかかりたいと思いましたの。それに、私三月に学校を出ると、大阪へ帰らなければなりませんの。東京に居て、お目にかからないことなど、無理だと思いましたの。やっぱり、三月までお目にかかっていて、三月に大阪へ帰るときお忘れしようと思いましたの。」

まだ、はっきりとは自覚しないが、自覚しないでもかなり激しい恋愛にもだえている少女の心が、惻々《そくそく》として、前川の心を衝動《つきうご》かした。彼女の胸の苦しみは、同じ量同じ質で前川の苦しみだった。愛してはならないものが、愛し合っている苦しみだった。前川は感激のために、湯のような涙がほろほろと頬を落ちた。

「そうですか。それでよく分りました。実は妻子のあることを申し上げて、このままお目にかからないつもりでいたのですが、あなたがそう云う御決心なら、僕もお目にかかります。そうして、お互の心の痛手をなぐさめ合いましょう。三月が来たら、快くお別れ出来るように。」

「でも、別れることが分っていて、お目にかかるなんて、寂しゅうございますね。」寿美子は、涙をそっと拭《ぬぐ》った。

「仕方がありません。運命です。でも、お互に心から愛し合ったことは一生涯美しい記憶として残るでしょう。」

前川は、そう云うと涙がほうはいとして流れ出した。恋愛とは、前世で別れた一つの魂の二つの破片《かけら》が、この世で他の破片を探し合う、それが恋愛なのだ。だが、お互にやっと相手を探し当てて見ると、一つの破片には、もう既に別の相手が出来ている。前世の魂の因縁のあるのが恋人、現世の因縁のあるのが妻、前川はそう考えた。

三月まで会って、お互の痛手を慰め合おう。慰め合うことが、逆に痛手を深めることかも分らない。だが、人間としては、そうせずにはいられないのだ。

二人は、一月から二月にかけて、幾度か会った。雪解《ゆきどけ》の戸山《とやま》ケ原《はら》に、靴にまみれる泥を気にしながら会ったこともある。宵浅き四谷《よつや》の大通りを、人目を気にして歩いたこともあった。だが、二月の月は、二人には取り別《わ》けて短かった。別れるべき三月が来た。三月の初めの土曜日が、最後の会合として約束された。前川は、その日寿美子と別れるとすぐ上野の駅から、用事を幸いに、故郷仙台への旅へ立つ筈だった。旅へでも出なければ、キッパリと別れられないからだ。

その最後の会合に、恐らく生涯に二度とはあるまじき最後の会合に行くために「大塚」の親類へ行くと称して、寿美子は代々木で、照子と別れたのであった。

春廻るとも

まだ春は浅かったけれども、快晴の土曜なので、上野公園は、沢山《たくさん》の人が出ていた。竹の台には、洋画のかなり大きい展覧会が開かれていた。

寿美子は、東照宮の前で、群集の列からはなれ、石灯籠《いしどうろう》の並んだ石だたみの道を、歩いて行った。歩きながら、腕時計を見ると、一時四十分である。約束の時間までにはまだ二十分あった。これから晩の六時までの四時間が、彼等にゆるされた一生涯でのたった四時間である。六時に出る青森行きの急行の切符を前川は買っている筈であった。

前川の姿は、すぐ目に這入《はい》った。寿美子を見ると、寂しい微笑を浮べながら近づいて来た。

「お待たせしまして?」

「いいえ。僕も、今来たばかりです。」と、前川は答えたが、本当はもう三十分も前から待っていたのだ。

立って話していると、人目に付きやすいので二人は並んで歩き出した。動物園の方へ。

「今日は、人がたいへん出ていますね。」寿美子は、ちょっと不安そうに云った。

「じゃ、引き返しましょうか。裏通りを谷中《やなか》の墓地の方へ行きましょうか。」

「ええ。」

二人は引き返して、不忍《しのばず》の池へ向いた石段を降りた。そして公園の裏に沿うている寂しい道に出た。

もう、今日が最後の会合ではあるけれども、さて何も話すことはなかった。いや、話したくても話されない思いで、胸が一杯だった。四時間の後を考えると胸が張りさけるようであった。でも、こう並んで歩いていると、何となく頼もしく、今日中に別れるなど云うことが、夢のように思われた。

「もう間もなく春ですね。」

前川は、美術学校の校庭の桐の木に、うす赤い芽がふくらんでいるのを見上げながら云った。

「ええ、もうすぐ花が咲きますねえ。」

二人とも心の底を語りたいと思いながら、こんな事しか云えなかった。心の底を語り合っても、甲斐のない二人でもあった。

音楽学校近くへ来ると、ピアノの音がきこえて来た。音楽学校の生徒らしい女学生達とすれ違った。そんなとき、寿美子は前川の背後にかくれるように寄り添ってしまう。そして眼のところまで、ショールで顔を掩《おお》ってしまう。前川は、そうした寿美子の容子《ようす》を、いじらしいと思う。

前川は、いろいろ将来のことを話したいとは思ったが、将来のことを話せば、当然寿美子の結婚のことに触れなければならなかった。そんな話は、お互に苦しいことだった。将来の話は結局禁物だった。

「父が、もっと学校をつづけさせてくれればほんとうにいいのですけれど。」寿美子はさびしそうに云った。

「つづけさせて下されば、どこへお這入りになります。」

「目白の英文科か、英学塾か、どちらかへ這入りたいと思いますわ。」

「英語はお得意ですか。」

「いいえ、でも、外《ほか》の学科よりは自信がありますわ。」

だが、長く東京に居て、長く会っていれば、結局お互の苦しみを、それだけ引き延ばすことではないか。だが、引き延ばしてもいい、一日でも二日でも長くいて貰いたい、そんな未練も湧いて来る。

谷中の墓地へ来ると、人目は少しもなかった。寿美子も、ちゃんと並んで歩いた。前川は、歩きながら、しばしば寿美子の顔を見た。彼は、今日限り会えない愛人の面影を頭の中に、ふかくふかく刻みつけようと思ったからであった。彼は寿美子の横顔を見つめては、じっと目を閉じて、それを頭の中にきざみつけた。とうとう、おしまいに寿美子が、気がついて云った。

「どうして、今日は私の顔を、そんなにジロジロ御覧になりますの。」前川は、少しテレて顔を赧《あか》くした。

「これが最後ですから、生涯お忘れしないようにと見ているのです。」

「そんな悲しいこと、仰しゃっちゃいやですわ。そんなこと仰しゃらなくても悲しいのですもの。」寿美子は、いつの間にか涙ぐんでいた。前川も、急に胸が一杯になった。

「私の写真さし上げましょうか。」寿美子は、突然云った。

「いただいて、かまいませんか。」

「かまいませんとも。」

「じゃ、いただきましょう。」

前川は、さびしさの内に、一縷《いちる》の慰めの糸を掴んだ気がした。だが、写真などを貰っていると、一生涯苦しみの種になるのではないかと云う気もした。

「じゃ、大阪へ帰ってから学校の方へお送りして置きますわ。」

「どうぞ。」

いろいろの墓石に、早春の日が、うらうらとさしていた。樹木の多い墓地は、静かで清浄だった。

二人は、低い石垣に並んで腰をかけた。

「お手紙は、さし上げてはいけませんねえ。」

「ええ、でも、これきりになるのは、何だか寂しゅうございますわねえ。」

「一年に一度、年賀状だけでも、差しあげることにしましょうか。」

「私は、ときどき差しあげますわ。」

「そうですか、それは、ありがとう。」

二人は、まただまった。愛し合っている男女が、お互を待っているときは、時計の針は蝸牛《かたつむり》のように遅い。だが、会っているときは、それは矢よりも早く飛び廻る。四時間が、またたく間に三時間になり、二時間になってしまう。やがて、この生涯で二人の一緒にいる間は、たった一時間半になってしまった。

日が、かげったので、二人は墓地を出た。人影のうすくなった上野公園へ這入った。博物館裏のさびしい道をさまよった。夕暮と一緒に別れるときが迫って来ると、生別の悲しみが二人の腸《はらわた》を喰いさき始める。

青い瓦斯《ガス》の灯のともった桜の林の中を通りながら、前川は最後の言葉を云った。口調が、ヘンに改まってきこえた。

「もう五十分です。いよいよお別れです。ほんとうに、すみませんでした。僕が、あなたとお近付きになったのが、いけなかったのです。でも、僕はあなたとお目にかかる度に、あなたを愛せずにはいられなかったのです。僕が、一生に愛した女性はあなた一人です。最初でそして最後です。僕は一生涯あなたを愛しつづけるつもりです。これかぎりお目にかからなくとも、僕の生涯を通じてのあなたに対する愛を信じて下さい。」

一緒に歩いていた寿美子が、よよと泣き出すと、崩れるように、よろめいて、道傍《みちばた》の桜の幹に寄りかかった。寄りかかったまま さめざめと泣きつづけた。

前川も、寿美子に寄り添ったが、涙が湧くように流れた。まだいろいろ云いたいことがあったが、寿美子の心を擾《みだ》してはならないと思ったので、何も云わないことにした。

寿美子は、やっと泣き止《や》んだ。もう時間が迫っていた。二人は、停車場へ急がねばならなかった。公園の広い通りを、二人は並んで歩いた。前川は、自分の傍《そば》に寄り添う寿美子の肩をいだきかかえた。処女に対して、こんなことをしては悪いと思っていたが、このくらいな愛撫《カレッス》は、これが最後だからゆるして貰いたいと云う気もした。

いつの間にか山下の明るい所へ出た。二人は人目をさけて、はなれて歩かねばならなかった。

「ねえ、菊岡さん、あなたは先へ山の手線の電車へ乗って下さい。」

「いいえ、私がお送りします。」

「いや、あなたが先へ乗って下さい。それから、僕は汽車に乗りますから。」

「いいえ、私に送らせて下さい。」

「いいえ。そんなことはいけません。あなたが、お乗りになると、僕は安心して汽車にのれますから。」

「いいえ。いけません。私がお送りしたいのです。」

前川は、寿美子としばらく云い争った。だが、こんなときに云い争いなどすべきでないと思った。

「じゃ、ジャンケンしましょう。そして、勝った方の云う通りにしましょう。」

った。

「ええ、いいわ。ジャンケン、ぽい。」

寿美子の涙にぬれた顔に微笑がただよって、彼女の小さい手が紙になった。前川は石だった。

「ああ、うれしい。やっぱり私が送れるのだわ。」寿美子は、自分を快活に見せようとした。

前川は、断頭台に引かれる者の気持が、初めて分ったような気がした。汽車は六時と限っていない、もう一汽車延ばそうかしら。だが、寿美子が男々しく決心しているのに、男の方が、そんな女々しいことは云えなかった。

前川は、公園に来る前に、駅へ一旦《いったん》寄って預けて置いてあった手荷物を受け取った。二人はつづいて改札口を通った。新婚旅行！　そんな言葉が、前川の頭をかすめた。

プラットフォームを歩きながら、寿美子は、ふとこんなことを云った。

「でも、またいつかお目にかかることが出来るような気がしますわねえ。」

「そうです。人生の事は分りませんからね。」

そう云った後で、すぐ『瀬を早み岩にせかるゝ滝川のわれても末に合はむとぞ思ふ』と云う百人一首の歌が、浮んだ。だが、妻子のある自分は末に会って見たところで、再び苦しむためではないかと思うと、前川は心がいよいよ暗くなった。荷物で車中に席を取った後、再びプラットフォームへ出て来た。

寿美子は、しくしく泣きしきって、顔を上げなかった。

「ねえ、寿美子さん。そんなに泣かないで下さい！　僕は、一生涯あなたを愛しているのです。そんなに悲しまないで下さい、たといこのままお目にかかれなくとも、お互に愛し愛されていると云う記憶だけで、われわれは十分生きて行かれると思うのです。」

前川は、自分にも自信のないことを云った。寿美子と離れた後、今まで通りに生きて行かれるかさえ分らなかった。

出発を知らせる鈴《ベル》が鳴った。

「左様なら、御機嫌よう。」寿美子も、涙を払いながら云った。

「左様なら。」前川は、ちょっと離れようとして、再び寿美子に近づいた。そして、彼女の耳に口を寄せた。

「生涯、あなたのことは忘れません。もしあなたが、将来万一不幸に陥るようなことがあったら、私はどんなことでもします。万一のときはどうぞ、私を思い出して下さい。」

汽車は、動き出しそうになった。前川は、駭《おどろ》いて汽車に飛びのった。寿美子も、それを追いかけるようにして、乗降台《デッキ》にのった前川に手を差し出した。前川はそれを握りしめようとした。だが、そのとき、ガタリと云う車台の音がして汽車は動き出した。前川の手と寿美子の手は、軽く指先がふれただけだった。

「さようなら。」寿美子は、悲鳴のように叫ぶと、人の見る目もいとわず、二三間ばかり、客車を追うてはしった。みはった寿美子の眼が、いたいたしかった。

「さようなら。」前川は、その言葉に全身の愛をこめて、寿美子に残した。

こんなときに、機械の力はありがたい。何等の容赦もなく、離れがたきものを引き離してくれる。

幸いに、二等室には客が少かった。前川は、流れ出る涙をぬぐわずに、しばらくの間は、さめざめと泣いていた。それから、車窓から首を出して、いつまでもいつまでも東京の灯を見ていた。ふと一高時代の寮歌が、頭の中に浮んだ。

今別れては、いつか見む
幾年《いくとせ》春は廻《めぐ》るとも
いかいらんの花咲く下に
再び語ることやある。

げに、今別れては、いつ相見るときがあるだろう。たとい生涯に廻り会うことがあっても、もう最愛の彼女は、自由な処女ではないだろう。自分が、彼女を心から愛した以上、また彼女も自分を心から愛してくれた以上、すべてを犠牲にして一緒になることが、正しいのではあるまいか。それを避けるのは臆病なのではあるまいか。彼女だって、初恋の自分と別れて、他の男性の手に抱かれて、果して幸福になれるだろうか。別離の悲しみと、とにかく愛人を永久に失った苦悩とがひしひしと前川をさいなんだ。

彼の生きている世界が、悉《ことごと》く光を失った如く見えた。今、彼に残っているものが、すべてイカモノで、ただ上野駅のプラットフォームに残したものだけが、人生の真実のように思われた。

愛する者の不安

四月に這入《はい》った一日《あるひ》、照子は女中を連れて買物から帰って来ていた。折から騎兵の一隊は、代々木の原を横切り、蹄《ひづめ》の足音高く街の中へ這入って来た。照子は背後を衝かれる思いがして、あわてて路《みち》の片端へ身を避けた。

「お嬢さま、お危うございますよ。」

女中は、照子の方へ駈け寄ろうとする暇もなく、前進して来た騎兵の先駆に引き裂かれて、照子と反対の路傍の方へ除《よ》けていた。

照子は、この眼前の一団の兵士を見ていると、何となく雄々しい異性の肉体の圧迫を身に感じた。

『馬鹿馬鹿しい』と、彼女は自分を嘲《あざ》けるように思ったが、しかし隊伍を整えて堂々と押し寄せる雄健な異性の波には、不思議に彼女の胸も躍った。

『男性の感じ――でも、信一郎様が、私の身近くにいるときとは、どこか違う。どこか?』

照子は、そんなことを考えながら、襲いかかる砂けむりから、ハンカチーフで鼻や口を掩《おお》うた。

一隊が、通り過ぎると、停《とま》っていた車や人々が動き出した。

「お嬢さま、私ああ云う勇《いさま》しいのも好きでございますよ。」

「いいものね。」

しかし、一人一人の兵士を引き離して考えると、何だかうすぎたなく、男としての信一郎が、また特別に美しく思われ出した。

実際、彼女は片時も、信一郎のことを考えないときは、ないのであった。一人の男を見ると、彼女はいつもその男を信一郎と比較していた。そして、いつの場合でも、未来の夫であり、現在の愛人である信一郎が遥《はるか》に立ちまさって見えた。すべて恋する者に取っては、その愛人が何人《なんぴと》よりも、美しく良く見えるのが普通であるように。

照子が、家に帰って見ると、信一郎から手紙が来ていた。中には、何の用事もない文章がかいてあった。恋人同志の手紙と云うものは、大抵の場合何にも用事のない文章であるが、信一郎の手紙も、彼の昨日の日記をそのまま写しとったようなものである。でも、それが照子に取っては楽しみであった。昨日の正午過ぎ、自分が花畑で草をむしっていたときは、信一郎は丸善の二階で棚から洋書を引き降《おろ》していた。昨日の夕、自分が蓄音器でミッシャ・エルマンを聴いていたときは、信一郎は犬とふざけていた時に当っている。照子はそんな些細なことまで比較《ひきくら》べて、考えずにはいられなかった。今、別々な二つの生活が、日々一つになろうとして近づきつつあると云うことを考えるのは、結婚前の愛人同志に取っては、愉快な考え事に違いなかった。

しかし、二つの生活が一つになると云うことは、どう云うことか、それについては、彼女は考える暇を持たなかった。あまりに、今は楽しみに満ちていたから。

照子は、自分が幸福に充ちているとき、いつも友の寿美子と桂子のことを考えた。三人でした結婚のお約束のことを考えた。三人のうち誰が一番幸福であろうかと考えることに依《よ》って、なお照子は自分の幸福を一層、幸福にして見せようと努力せずにはいられなかった。

『ね、ね、私を幸福にして下さるのは、あなたなのよ。寿美子さんや桂子さんに負けないようにして下さいな』と、照子は信一郎の手紙を胸にあてて、ひとり呟《つぶや》きながら恍惚《こうこつ》として若葉にあたる日の光を眺めていた。

＊

信一郎の洋行の日は、段々近づいて来た。彼は巴里《パリー》の大使館附きとして赴任することになっていた。それについて、照子と結婚して行くか行かないかが問題だった。

結婚してすぐ外国へ行くのには、二人ともあまりに年が若すぎた。照子の両親も学校を出たままの彼女を、まだ年若の夫に託して、万里の波濤を越えさせることは、何となく不安だった。信一郎の両親もすぐ妻帯させて、初めての外国生活に、二人分の苦労をさせることは、愛児のために気がすすまなかった。それに外交官補である信一郎には、まだ妻加俸の恩典がなかった。いろいろ交渉があった後、愛人同志は、二三年後信一郎が帰朝する日まで、約婚のままで止《とど》まる外《ほか》はなかった。

今すぐ結婚が出来ないと云うことは、処女である照子には、愛人と別れる悲しさの外には、不満はなかった。だが、信一郎は何となく不満だった。照子の匂うような若い肉体に、一指も触れ得ないで遠くはなれてしまうことが、堪えられなかった。その上、自分の留守中、どんなことで、照子の心が変るか分らないと思った。いかに、照子を信じているとは云え、二年も三年もの間、一度も会わないと云うことは、いろいろな不安を感じさすのに十分であった。彼は、照子を自分のものにしてしまい、自分を愛人として守りつづけさせるには、どうすれば一番いいかを考えた。

自然彼には良策が一つ浮んで来た。他でもない。二人でひそかに二人だけの結婚をして置くことである。そして、彼女の心に肉体に、自分のしるしをハッキリと押して置《き》くことだ。何故、それが悪かろう。二人は愛し合っており、いずれ結婚するのに定まっているのだ。どちらの両親も二人を許しているのだ。世間並の形式を踏まないでも、二人限《き》りで実際に結婚してしまっても、悪いことはない。

そう思った翌日、信一郎は自動車で、原宿の照子の家へ駈けつけようとした。だが、その前に、ちょっと電話口に照子を呼び出した。

「もし、もし、あなたは照子さんですか。」

「いいえ、女中の菊でございます。」

「ああそう。僕分りますか。」

「ええ分ります。」

「照子さんを呼んで下さいませんか。」

「はい。」女中が照子を呼びに行った。巴里《パリー》から、こんなに電話で話せると、どんなにいいかしらと思った。

「もし、もし。」ああ照子だなと思うと、信一郎は急に戯談《じょうだん》を云って見たくなった。

「はい、はい。」

「あなた信一郎様。」

「いいえ、違いますよ。」

「あら、御戯談でしょう。」

「いいえ、僕は違いますよ。あなたは。」

「何番へおかけになりましたのです。」

「四谷の五〇〇番。」

「それじゃ違っていますからお切り下さい。」切られては、何にもならなかった。彼はあわてて、

「嘘です。嘘です。信一郎です。」

「信一郎さんですか。」

「ほんとうですか。」

「左様。」

「いやな方ですわねえ。戯談を仰《おっ》しゃってはいやですわ。」

「昨日はお手紙ありがとう。」

「私のは届きまして？」

「届きました。実は今日、どこかへ遊びに行こうと思いましてね。どうです、一緒に出ませんか。御都合がよければ、自動車で迎いに行きますがね。」

「どこへいらっしゃるの。」

「それは二人で定《き》めようじゃありませんか。」

「まだ考えていらっしゃらないの。」

「あなたの御意見を訊こうと思っているのです。」

「いやですわ。」

「じゃ、僕これから、タクシーで迎いに行きますからね。それまでに準備をしといて下さい。」

「ええ。」

「じゃ頼みますよ。」

「ありがとう。」

「それからね。」

「ええ。」

「それから。」

「なあに？」

「何か云うことはありませんか。」

「ええ。」

「じゃ、早く電話を切れと云うのですか。」

「まあ。」

「じゃ、何かお云い下さい。」

「あの、今日、ほんとうにお手紙差しあげようと思っていましたのよ。」

ましたよ。」

「でもね、照子さん、昨日のあなたのお手紙に僕が接吻《キッス》しましたら、砂が口の中へ這入りましたよ。」

「あら、そんなことあるもんですか。」

「いや、もう手紙の中へ土を入れるのは止《よ》して下さいませんか。あれは困る。左様なら。」

「ちょっと、ちょっと。」信一郎は、故意にだまって返事しなかった。

「信一郎さん、あなたちょっと、ちょっと、いやだわ。まだいらっしゃるんでしょう。」

「さあ！　まだ居りますよ。」

「いやな方！　あのね、じゃ私すぐ支度をいたしますから、来て下さいましな。」

「左様なら。」

「すぐね。」

「左様なら。」信一郎は、電話を切るとすぐ表へ出た。彼は、本郷三丁目の交叉点でタクシーを呼び止めて乗った。

「原宿。」

自動車は駈け出した。彼は車の中で、昨日読んだ小説の筋を思い出した。それは、恋人同志が結婚し、そして、やがて二人は飽き飽きしてしまい、男は他の女を捜し出し、女は他の男を摸索し始めて、とうとう銘々に新しい愛人を獲《え》て別れて行くと云う筋であった。

信一郎は、それを思うと憂鬱になり出した。もし結婚生活と云うものが、そうした課程のものならば、自分達はどうすればよいのであるか、と迷い出した。だが彼は、その小説の筋は、その小説の作者が、自分の恋愛観、結婚観に都合よく当てはめるために、左様に残忍に二人の恋人同志の運命を扱ってあるのだと思った。もしそれだとすると、いなそうに違いない以上、作者の思想は作者の思想であり、小説の読者は作者の思想に負かされてしまう必要は少しもないと思った。殊《こと》に彼は照子を心から愛していた。また照子も、自分を心から愛している。あの照子が自分に飽き始め、この自分があの照子に飽き始める。そんな馬鹿なことがあるものかと思った。彼は、俄《にわか》にその小説に反感を持ち始めた。その小説に反抗するためのみにでも、自分は照子を完全に愛しつづけて見ようと決心した。

自動車が、照子の家の門前に着くと、照子は信一郎を待っていたものと見えて、庭の梅の木の下から駈け出して来た。純白なスカーフを若葉の中で、なびかせながら、照子は欣《よろこ》びの眸《ひとみ》を信一郎に投げた。

信一郎は、自動車から降りると、玄関に立っている照子の母に挨拶した。

「小母《おば》さん、ちょっと今日は照子さんをお借りして行きますよ。」

「ええどうぞ、おねがいします。」と、照子の母は懐しげに彼に云った。

そこで、信一郎は照子と一緒に、自動車に乗ろうとした。

「どこにしますかね。」

「あら、まだ定《き》めていらっしゃらなかったの。」

「あなたと相談する筈《はず》だったじゃありませんか。郊外にしましょうか。それとも。」

「ええ、私郊外の方がようございますわ。」

「じゃ、井《い》の頭《かしら》へ行きましょうか。」

「ええ、お好きな所へ。」

「井の頭へ行って貰いたいのだが、自動車でゆけるかね。」と彼は運転手に云った。

「行かれます。だが、市外は賃金が二倍になりますが。」

「いいとも。二倍でも三倍でもいいよ。」信一郎は、四倍でも五倍でも出してもいいほど、嬉しかった。

二人は、車上の人となった。

「あなたはいけない方ですわね。」と、照子は信一郎を睨《にら》んで云った。

「どうしてです。」

「でも、さっき電話であんないたずらをなさるんですもの。」

「あはは、でも僕が電話を切った後で、あなたがどんな悪口を仰《おっ》しゃるかと思って、だまって聴いていたのです。」

「まあ、ひどい方。」照子は横を向いて、怒って見せた。

信一郎は、右の手でソッと照子の左の手を握った。

「そんなに、今頃怒るものじゃありませんよ。今日は、まだまだこれからじゃありませんか。今頃から怒り出すと、夕暮までに大喧嘩でもしなければなりませんね。」

　左の手を握られた照子は、顔を赧《あか》くしながら、窓外の風物を眺めていた。

「煙草《たばこ》を吸ってもいいでしょう。ね、あなたは煙《けむ》くありませんか。」

「いいえ、どうぞ。」

　車は、青い武蔵野が、だんだん住宅地に変りかけていながら、なお所々の雑木林などに、昔の面影を止《とど》めている郊外の大道を走っていた。

「二人で、こんな景色を見るのも、もうしばらくですね。」

　信一郎は、煙草に火を点けながら、何心なくそう云った。と、照子の瞳は、急に涙ぐんで光った。実際二人でこうして日本の風物に親しむのも、しばらくの間であった。すぐ照子は長い未来の幸福を待つために、じっと孤独の生活を続けねばならないのだ。しかし、そんなことを今更《いまさら》云っている時ではなかった。だが、その寂しさを今から考えると、照子は堪《たま》らなく悲しくなった。

「あなた、ほんとうにお身体を大切にしていて下さいな。」

　と、照子は今が別れであるかのように、信一郎の方へ向き直って云った。

「また、そんなこと仰しゃるんですか、外国へ行っていたって、ただ距離の問題だけじゃありませんか。」

「でも、私気が気でありませんわ。」

「そりゃ、僕だってそうですよ。だけど、僕はそう云うことは考えないのです。これは少し、あなたに対して冷酷かも知れませんが、どうぞ待っていて下さい。未来が良くなることは、我々には約束されているのですからね。それを考えて、お互に慰めていようではありませんか。僕だってあなたと同じですよ。淋しいのは。」

「でも、男の方って羨《うらや》ましゅうございますわ。そう云う心になることが出来るんですもの。」

「それは、皮肉ですか。」

照子は、うなだれたまま答えなかった。

「皮肉だとすると、少し参りましたね。」

「でもそうですわ、私いつまでもお待ちしますけれど。」

「そう云うことは、もう云わないで下さい。でないと、僕外国へ行くのが、だんだんいやになります。」

「あら、私そんな考えで云っているんじゃありませんことよ。私ただ淋しいんですの。ひとりになってしまって、じっと淋しい日を送るんだと思うと。」

「ああ、もう麦が大きくなりましたね。」と、信一郎は話を変えた。

「ああ麦ですわね。東京に居ますと、麦なんか見られませんわね。でも、こんな田舎で一生二人で暮しているのもいいものでしょうね。」

「あなたは、外交官の夫人としての生活より、そんな生活がお好きですか。」

「いいえ。でも田舎でもいいから一緒に居られるのはいいですわ。」

「だって、一度都会で育った人は田舎には長く棲むことが出来ませんよ。」

「でも、私は出来ると思いますわ。」

「それは思われる程度の実感です。棲んでみるとすぐ飽きてしまいますよ。」

「あなたは、そんなにお飽きになるの、まあ！」

「何が、まあ——です。」

「いいえ、何でもありませんわ。」

信一郎は、照子の云おうとした言葉の意味を考えた。

「ははあ、あなたは僕が飽きっぽい性質だと云いたかったんですね。」

「いいえ。そうじゃありませんわ。」

「いや、分りました。僕は、またあなたが飽きっぽい性質じゃないかと心配していたんですよ。」

「まあ！」

「いや誰でも、自分の愛する人は、飽きっぽいかどうかと云うことを一番知りたがろうとするものです。あなたが飽きっぽい人だと云うんじゃありませんよ。ただそう云う疑いが起り出すと、たといそうでなくても不安な気がするのです。実際、飽きっぽい人間ほど、仕方のない人間はいませんからね。僕はいつも思うんですが、飽きっぽい者ほど救われない人間はないと思うんですよ。そう云う人間だけは、妻に持ってもいけないし、良人《おっと》に持ってもいけないと思うんです。」

「でも、そう云う人は沢山いますわねえ。」と、照子は云った。

「それも皮肉でなければ結構ですが。」

「私あなたを飽きっぽい方だとは一度も考えたことはございませんわ。あなたが私をそうお考えになったかどうかは知りませんわ。」

「宜《よろ》しい。もう分りました。」

「でも私残念ですわ。」

「いや、それももう、いいんです。」

照子は、信一郎の愉快な云い方に笑い出した。

「あなたは勝手な方ですわね。」

「それよりも、僕に一つ気にかかることがあるんですよ。」

「どんなことですの。」

「僕の洋行中のあなたのことなんです。」

「それは、どうぞ御心配下さいますな。」

「いや、これだけはちょっと心配ですね。あなたに何と云われたって、どうも。」

「どうしてですの？」

「なぜだか、僕はあなたに誘惑が来そうな気がするんです。」

「あなたは、私を軽蔑していらっしゃるんですわ。」

照子はぷんと怒った。

「そう思われそうなので、実はだまっていたんですよ、だけど僕の身になって考えてごらんなさい。とにかく、あなたは余りに美しすぎるんです。あなたほど美しければ、他人はだまって見ているものじゃありませんからね。そこが僕の心配な所なんです。」

「まあ、いやだわ。私が美しいなんて。それでどうだと仰《おっ》しゃいますの。」

「その次ぎはお分りでしょう。」

「私が誘惑されるとでも仰しゃるのですか。」

「いや僕が、そう思うだけなんです。」

「あなたは今日は失礼なことばかりおっしゃいますのね。」

照子は、涙ぐんでいた。

「どうぞ、まあ赦《ゆる》して下さい。僕が外国へ行った後々が不安なんです。僕がいなくなれば、急にあなたは淋しくなりますよ。淋しいときには、女の人は誘惑され易いですからね。」

「まあ、どうしてそんなひどいことをおっしゃいますの。」

照子は、心から怒りかけた。

「そう云う風に、きっぱりと怒って下さい。そうして、怒って下さると僕は安心するのです。」

「まあ。いやな方！」

照子は涙ぐんでいる眼に微笑を浮べた。

秘密の結婚

井の頭公園の杉林が見え始めた頃、二人は自動車から野中の道に降り立った。

二人の周囲には、新鮮な緑の原野が、開けていた。だが、信一郎には周囲の風物が何となく自分の気持にそぐわなかった。彼は、照子との秘密の結婚をどう運べばよいかと云うことで心が落ちつかなかった。

彼は、それを罪悪でないと断定した。単なる性慾ではない、自分達の関係をしっかりと堅めるためにすることだ。照子を、永久に自分の物にして置くためのいとなみだ。それは自分のためにもなれば彼女のためにもなるのだ。どんな意味でも、彼女を不幸にすることではないと思った。

二人は森の中を突き抜ける道を歩いていた。彼は人通りの少い方へ方へと歩いた。

「照子さん、僕は今日はどうも落ちつかなくて困りましたよ。」

「私もですわ。」と照子は云った。

信一郎は、照子がもう自分の決心を見破っているのではないかと思った。もし、そうなら彼女は自分を何と思っているだろう。自分の意志に従うために来ているのか、それとも自分を信頼しきっているか、それが信一郎には分らなかった。

「照子さん。今日は僕、あなたに永久に変らないと云うしるしを見せていただきたいのですが。」

「ええ、見せますわ。でも、どうすればいいのです。」

照子は無邪気であった。

「つまり、あなたが僕以外の男性と結婚出来ないようになっていただきたいのです。」

「ええ、なってもいいわ。どうすればいいのです。」

照子が、平気であればあるほど、信一郎は恥しくなって、言葉がにごった。

「つまり、今日、あなたは僕と結婚してくれませんか。」

照子は、初めてそれを感じたように真赤になった。

「お判りになりましたか、僕が洋行する前に、二人の間だけで結婚して置きたいのです。」

「でも、そんなことをしていいでしょうか。」

「いいですとも。二人の間を、堅固にするためです。そして、僕に安心をさせて下さい。そうして下されば、僕はあなたの愛を信ずることが出来て、安心して外国へ行かれるのです。」

照子は、うつむいたまま黙っていた。

「こんなことを云い出すと、非常に僕が汚く見えるでしょう。それが、僕には恐かったのです。あなたから、僕が汚く見られると云うことは死ぬより恐しいんです。だけど、あなたはそんな風に思って下さらないだろうと思っていました。とにかく僕はどうしても、そうして置きたいのです。そして、それがお互の未来の幸福の礎石になると思うのです。」

信一郎の顔は、だんだん赤く熱して来た。照子の顔も赤くなった。

二人は、路《みち》から外れて森の奥ふかく這入《はい》って行った。雑草が、足にからまりついた。鳥が梢《こずえ》から梢を渡って囀《さえず》った。だが、二人にとっては自然の美しさは、どうでもよかった。今宇宙の中に信一郎にとっては照子だけが存在した。照子にとっては、信一郎だけが存在した。二人は完全に二人切りになれるところが欲しかった。二人を他のすべてから隠してくれるものが欲しかった。それは茨《いばら》でもよかった。毒草でもかまわなかった。

「どうぞ、どうぞ。」

照子は、そう耳許で囁く信一郎の声を夢のように聞いた。彼女とて、信一郎以外の男と結婚出来ぬようになることは、欣《よろこ》ばしいことであった。何かしら、心の裏《うち》で警告するものがあったが、彼女の全身の熱情は信一郎の肉体へ崩れかかった。

彼女は、自分でどうにもならない自分自身を見出したとき、涙がはらはらと流れて来た。

「お母さんに済まない。お母さんにすまない。お母さん、お母さん。」

彼女は胸を圧《おさ》えてひとり心の中で叫びつづけた。

＊

しばらくして照子が自分に帰ったとき、若芽を吹き出した灌木《かんぼく》が、自分の頬に触れているのを感じた。信一郎は、頭を垂れて祈るように黙然《もくねん》として、自分の傍《そば》に坐っていた。万事は済んだ。と、照子は両手で顔を蔽《おお》うて泣き始めた。が、それは悲しみではなかった。長い処女の日の最早遠く飛び去っている淋しさであった。それは取り返しがたいものを失ってしまった絶望だった。

「泣かないで下さい！　泣かないで下さい！」

信一郎は照子の肩に手をかけて、哀願した。照子は、黙って地にひれ伏していた。

「僕はすべてに責任を負います。安心して欣んで下さい、私達だけの結婚を、お互に欣ぼうではありませんか。あなたに泣かれると、僕は非常に悪いことをしたように思うのです。ね、ね泣かないで下さいね。」

そう云われると、照子は泣いていいのか、笑っていいのか分らなかった。が、事実彼女は悲しかった。が、事実彼女は欣ばしかった。

彼女は、ちょっと顔を上げようとしたが、そのまま信一郎の膝の上へ突《つ》っ伏《ぷ》した。

「あなたが悲しんでいらっしゃるのは、そりゃ僕には分ります。だけど、いずれこうなったのです。早かれおそかれ、こうなったのです、これでどんなに離れていても、どんなに会わないでも、私達はお互に安心していられるのです。私達は事実上の夫婦になったのです。」

照子の悲しさは、だんだんと薄くなって来た。それと同時に、信一郎がやがて遠く海を越えて行く日の寂しさが、前よりも切実に照子の胸へ迫って来た。

井の頭から、帰って来ると、照子は自分の机の上に、大阪にいる寿美子から手紙が来ているのを見出した。信一郎で一杯になっている彼女の胸にも、なつかしい友の手紙は、別な刺戟《しげき》であった。

照子さま、その後はいかがお暮しですか。私はただ一人大阪で寂しく寂しく暮しています。学校時代がむしょうになつかしく思われてなりません。そして東京が恋しくて恋しくてなりませんの。毎晩毎晩、あなたと一緒に省線の電車に乗っている夢ばかり見ています。一日でもいいから、あなたと一緒にもう一度学校へ通って見とうございます。でも、照子さんなんか現在の生活が、どんなにおたのしいでしょう、あなた愛人《ディア》さまと、今日はどこへいらっしって？　私には、何の楽しみもありません。毎日毎日縁談の話ばかりする父や母が、むしろいとわしく思われます。例のお約束など、私が実行することは決してありませんわ。決して決して。昨日は三度目の縁談を断りましたの。母は、結婚に女のすべての幸福が宿っているように思っていますの。私は、そんな馬鹿馬鹿しい幻想《イリュージョン》は持てませんわ。私は意地になっても結婚しないつもりですわ。どんなに不幸になっても結婚いたしませんわ。あなたは、どうぞ一日も早く幸福な結婚をあそばせな。ときどきお手紙を下さいませ。

世の中で一番不幸な
寿　美　子より

一番幸福な
照　子　さま

照子は、寿美子の不幸の原因を考えることが出来なかったし、意地ばりの強い寿美子が、ひとりで不幸がっているのだと思うと、そう気の毒だと思えなかったが、それでも何となく寿美子の生活が気になった。
彼女は、その日、長い手紙を寿美子に書いた。彼女をいたわったり、また自分の激しい欣びを、それとなく洩《もら》したりした。

不幸中の幸い?

信一郎の渡欧の日が迫って来た。照子は日々信一郎に、一本ずつ手紙を出し、一本ずつ手紙を貰った。それにも拘《かかわ》らず二人は一日隔《お》きに顔を合せていた。そして、一日に二三度は電話をかけ合った。

照子は信一郎との秘密な結婚で、処女を失った悲しみも、今は全く忘れていた。彼女は日々何の忙《せわ》しい事もないのに、何だかせかせかとして落ちつかなかった。そして、時々思い出したように泣くことがあった。

「もう、あの人は行っておしまいなさるのよ。もうすぐなんだわ。遠い海を越えて、私は毎日どうして暮せばいいのかしら、二年も三年もの間……」

そして、彼女は人目を忍んで泣いた。

信一郎が出帆の日がとうとう来た。

その日照子が、横浜まで見送りに行くか行かないかは、二人の間で長い間の問題であった。横浜の埠頭《ふとう》まで来て、照子に取りみだされては、信一郎はとても堪らないと思った。その上、自分までが、見送りの人達の前で、醜態を演じたりしては、一生の不覚だと思った。

「いいえ、大丈夫だから横浜まで送らせて下さい。」

と、哀願する照子を宥《なだ》めすかして、どこで別れても結局同じだし、殊に横浜まで来たところで人前で心置きなく、別れの言葉も交せないのだから、始終人前で、いらいらして苦しむよりも、東京駅でアッサリ別れた方が、お互に苦痛を少くするのではないかと信一郎は云った。照子も、とうとうその説に従った。

その前夜、照子は、とうとう一睡も出来なかった。朝七時頃に床を離れると、すぐ信一郎に電話をかけた。

「あなた信一郎さまでございますか。」

「ええ。」

「私照子ですの。」そう云い了《おわ》らぬうちに、もう彼女は涙が浮んで来た。

「たいそう早いんですね。」

「ええ、私昨夜《ゆうべ》はちっともねむれなかったの。」

「僕だって同じです。」

「今日、あのう二人切りでお話し出来ませんかしら。」

「さあ、朝から友達が来る筈《はず》になっていますけど。」

「私幾時頃、お伺いしたらいいでしょうか。」

「どうぞなるべく早く。」

「九時までに伺いますわ。」

「人前で、決して泣いてはいけませんよ。」

「ええ大丈夫。」電話を切ると、照子はすぐ支度をした。

母が女中を連れて行けと云うのを、照子は肯《き》かないで、自分一人で出かけた。

信一郎の泊っている本郷の素人下宿へ行ったとき、信一郎の部屋は友達や親類の者で一杯だった。信一郎が、上れ上れとすすめるのを照子はこんなに悲しいとき、初対面の人に会うのが苦しかったので、信一郎と玄関で立話をしただけで、自分一人東京駅へ先に行くことにした。

彼女は、その家を出ると、足がふらふらした。彼女は電車に乗ったが、何者かを怨《うら》むように、絶えず胸の中で問いつづけた。

「なぜ信一郎さまは、お行きになるのだろう。」

実際どうして、今頃二人は別れなければならないのか。その運命が、彼女には不思議でならなかった。

照子が東京駅に着くと間もなく、信一郎は、多くの人達に取り巻かれて、東京駅へ来た。照子は、すぐその傍《そば》へ駈けて行くことも出来なかった。信一郎は、躊躇《ちゆうちよ》している照子を見ると、遠くから眼で合図をした。

信一郎は、駅で待っていた一団の見送り人に取り巻かれて、挨拶を交していたが、急に仲間から離れると、つかつかと照子の傍へ進んで来た。

「お待たせしましたね。」

「いいえ。どうぞ私にはおかまいなく。」

「いや。ちょっと友達をこうして、羨ませてやるんですよ。」信一郎の戯談《じょうだん》も今日は悲しかった。

「あら、いやでございますわ。」

「お身体を気をつけて下さい。」

「あなたこそ、どうぞ。」

「一週間に一度以上、手紙を下さいね。」

「もっと、もっと差しあげますわ。」

照子は、そう云うと危く泣きそうになった。

「じきに帰って来ますよ。一年半ぐらいしたら、きっと帰って来ます。」

「どうぞ、お早く。」

照子は、人目がなかったら、信一郎と会えない二年三年の間の涙を一度に出してしまいたかった。信一郎の見送り人が恨めしかった。しかし、人目がなかったら、とても別れられないだろうと思うと、人目と云うことが、結局こんな場合の救いであるような気もした。

友達の所へ信一郎が帰って行くと、一しきり笑声が起った。皆の視線が照子の方へ投げられた。彼女は真赤になった。

出発の時間が迫って来た。人々は改札口を通って、プラットフォームへ押し流された。照子はもう胸が激しく鳴り出した。彼女は夢中で信一郎の姿を見詰めながら、進んで行った。

信一郎は、横浜行きの電車に乗ると、すぐ窓から首を出した。そして、照子を眼で、さしまねいた。照子も人目をはじず、窓の前へつつと歩き寄った。

「さようなら、御機嫌よう。」その言葉の中に、照子は信一郎の限りなき愛を感じた。

「御機嫌よう、お大事に。」照子も、あらゆる思いをこめて云った。

電車は動き出した。照子は、心臓が抜き取られて行くように感じた。信一郎の顔が照子の涙の中で小さくなって消えて行った。

香港《ホンコン》、シンガポール、コロンボ、スエズ、日本を離れれば、離れるほど、信一郎の手紙は長くなって行った。思慕の情が距離に比例して激しくなって行った。手紙が来る度に、照子は欣《よろこ》んで悲しんだ。

マルセーユから、手紙が来たとき、照子は信一郎恋しさに、女中を連れて井の頭へ行った。そして、その夜信一郎に出す手紙に、次ぎのような文句を書いた。

『今日、私はどこへ行ったとお思いになりまして、私いい所へ行きましたの。もうすっかり新緑になっていましたわ。若笹が延びていましたわ。私の頬を撫でた灌木には赤い実がなっていましたわ。水色の若葉が、美しい翳《かげ》を作っていましたわ。私は毎日それはそれは寂しく暮しておりますの。』

だが、巴里《パリー》からは一枚の絵ハガキが来ただけだった。手紙はいつまで待っても来なかった。張り裂けるような心で、照子は毎朝郵便配達の来るのを待っていた。西洋封筒が来ると、飛び立つ思いで取り上げた。だが、それには日本の切手がはってあった。

一月ばかり待った。照子は狂おしい気になっていた。彼女は、毎日毎日大使館気付の手紙をかいた。

『どうぞ、どうぞお手紙下さいませ。狂おしいまでになっている私を、あわれと思って下さい。』そんな風な文句を、いくつもいくつも書き並べた。

ある朝、巴里からの手紙を待っている照子の手に、仙台の藤木信吉《ふじきしんきち》という人の手紙が渡された。藤木！　それはなつかしい信一郎の姓であった。

照子は、胸をとどろかせながら、封を割《さ》いた。

拝啓

向暑の候に御座候ところ、貴家皆々様御機嫌よく御座なされ候や。陳者《のぶれば》愚息信一郎事、五月下旬巴里《パリー》到着と同時に発病、病臥十余日、種々手を尽し候えども療養叶わず、去る六月十九日死去いたし候旨、外務省より通知有之《これあり》候まま御通知申上げ候。病名、臨終の模様等は、精《くわ》しき通知有り次第更に御報《ごほう》致すべく候。御同様愁傷至極、筆紙に尽しがたく候。先は御報知まで。

藤木信吉

長沼照子さま

「お母さん！」

照子は、悲鳴を挙げて、溺《おぼ》れる者のように母を呼んだ。

＊

照子は、日々夜々泣きつづけた。

照子の涙が、表面だけはやや乾いたように見えたとき、母は云った。

「でもね。まあ、結婚式を挙げなかったのが、不幸中の幸いだよ。結婚式を挙げて置いて御覧！　十九で後家さんになってしまったのだよ。」

照子は、それを聴いて母をにくんだ。愛する信一郎のために、公然と後家さんになれたら、どんなに本望であったろう。彼女は、後家になることを少しも後悔しなかった。ただ、秘密の後家であることが、彼女の悲しみだった。いかにして、秘密の後家を立て通すかが彼女の悩みだった。

彼女は、愛人の死を寿美子に報じた後に、堅い決心をかき加えた。

『私、死んでも結婚いたしませんわ。決して決して。だから、あのお約束を実行することは決してありませんわ。』

*

寿美子も照子も結婚しないつもりでいた。だが、世間は——人生は彼女らのわが儘《まま》を許すかしら。

幸福の時計

桂子には、欣《よろこ》びが手をつないで来た。それは卒業につづいての結婚であった。

彼女の良人《おっと》たるべき人は、三井物産に勤めている守山義雄《もりやまよしお》と云う法学士であった。知事上りの貴族院議員を父に持っているだけに、どことなく貴公子風な典雅な好男子であった。良人に持つことが少し不安になるくらい美貌であった。でも、美しすぎると云うことは、縁談の故障にはならなかった。

二月の半ば頃から、桂子の家には、高島屋の番頭が、毎日のように詰めかけていた。男の子は三人あるが、女の子は桂子一人しか持っていない桂子の父母は、娘の嫁入支度にあらゆる栄耀《えいよう》をゆるすつもりでいた。

「ねえ、桂子、夏の帯は十本あればいいだろうねえ。そんなに華美《はで》な柄ばかり買って置いても、年が行ってからはしめられないんだから、でも、もう一つこのつづれを貰って置こうかねえ。」

そんな風に、後から後から衣裳が殖《ふ》えて行った。

この着物には、この帯この羽織と、それぞれの組合せを作って、四季を通じての羽織だけでも幾十枚とも数え切れないほどだった。

帯止めは、ダイヤ、珊瑚、翡翠《ひすい》と、それぞれの宝玉を尽した上に、彫金の大家夏雄《なつお》の彫った芙蓉に小鳥のかなものは、母からのお譲りで、時価千円を下らないものであった。

指環は、素人にあまり大きいのも可笑《おか》しいと云う配慮もあったが、それでも三カラットを越す性《しょう》のよい燦然たるダイヤが、三千円近い価《あたい》で求められた。

それでも、父母が桂子のために取って置いた金がまだ残った。その残りの二万円に近い金は、確実な株券として、その利子が、桂子のお小遣いに当てられる筈《はず》だった。

こうして桂子は、あらゆる幸福に価《あたい》する三国一の花嫁御であった。

見合いは、正月の初めに済んでいたけれども、婚前交際と云うような意味で、桂子は大学に行っている兄に連れられ、未来の良人との三人づれで、三四度も芝居を見に行ったり、音楽会を聴きに行ったりした。

　こんなとき、守山は快活で如才がなく、頼もしく愉快な同伴者であった。幕間《まくあい》に、「さあ。食堂へ行こうじゃありませんか。」と、食堂へ行って見ると、満員で座席のない人が渦を巻いている。『おや、困ったな』と思っていると、ちゃんと向うの隅に、守山様と小さい札が立っていて、三人分の席を取ってある。桂子は、いつの間に守山が席を取りに来たのかと不思議に思うくらいである。帰りに、往来を歩きながら、走って来るタクシーを呼び止める呼吸のよさ。補助席《スペヤシート》に坐ろうとする桂子を、ムリにクッションの方へ坐らせる勧め方のうまさ。それでいて、ムダな口数をきかず、気障《きざ》でなく、どことなく男らしかった。

　桂子は、二度三度と会っている内に、だんだん守山に惹きつけられた。いよいよ結婚式の近づいた三月の下旬には、守山に対して恋愛に近い心持さえ感じていた。

　その頃、寿美子はまだ東京にいた。一日もはやく悲しみの都を去りたかったのであるが、三月の下旬に父が上京するとき、一緒に連れて帰るから、それまで止《とど》まっていろとの手紙があったので、つい東京を去るのが延びたのである。

　桂子の結婚式の日取が定《き》まったとき、寿美子は照子の家を訪ねた。

　二人は、照子の家の庭で、フリージヤの花が一杯咲いている花壇の中で話した。

「桂子さんのお式の日が定《き》まったの、御存じ。」

「ええ知っているわ。妾《わたし》、そのことで、御相談に上ったのよ。」と寿美子が云った。彼女は、この一月の間に、妙に沈鬱になっていて、照子には別人のような気がした。

「ね、何かお祝いを上げなきゃいけないでしょう。」寿美子が云った。

「ええ、そう。妾《わたし》もそう思っていたの。」

「別々に、上げるよりも、二人で一緒に上げない？」

「ええ、そう。それがいいわ。」照子が答えた。

「妾《わたし》、何か変ったものが上げたいのよ。何か奇抜なもの。」寿美子は、華美《はで》好きな家庭に育っていたので、人に贈り物などするのが好きであった。

「何がいいでしょう。あなたお考えがない。」照子がきいた。

「妾《わたし》ね、その場ぎりで、すぐしまい込まれないものがいいと思っているのよ。」

「そうね。何がいいかしら。」

照子は、何も考えが浮んで来ないらしかった。

「妾《わたし》ね、置時計にしようかと思うのよ。」

「置時計？平凡じゃない？」

「ううん。妾《わたし》ね、時間を打つごとに、大きい声で鳴り出すのがいいと思うのよ。つまりね、桂子さんが良人《ハズ》と喧嘩をするとするでしょう。そのとき、時計が鳴るとするでしょう。つまり、妾達《わたし》が『喧嘩をしたらいけませんよ。』と叱ることになるのよ。」

「おほほほほ、まあ！　いいわねえ。」照子は、うれしそうに笑いくずれた。

「でも、仲よくしていらっしゃるときは、どういうことになるの。」

「そのとき、時計が鳴れば『ようよう』と云って、ひやかして上げていることになるのよ。」

「まあ！」

「いいでしょう！」そして、二人は笑いくずれた。

桂子が、結婚式の二日前、照子の家から、使いが来た。そして、祝い物として一箇の置時計が贈られた。その時計は、上に一個の鐘が吊るされており、それが時間ごとに鳴る仕かけになっていた。それに添えてあった手紙は、次ぎの通りであった。


めでたき御結婚を心から、お祝いいたします。これは、妾達《わたし》の心ばかりのお祝いの品物でございます。この時計の針には、幸福が附いて廻るように、妾達でお祈りしてございますの。時計の針は、いつが来ても、終りと云うことがございませんわ。それと同じように、あなた方の御幸福も次ぎから次ぎへと、永久に廻るようにお祈りいたしますわ。それから、この時計は鳴りますのよ。それには、意味がございますのよ。あなた方が、あまりにお仲のいいときは、妾達が××××を焼いていることになりますのよ。またあなた方が、もしかけんかをなさるときは、妾達で「およしなさいませ」と、叱っていることになりますのよ。でも、後の方の心配は永久にございませんわねえ。

かしこ

寿美子

照子

桂子は、この手紙を見て、会心の微笑が、頬の上に浮んで来た。そして、友達の愛情をしみじみと心の中に感じた。そして、

「きっと、寿美子さんよ。この思い付きは。」と、母に話した。

結婚の幸福

桂子の結婚式は、四月の上旬、日比谷の大神宮で式が挙げられ、すぐ帝国ホテルで披露会が催された。守山の父の関係から、出席者は政界や実業界の名士が多かった。

桂子は、熱に浮かされたように、人の顔や声や光や形の渦巻の中に、数時間振盪《しんとう》されていた。

やっと、自分に帰ったのは、小田原行きの汽車で品川を出たとき、背広服に着換えている夫が、

「桂子さん、随分疲れたでしょう。」と、耳許で囁いてくれたときだった。

「いいえ。」桂子は、恥しくて夫の顔を見上げることが出来なかった。

汽車の中には、乗客が少かった。二人が夫婦としての最初の密語を、邪魔するものは、何もなかった。

「ねえ、桂子さん、媒妁《ばいしゃく》結婚だと云って、愛情がないと云うのは、ウソですよ。僕は、今あなたを恋していると云ってもいいのです。僕は、お正月にあなたと見合いをしたときから、あなたを恋し始めたと云ってもいいのです。」

車輪のひびきに、声を消されまいとして、守山は桂子の耳近く口を寄せた。その唇が、桂子のほてり切っている耳朶《じだ》に触れるばかりである。

桂子は、身体が、愛と感激とで燃えた。

「実際、僕はその後会うたびに、あなたが恋しくなったのです。僕は、月並な結婚を待つような気持ではなかったのです。恋人が、恋人との結婚を待つような気持で待っていたのです。」

「妾《わたし》もです、妾もです。」

桂子は、一生懸命にそう云いたかった。だが、処女の唇から、そんな言葉は出なかった。

彼女はただ息をはずませ、割れるように打つ心臓をじいっと抑えているだけだった。

「そんな意味で、僕達の結婚は媒妁結婚で同時に恋愛結婚ですね。もっとも、あなたはどうだか知らないが。」

守山は、ニコニコ笑いながら云った。

「まあ! ひどいことを仰《おっ》しゃるわ。」

桂子は、我を忘れて声を出した。彼女は、守山が自分の心を知ってくれないもどかしさに、涙が突然にじんだほどだった。

「ウソ、ウソ、今のはウソです。あなたも僕を愛していて下さることは、よく分っているのです。」

桂子は、やっと安心した。そして、こんなによい良人《おっと》が、世の中に二人と在るだろうかと思った。

箱根、蒲郡《がまごおり》、京都、奈良、新婚の楽しい旅に花が咲き、花が散って、桂子は二十日《はつか》過ぎて東京へ帰って来た。そして、小石川の夫の家の人となった。良人の父夫婦は同じ邸内で、全く家が別なので、桂子には姑を持つ苦労は少しもなかった。どこまで、自分は幸福なのだろうと、幾度も思った。

不幸など云うものが、自分達の結婚生活に在るかどうかさえ分らなかった。もし、在りとすればどこから侵入して来るのか、予想さえなかった。

彼女は、夫と一緒にいればいるほど、夫から不思議な力を感じた。それは、彼女の処女時代に少しも知らなかった異性に対する愛であった。彼女は、結婚と同時に初恋をしたのである。そして、その対手《あいて》は良人であったのである。もはや、父も母も兄弟もなくなり出した。彼女の眼中に在るものは、ただ夫の顔と腕とであった。

彼女の生活は、もう自分を中心としての生活ではなかった。彼女は、向日葵《ひまわり》が太陽を慕うように、グルグルと夫の方を向いていた。朝起きると、彼女は夫に食事をさせるために働いた。夫が会社へ行ってしまうと、彼女の仕事は、夫を待つより外《ほか》には、何もなかった。朝はピアノで時間を潰した。しかも、夫が好きだと云う曲目だけを練習した。それから、二階へ行って、夫の書斎を片づけた。硯箱《すずりばこ》の位置を、十二三回換えて見た。そして、やっと、これならば夫が気に入りそうな位置に置いた。

三時を廻ると、もう時計が気になって仕方がなかった。夫は、四時過ぎに社を出る筈《はず》になっている。だが、今日は何かの都合で、一時間ぐらい早く帰って来ないかと思ったりした。五時になると、もう桂子は落ち着いていられなかった。女中の手前がなかったら、停留場まで迎いに行きたいのであった。

玄関の物音に、極度に敏感になる。郵便配達が来たとき、「お帰りなさいまし。」と云って、飛び出して行って、桂子は真赤になったことがある。

だから、もし夫から電話がかかって来て、『今夜は宴会で遅くなる』など云われると、桂子は地獄へ落ちたように、がっかりして、『なるべく早く帰って下さいませね。ねえ。ねえ。』と、もう涙声になっていた。

夫もまた桂子を愛していてくれた。よく散歩に、連れて行ってくれた。芝居や、活動にも一緒に連れて行ってくれた。

ある晩、桂子が自分の部屋にいたとき、二階の書斎から降りて来た夫が、だまって背後から来て、桂子の頬に、接吻《キッス》をしてくれた。そのとき、違い棚の上に、置いてある例の時計が、カンカンとせわしなく九時を打った。桂子は、手紙の文句を思い出し、ついくつくつと笑いこけてしまった。

「何が可笑《おか》しいのさ。接吻《キッス》したのが、可笑しい。」夫は、ニコニコ笑っていた。

「まあ。そうじゃありませんわ。でもおほほほ。」

「何が可笑しいのさ。云って御覧！」

「云いましょうか。この時計が可笑しいの。」

「この時計って、お友達からくれたのだろう。何も可笑しいことはないじゃないか。」

「ええでもついていたお手紙が可笑しいの。あのねえ、妾《わたし》達があまり仲がいいときに、この時計が鳴るのは……、それから後は云えないわ。」

「何だい。僕達が、あまり仲がいいと、この時計が、やきもちを焼くと云うのだね。」

「ええそう。」

「じゃ、仲が悪いときは、どうなるのだい。」

「仲が悪くて、喧嘩をしているときに鳴るのは、『喧嘩なんかおよしなさい』と、云う意味なのですって。」

「ははは、なるほど、さすが女学生だね。」

「それから、まだ面白いことがあるのよ。」

「何だい。」

「妾《わたし》達三人がみんな結婚してしまったら、一度会って皆の結婚生活の報告をするお約束をしてあるの。」

「なるほどね。それで誰が、一番幸福か比べるんだね。」

「ええ、そう。」

「桂子さんは、何番かしら。」

「妾《わたし》、きっと一番だわ。」

「そんな自信ある？」

「ええあるわ。あってもいいでしょう。あなた、ほんとうに幸福にして下さるでしょう。」

桂子の顔には、無垢な信頼の美しい光がただよった。

「大丈夫。」

「そう、妾《わたし》うれしいわ。」

「そのお友達って、まだ結婚しないのか。」

「ええ、でも一人の方は、きまっているの。一人の方は、結婚しないと仰しゃっているの。」

「定《き》まっていると云う方《ほう》が、寿美子さんかい。」

「いいえ、定まっている方《かた》は、照子さん。」

「そう。じゃその寿美子さんにも、結婚を勧めるんだね。あなたから、すすめるんだね。」

「ええ、勧めるわ。だって、結婚は本当に幸福なんですもの。ねえ。」

だが、夫は桂子の欣《よろこ》びにつりこまれないで、じいっと桂子の顔を見ていた。

「そんなに、御覧になっちゃいや。」顔に手を当てて、夫の視線を避けようとした。

「でも、あなたが急に可愛くなったんだもの。あなたのような無邪気な人はないね。」

良人《おっと》は、急に立ち上って来て、再び背後から桂子の頰にキッスをした。

桂子は、その晩寿美子に手紙を書いた。

妾《わたし》は、あなた方が下さった時計を大切にしています。妾は、あの時計で毎日の日課をきめております。妾は幸福です。……実際あの時計の針には、幸福が、ついて廻っていますわ。ほんとうに、結婚ほど幸福なものは、ございませんわ。寿美子さんも一日も早く結婚あそばせな。

不幸の入口

桂　子

五月の二十日頃だった。桂子は、夫に連れられて帝劇へ芝居を見に行った。幕間《まくあい》に、夫と一緒に廊下へ出た。そこで、桂子は自分だけが知っている奥様に会った。二言三言挨拶した。そのために夫と二三間《けん》隔った。人混《ひとごみ》の中を夫に追いつこうとしていると、ふと向うから来かかった二人の美しい婦人が、夫に挨拶した。すると、夫はちょっと狼狽したように、妙な首の振り方をした。すると、二人の婦人は、すぐツンとしすまして夫を離れた。そして、桂子とすれ違うとき、桂子をジロジロと見た。桂子も、つい向うを見返さずにはいられなかった。二人とも美しい女だった。うすい青磁色の羽織を着て丸髷《まるまげ》に結っていた。でも、二人とも芸者であることが桂子にもすぐ判った。

幕が開いてから、気が付いたことだが、その二人の婦人は、桂子の前列で右へ二間と離れない所に坐っていた。そして桂子の方を、ときどきぬすみ見した。桂子は、何だか夫が落ち着いていないような気がした。そして、自分も芝居を見ていながら、ちっとも面白くなかった。

それから、四五日経った頃だった。五月の終りで、梅雨《つゆ》らしく雨が、けむるように、邸内の青葉を降りこめていた。五時少し過ぎにけたたましく電話がかかって来た。女中は、二人とも台所にいた。ベルが、一しきり鳴っても出て行かなかった。

桂子は、夫のセルを縫っていた手を止めて電話口に出た。

「もしもし。小石川の七百十八番ですか。」相手は若い女の声であった。

「はい、はい、左様でございます。」

「守山さんのお宅でございますか。」

「はい。左様でございます。」

「御主人いらっしゃいますか。」

「あの、どちらでございましょうか。老人の方でございましょうか。」

「若旦那さまの方でございます。」女の声は、何となくなれなれしかった。桂子は、胸がきゅっとしまるのを感じた。

「あの失礼でございますが、あなたさまは、どちらさまでございましょうか。」

「こちらですか……」相手は、ちょっとためらったが、それに答えないで「若旦那さまはいらっしゃいませんか。」

桂子の心の警戒の綱は、ピンと張り切った。

「あのどちらさまでございましょうか。」

「あの若旦那さまいらっしゃいませんの。」桂子は、なぜだか妙な敵愾心《てきがいしん》が、胸の裏《うち》でうずまいた。

「あの、どちらさまでございましょうか。」そう云うと、対手《あいて》の女の声は、舞台で弁天小僧が美しい振袖を着ながら、胡坐《あぐら》をかくように鉄火になった。

「あら、こちらの名前を申し上げないと云って下さいませんの。それなら、よろしゅうございますわ。」

相手は、危く電話を切ろうとした。桂子は、咄嗟《とっさ》に心配になった。夫の知人にそんな失礼なことをしてはいけない。そう思ったので、あわてて云った。

「あの留守でございますの。」

「まあ！　お留守なら、お留守と早く仰しゃって下さればよいのに……」

ガチャリ！　烈しい受話器をかける音がして、電話は切られた。桂子は、顔を逆手に撫でられるような、不快な気がした。彼女は、くやしさと憤《いきどお》ろしさとで、電話室を、容易に離れられなかった。

相手の名前をきくのは、当然すぎるほど、当然ではないか。電話をかけながら、名前を名乗らない相手の方が、どれほど失礼だか分りやしない。電話で粗暴な失礼な言葉をきいたときほど、心を傷つけられることはない。まして、なごやかな春の湖水に咲いている白い水草の花のような桂子は、こんな冷たい荒い言葉は、生れて初めて聴いたと云ってもよかった。

彼女は、情《なさけ》なさと口惜《くや》しさとで、涙がにじみ出たほどである。夫の知人に、こんなひどい人があるのかしら。

桂子は蒼い顔をして自分の居間へ帰ろうとする廊下で、年上の方の女中に会った。

「お電話でございましたの。」

「ええ。」

「旦那さまから。」

「ううむ。」桂子は、首を振った。桂子の顔色が、わるいので、女中は気にした。

「どうかなさいましたの。」その女中は二十四、五になる女だが、何くれとなく桂子をいたわってくれた。桂子は、この頃、だんだん親しさを感じて来ていた。

「知らない方からの電話よ。どんなに訊いても名前を仰しゃらないの。」

「まあ、男の方ですか。」

「いいえ、女の方、まだ若い方よ。そんな方から、よく電話がかかって?」

女中は、ちょっとあわてたが、「いいえ、そんなことは、ございませんわ。」

「そう。とにかく、名前を仰しゃればいいのに。」

「そうですとも、名前を云わないなんて、そんな法は、ございませんわ。」

桂子は、くだかれた心を、やっと抑えて坐った。でも、まだ耳の底では今の女の声が、叫んでいた。

夫は、その夜はまた十時すぎて帰って来た。玄関で迎えて茶の間へ来ると、きっと接吻《キッス》を一つ額にしてくれるのだが、桂子はなぜだかそれを避けるように、夫から遠く身を離していた。

「どうした。顔が真蒼《まっさお》じゃないか。気分でもわるいのか。」夫の声はいつものように、やさしかった。

「いいえ。」

「じゃ、なぜそうだまっているの。此方《こっち》へ、いらっしゃい。もっと、此方へ。」

桂子は、なぜだか悲しくて、夫の傍《そば》に寄れなかった。

「どうしたの、桂子さん。」

そう云って、夫は桂子の近くへ来た。上膊《じょうはく》のところを両手で抱くと、いつものようにキッスをしてくれた。ただ、そのキッスをされた刹那に桂子は、泪《なみだ》ぐんでしまった。

「おや、おや、泣いているの。どうしたの。何か僕がわるいことをした？」桂子は、夫の胸に顔を埋《うず》めていた。

「どうしたの。何か気に入らないことがあるのなら、ハッキリと云って下さい。夫婦の間には少しの秘密も存在してはならないのだ。」

守山は、力づよく云った。桂子は、夫の言葉を、もっともだと思ったので、スッカリ打ちあけてしまう気になった。

「では、妾《わたし》申しますわ。」

「おっしゃい！　どうしたの？」

「さっき、電話がかかって来ましたの。」

「ふむ。誰から誰に。」

「知らない女の方から、あなたに。」

「それで、桂子さんがやきもちを焼いたの。」

「まあ！　いやな方！」桂子は、真赤になって夫を打つ真似をした。でも、夫のこだわらない物云いが、うれしかった。桂子は、夫を少しでも、疑ったのがすまないと思った。

「それじゃ、怒るわけはないじゃないの。」

「でも、その方いくらお名前を訊いてもおっしゃらないのですもの。」

「名前を云わない！　怪《け》しからない奴だ！　そんな奴、どんどん電話を切ってやればいいに。」

「でも、あなたのお知り合いの方だと悪いと思いましたの。」

「ううむ。そんな失礼な奴に、知り合いなんかありゃしないよ。きっと、会社かどこかの電話係だよ。」

「まあ、そうかしら、ほんとに失礼な方よ。」

「そう。でも、そのくらいなことで、あんなに真蒼にならなくてもいいじゃないの。」

「でも……」

幸福の時計は、このとき丁度十一時をカンカンと打った。

「それ御覧！　あなたが、つまらないことで心配するから、時計が笑っているじゃないか。」

「まあ！」そう云って、桂子は夫と顔を見合して、ニッコリ笑った。そして、すっかり失っていた幸福を取り返した。

その翌《あ》くる日の静かな午後、桂子は一輪挿《ざ》しに生ける花を剪《き》ろうと思って、花壇にいた。生籬《いけがき》の向うは、台所の勝手口になっていた。女中が二人水道栓の下で、洗濯をしていた。

二人は、桂子が居間にいるものと思っていたらしかった。

ふと、カーネーションを持っている桂子の耳に彼等の話声が、きこえて来た。

「でも、図々しいじゃないの。電話をかけて来るなんて。」

「きっと、旦那さまを困らせるつもりよ。旦那さまが、向うへいらっしゃらないから、おどしに電話をかけて来るのね。」

「ほんとうに、図々しい奴だわね。」

「奥さまが、お気の毒ね。」

「何も御存じないのだからね。」

桂子は、初め誰のことを話しているのだろうと思った。中途でふと、自分のことではないかと思った。でも、こんなに幸福な自分が、人から気の毒がられる訳はないと思った。でも電話と云えば、昨日の電話のことじゃないかしら。そう思うと、急に眼がくらめくように感じた。でも、

「まさか、まさか。」と思って、彼女は女中の話の聞えない方へ二三歩あるきかけた。

「旦那さまが、切れようと思っても、向うで切れないんだね。」

年上のおよしが云った。

切れる、それが、桂子には何だかイヤな意味にひびいた。でも、正確に何の意味だか分らなかった。女中の話は、まだつづくらしかった。でも、桂子は耳に悪声を聞かずと云った心持で、足早に座敷の庭の方へ逃げて来た。でも、何となく不安だった。自分の生活に、云い知れぬ暗い翳《かげ》がかかって来たような気がした。

もし、女中が気の毒がっている奥さまと云うのが自分であったらどうしよう。いいえ、そんなことは決してありはしない。夫は、あんなに自分を愛していてくれるではないか。

桂子は、そう思って、茶の間へ来た。だが、家の中が以前のように幸福で一杯になっているような気がしなくなった。どこからか、不幸が這入《はい》りかけているような気がしてならなかった。どこかからではない。不幸の入口はちゃんと分っているような気がした。それは云うまでもなく電話室だった。寿美子達のくれた時計が鳴るのが、幸福の鐘なら、電話のベルが鳴るのは、不幸の来るしらせのような気がした。夫から、電話がかかる場合だって、

『今日は会があるから、遅くなる』と云うのに、きまっていた。
桂子は、電話のベルが鳴るのを怖《おそ》れるようになった。

皮肉なる時計

それでも、桂子の幸福は、ずーっとつづいた。夫は桂子を愛してくれた。白金《プラチナ》の小さい腕時計を、最初の贈り物として買ってくれた。初夏の銀座の街を歩くと、桂子に似合うセルを見立ててくれた。

桂子の夫に対する思慕は、だんだん強くなった。それは、烈しい恋愛に匹敵していた。桂子は、心と肉体とのすべてで、夫を信頼し切っていた。

六月の末だった。桂子は、夫が会社へ出勤した後、夫が脱ぎすてた不断着を畳んでいた。ふと、袂《たもと》の底がガサガサ云うのに気がついた。桂子は、手を入れて探って見た。破り捨てたらしい紙片が手にさわった。桂子は、それを捨てるつもりで、取り出した。よく見ると、それは桃色のレターペーパーの破片だった。桂子の神経は、急に緊張した。桂子は、その一番大きい破片を、凝視せずにはいられなかった。それは拙い女文字だった。よく、金くぎのようなと云われる字体だった。だが、そこにかいてある文句は、どの一句を取っても桂子の心をつんざくのに十分だった。『いつまでも、変らぬと』……『あなたは、何と云う浮気な方でしょう。』……『たとい奥さまをお貰いになったからと云って……』

桂子の顔は、蒼白になり、紙片を持っている手がぶるぶる顫《ふる》えた。彼女は、いつの間にか唇をかたくかみしめていた。彼女は夢中になってその破片を継ぎ合していた。だが彼女は血眼になってあせっても、それがどうしてもうまく継ぎ合せられなかった。丁度、彼女の幸福が、もうとても継ぎ合せられないように。

でも、段々ハッキリして来る文句が、一つ一つ彼女の幸福の殿堂の屋根を剝《は》ぎ、壁を破り、床を踏み荒した。手紙のおしまいだけは、ハッキリと分った。

それでも、まだ来て下さいませんでしたら、わたしも覚悟があります。あなたが、いくら電話をかけるなと、おっしゃっても、毎日でも電話をかけます。いくら、奥さまから、失礼なことを云われても、毎日でもかけます。ええ、奥さまに、わたしとあなた様の中《なか》をきいて貰うつもりですわ。一寸の虫にも、五分のたましいがあると云いますもの、わたしだって、このまま泣き寝入りにはなりませんわ。どうぞどうぞ、ハッキリとしたお返事下さいませ。

みち

旦那さま

桂子は、あまりの情なさに、昏倒するばかりであった。夫に、あの夫に、こんなにまで、信頼している夫に、旦那さまと呼ぶ女性が、自分の外《ほか》に一人あるのかと思うと、桂子は自分の立っている世界が、限り知れぬ奈落の底へ落ちて行くような気がした。

いつまでも、つづくように思われた桂子の幸福は結婚後三月目に、夢の如く消えてしまった。皮肉にも、そのとき幸福の時計が三時を打った。

良人の云い分

桂子の良人《おっと》は、会社の大時計が四時を指すと、桂子のオールバックにした額際が、すぐ頭の中に浮んだので、駈けるように家路についた。

大手町で電車を待っていると、彼の肩を叩いたものがいた。振り返ると、京都大学時代の同窓だった。

「やあ。」

「今帰りかい。」

「うむ。君は？」と守山は云った。

「君の姿が見えたから、ちょっと電車を降りたのだ。」

「しばらくだね。」

「君、結婚したってね。」

「ああ、したよ。」

「なかなか美人《シャン》だと云うじゃないか。」

「うむ、むろん美人《シャン》さ。君は。」

「僕も、ついこの間貰ったんだ。」

「じゃ、お互に幸福の最中だね。」

「最中じゃない、まだこれからさ。」友人は云った。

「うまく行くかね。」

「うまく行くかねは失敬だね。」友人は笑いながら叱責した。

「いやお互にうまく行かなければいけないからさ。」

「君の処は？」

「まあ、九点だね。」守山は笑いながら云った。

「ふむ、僕の処は十点だ。」

「どうだか、あはははは。」

「あはははは。」

「だが、お互に結構だ。」

「しかし、僕は貧乏で困るよ。貧乏が結婚生活にどんな影響を及ぼすか、それが心配だよ。

結婚すると、いろいろ金がかかるからね。」友は、ちょっと暗い顔をした。

「そうかね、僕なんか結婚してからの方が金がかからないよ。」守山は云った。

「勿論《もちろん》さ、君は独身時代には随分遊んでいたものな。今も、まだ遊ぶかね。」

守山は、ちょっと苦笑して、

「馬鹿なことを云っちゃ困る。いたって忠実だよ。」

「一度拝見に行くよ。」

「君の十点の細君も、つれて来たまえ。」

「ああ、じゃまた。」

「失敬。」

守山は、友人と別れて電車に乗ったが、その友人が遊びに来はしないかと云うことが、ちょっと気になった。学生時代からの遊蕩生活をすっかり知られている友人に、新婚の家庭を訪問せられることは、あまり気持のいいことではなかった。

守山は、小石川原町《はらまち》の家へ帰って来て、内玄関の格子戸を開けると、桂子が出迎えている姿を予期した。が、桂子はそこにいなかった。靴の紐を解いている間も、奥から駈け出して来る跫音《あしおと》がしなかった。靴を脱いで、式台に片足かけたとき、桂子はやっと蒼ざめた顔をして、力が抜け切ったような無表情な容子《ようす》をして奥から出て来た。

「お帰りなさいませ。」その声には、いつものような嬉しさが、ちっともなかった。

「どうだい。今日は早いだろう。このくらい早く帰れば、文句はないだろう。」そう云って、いつものように守山は右の手を差しのべて、桂子の下顎《したあご》を撫で上げようとすると、桂子は軽く顔をそらして守山の愛撫をさけた。

「どうしたの。顔が馬鹿に青いね。」と、守山は云い捨てて自分の部屋のある二階へ上って行った。

桂子は、いつもいそいそと後から、ついて行くのだが、今日に限って、夫がよそよそしい他人のような気がしてならなかった。自分の良人《おっと》を、旦那さまと呼ぶものが、外《ほか》に在ると思うと、彼女は何だか親しめない冷たさが、良人との間に漂っている気がした。しばらくして、二階から夫の呼ぶ声がした。桂子は、聞えない振りをして下にいたかった。

「妾《わたし》、もうあの方の傍《そば》へは決して寄らない、いやだ、いやだ、妾をだましたのだ。」

「桂子さん。」また夫の声は、二階からやさしく聞える。

「知らない、知らない。」

「桂子さん。」と良人はしきりに呼んだ。

桂子の足は、拗《す》ねながら、だんだん二階の方へ近よった。

良人は、二階からトントンと勢い好《よ》く降りた。

「身体の工合でもわるいのかねえ。」

「いいえ、何でもありませんわ。」

「ウソ云ってらあ。何でもあるじゃないの。そんな青い顔して。」桂子は、だまって立ちすくんだ。

「また電話がかかって来たの。」良人は笑いながら云った。

桂子は、黙っていた。

「どうも、そうらしいな。あんな電話なんか、気にしてくれちゃ困るね。さあ、二階へいらっしゃい。」

良人は、無理に桂子を二階へ連れて行った。良人が、後ろから抱きすくめようとするのを、桂子は、するりと脱《ぬ》けて、脱ぎ捨てられてあった洋服を畳み出した。

良人は、しばらく立ったまま妻の容子を眺めていた。どこからか、賑《にぎや》かな馬鹿ばやしの太鼓が聞えて来た。が、部屋の中には、暴風の前の憂鬱な静けさが、淀《よど》んでいた。

良人は、口笛を吹き出した。その暢気《のんき》な空々しさが、なお桂子を腹立たしくさせた。

「今日、妾《わたし》お母さんの処へ行かして頂きますわ。」と、桂子は云った。

「どうしたと云うんだね。」桂子は、やはりだまっていた。

「僕が一日勤めて、疲れて帰って来て、そして君から貰う褒美が、そんな苦い顔だとすると……」守山は云いよどんだ。

「あら、そんな苦い顔なんか致していませんわ。」

「だって、欣《よろこ》ばしそうな顔じゃないよ。何なら鏡を持って来ようか。」

桂子は、胸が一杯になりながら、「あなたは、御自分の事ばかり考えていらっしゃるんですわ。」

「僕がこんなに速達郵便のように早く駈けて帰って来ても、まだそんなことを云われなければならないの。」

「そんな事じゃありません。そんな。」と、桂子は云いかけると涙がポロポロと流れて来た。

「どうも、僕には分らないね。もっと、原因をはっきりさせてくれ給《たま》え。原因が分らなければ分る間《あいだ》僕は苦痛だ。」

桂子は、涙を拭くと立ち上った。そして階下《した》へ降りて行った。再び上って来た彼女は、右の手に桃色のレターペーパーの破片《かみきれ》を摑んで、良人の前に出した。

良人は、それを受け取って読んだ。

桂子は、良人がどんな容子をするだろうと思っていた。もう云い訳はないだろう。良人は事実を認める。そして、夫婦の間はこれぎりだ、そう思うと桂子は、良人の顔を、凝視せずにはいられなかった。

すると、良人は急ににやにやと笑い出した。

「ふむ。この手紙がどうしたと云うんだ。おみちの奴、こんな手紙をよこすから、とんだ事になっちまう。」

良人は、平気で呟《つぶや》いた。桂子が思うように、良人は参ってしまわなかった。

「これが、どうしたと云うんだね。」

桂子は、だまっていた。だが、口惜《くや》しかった。何か突き刺すような皮肉を云ってやりたかった。だが、ただ唇がぶるぶる慄《ふる》えて来ただけで、言葉が口に出なかった。

「これは芸者なんだよ。」

良人は、無造作に云って笑った。桂子は、だまっていた。さすがに、額のあたりが、怒りのために蒼白く尖《とが》っていた。

「芸者と云うものを、知っているかね。」

「そんな者、存じませんわ。」

「芸者と云う奴はね、こんなことを云って見たいんだよ。何でもないお客に、こんな親しそうな手紙を出したがるものだよ。こう云うと、また君は芸者なんかどうして知ったと云うだろうが、料理屋や待合へは、会社の取引の都合や交際で、時々出かけない訳には、行かないんだよ。会社の取引の話だとか政治上の相談などは、待合でやることが、現代の習慣だからね。こう云うことは、君には分らないに違いないが、そこが僕の困る所さ。例えば……」

「そんなことお訊きしてはいませんわ。」桂子は、やや烈しく云った。

「いや、これが根本の問題だよ。ここでよく理解して置いて貰えば、こんな手紙で誤解されることなんかなくなるんだよ。」

「でも、でも。よその方が、旦那さまなんて。」桂子は、泣きじゃくった。

「馬鹿！　だから君には何も分っていないんだよ。芸者は、誰でもお客を、旦那と云うじゃないか。だから、君は女学生だと云うのだよ。だから、よく話を聴いて僕のやることを、ちゃんと理解して置いてくれないと困るんだ。僕が、芸者と交際《つきあ》うのはわるいさ。それはたしかにいい事じゃないさ。しかし、それがまた止《や》むを得ない必要事なのさ。例えば、大事な取引先の客が店へ来るとするね、するとその者の歓心を買って、出来るだけ有利な条件で註文を沢山《たくさん》取ることが必要なのだ。そうなると、お客に御馳走をしなければならない。御馳走となると、つい待合へ連れていって、芸者の踊の一つも見せなきゃならないと云うことになるんだ。なぜ強いて、そんな所を選ばなければならないかと云うと、人間と云うものは妙なもので、堅くるしい所では相手の心も堅くるしくなるもんだ。堅くるしくなると、話が円満に行かない。相手が用心をする、有利な約束が出来ないと云うことになるんだ。それで、つまり僕等には、待合が必要になり芸者や酒が必要になるんだ。従って、つい芸者とも知り合いが出来、こんな手紙が来るようになるんだ。このおみちと云う女なんか、孤児《みなしご》で本当に可哀相な女なんだ。僕が、つい身の上話をきいてやったのがいけなかったのだ、だが、清浄潔白なんだ。君にきかせて悪いようなことは、決してないんだ。」

「あなたは、そう云う説明がお上手ですわ。」桂子は、良人がムキになって弁解するのを聴いていると、少し胸が明るくなったので、こんな皮肉を云った。

「いや、これでまだ一回したきりなんだよ。」

「あなたは、妾《わたし》を子供のように思ってらっしゃるんですわ。分りましたわ。」

「君は、店のこうした取引については子供だよ。」

「そりゃ、どうせ子供ですわ。でも、こんな親しそうな手紙の字がよめないほど、子供ではありません。」

「ところが、そこがまだ子供なんだ。」

「妾《わたし》を馬鹿にしているんですわ。」

「僕?」

「貴君《あなた》だけじゃありません。この女の方だって、妾《わたし》を馬鹿にしてるじゃありませんか。妾《わたし》馬鹿にされたくありませんわ。」

「君を馬鹿にする! とんでもない、このおみちと云う芸者が馬鹿なんだよ。君は、芸者と云うものを知らないんだよ。芸者なんて云うものは、みんなこんな非常識なことをやるもんだよ。」

「いくら、芸者だって、何もしない人に、こんな手紙をかく人がいるものですか。誰が読んでも分りますわ。」

「そこが、君が芸者と云うものを知らない証拠なんだよ。芸者と云う奴は、一度か二度座敷で顔を合すと、すぐもう電話をかけて来たり、手紙をよこしたりするもんだよ。それに、僕がこいつの身の上話に同情したのがいけなかったんだよ。これから、気を付けるよ。」

桂子は、少し怒りが宥《なだ》められたような気がした。

「でも、こんな手紙なんか寄越して失礼じゃありませんか。」

「だから、この次ぎ会ったら、ウンと云ってやるよ。第一、これが君が疑っているような秘密の手紙ならちゃんと焼いてしまうさ。此方《こっち》は、ちっとも邪《やま》しくないから、袂《たもと》の中に入れて置いたのだよ。」

桂子は、だんだん心持が柔《やわら》ぎ出した。彼女は、芸者と云うものについては、何も知らなかった。良人から説明をきけば、なるほどそんなものかと云う気がした。が、それでもどこか、良人は嘘を云っていると云う感じが除《と》れなかった。

桂子は、ふと台所で女中に下ごしらえをさせていた料理のことが、気にかかって、だまって二階を降りた。

良人は、桂子の不機嫌が気がかりになったと見え、すぐ後を追って下の茶の間で桂子を捕えた。

「お待ち、ね、桂子。まだはっきりしないのかね。はっきり、理解しといてくれないと、後々がやり切れないんだから。」

　桂子は、柱に手をかけて庭の方を眺めていた。

「こんな事ぐらいで、君の気持が、グラグラ変るようでは僕は不安でたまらないんだ。」

「妾《わたし》、いつ変りまして。」桂子は、恨めしげに良人の顔を見上げた。

「変っていなけりゃ、こんなつまらない疑いを起す筈はないじゃないの。僕が、急いで帰って来たのに、やさしい言葉一つかけてくれず、二階へ上っても後から来てくれないんだもの。僕がこんなに貴女《あなた》を愛しているのが分らないの。」

「だって、妾貴君《わたしあなた》のことをこれほど思っているんですのに。それに貴君は、妾を瞞《だま》すようなことばかりなさるんじゃありませんか。」

「嘘！　いつ僕が、だました。あなたが、つまらない疑いを起して一人で苦しんでいるんじゃないの。僕が、あなたをどんなに愛しているかが、あなたに分らないの。え、分らない。」

「それは、分るわ。ありがたいと思っているわ。」

「じゃ、それでいいじゃないの。僕の愛を信じていながら、つまらないことを疑うなんて、矛盾じゃないの。あんな手紙なんか、先刻《さっき》も云った通り、僕はちっとも心にかけていない。だから、何の気もなく袂へ入れて置いたじゃないの。見られて悪いようなものなら、ちゃんとどうにかして置くさ。それを、わざわざ継ぎ合して読むなんて、僕は情《なさけ》ないよ。それほど、桂子さんに信じられてないと思うと僕は口惜しいよ。こんなに君を愛していながら、君に信じられないなんて、僕は良人として恥しいと思うんだ。」

桂子は、すっかり心理的に良人に説得されていた。やっぱり、自分が悪かった。はい、はしたなかった。そう思って、謝ろうと思っていると、良人は急に荒々しく、

「いいよ。そんなに信じてくれないのなら、僕だって……」

そう云うかと思うと良人は、トントンと二階へ上って行った。

桂子は、急に心配になった。恐しくなった。良人が怒ったのは、初めてであった。良人が、ムキになって怒ったのを考えると、何だか疑った自分の方が悪かったような気がした。彼女の怒りは、消えてしまって、悲しさが一杯になった。

「妾《わたし》が、悪かったのかしら、でも、妾から謝ることは出来ないわ。あんな手紙を見たら誰だって怒らない人はないわ。」

しかし、結局桂子は良人を愛していた。たとい、良人の云っていることに、ウソが在っても、良人を捨てて出て行くことは出来なかった。良人の弁解に、多少のウソが在っても、弁解しようとする、良人のムキな心持は信じないではいられなかった。それに、良人の弁解も、まんざらウソだとは、思えなくなって来た。

三十分ばかりして、彼女は静かに二階へ上って行った。良人は、部屋の安楽椅子に腰かけて考えていた。良人の顔を見ると、あやまるのはきまりが悪かった。あやまる気がしな

かった。だが、彼女は拗《す》ねつづけているような顔をしながら、良人の傍《そば》に近づいて行った。

「彼方《あちら》へ行ってくれたまえ！　僕は、独りでいたいのだから。」

「いや。」彼女は、云い返した。

「何が、いやだ。」

良人は、云うと彼女の傍へ進んで来た。桂子は、良人から飛び退《の》こうとした。すると、良人は彼女の肩へ手をかけた。そして彼女を突き飛ばす代り、きっと引き寄せると、接吻《キッス》をした。

女性の手紙

桂子の幸福は、絶えんとしてまた続いた。彼女の良人《おっと》が、彼女を愛することに変りはなかった。彼女の心を暗くする電話はもうかかって来なかった。

大阪の寿美子から、ある日手紙が桂子に来た。

その後は、御無沙汰いたしました。相変らず御幸福のこととお察しいたしますわ。妾《わたし》は、相変らず不幸でございますわ。お友達が、ちっとも出来ませんの。それに、大阪と云うところは、ほんとうに縁談好きのところでございますわ。昨日で五番目の話を断ってしまいましたの。

でも、貴女があまり幸福だ幸福だと仰しゃるものですから、妾《わたし》もそんなに幸福なら
と云う気も少しはいたしますわ。でも、あなたの……のような理想的なハズは、ござ
いませんわ。きっと、きっと。だから、妾やっぱりよしますわ。そして、貴女の幸福
をいつまでもいつまでも羨んでいますわ。いつまでもいつまでも妾を羨まして下さい。

寿 美 子

桂 子 様

前には、寿美子の手紙を見ると、幸福の催進剤を飲んだように、はずみ切ってしまった
のだが、桂子には今ではははずみ切れない心持が胸のどこかに出来ていた。
「あなたの思っていらっしゃるように、幸福と云うものは単純ではないわ。結婚生活には
翳があるわ。どんなに美しく見える結婚生活にも翳がありますわ。」
と、桂子は返事を、ここまでかきかけたが、何だか自分が不幸になったように思われそ
うなので、いやだった。だが、『妾《わたし》は、相変らず幸福です。あなたも出来るだけ、早く結
婚遊ばしませ』とは云えなくなっていた。寿美子が、むやみに結婚を嫌っている心持にも
どこか一つの道理のあるように思われた。
「あまり美しい良人を持ってはいけませんわ。あまり良人が美しいと、いけない電話や手

紙が来ますわ。」

　桂子は、そうも書きかけたが、自分の良人を美しいと云うのが、気がさして、どうにもかきつづけられなかった。

　すると、そこへ良人が来た。桂子はかきさしの手紙を破ってしまった。

「寿美子さんの手紙読んでもいい。」

「ええいいわ。」

　良人は、手紙を取り上げてよんで、

「この人は頭のいい人だね。」

「なぜ。」

「手紙を読めば、頭の善し悪しは、すぐ分るね。殊《こと》に女はそうだね。」

「そんなに、女の方の手紙沢山お貰いになったの。」桂子は良人をにらんだ。

「馬鹿！　君は、すぐそれだ。僕だって女から手紙ぐらい貰ったこともあるさ。従姉妹《いとこ》が四人いるんだもの。」

「でも、あなたのは比較研究しているんだもの。」

「そんな沢山な材料はないよ。でも、女と云うものは、こう素直にはかけないものだよ。思った通りを、素直にかける人は、よっぽど頭のいい人だ。」

　桂子は、良人が女の手紙のことを云い出したので、急にこの間のレターペーパーのことを思い出して不快を感じて黙っていた。

「君、返事かいた？」

「いいえ。まだ。」

「何と書くつもり。」

「分りませんわ。」

「でも、君は結婚道の水先案内じゃないの。何とか云って上げなさい。」良人は、ニヤニヤ笑いながら云った。

「でも、妾《わたし》何も云えなくなったわ。大切なお友達の一生のことですもの。」

「結婚をしちゃいけないと云うの？」

「あらそんなこと。」

「何だかそう云いそうだな。」

「まあ。」

「ほんとうにおっしゃい。」

「ええ云いますわ。あまり理想の夫を持つと、いけない電話や手紙が来ますって。そうかきたいの。」

「馬鹿！」良人は、ニコニコ笑いながらそう叫ぶと、それを苦笑に崩して二階へ上って行った。

今度は人間？

一ヶ月が過ぎた。七月の半ばであった。空が急に明るくなり、暑さが一時に増して来た。桂子に取って夜の散歩が、楽しみになった。

良人《おっと》の帰り途《みち》に、恋人同志のように喫茶店で待ち合せて、銀座を歩いたこともある。白山上《はくさんうえ》、本郷三丁目、上野広小路、大抵の散歩区域は二三度ずつ歩いた。街路の人達は、二人の夏姿に、どんなに羨望の視線を投げただろう。薩摩上布《さつまじょうふ》を着た守山、美しい飛白《かすり》の白上布《しろじょうふ》に、博多の黒と白との棒縞《ぼうじま》の一重帯を胸高にしめた桂子、そのまま呉服店のショーウィンドウに立たせたいような瀟洒《しょうしゃ》な美しさにかがやいていた。もっとも、あの人形に見るようなイヤ味は、少しもなかったが。

夏は、新婚の夫婦に取って楽しい時節に違いない。

ある日、良人が会社に出て行った後である。桂子が、ひとり二階の良人の部屋の窓硝子《ガラス》を拭いていると、自分の家の門前を往来《ゆきき》している一人の女に気がついた。なぜかと云うと、その女は一旦《いったん》門に近づいて表札を見てから、五六間引き返して街路の中央に立ちながら、じっと考えていたからである。

遠目では、よく分らなかったが、白っぽいメリンスの着物を着て、髪は束髪に結っていたが、身装《みなり》の貧しいのに似合わず、どこか淑《しとや》かで、白い美しい顔である。手には、一本の洋傘《こうもり》と風呂敷包みを持っていた。

桂子は、窓越しに、十分ばかり女を見ていたが、女が考え直したように、向うへ歩き出したので、彼女もまたぼんやり止めていた両手を動かして、硝子《ガラス》を拭き切ってしまった。そして、その女のことをすっかり忘れていた。だが、三十分ばかり経ってから、下へ降りて花壇に咲いているグラジオラスを剪《き》って、良人の卓子《テーブル》の花瓶へ投げ入れ、下へ降りようとして、ふと門前を見ると、先刻《さっき》の女が、道の向う側の、園田男爵と云う、以前日本銀行の総裁をした人の邸《やしき》の板塀に身を寄せながら、じっと自分の家の玄関先をみつめているのを見たのである。桂子は、アッと軽い駭《おどろ》きの声を出さずにはいられなかった。

桂子は、白い紗のカーテンに身をかくしながら、女を凝視した。女は、少し身を斜《なな》めにしながら、じっと動かないのである。通行人が来ると、二三間歩き出すが、またぴったりと足を止めてしまうのである。

三十分ばかり、見ていても同じことをくり返しているので、桂子は不安になって下へ降りた。

すると、若い女中のきよが、廊下へ雑巾をかけていた。

「ねえ。きよ。家の門の前に、若い女の人が立っていますね。」

「ええ。さっき、おまささんも、そんなことを云っていました。」

「何だろうね。何か用があるのかしら。」

「何だか、おまささんが、門へ出ると話しかけたそうですよ。」

「そう。」

桂子は、いよいよ不安になった。彼女は台所へ行ってまさを見つけた。

「ねえ、まさ。家の表に女の人が立っているのを知っている。」

まさは、ちょっと当惑そうな顔をしたが、「ええ、存じています。」

「お前に話しかけたって。」

「ええ。」まさは、しぶしぶ答えた。

「何と云って話しかけたの。」

「何だかぐずぐず申しているのですよ。」

「ぐずぐず云っているって何を。」

まさは困り切りながら云った。「若旦那さまに会いたいらしいのですよ。」

桂子は、ギクリとして云った。「ええッ、何の用です？」

「何だか申しませんのです。妾《わたし》、若旦那さまは、晩でなければお帰りがないと云っても、彼処《あすこ》に立っているのです。」

「そう、妾《わたし》、会おうかしら。」

電話！　手紙！　今度は人間！　桂子は、世の中が暗澹《あんたん》としてしまった。

「およし遊ばせ、奥さま。」

「お前呼んで来ておくれ。妾《わたし》、会って見たいから。」

「でも奥さま。」

「いいから。」

「どんな用事だか分りませんわ。」

「いいから、会いたいわ。」

「でも、また後で旦那さまが。」

「いいわ。妾《わたし》、どんなに叱られても会いたいわ。」桂子の決心には、動かしがたい色が見えた。

まさは、仕方がないと思ったらしく、庖丁《ほうちょう》を下へ置いて、濡れた両手を拭くと、エプロンをはずして立ち上った。

「ねえ。きっと連れて来て下さい。お前が、仲に這入《はい》って何かすると、妾《わたし》恨んでよ。」

「ええ、そんなことといたしません。」まさは、気軽に表へ出て行った。

桂子は、興奮する心を、必死になって静めようとした。だが、はげしい心臓の鼓動をどうすることも出来なかった。まだ早い、そんなことを考えるのは早い、何でもない女かもしれない、そう思っても胸が、いらだってじっとしていられなかった。

でも、初めて会う人に取りみだした風を見せてはならないと思って、自分の部屋へ這入ると、鏡台の前で、髪を撫でつけた。

まさと、その女との交渉はかなり、手間がとれたらしかった。十分間ばかりして、やっと内玄関の格子が開いた。そして、まさが桂子の所へ来た。

「あの応接間へ通して置きました。」

「そう。」

桂子は身体が少しふるえた。電話で、きいた女のけわしい声を思い出した。面と向っても、あんなことを云う女であったら、どうしよう。でも、妾《わたし》が恐《こわ》がることはない、そう決心して彼女は、勇気をつけて、応接間の扉《ドア》をあけた。

すると、先刻《さっき》二階から見たその女は、ベッタリと床の毛氈《もうせん》の上に坐っていた。そして、桂子の顔を見ると、額を毛氈にすりつけてお辞儀をした。椅子が在るのに腰かけないで、床へベッタリ坐っているのを見ると、桂子はその女がいじらしいような可哀相なような、それでいて滑稽な気がした。

「まあ！　そんな所へお坐りになって。さあどうぞ椅子におかけになって下さい。」

「いいえ、妾《わたし》は、これでけっこうでございます。」

「まあ。そんな所へお坐りになって、それじゃお話が出来ませんわ。」

「いいえ。これでけっこうでございます。勿体《もったい》のうございます。妾《わたし》はこれでけっこうでございます。」

洋室などへは、初めて通ったらしいオドオドした女の容子《ようす》が、すっかり桂子の心を宥《なだ》めてくれた。その上、よく見ると、もう二十四、五になっているが、いかにも丸顔の優しい女で、人の悪そうなところは少しもなかった。桂子は、全く安心してしまった。こんな女が、自分の良人と何かいけないことをするわけはない。

「じゃ、茶の間の方へお通り下さいませな。その方が、ゆっくりお話が出来ますから。」そう云って桂子は、女を茶の間へ通した。そこでも、女は出した座蒲団へどうしても坐らなかった。

「どうぞ。どうぞ。」桂子は、幾度もすすめた。

「いいえ、もう結構でございます。」そう云って、辞退する女の言葉に、桂子は東京人でないアクセントを感じた。

「あの宅の主人に何か御用だそうでございますね。」

「はい。」そう云った刹那、女の白い丸顔がポッと赧《あか》くなった。彼女は座に堪えぬようにうつむいてしまった。

「どう云う御用でございましょうか。今主人がいませんから妾《わたし》が代って承《うけたまわ》って置きたいのですが。」そう云われると、女はしきりに、モジモジした。

「あの……あの……」彼女は、何か云おうとして、幾度も口ごもった。

「あの宅の主人とお知り合いでございますか。」

「はい。」女の声は聞えないくらい小さかった。

「どちら様でございますか。」女はだまって、顔を真赤にした。

「どちら様ですか、どうぞお名前を仰しゃって下さい。」女は、急にハンカチーフを取り出すと、眼に当てた。桂子は、女がなぜ急に涙を出したのか分らなかった。そのままぼんやり眺めていると、女はいよいよ悲しそうに頬を曇らせた。

「どうかなさいましたか。」桂子は、いらだたしく不安になって、そう訊いた。

「妾《わたし》、何からお話し申していいか分らないのでございます。こんなことなら東京へ参るのでございませんでした……」

「ええっ！　じゃ、お宅は東京じゃございませんの。」

「はい。京都から参りましたのです。」

「いつ？」

「今朝、五時に着きましたのです。」

「まあ、それからすぐ此方《こちら》へいらっしゃいましたの。」

「はい。」

「まあ、じゃ宅の主人とは、よっぽどのお知り合いでございますね。」女は、よよと泣き伏した。

桂子の心は、また暗澹となってしまった。京都に親類が在るなどとは、一度も良人から聞されたことがないからである。

「どんな御関係でございますの。宅の主人とは。」

慎んでいても、桂子の言葉は、ついつい険しくなるのをどうすることも出来なかった。

「あの……守山様が、京都大学にいらっしゃいましたとき、私の家でお世話いたしていたのでございます。」

「なるほど、じゃ、主人がお宅に下宿していたのでございますね。」

「はい。」

「それだけの御関係でございますか。」女は黙っていた。だが、それだけの関係でない事は女の表情が明《あきら》かに語っていた。

「それだけの御関係でございますか。」女は、桂子にそう問い詰められると、またよよと泣き伏した。

「妾《わたし》も、主人のことでございますから、女の方との関係はハッキリと知りたいのでございます。でないと、お互につまらない誤解をいたすことになりますから。」

「御尤《ごもっと》もでございます。」そう云うと、女は肩を波打たせながら、一層はげしく泣き伏した。

もう、桂子にもすべてが分ったような気がした。主人の学生時代に、この女性との間に、普通でない関係があったことは、疑うことは出来なかった。だが桂子は今一歩進んで、女のロからハッキリと、それを聴きたかった。

「どうぞ、おかくしにならないで、ハッキリと仰しゃって下さい。昔のことですから、貴女《あなた》をお恨みすることは、決してございませんわ。」

桂子の寛容な言葉を聴くと、女はまた一しきり、泣き募《つの》ったが、やっと自分でそれを制しながら、

「本当に奥さまに、申し上げられた事ではございませんのです。でも、此方《こちら》へ参る片道の旅費だけしかございませんの。今晩宿を取る心当りもございませんものですから、それで、ついつい心がせいて、御門前をうろうろして、お目に止まって、しまったのでございます。旦那さまにだけ、お話したいのでございますけれど、こうなれば奥さまにもおかくしすることは出来ませんわ。あの……あの……妾《わたし》は……」女は、恥しげに泣いた。

「どうぞ、おかくしにならないで。」桂子は、こうなると却って鉄のように冷たくなりながら云った。

「……あの昔、守山さまが、妾《わたし》の家にいらしったとき……」

女は苦しげにそこまで云ったが、それ以上は女の身として、どうしても云えなかったと見え、ガバと畳の上に泣き伏すと、

「どうぞお察し下さいませ。」と云ったまま声を挙げて泣いている。

もう、たとい良人の愛をどんなに信じても、掩《おお》いがたき恐しい現実が女の姿をして、目

の前に声を挙げて泣いている。

　桂子は、水を浴びたように冷たくなり、心臓がパッタリと止まったように、胸がつまった。だが、割合に冷静であった。

「ええ。もうよく分りましたわ。それで、今ではどうなっていますの。」この方が、桂子にはもっと重大であった。

「はい。あのあちらの大学をお出になると、あの守山様は……」

　女は、また泣いたが、やっと泣き止むと、

「東京へお帰りになったまま何とも、おたよりがございませんのです。それで私が、守山様のお友達の佐久間《さくま》様に、いろいろお願いしましたところ、五百円お金を下さって、これで万事諦《あきら》めてくれとのお話でございました。」

　桂子は、聞いていながら、地獄へ引き入れられるような気がした。

「いろいろお約束もございましたけれど、そんな勿体ないお約束は、どうせ身分の違う妾《わたし》でございますから、初めから守っていただくつもりもございませんでしたから、その五百円を頂いて、守山様のことは諦めていたのでございます。そして、妾《わたし》が奉公に出まして、……あの……家の人達を養っていたのでございますが、今度家に病人が出来ましたので、もう一月半も入院させたのですが、まだいつ癒《なお》るとも分らないのでございます。それで、つい守山様にお願いして見ようと、お友達の佐久間様に幾度もお手紙を差しあげましたが、ちっともお返事がないのでございます。それで、守山様に直接お手紙を出しましたが、それも何のお返事もないのでございます。今お金が出来るか出来ないかは病人の命に拘《かかわ》ることでございますから、妾《わたし》もどうにかしてお金をこしらえたいと思いまして、とうとう自分で東京へ参って守山様にお願いしてみる気になったのでございます。」

「なるほど、それでその御病人と云うのは、どなたでございますか。」女はちょっと狼狽した。

「あの……」

「お父様ですか。」

「いいえ、父は先年亡くなりました。」

「じゃお母さま。」

「いいえ、母ではございません。」

「それでは。」

「あの……あの……小さいものでございます。」

「弟さんか、妹さんですか。」

女はだまってしまった。

「どなたです。」桂子は、問いつめた。

「あの……あの……妾《わたし》の——実は、妾の子供でございます。」

そう云った女の言葉の意味が分ると、桂子は愕然《がくぜん》として昏倒せんとした。

むしろ義憤を

桂子は、その女の客の子供が、自分の良人《おっと》の子供に相違ないと思うと、もう言葉を出す元気もなくなった。相手の女も、しばらく何も云わなかった。

桂子は、やっと気を取り直して訊いて見た。

「お子さんはよっぽどお悪いのでございますか。」

「ええ、もう二月近く、入院しているのでございますが、ちっともよくならないのでございます。入院料は、嵩《かさ》むばかりでございますから、もうほんとうに……」

女は、云いにくい所へ来ると言葉を濁した。

「まあ、それはそれは。」

桂子は、つい相手の心持にほだされて、涙ぐんでしまった。

「それで、やっと片道の旅費だけを工面して、東京へ参りましたのですから、今日旦那様にお目にかかれないと、どうしていいか分らないのでございます。……ほんとうに、奥さまに申訳もございませんのですけれども。」

女は、手をついて心からあやまった。

「いいえ。そんなことなんか、かまいませんわ。でも守山も随分ですわね。それで、守山はお子さんの事を存じているのですか。」

桂子は、女の口から直接に、その子供が守山の子供だと白状させたくて、そう云ったのだ。いくら無智な女だと云っても、守山の子供でないものを、病気したからと云って、はるばる京都から無心に出かけて来る筈はなかった。しかし、桂子に取っては一縷《いちる》の望みとして、子供は守山の子でなくても、金に困りぬいた女が、最後の窮策として、以前関係していた守山の所へ、泣きついて来たと思えないではなかった。むろん、桂子の空頼《そらだの》みに違いなかったが。

「病気のことでございますか。」女は、おずおず顔を上げながら云った。

「そのことでもですが、それよりもあなたのお子様が……お子様が大きくなっていることを守山は存じているのですか。」

「ええよく御存じの筈でございます。」

もう桂子には疑う余地はなかった。

「じゃ守山は、あなたのお子様の月々の費用も送らないのですか。」

「それは、あのう初め五百円頂いたものですから、でも、それだけではもうどうすることも出来ないものですから。」

「まあ、たったそれだけで！」

桂子は、良人の品行にあきれるよりも、その得手勝手な無慈悲に義憤を感じた。彼女は、自分の良人の子を生んでいる女を、嫉《そね》むよりもむしろ同情した。

「それで、幾何《いくら》ぐらいあればいいのでしょうか。」

「あの、三百円もあれば、どうにかやって行けるのでございます。」

桂子は、ふと××銀行へ預けてある千五百円の口の定期が、四五日前満期になっているのを思い出した。今恐しい幻滅を喫した桂子は、金などには何の執着もなかった。彼女は自分の居間へ這入《はい》って簞笥《たんす》の引出しから、手文庫を取り出した。幾枚もの預金証書の中から、一枚の証書を取り出すと、裏へ署名して実印をピッタリ押した。そして女の前へ戻って来た。

「今現金がございませんから、これでお取り下さいませんか。」

「いいえ、それは。」女は、驚いて顔を赧《あか》らめながら、後じさりした。

「どうぞ、お収め下さいませ。ほんの私の志だけでございます。」

「あなたさまから、そんな事をして頂きましては、私は却って困ってしまいますから。」

女は、おずおずお辞儀ばかりした。

「私は守山の家内でございますから、守山の代りに差し上げるのでございます。」

「いいえ、奥様に大へん失礼しました上、こんなことをして頂いては……」

「どうぞ、御遠慮なさらないで、守山には私からよく伝えて置きますわ。これから先々も、わるくはしないようお計《はから》いいたしますわ。どうぞお子様を大切にしてあげて下さい。妾《わたし》、こんなことがあろうとはちっとも存じませんので、ほんとうに気がつきませんでした。」

桂子は、ちぎれるような心を抑えてこんなことを云った。女はハンケチで眼を拭いながらだまっていた。

桂子は、銀行でもし疑ったら、電話で此方《こちら》へ紹介して貰うように云いふくめた。そして、本郷の××銀行まで、俥《くるま》で送らせることにした。

女は、感謝の涙にむせびながら、幾回もお辞儀をしながら立ち上った。彼女は、桂子の親切に衝《う》たれ、穴へでも這入りたいような物腰で玄関から出て行った。

嘘の土台

桂子は、今はもう泣かなかった。悲しさよりも騙《だま》された怒りで心が張り切った。彼女はもう何も知らない娘ではなかった。怒りと悲しみの洗礼で、一個の女になっていた。

「あの守山は、妾《わたし》をだましていたのだ。うまい口先で妾を子供のように弄《もてあそ》んでいたのだ。あの電話――あの手紙――その背後には、それぞれあさましい翳があるのだ！」

彼女は、決然としてこの家を去ることを考えた。

「でも一度良人《おっと》に会って、思うさま云ってやろうかしら、いや、そんなことをすると自分の決心が却ってにぶるかも知れない。やっぱり会わない方がいい、良人の顔をピシャリ叩くようにして帰った方がいい。」

彼女は、身の廻りの物だけを、小型のトランクに入れた。それから良人への置手紙をかいた。

妾《わたし》、お暇を頂戴します。妾の幸福は、みんな嘘でございました。少くとも嘘の土台の上に立っていました。でも、妾は心から貴君《あなた》を愛していました。だが、あなたは――妾は思っても生きているのがいやになります。あなた様に、お子さまがあろうとは。妾は、あなたに瞞《だま》されたのでございます。妾は、今日ほど口惜《くや》しいことはございません。妾は、永久に貴君にお目にかかろうとは思いません。さようなら。

桂　子

『旦那さまへ』と書こうとして、彼女はいつかの不快な手紙を思い出し、『守山様』と書きかえた。ぐずぐずしていると、いつ良人が帰って来るかも分らない。

彼女は、女中を呼んで、俥を呼ぶように命じた。女中が出て行くと、彼女の張り詰めていた気が緩み、トランクの上に泣きくずれた。二度とこの家へは来ないのだ。たとい、今からは瞞されていたことが分ったと云え、あのなやましいような幸福感を、どうして忘れることが出来よう。そう思うと、彼女の胸は悲しさで詰《つま》ってしまった。

しばらくすると、部屋の置時計が三時を打った。それが二人の友から送られたとき、『あなたの幸福を嫉《や》いていますのよ。』とかいてあった。『あなたの不幸を慰めていますのよ。』と、書いてくれた方が、どれ程自分の結婚生活に適《ふさわ》しかったか分らないと思った。

女中が帰って来た。

「奥さま、俥が参りました。」

「あ、そう。では、まさやこれを旦那さまに、お渡ししておくれ。」と云って桂子は良人へ書いた手紙をまさに渡した。

「はい、でも、奥さま、どこへお出かけ遊ばしますの。」

まさは、不安そうに訊いた。

「旦那さまには、何も云わなくっていいのよ。」

「あの何なら、私《わたくし》がお伴いたしますわ。」

「いいの、あのね、妾《わたし》これからお母さんの所へ行かなくちゃならない。」

「あの、いつ頃お帰りになりますかしら。」

「すぐ帰るわ。」桂子は、生れて初めてウソをついた。

桂子は、黙って俥が門から這入って来るのを眺めていた。まさは、自分が迂闊《うかつ》に門の前にいる女のことを云ったばかりに、事件が起きたのだと思うと、ビクビクしていた。

桂子は、俥に乗ってしまった。

「では、まさやお前身体を大切にしてね。」

「まあ、奥さま。」

まさが、追いすがろうとしたとき、俥はもう勢いよく門外に走り出ていた。

「神田駿河台《かんだするがだい》！」

桂子は、実家の所在地を、悲壮な心持で云った。

桂子の良人は、いつものように五時になると帰って来た。まず、門へ這入ると口笛を吹くのである。すると、桂子は駈け出して来る。だが、守山がその日帰った時、桂子の代りに女中のまさが出迎えた。「桂子の奴、また拗《す》ねたかな。」と彼は思った。そんなに拗ねるのなら今日はひとつ此方《こっち》から、怒り返してやろうと思いながら靴を脱いだ。

「お帰りなさいませ。」女中はお辞儀をした。守山は、ひどく物足りなかった。

守山は二階へ上って上衣《うわぎ》を脱ごうとするとまた女中が後から上って来た。守山はいらいらした。女中は、守山の前に立ったまま、モジモジとして黙っていた。

「桂子はどこへ行った？」守山は訊いた。

「一時間ほど前に、お出かけなさいました。」

「どこへ？」

「どことも仰《おっ》しゃいませんでしたが、これを旦那様にお見せするように仰しゃいました。」

「ふむ。」と云うと、守山はひったくるように、桂子の手紙を受け取って、読み始めた。

女中は、下へ降りて行った。

守山は読んで行くうちに、顔が真青に変って来た。

「やって来たな？」と、彼は思った。昔の罪が、今頃自分の運命の上に成熟していようとは、夢にも思わなかった。彼は、突っ立ったまま当惑で、全身が縮みそうになった。もう、どんな巧みなゴマカシも利かなくなってしまった。

「しまった！　しまった！」彼は手紙を握りしめて、畳の上へどっかりと腰を降した。

「おい――、まさ、まさ！」と、彼は女中を呼んだ。

女中が上って来ると、

「いつだ、いつだ。」と彼が訊いた。

「何でございます。」

「いつ桂子が出て行った？」

「三時頃でございました。」

「何とも云わなかったか。」

「はい。」

「その前に誰か来たか。」

「はい。女の方がいらっしゃいまして、旦那さまにお会いしたいと云っていました。」

「桂子はその女に会ったのか。」

「はい。お会いになりました。」

「桂子は何か持っていったか？」

「はい。小さいトランクをお持ちでした。」

「なぜ、留《と》めなかったんだ。」

守山の言葉はだんだん荒々しくなって来た。彼は、顔をしかめて階段を馳《は》せ降りると、桂子の部屋の中を掻き廻した。桂子の調度や身の廻りの物は、そのままになっていた。彼はすぐ電話室へ飛び込んだ。

「九段の百六番、ああもしもし吉沢さんですか。桂子は行っていますか。」

「あなたさまは。」

「僕？　僕は守山です。」

「ちょっとお待ち下さいませ。」

女中らしい女の声が切れた。守山は、桂子の出て来る間、いらいらしながら、手紙の文句を読み返した。彼は額を立て続けに打ちのめされているように感じた。足が地についていないように思われた。しばらくすると、女中がまた出て来た。

「もしもし。」

「はア。」

「今、お嬢さんはお話し出来ないそうでございます。」彼はカッとした。

「そんな筈はありません。電話へ出られないのなら、すぐこれから其方《そっち》へ行きます。」

「ちょっとお待ち下さい。」

また女中は、引っ込んだ。守山は、どうしても桂子を引き止めずにはいられなかった。桂子のいなくなる日を想像すると胸が急につまって来た。彼は、生れて今初めて愛慾の苦しみと云うものを感じた。それは、胸のどこかがぷつりと音を立てて破裂しそうな肉体的な痛さであった。彼は頭を垂れて壁に凭《もた》れながら、頭髪を掻きむしって喘《あえ》ぎ出した。彼は桂子をこれほど、愛していようとは、自分にも気がつかなかった。

「たまらない。俺はやり切れない。」と、彼は心の中で叫んだ。

「もしもし。」と、また電話がかかって来た。

「はア。」

「あのう、お嬢さまは、どうしてもお話し出来ませんからって？」

「そんな馬鹿な話があるもんですか。僕は守山ですよ。」

「でも、お嬢さまは。」

「いや、すぐ呼んで下さい。そんな法があるもんですか。」

「でも、いくど申し上げても……」

「そんなそんな、馬鹿なことがあるものですか、出なければここでいつまでも待っています。二時間三時間でも……」

守山が、早口でそう云っていると、向うの電話口の声が、急に変った。

「妾《わたし》、桂子です。」

「桂子か、どうしたと云うんだ！」守山は、飛びつくように云った。

「もう、何も御用はない筈でございますわ。さようなら。」カチリと、受話器をかける音がした。

「桂子、桂子。」

守山が、幾度叫んでも、もう桂子の声はしなかった。守山は、受話器を叩きつけるようにかけると電話室を出た。彼はもう二度電話をかける気がしなかった。彼はすぐ上衣を着た。そして、蒼白な顔をしながら、怪しむ女中達に、口もきかず表へ飛び出した。

真実からの嘘

守山が、駿河台の桂子の家に来たとき、家の中は静かだった。守山は座敷へ通された。すぐ桂子の母が出て来た。

「まあ、桂子がとんだわが儘《まま》を致しまして。」

「いや、そんな事よりも、どうか桂子さんに会わせて下さいませんか。」

「それが、どうしてもお目にかからないと申しているのでございます。」

「いや、僕はどうしても、お目にかからずにはいられないのです。桂子さんの部屋はどちらですか。」

「奥に居ることはいるのですが。」

「じゃ、僕に奥へ行かせて下さい。たいへん失礼ですが。」守山は、桂子の母の承諾も待たないで、奥へ通ろうとした。

「そうですか、じゃあとにかく、何と申しますか。」桂子の母は、守山を桂子の居間まで案内すると、すぐ引き返した。

守山は、ひとり桂子の居る部屋の襖《ふすま》を開けた。桂子は、泣いていたと見え、急いで顔を拭いて振り返った。と、そこに守山がひとり立っていた。桂子は、汚い物を見たように、急に眉をひそめて背を向けた。

「桂子、どうしたんだ。だまって家を飛び出すなんて。」守山は、桂子の肩に手をかけた。

「いやです。」桂子は、守山の手を強く振り払って、立ち上ると、向うの廊下へ出た。

「僕がわるい。だが、僕の謝罪だけはきいてくれ！」

「帰って下さい、もう、あなたとお話したくはありません。」

「いや、僕があああ云うことを隠していたのは重々わるい。だが、僕は君に出て行かれるとたまらないのだ。」

「あなたは、よく妾《わたし》に嘘を仰《おっ》しゃいましたね。」

「僕は、嘘を云っていたのだが、嘘を云わなければ、君の愛をつなぐことが出来なかったのだ。嘘を云ったのはわるいさ。しかし、それは君の心を得たいと云う真実から出た嘘なんだ。嘘を云っていなければ、もっと早く君に愛想をつかされたに違いないのだ。」

「もう、何もお聞きしたくありません。」

「いや、僕は云わないではいられないんだ。どうぞ僕の罪をゆるしてくれ。今日は、いつまでかかっても君にあやまるんだ。京都のことは、皆本当だ。女が、どんなことを云ったか、知らないが、皆本当だ。どうぞ、ゆるしてくれ。僕は、かなりな女を沢山《たくさん》知っている。しかし、それはみんな君を知らない前のあやまちだ。だが、君を愛したほど、まだ誰も愛したことはないんだ。それでなければ、こんなにあやまりになんか来やしない。女房に、離縁状を叩きつけられて、自分でのめのめと謝りになんか来やしない。だが、僕は君をどうしてもはなしたくないんだ。君を失った後の生活を考えると、暗澹としてしまうんだ。」

「京都の方を愛して下さいな。あの方を奥さんになさいませ。」桂子は冷然と云った。

「そんなことが出来るなら、あやまりになんか来やしない。」

「あなたの京都のお子さんは、御病気だそうでございますよ。早く行ってお上げなさいまし。」

真剣になっている桂子は、強く冷たく皮肉だった。

「ね、桂子そんなことを云わないで、一緒に帰っておくれ。」

「妾《わたし》のことは、もう何もおっしゃらないで下さい。妾は、自分のことは何も考えていません。どうぞ後生ですから、あの京都の女の方を助けてあげて下さい。」

「そんなことを云ってもムリですよ。僕の現在の気持は、どうとも動かすことは出来ないんだ。僕が君を知らない以前にしたことは、ゆるして貰うわけに行かないのかな。僕が、もっと前に君を知っていたら、あんな女になんかかかり合わなくてすんだのだ。君を心から愛しているために、僕がこんなに苦しんでいるのが、君に分らないのかな。」

「妾《わたし》は、何と仰しゃっても駄目ですわ。」

「どうしても赦《ゆる》してくれないのか。」

「赦すとか赦さないとか、そんなこと、妾《わたし》には問題になりませんわ。お赦ししたって、もう前のような幸福になれないのですもの。それよりも、あなたはあの方と一緒になって、幸福に暮して下さいませな。妾は、もう勝手にさせておいて下さい。」

桂子は守山が興奮すればするほど、冷静に落ち着き出した。守山に取っては、それはお苦痛の種だった。彼は、顔を垂れたまましばらくだまっていた。

「あなた、もう帰って下さいませ、いつまでいらしっても同じですわ。」

桂子は、もう明かに自分の良人に、物を云っている口調ではなかった。

守山の眼から、涙がにじみ出した。

「桂子！　君は、どうしても、僕の所へ帰ってくれないんだね。」

「お茶を召し上りませんか。」桂子は冷然と女中が持って来た茶を守山にすすめた。

守山は自分の頭髪を苦しそうに摑み上げた。

「ね、桂子、僕の一生のおねがいだ。どうぞ、もう一度帰ってくれ。僕はあなたと別れて生きて行くことは出来ない。」

「あなたには、お子さまも本当の奥さまも、お在りになるのですわ。」

「桂子。」

「京都のあの方は、ほんとうにおやさしい方ですわね。妾《わたし》、すっかり好きになってしまいましたの。」

「ああいけない！」

「でも妾《わたし》あの方が好きなんですもの。」

桂子を見つめている守山の眼は充血した。桂子は、友人のように微笑していた。

彼女は、温良な妻から、恐しい幻滅のために強い女になり切っていた。――桂子は、守山には一層美しく見えて来た。彼の心は狂いそうになった。

「桂子、そう皮肉を云わずに、僕と帰ってくれたまえ。今後決して、あやまちをしないと云う証文でも何でもかく。」

桂子は落ち着き払って、廊下から庭を見下していた。

「ねえ、帰っておくれ。」

「妾《わたし》、あなたにはお目にかからない決心をしたのですから。」

「まだ、そんなことを云っているのだね。僕は、君を貰って以来、君を心から愛しているじゃないか。君は、僕の愛が分らないのか。昔のことは仕方がない。それの償いとして、一生懸命君を愛したつもりだ。」

「もう、何も仰しゃって下さいますな。妾《わたし》、あなたが、いやになったのですから。」

守山は、口をもがもがさせた。彼は、顔を正面から、叩かれたような気がした。

「いやになったって、ムリにでもつれて帰るのだ。」

「いやです。」桂子は、良人の手を振り払った。

「いやだって、僕は連れて帰る権利があるのだ。」

「いいえ、ございませんわ。」そう云うと、桂子は守山から、身を離すと、足袋《たび》はだしのままひらり庭へ飛び降りて、生籬《いけがき》の戸を開けると、邸内の奥へ身をかくしてしまった。

守山は、茫然《ぼんやり》としてその後ろ姿を見送った。

「いよいよ駄目だ！　絶望だ！」そう思うと、彼は黯然《あんぜん》としてしまった。

もう、桂子の母と話をする元気もなかった。彼は悄然《しょうぜん》として、桂子の家を出た。

過去に捨てて来た多くの女の苦痛が、今初めて自分に報いて来たのだ。彼は、狂いそうな顔をして駿河台下の酒場へ這入《はい》ると、ウィスキーの杯《さかずき》をやたらに重ねた。

次ぎの日から、守山は会社へ出るのが、いやになった。家のどこに居ても、桂子の初心《うぶ》な優しい姿が眼にちらついて離れなかった。毎晩ねむれなかった。彼は、苦痛に堪えられなくなると、よく桂子の家へ電話をかけた。しかし桂子は一度だって、電話口に出ては来なかった。彼は酒を飲み歩いた。待合へも通った。だが、今までは面白かった芸者遊びが、あさましく空虚なものになってしまった。桂子とそれらの女とを比べると、砂金と泥土とのように違って感ぜられた。彼は、一途に妻の桂子を恋いしたった。もう一度失えば、再び得られまじき人生の宝石のような気がした。彼は、烈しい神経衰弱になった。淋しくなった家の中にも時が来れば、置時計が鳴った。彼は、その時計のなるのが、ただ一つの慰めであった。

桂子は、守山の家から帰って来てから、いつも母と小さな争いをつづけていた。彼女の母は桂子の心持を解することが出来なかった。

「たとい、そんな女が在ったにしろ、手が切れているのならいいじゃないの。あんなに帰ってくれくれと仰しゃるんだもの。」母はよくそう云った。

守山から電話がかかって来る度に、守山の所へ帰るように母は奨《すす》めた。

「お母さんは、私を守山の後妻にしたいと仰しゃるの。妾《わたし》、そんなことは御免だわ。」桂子の心は、ビクとも動かなかった。

暑さが一層激しくなって来た。人々は都会から離れて避暑に行った。桂子は、久しく廃していた教会へ通い始めた。そこで、彼女は破れた心の乱れを整えようと努力した。

ある日彼女は寿美子へ宛て、次ぎのような手紙をかいた。

妾《わたし》、今実家へ帰っておりますの。あなたは、妾の生活の上に、どんな変化が起ったか御存じないと思います。妾は、お恥しくてそれを申し上げることは出来ません。ただ申し上げられることは、毎日教会へ通っていると云うことだけですの。もう、これから妾の幸福を羨《うらや》まないで下さいな。妾は、いつの間にか永久に結婚なさらないと云うあなたを、幸福だと羨まなければならない境遇になってしまいました。では、またいずれ詳しいお話をする時が参りますわ。

さようなら

桂子の気持は、日ごとに何を見ても冷淡になって来た。時々彼女は突然に泣き出す事があった。それでも間もなく彼女は静かに落ち着いて物思いに耽《ふけ》っていた。

秋が近くなった。人々は避暑地から帰って来た。守山から来る手紙を、桂子は封も切らずに、幾本となく焼いた。

桂子が、いくら云っても、桂子の母は、桂子の籍を守山家から抜こうとはしなかった。

ある日、桂子は縁側に立っていると、急に胸が苦しくなって、嘔《は》きそうになった。彼女は、床を敷いて横になった。かかり付けの医者が呼ばれた。医者は彼女の容体を見ると、多分妊娠だろうと云った。

欣《よろこ》んだのは、桂子の母であった。だが桂子は水をかけられたようにびっくりした。目に見えない愛慾の絆が、自分と守山とをつないでいるのに驚いた。だが、桂子の心は変らなかった。心の絆が断たれている以上、たとい子供が生れようとも、決して帰るまいと心に誓った。

だが、彼女は夫婦という関係がどんなに重大であるかと云うことがよく分った。しかし、子供が生れても守山の世話になるものか、ひとりでどこまでも養って行こうと思った。

ある日、守山の所へ桂子の家から、電話がかかった。守山が、いそいで受話器を取り上げると、それは桂子の母からだった。

「ああ、お母さんですか。御無沙汰しています。」

「いいえ、此方《こちら》こそ。」

「桂子さんはどうしていますか。」

「毎日家に、ひっこんでおりますの。」

「ああそうですか。別に変りはありませんか。」

「あの実は、それでちょっとお話しがしたいのですが、あの桂子が、身体の容子《ようす》が変っているのでございますのよ。」

桂子の母の声は低かった。

「え、何ですか。」

「桂子の身体が少し変っているのですよ。」

「病気ですか。」

「病気は病気ですが、どうも子供が出来たらしいのでございますよ。」

「え、ほんとうですか。」

「何だか、そうらしいのでございますよ。」

「そうですか、じゃ、一度伺いましょう。それだと桂子さんも、心が変っているかも分りませんね。」

「じゃ、どうぞいらっしって下さい。」

「じゃ、いずれお目にかかって。」

守山は、急に元気が溢《あふ》れて来た。やっぱり桂子は自分のものだ。自分の妻だ。たとい、桂子がどんな気持でいようとも、自分との間に断ちがたい楔《くさび》が出来たのだ。自分の最も愛している女が自分の子を生む。前に自分が愛してない女が、自分の子を生んだときとは、全く変った欣びだった。彼は二階に馳《か》け上ると、女中に一番よい洋服を出させた。

彼は浮き上ったように、快活になった。彼は今日こそ、どうしても桂子を連れて帰らなければと、決心した。

「ああ、俺が悪かった。悪かった。」と、彼は今更のように叫び出した。それは、最も深い後悔の叫びであると同時に、欣びの叫びであった。

彼は、すぐ桂子の家へ自動車を走らせた。彼は、一刻の猶予もならぬと云うように、自動車の中で周章《あわ》てていた。

守山は、自動車から降りると、桂子の家の中へ這入って行った。桂子の母は、小走りに玄関へ駈けて出て来た。

「よく来て下さいましたのね。お待ちしておりましたわ。今桂子は、奥で休んでおりますから、お願いしましてよ。」

と小声で云った。

「すみません。すみません。」と、彼は心から云った。あれほど、自分が桂子を苦しめたにも拘《かかわ》らず、彼女の母は怒りもせずに、自分に対して好意をよせてくれると云うのが、ありがたかった。

彼は、ひとり桂子の部屋の襖《ふすま》を開けた。

桂子は、床の中から彼の方を振り向いた。彼女は、『アッ』と云うような顔をして、顔をうつむけると枕の上にうつ伏してしまった。

守山は、その枕許に坐った。が、彼は唇が顫《ふる》えて、言葉が一つも口に出なかった。桂子もだまっていた。

守山は、伏せている妻の髪に、だまって接吻した。すると、桂子は悪魔にでも、触られたように、身体を慄《ふる》わせたかと思うと、ガバと床の上に起き上った。

「帰って下さい！」

「桂子さん、どうぞ許して下さい！」

「お会いしたくないのです。どうぞ帰って下さい。」

「どうぞ、ゆるして下さい。君が居ないと、僕は何の生甲斐《いきがい》もないのです。僕は、毎晩眠れないのです。あなたが許してくれるまでここを動きません。」

守山が、吃《ども》りながら云い寄ったとき、桂子は肩をふるわせて泣き出した。守山の眼からも涙が溢れて来た。

「頼む、どうぞ帰って下さい。」

「いえ、帰りません。」

「何と云ったって、あなたが帰ってくれなければ、僕はここから動かない。」

しょう。」

「桂子さん、どうぞ頼む。僕がすべてあやまる！　僕は苦痛でたまらないんだ。そんな頑固なことは云わないでくれたまえ。僕は、君のことを毎日どれほど思っているか、君にどんなに会いたく思っているか。それに、君だって僕と簡単に離れられる身体ではないでし

「じゃ、妾《わたし》が出て行きますわ。」桂子は、青ざめた顔をしながら、立ち上ろうとした。

桂子は、守山に持たれている片手を振りはなした。

「あなたは、妾《わたし》の身体が変ったのを知って来たのでしょう。あなたは妾の弱味につけ込んで来たのです。妾、何もかも知っています。」

「そんな、そんな馬鹿なことを、そんなことで来たのじゃない。」

「いえそうです。そうです。」

「僕は。」と守山は歯を喰いしばって云いかけると、桂子の身体を抱き起した。

「どうぞ、僕の心持を知ってほしい。僕はもう何も云えない。」

彼は、桂子の身体を後ろから抱きすくめようとした。

すると、桂子はそれを力づよく振り払った。

「どうぞ、帰って下さい。」桂子は、荒々しく云った。守山も、さすがにムッとした。

「どうしても、僕の云うことが分らないのですか。」

「ええ分りません。」

「あなたは、子供が出来ても、僕と別れると云うのですか。」

「ええそうです。」

「あなたは、子供に無断で父親を奪ってもいいのですか。」桂子は、じっと守山をにらんだ。

「ええようございますとも。妾《わたし》、坊やをひとりで育てますわ。坊やも大きくなったらきっと、きっと、妾のしたことをゆるしてくれますわ。早く早く帰って下さい。」

そう云うと、桂子は、わっと泣き出した。泣き止んだ後も、守山が何と云っても桂子は返事をしなかった。

その夜、日が暮れてから、桂子の家を出た自動車には、守山のやりどころない身体が、死体のようにクッションにうずくまっていた。

結婚忌避症

大阪天王寺《てんのうじ》の父母の家で、寿美子は東京にいる前川との思い出に、まだ悶々として、毎日を過していた。前川を失った心の傷が、いつまでも大きい口をあけているのだった。

彼女の母は、早婚説であったので、よく縁談の口がかかって来た。しかし、寿美子はどうしても結婚する気にはなれなかった。殊《こと》に、他から心も気質も分らぬ若い男の誰彼と云われて、すぐ一途にそれらの男達の腕の中に飛び込んで行く女性達の気が知れなかった。『結婚結婚って泣いたり騒いだりしたって、結局子供を産んで育てて、心配させられて、疲れて凋《しな》びて死んでしまうだけじゃないの。』と、彼女は思うと、結婚に対して、べーと舌でも出したいほど、馬鹿馬鹿しく思われた。

だが、その馬鹿馬鹿しいことが、よく彼女を廻《めぐ》って押し寄せて来るのだった。押し寄せられると、馬鹿馬鹿しいと思いながら、つい興奮し始めるのが常だった。

いや、彼女の本当の馬鹿馬鹿しさは、前川と到底結婚が出来ないと云うことであったかも知れない。恋人は、純真な若い女性には、一在って二なきものだった。『あれは売約済ですから、これを』と云うように、代りがあるものでなかった。それだのに、代りらしいものが、いや代りたらんとする者が、つぎつぎに進んで来る。その事が、寿美子を馬鹿馬鹿しく意《おも》わせた。たとい品物でさえ、自分の本当に気に入った物が、手に入らないときは、日一日気持が荒《すさ》んでしまう。まして生涯を共にしたいと思う男性が、到底手に入らないとなると彼女の生活は、だらけた蔓《つる》のようにふらふらする外《ほか》はない。

その点で、寿美子は生涯の幸福を失っていると云ってもよい。すべてが馬鹿馬鹿しく思われるのも当然だった。

彼女は、桂子が良人《おっと》と別れたのを、知ったとき、次ぎのような手紙をかいた。

妾《わたし》、あなただけは幸福な生涯を過して下さると思っていましたの。ほんとうに驚きましたわ。照子さんもあんな不幸にお会い遊ばすし。妾達《わたし》のいつかのお約束は、呪われた凶《わる》いわるいお約束でしたのねえ。でも、妾あなたのその事件で、結婚生活に幸福なんて云うことがないことを、つくづく悟りました。妾の結婚忌避症はもっと重態になりますわ。きっと発作的に兇暴性を伴いますことよ。もうお互に、結婚の話なんか、よしましょうね。結婚のお話には、七つの封印をして置きましょうね。

寿美子

桂子さま

そうした不満な生活を、まぎらすために、寿美子はよく母にねだって、音楽や芝居や、社交的な会合などに、出て行った。大阪風の濃厚な令嬢達の間にまじって、寿美子はフリージヤの花か何かのような瀟洒《しょうしゃ》な清麗な美しさを示した。そうして、彼女の才気のある東京風の応対や会話が『菊岡さんのお嬢さん』の存在を、一層ポピュラーにした。

ある日、寿美子は母親と三越で買物を済ませ、それから休憩室で休んでいると、一人の婦人が彼女達の方へ進んで来て挨拶した。寿美子も顔だけは知っていた。寿美子の母親は、その婦人と知り合いの間柄と見え、親しそうに時候の挨拶を交した。

「あの、これが私の娘でございます。どうぞよろしく。」母は改めて、寿美子を紹介した。

「まあ。お嬢さまで、ございますか。私《わたくし》が津山《つやま》でございます。」と、婦人は云った。

「津山春彦《はるひこ》さんの奥さんでいらっしゃいますよ。」

母が、註釈をつけた。津山春彦と云えば、大阪で知名な医学博士である。その夫人は、大阪ではかなり有名な夫人である。寿美子が、しとやかに会釈をすますと、夫人は入口のところにたたずんでいた一人の青年を振り返った。すると、その青年は進んで来て、寿美子の母に頭を下げた。

「これは、私の次男でございます。」津山夫人が云った。

「どうぞよろしく。」青年は寿美子にも会釈した。

四人はテーブルを囲んで、腰を下した。母親同志が、いろいろな話をした。寿美子と青年とは、謹聴する役目を持っていた。青年は絶えず皮肉な微笑を湛《たた》えながら、窓外の青空を眺めていた。寿美子は、その皮肉な微笑から、生意気な感じを受けた以外、ちっとも高い精神的なひらめきを見つけることが出来なかった。彼女は、人を人とも思わぬような医者の冷たさが嫌だった。この青年にも、落ちつき払った外面だけ悠々たる医者の卵を感じたに過ぎなかった。

「まアそんなに澄《すま》していらっしゃると、きっと上から烏《からす》がふんをおっことしましてよ。」

と、寿美子は云ってやりたかった。

母親達は、買物の品質にまで説き及んだ後、再会を約して別れた。その間、寿美子は津山夫人から、話しかけられても、『いいえ』『ええ』と、二三度云っただけだった。

「さあさあ、ゆっくりし過ぎたわ。」と、母親は云った。

「お前、なぜお話をしなかったの。」と、寿美子に云った。

「だって興味がないんですもの。」

「あのお若い方、今年此方《こちら》の医科大学をお出になったのですって、学校の方もたいへんよくお出来になるんですって。」

「何だか、頭ばかり光らしている方ね。」

するど、母親はムキになって青年の上品なこと、落ちついていること、秀才らしい容貌のことを云い出した。

「でも、ああ云う方はザラに居ますね。」

寿美子は、ふと母に欺《だま》されて見合いをさせられたのに気がついたので、わざと悪《にく》まれ口をきいた。

「そうかね。お母さんはそうは思わないがね、お若くてあれだけ落ち着いている方は珍しいと思うよ。」

「フン。あんな人を落ち着いていると云うのなら、前川さんを見せたら、何と云うだろう。品格から云っても、態度から云っても大名と乞食だわ。」

寿美子は、心の中でそう云った。

果してその日から四日目に、寿美子は母親に呼ばれた。

「お前、この間三越でお目にかかった方の所から、ぜひお前をほしいと云っていらっしゃったのだがお前……」

と、云い出した。

「妾《わたし》、結婚をしないと云ったじゃありませんか。」

「そんなことをいつまで、云っておられるものですか。」

「お母さんってば、この間だって妾《わたし》にだまって、あんなことをなさるんですもの。妾これからはお母さんと一緒に、外出しないわ。」

「それが、みんなお前のためなんだよ。二十《はたち》前だったら、どこでも好きなところへ行かれるんだよ。年を取れば取るほど、だんだん此方《こっち》に弱味が出来るんだから。」

「好きなところなんか、ありっこないわ。」

「まあ。何と云う口のききようだろう。お前は東京へ一人で置いたために、急にわが儘《まま》になったようだね。一体、東京で何を習って来たの。」

母親が、そう云ったとき、寿美子はぴしゃりと胸を打たれた思いがした。東京で習って来た！　たしかに。彼女は、結婚しないと云う致命的な教訓を習って来たのだ。あの前川から。

寿美子は、腹立たしさと悲しさとで、急に黙って、母親の前から立ち上ると、自分の部屋へ戻って来た。

母親が、寿美子の後を追って彼女の部屋に這入《はい》って来ると、彼女は押入から掛ぶとんを出してそれにくるまっていた。その一枚のかけぶとんは、彼女の最後のお城だった。その中で、さめざめと泣くための。

これが、四度か五度目の縁談だった。

名誉

床の下から、まずキリギリスが鳴き始めた。手水鉢《ちょうずばち》にしだれかかった萩《はぎ》の花。泉水に浮び出した梧桐《ごどう》。世はそれから静かに秋に変って行った。寿美子の家の葡萄棚《ぶどうだな》には、虫がついた。

桂子が、日曜ごとに東京で教会へ通っている頃、寿美子は大阪で淋しさをまぎらすために、いろいろな催しに顔を出した。

ある日、寿美子は自分も関係した音楽会が果てた後、中の島の公会堂の横手の楽屋に通ずる入口から出ようとした。すると、俄《にわか》の夕立がまだ降り止《や》んでいなかった。彼女は、入口の石段《きざはし》の上に立って滴《したた》り落ちる雨足をながめていた。

そのとき、彼女の後ろに同じように立っていた青年が、じっと寿美子の襟足《えりあし》を見つめていた。するとしばらくすると、その青年は自分の胸でだんだん寿美子の肩を押し始めた。寿美子は、眉をけわしくして振り返った。すると、青年は狼狽して、

「すみません。後ろから押すものですから。どうも。」

なるほど、後ろに沢山の人はいたけれど、押すほど混んではいなかった。

雨が上ると、寿美子は、辻俥《つじぐるま》に乗るつもりで、難波橋《なにわばし》の方へ歩いた。ナダマン食堂の灯が、川水にうつり始めていた。川添《かわぞい》の淋しい所へ来たとき、夕暮であった。寿美子の傍《そば》へ急ぎ足に近寄って来た男がある。二人の肩がすれすれになったとき、男は寿美子に声をかけた。

「先程は、どうも失礼いたしました。」彼女が、驚いて見ると、それは先刻《さっき》石段の所で、彼女を押した青年である。

「いいえ。」と云ったまま、寿美子は急いで離れようとした。

すると、青年は寿美子の前に立ちふさがるようにした。

「失礼ですが、あなたは菊岡寿美子さんじゃございませんか。」

寿美子は、おどろいて相手の顔を見直した。

「え、さようでございます。」寿美子は警戒しながら答えた。

「そうでしたか。それはそれは。」

青年は親しそうに、ポケットから名刺を出して渡した。もう、字は見えなかった。寿美子は見ようとも思わなかった。

「僕は、林と云うものです。お母さまには二三度お目にかかりました。」

「はあ。」

寿美子は、相手の図々しさに困っていると、

「貴女《あなた》も、二三度お見かけしたことがあるのです。そのうち、お知り合いになりたいと思っていたところです。丁度幸いです。」

寿美子は、相手の不作法がしゃくにさわっていらいらして来た。彼女は石のようにだまっていた。

「僕の母はよく御存じでしょうが、あなたのお母様とごく懇意にしているんですよ。どうぞ、僕の宅へも遊びにいらしって下さい。」

「ええ、ありがとうございます。」と答えながら、寿美子はずんずん歩き出した。青年も、急いでついて来た。

「すぐお宅へお帰りになるんですか。」と、青年は訊いた。

「ええ、車のある所まで歩こうと思いまして。」

「そうですか。じゃ、僕はそこでタクシーに乗りますから、お送りいたしましょうか。」

「いいえ、結構でございます。」

「御迷惑なら、御遠慮いたします。お見送りして、あなたのお母さんにお目にかかってもいいと思ったんですが、では失礼します。どうぞ、お遊びにお出下《いで》さい。」

寿美子は、だまって会釈すると、足早に青年から離れた。

「なんて、不愉快な男だろう。」そう思うと、寿美子は先刻《さっき》貰った名刺を、コナゴナに破って捨てた。

家へ帰ると、寿美子はイキナリ母に云った。

「お母さまも、随分ヘンな人御存じなのねえ。」

「変な人って、どんな人？」

「妾《わたし》に、図々しく話しかけるのよ。お母さんをよく知っているんだって。」

「男の方？」

「ええ、ええ、若い二十六七の人。」

「何と云う人。」

「名刺をくれたけど、口惜《くや》しかったから破いて捨てたわ。林と云う人。」

「林！　二十五六、眼鏡をかけた方じゃない。」

「そう眼鏡かけていたわ。」

「じゃ、林さんの坊ちゃんよ。」

「林さんって！」

「ホラ、××銀行の頭取のお子さんよ。」

「まあ！」

寿美子も、さすがに駭《おどろ》いた。××銀行と云えば、大阪の一流銀行で、林健吉《けんきち》と云えば、大阪銀行界の元老だった。

「お前失礼なこと、しはしないだろうね。林さんには、お父さんがいろいろお世話になっているのだからねえ。」

「したかも知れないわ。だって、まるで不良少年のような態度をなさるのですもの。」

「そりゃ、お前の顔を御存じだから話しかけたのよ。向うから話しかけて下さるなどお前……」

「へんに、味方なさるのね。お嫁になんか行かないから、そのつもりで賞《ほ》めて頂戴《ちょうだい》な。」

寿美子は、母の顔に浮んでいる欣《よろこ》びの顔を見て取ると、すかさず皮肉を一つ云った。

「馬鹿なことをお云いでないよ。誰がお前なんかお嫁にくれと云って下さるものかね、ほんとうに林さんなんかから望まれると、どんなに名誉だか分らないんだけど。」

「名誉、おほほ。あんな不良少年のような人から望まれるのが名誉かしら。」

「でも、まあよくお前を御存じだったね。」

「若い女でありさえすれば、誰の顔でもジロジロ見ているのでしょう。いきなり来て、家まで送ってくれると云うのよ。きっと、あんなことばかりしているんだわ。なかなか手に入《い》ったものよ。」

「馬鹿だね、お前は。そんな口の悪いことを云っていると、お嫁に取ってくれ手はありませんよ。」

「無くて仕合せ、あって迷惑。」

「まあ。」母は、アキレて寿美子を見直した。

「妾《わたし》、しまったことしたわ。あんな人だと分ったら、しゃあしゃあして送らせてやるんだったのに。」

そんな皮肉を云わせる寿美子の心の底のもだえを、母は知らなかった。

Je suis triste

それから、一週間ほどしてからだった。寿美子の父の処へ滅多に来ない来客があった。その客が帰ると、父は母に何事か相談を始めていた。

その相談のあった夜である。母は寿美子の部屋へ入って来た。その母の容子《ようす》にはどこかよそよそしい気勢《けはい》があった。寿美子は勉強していた仏蘭西《フランス》語の本を伏せて母を見た。

「お前、今何もしていないの。」

「ううむ。していないこともないの。」

「ちょっと、相談したいことがあるんだがね。」母の顔はひどく緊張していた。

「なあに？」

「今日××銀行の本田さんが見えて、林さんでお前を欲しいとおっしゃるの。」

「林さんて、この間の人？」

「そう。」

「まあ、ひどいわねえ。」寿美子は云ったまま、相手にならぬと云ったように微笑していた。

「お前、ほんとうなんだよ。」母は、自分を馬鹿にしたような娘の容子を見ると、いらいらして顔をしかめた。

「ほんとうか嘘か知らないわ。だけどこの間の人なんか死んでもいや。」

「こんなに結構な話ないじゃないかえ。」

「あの方が、妾《わたし》のお婿さんになるの！」

「お前は気がふれているのじゃないかねえ。」

「でも、お母さんあの人のどこがそんなにいいの。」

「お前、あの方のお父さんは、××銀行の頭取じゃないか。××銀行と云えばお前……」

「妾《わたし》に銀行と結婚しろとおっしゃるの！」

「まあ！」母はあきれて、涙ぐんでしまった。

「お前、そんなにどの口もどの口も、お断りだと、その度に妾《わたし》やお父さんが、どれだけ迷惑するか分らないいんだよ。今度なんか、断って御覧、お父さんがどんなにお困りになるか。」

「そんなことを云って、妾《わたし》をおどしたってそりゃ無理ですわ。妾《わたし》行きたくない所へは行かないわ。」

母は、あきれて娘の顔を見直した。

「じゃ、もう妾《わたし》は何も云わない。これは、お父さんからのお話なんだから、お前とお父さんと直接話しておくれ。どれ、お父様に申し上げて来よう。」そう云って、母は父の部屋へ行った。

寿美子は、むろん母よりも父を憚《はば》かっていた。それは、父が母より厳しいためでなく物事をよく理解している父には、母に対するように、ダダはこねられなかったからである。

母が、しばらく話していたかと思うと、寿美子は父の部屋へ呼ばれた。父が縁談に口を出すのは、今度が初めてだった。

父は、いつもより沈んでいた。顔が蒼ざめていた。

「ねえ寿美子、お父様はお前にムリに行ってくれと云うんじゃないんだよ。断っても結構だが、今度だけはお父様の事情をよく聴いて置いて貰いたいんだ。俺《わし》は、大実業家と縁組をして自分の栄達を計ろうと云う気は少しもないいんだ。ただ林さんには、誰にも云ってないが、大変な恩を受けているんだよ。お前も知っているだろう。俺《わし》の銀行が大地震の影響で一時危険だと云う噂《うわさ》が立ったことを。あのとき、実は大阪支店じゃ取付《とりつけ》にあったのじゃ。銀行には十万円の現金もなかったのじゃ。俺《わし》は、各方面を奔走したが、どこも警戒して融通をしてくれないんだ。そこで俺《わし》が泣きついたのが、あの林さんなのじゃ。あの人と俺《わし》の銀行とはあまり深い関係がないんだが、ただ俺《わし》とは昔からの知り合いだったので俺《わし》のために快く承諾して、無条件で救援してくれたのだ。そのために、銀行は危機を脱出することが、出来たのだ。その恩は、俺《わし》としては一生の内に、どうにかして少しでも恩返しをしたいと思っているのだ。」

父は、そこまで来て瞑目《めいもく》した。大阪へ来てから、急に憔悴《しょうすい》したように見える父だった。

「そこへ今度の縁談だろう。しかし、俺《わし》はお前を犠牲にして、恩返しをしようと云うようなそんな気は、少しもないんだよ。また、林さんだって、恩を笠に着てお前を貰おうと云うようなそんな下等な人じゃないんだ。遠慮なく断っていいんだ。ただ向うの御子息が、たいへんお前を懇望しておられると云うんだ。ただ、俺《わし》としてお前がどうせ一度は縁づくものとしたら、……いや俺《わし》はお前を強制する気は少しもないが、もしお前がどうせ一度は結婚するものなら、林さんへ行ってくれたら、どんなに嬉しいか分らんのだ。」

高圧的な母の言葉は、平気で打ち返す寿美子も、父の苦しい胸から出るしずかな言葉は、ヒシヒシと胸に迫って来る。

「お母さんから聞けば、お前はお母さんから話がある縁談をみんな断るそうだが、お前は自分の心の中で、この人とでも思っている人があるのかねえ。」寿美子は思わず顔が熱くなった。

「そう云う人があって断るのなら、これはもう仕方がないことで、その人が相当の人である限りお父さんは許すつもりだが、そんな人があるのかい。」

寿美子は、父の言葉が、涙が出るほどうれしかった。こんな理解のある父がある以上、前川に妻子がなければ、いつでも結婚出来るのだ。それが、結婚出来ないで、苦しむのは家庭の罪ではない。妻子の在る男と愛し合った運命を恨む外《ほか》はないのだ。そのために、父や母を苦しめてはならないのだ。寿美子はそう思った。

「そう云う人が在るのなら、ハッキリ云って貰いたいのだが。」

「いいえ、ございません。」寿美子は、わーっと泣きたいのを堪《こら》えた。

「と、すれば時期と人との問題だ。どうだ、お父様のために少しは早くっても、今度の縁談を承諾してくれる訳には行かないか。」

縁談を拒絶しながら、千年万年待ったとて、愛する人と結婚出来る寿美子ではなかった。どうせ、相手が前川でないとすれば誰だって五十歩百歩ではないか。恋愛の癈人である身は、心も身も殺して父のいけにえに結婚する方が却って、はり合いがあるのではあるまいか。いや、そうしたはり合いがあってこそ、却って結婚出来るのではあるまいか。いや、愛を失った自分には、父のために結婚することが、一番生甲斐《いきがい》のある生活ではあるまいか。それにしても、もっと相手の男性に好意を持てるといいのだがと寿美子は思った。でも、自分の結婚は、犠牲の結婚であり受難の結婚である以上、却ってあんな不快な男の方がいいのかも知れない。印度《インド》のバラモン教徒が、出来るだけ苦しみの多い難行を選ぶように。

寿美子は、桂子や照子のように、静かな性格ではなかった。今までに強く結婚に反対したように、それがくるりと変ると義侠的な結婚にすすむ決断も早かった。

「どうだ、承諾してくれるか。」

寿美子は、だまってうなずいた。つめたい触らば手が切れるような心で。

彼女は、自分の部屋へ帰ると机に凭《もた》れて、いつまでもいつまでも泣いていた。仏蘭西《フランス》語の本の表紙へ涙が、ポトポトと落ちた。その表紙の上に、Je《ジュ》 suis《スィ》 triste《トリスト》 と、いっぱいになぐりがきした。それは『妾《わたし》は悲しい。妾は悲しい。』と云う意味である。

呪われたるかな

寿美子の承諾を聞くと、母は雀躍《こおど》りして欣《よろこ》んだ。母が欣べば欣ぶほど、寿美子はいこじになった。母が、『やっぱり、承諾するじゃないか。女はやっぱり女だ』と思っているらしい容子《ようす》を見ると、寿美子は堪らなく不快だった。

俄《にわか》に、色めき騒ぎ出した家の中で、寿美子の心だけだんだん沈んで、堅くなって行った。母は、衣裳や調度のことを、一々《いちいち》寿美子に相談した。寿美子は、だまって一言も返事をしなかった。羽織が、古代紫だろうが、ローズ色だろうが、どちらだって同じだった。彼女の心は、永久に燃え上ることを知らぬ灯として、消えてしまったのだ。

母は、寿美子が沈んでいると、よくお愛想を云いに傍《そば》へ来た。が、彼女はそれが却ってうるさかった。彼女は、時々急に今から、結婚を破約しようかと考えた。そして前川が、『万一不幸になったときはいつでも来て下さい。』と上野駅で云った言葉を思い出した。これから、東京へ逃げようかと考えたが、それが前川の生活を擾《みだ》し、家では父と母とをどんなに狼狽させるかを考えると、凋《しお》れ込んだ。そして、結婚の夜が、吐息の数が重なるにつれて近寄って来た。

寿美子は、ある夜東京の桂子に宛てて次ぎのような手紙をかいた。

桂子さま。

御無沙汰いたしました。妾《わたし》、今どんなことをしようとしているか御存じですか。まあ、大それたことをしでかしますのよ。あなたのなすったことを、妾もしようとしていますの。お分りになったでしょう、結婚!!

妾《わたし》が、今欣《よろこ》んでいるとお思いになって。妾、この結婚を承諾するのと一緒に自殺しましたの。「海の夫人」が、一人殖《ふ》えるのですわ。でももう御忠告しないで下さいまし な。分っています。何もかも、どんなになるかって、云うことも。でも、妾《わたし》覚悟していますの。悲しいことなんか、書かないことに致しますわ。

結婚しないとあんなに威張っていた妾《わたし》が結婚するのを、一つ思い切り大きな声で笑って下さい。ここまで、届くような声でね。さようなら。

寿美子

寿美子は、大阪へ来てから、月一度くらいは前川にハガキを出していた。長い手紙などは、胸が一杯になって書けないのだった。結婚するについて、彼女は知らせようか、どうしようかと思いまどったが、知らせないで結婚することが、何だかすまないことのように思われて、一枚の写真を前川に送った。

裏に『最後の浄《きよ》き日に――寿美子』と、かいた。

表には、

現身《うつしみ》はよそに捨つべし

心こそはとはにすがらむ君がみ胸に

と、かいた。

それを、前川の学校宛に送った。

寿美子の結婚披露会は、今橋ホテルで催された。大阪の名士、紳商《しんしょう》、淑女が普《あまね》く参列した。祝電が八方から舞い込んだ。式場の前には、自動車が垣のように密集した。

寿美子は、媒介者に手を引かれて、式場の広間に現れた。花束に埋もれた円卓の彼方《かなた》から新郎林健一が現れると、両人は手を取って、衆人の前へ進んだ。交換した指輪が、お互の手にはまった。紳士は一斉に乾杯した。淑女は祝賀の微笑を、二人の上へ投げかけた。

寿美子はうつむいて人々の視線をさけていたが、ふと気がつくと、自分の腕がいつの間にかあの音楽会の夕《ゆうべ》の不良少年にとられているのを知った。『もう万事が進んだ』と思った。その進みつつあるすべての中で、ただ一点、自分の心だけが死のように停《とどま》っているのを感じた。彼女は、自分が、どこか不思議な穴の中へ落ち込んで行くように思われた以外、媒介者と新郎の動くままに動いているのに過ぎなかった。

『良縁だ』『目出度《めでた》い』人々は、口々に云っていた。だが、彼女は白無垢を着て柩《ひつぎ》の中に坐っているような気がした。人々の欣び祝う声は、その柩の蓋《ふた》にピシピシと打ちつけられる釘の音としかきこえなかった。

やがて、寿美子は人々が自分の周囲から、遠のいたのを感じたとき、自分の身体は自動車の中に坐っていた。そして取り返しのつかぬ林夫人になっていた。良人《おっと》の林は、初めて彼女の耳もとでささやいた。

「疲れたでしょう。」

「いいえ。」

「でも、よく僕の所へ来てくれましたねえ。僕は心から感謝しているのですよ。あなたも、大欣びだと、本田さんが云ってくれたので僕はうれしくて堪らないのです。」

寿美子の冷え切った心が急にカッとした。

「まあ、ウソ！　妾《わたし》父が行ってくれと云いましたから、来ましたのよ。」

林は、鼻ばしらを叩かれたようにだまってしまった。

呪われたるかな寿美子！　だが、呪われたる彼女を抱くものも、また呪われずにはいられないだろう。

蜜　月

寿美子と健一とは、結婚の式場を出ると、すぐもう心の争いを始めていた。だが、自動車はそんなことには、かまわなかった。進む所まで進んで行く。二人は、互に傷つけられた心で、黙ったまま揺られていた。

その夜、住吉《すみよし》の林家の本邸で、寿美子は女としての新しい生活に這入《はい》ってしまった。

翌朝、彼女は早く寝室から出て来ると、洗面所へ行った。そこで、彼女は顔を洗ったが、鏡を見るのが怖《おそろ》しかった。昨日までの処女の日と、今朝の自分の顔とに、どんな変化が起っているかを知りたくなかったからである。しかし、昨日と変らぬ美しい顔色、滑らかな頬の線、それらのどこにも、あの驚天動地の変動が現れていなかった。寿美子は、ホッと吐息をついて安心した。だが、変ったものが、ただ一つ彼女に分っていた。それは心の底で、今までとは打って変って、のびのびとしている放埒《ほうらつ》な感情であった。それは、どこか自暴自棄的な捨鉢《すてばち》的な世界へ急にのさばり出した感覚であった。

彼女は振り返って、広大な庭や建物を見た。これから先の豊穣な生活を考えた。結婚の記念品として、昨夕夫から入れて貰った指頭《しとう》の指輪を見た。それは、寿美子が結婚するについて、家で買って貰った指輪を星として、月のように光り輝いていた。彼女は、死出の道づれに、こうした物質を一つ一つ投げ捨てて、享楽するときの自分の豪奢な姿を考えた。

本邸で、一泊して、すぐ新婚の旅に上る予定だった。

新婚旅行は、新夫《しんぷ》の希望としては、京都、伊勢山田、蒲郡《がまごおり》、箱根、東京、日光と云う予定だった。だが、寿美子は、それを嫌った。彼は夫と一しょに、東京の土地を踏むことは、なつかしい魂の思い出をふみにじるように思った。殊に前川との最初の会合であった東海道線は、彼女にとっては神聖だった。夫と一しょには乗りたくなかった。彼女は、高松、琴平《ことひら》、別府、宮島を選んだ。新夫の方では、すぐそれに承諾した。

紫丸《むらさきまる》に乗るために、見送りの人達をこめて、三台の自動車で築港《ちっこう》に来た。少しゆっくりしすぎたので発船時間に間がなかったので、あわただしく船に乗った。夫の父が、商船会社の大株主なので船での歓待は、すばらしかった。船長や事務長が、かわるがわる挨拶に来た。

サルーンで、紅茶をのみながら見送りの人達と話しているとき、夫はあわてて叫んだ。

「こりゃ失敗《しま》った。」

「どうなさいましたの？」寿美子も妻らしく云った。

「雑誌買うのを忘れて来た。」

「じゃ、ボーイに頼んでお買わせになればいいわ。」

「あ、そうしよう。おいボーイさん。」

ボーイが、来た。夫は、蟇口《がまぐち》の中から、一円札を三枚出した。彼女は、夫が平生《へいぜい》どんな雑誌を読んでいるか知りたかった。

「講談××と、△△倶楽部買ってんか。貴女《あなた》何か買いなはらんか。」

林の言葉には、ときどき大阪言葉がまじり出した。寿美子は、雑誌の名をきいて、ひやりとした。両方とも、俗悪な興味中心の雑誌であった。夫の教養と趣味が、一時に分ったような気がした。

「あなた、何買うのや、はやく云いなさい。」

寿美子は、夫の低級さを埋め合すつもりで高級な雑誌を買いたかったが、見送りに来ている夫の母などには、寿美子のそんな事をする心持がすぐ分りそうな気がしたので、

「いいえ何も入《い》りません。」と、云った。

船は、どらの声と共に、ともづなを解いた。寿美子も、上甲板《じょうかんぱん》の舷側《げんそく》に立って、見送りの人達の名残紐《なごりひも》を引いた。そのかよわい紙の紐が、不可抗力な力で、音もなく切れてゆくとき、寿美子は自分と処女時代をつなぐ紐も同じように切れたのを思って心が、冷たくいたんだ。

船は、麻耶六甲《まやろっこう》のすぐ下を、ぐんぐん進んで行った。もう瀬戸内海には馴れ切っている夫は、寿美子に海上の景色を、一通り説明すると、自分一人でサルーンの卓で、講談××によみ耽《ふけ》って行った。『人前で、そんな雑誌およみなさいますな。』と云いたいのをこらえて、寿美子は夫に向い合って腰かけていた。すると、良人《おっと》は雑誌を読みながら面白そうにひとり、『ふっふ、ふっふ』と、ふくみ笑いをした。少しも智的なひびきの伴わない笑いだった。寿美子は、それがちょっといやだったので、立ち上ろうとすると、夫は顔を上げた。そして、もう一冊の方を寿美子にすすめた。

「何《な》んや、退屈したのかい。これよまないかい。君は講談きらい？」

「きらい、かどうかちっとも読んだことありませんの。」

「女には、講談の面白さは分るまいね。」

寿美子は、良人の威張り方がシャクにさわるよりも、むしろ、滑稽だったので、だまっていた。

「僕は講談讃美論者や、新聞やって講談の勢力は、たいしたものやぜ。この頃の三文文士のかく小説なんかより、よっぽど面白いぜ。」

「そうですかしら。貴君《あなた》小説およみになりますの。」

「いいや、ちっともよまん。」

「およみにならなければ、どっちが面白いか分らないじゃありませんか。」

良人は、ちょっとへこまされたが、彼はその敗北を素直に受けた。

「それも、そうじゃな。君は、理窟屋じゃ。」

寿美子は、良人の素直さに好感を持つことが出来た。そして、初め感じた不良という印象はだんだんなくなった。それは、寿美子にも欣《よろこ》ばしいことだった。

「だが、君も講談ぎらいと云ったって、読まんじゃろう。」

「ええ。」

「じゃ、喰わず嫌いじゃが、少しよんで御覧！　この忍術物はとても面白いよ。」

「まあ、そうですの。後で拝見しますわ。」

寿美子は、低級でも善良な良人に少し好意が持てた。その好意に、結婚生活の危い土台

美しくととのっていた。

を置く外《ほか》はないと思った。

夜の八時頃、寿美子は夫と二人船室にいた。中は、畳を敷いて、小さいお座敷のように、美しくととのっていた。

良人は、二人ぎりになると、すぐ接吻しようとした。だが、寿美子は身体をゆるしても、唇をゆるすことは、心をゆるすような気がしたので、昨夕《ゆうべ》から一度もゆるさなかった。

「ねえ。いいだろう、君。」

「妾《わたし》、死んでもそれだけはきらい！」

「でも、夫婦じゃないか。」

「でも、それだけはどうぞかんにんして。」

「じゃ、永久にゆるさないのか。」

「いいえ。きっと許すときがあるわ。」

「君の気に入るようにすれば、ゆるしてくれるだろう。」

「ええ。」寿美子は、そう云ったが、自分も悲しくなって、涙をこぼした。

「そうか。じゃ、僕は君に強いないよ。本当に君が僕を愛してくれるときを待っているよ。」

二人は、讃岐《さぬき》高松の栗林《りつりん》公園を見物して歩いていた。寿美子は、初めて見る林泉《りんせん》の美しさに目をみはった。一木一石も、みんな人工的に洗練せられていた。自然が巧みに、加工せられ、刺繍せられた風景画のように、美しくまとめられていた。

園内には、池が沢山あった。水が澄み切って、二三尺もある大きい緋鯉《ひごい》が、群をなして水草の間を泳ぎ廻っていた。

「大きい鯉やな。打網《とあみ》で打ったら、面白いやろう。」

寿美子の良人は、外出用の言葉を捨てて、だんだん大阪言葉になりかけていた。

「鯉にやるふを売っていますねえ。」

「ああ買ったらどう。」

そう云うと、良人は五円札を出して、茶店に在ったふをスッカリ買い上げてしまった。

良人は、それを朱でぬった橋の上から、池の中に一ペンにふりまいた。

烈しい水音を立てながら、鯉はふを争った。むらがる鯉の頭が、ふを、水上一二寸も突き上げたりした。

「面白い。面白い。とても面白い。」良人はうれしがった。

寿美子は、よく大阪人の云うように夫を、『阿房《あほ》かいな』と思った。ふを鯉にやるにしても、もっと上品なやり方が在ると思った。寿美子は、夫の学歴を慶應を中途まで行ったときかされていた。だが、そんなに教養があるとは、どうしても思えなかった。

寿美子は、夫が学生時代に一体何をしていたのかが、聞きたかった。

ふがすっかり無くなったのを見て、歩き出した良人に何気なく訊いた。

「貴君《あなた》なんかの学生時代はどんなことをしていらっしゃいましたの。」

「僕は、タマが好きでね。」

「タマって何《な》あに?」

「タマツキさ。僕は九十突くんだよ。九十突くまでには、どうしてもタマ代が二千円かかるんだ。ところが、僕は千円もかからなかったね。」

「まあ。そうですの。」と、云ったが寿美子は、つまらないことでも自慢の種に出来るものだと思った。彼女は音楽会で初めて、彼と会ったことを思い、

「あなた音楽がお好きですの?」と訊いた。

「好きだね。」

「どんなものがお好き。」

「日本音楽が好きだ。」

「日本音楽って何ですの。」

「奈良丸が、一番好きさ。僕は、これでもちょっとやれるんだよ。」

彼女は、自分の顔が思わず、ホッと赧《あか》くなるのを感じた。良人は平気な顔をしていた。

「奈良丸のレコードは、みんな揃えてあるんだよ。」

「ピアノなんかお好き?」

「好きだね。」

「ショパンお好きですか。」

「ショパン！　嫌いだね。」

「ピアノがお好きで、ショパンがお嫌いなのは変ですね。」良人は、しょげてだまってしまった。

「慶應は何科でいらっしゃいましたの。」

「理財科さ。」良人は昂然《こうぜん》として云った。

「運動はなさいまして？」

「どんな運動でもやるよ。何でもかじっているんだよ。それが、僕の誇り《プラウド》だよ。」

「え、何ですって。」

「僕のプラウドだよ。分らないかい、僕の誇りなんだよ。」

寿美子は、良人の学問の正体がマザマザと分った気がした。彼はほこらしげに誇り《プラウド》と云ったのだろう。しかし、プラウドと云うのは『誇っている』と云う形容詞で、『誇り』と云う名詞はプライドでなければならなかった。それは、秀才の中学の三年生なら決して冒さない間違いだった。少しでも、英語を本当に知っていれば、決して犯さない間違いだった。

英語が得意であった寿美子は、かなしかった。こんな良人を持つことが致命的な悲しみだった。愛し得なくってもいい、せめて尊敬でも。だが、両方とも駄目だった。ただ残っているものはあわれみだけだった。『あわれみは愛に似たり。』と云う英語の諺《ことわざ》がある。しかし、この場合のあわれみは一番愛に遠かった。尊敬しなければならぬ良人が自分より無学であることは、教養ある婦人にとっては、第一の悲劇だった。

屋島、琴平、内海の美しい島々、夫の教養や趣味が分るにつれて寿美子の蜜月の気持は、いよいよ荒《すさ》んだ。そして彼女の棄鉢《すてばち》的な強さが、いつの間にか夫を征服していた。

別府温泉では、亀の井に宿《とま》った。宿へ着くと、一番に湯に入ることになった。

「どうぞ、あなた、お先にすませて下さいましな。」と寿美子は云った。

「折角《せっかく》温泉に来たんだ。一緒に這入ろうよ。」

「いやでございますわ。どうぞお先へ。」

「いいよ、いいよ。」と、良人は云ったが、寿美子は良人の笑っている顔から、自分の裸体を見たがっている下品な心を感じると、忽《たちま》ち不愉快になって来た。

「さあ。お早く。妾《わたし》後で参りますから。」

「じゃすぐ来るんだよ。」と良人は云って、浴場へ出て行った。

寿美子は、ひとり良人の脱ぎ捨てた洋服を畳んでしまったが、湯に這入る気にはなれなかった。ようやく良人が上って来た。

「待っていたんだよ。なぜ来なかったんだ。」

「だって。」

「さあ這入った。這入った。俺が洗ってやるよ。」

「あら、いやですわ。いらっしゃっちゃいやよ。」

「よし、よし。」

「ね、ほんとうにいらっしゃると、妾《わたし》怒りますよ。」

と、云い残してひとり浴場へ出て行った。白と青との化粧煉瓦《れんが》を組み合せた丸い湯ぶねに澄み切った湯が溢れていた。寿美子は、入口の戸をしめるとかけがねをかけてから、湯に浸った。結婚以来初めて、一人になった欣《よろこ》びを感じてのびのびとした。今頃から、こんなだとこれからの長い月日の間に、自分の心がどんなに荒《すさ》ぶかと考えると、自分の結婚が恐しくなって来た。

彼女は、ぼんやりとしながら、しばらく明り取りの硝子《ガラス》戸に映った夕暮の光を眺めていると、浴場の入口の扉《ドア》の向うに良人の佇《たたず》んでいる気勢《けはい》を感じた。彼女は、敵を見附けたときのように、きっとなって、

「あなた!」と、叫んだ。

誰も答えなかった。だが、彼女は全身の裸体の感覚に、見えざる異性の視線を強く感じ

て身を締めた。

「あなた!」

「あは、あは、あは。」

良人の馬鹿笑いが、扉《ドア》の外から聞えて来た。

彼女は、身の毛立つような不快さのために思わず唇をかみしめた。

「いやっ!」

彼女は、斬りつけるように叫んだ。

「いいかい。いいかい、這入って行くよ。」

良人は、かけがねのかかっている扉《ドア》をガタガタ云わせた。

「駄目です。いやです。早くあっちへいらっしゃい。すぐあちらへいらっしゃらないと、妾《わたし》大阪へ帰りますよ。」

立て続けに強く寿美子に云われると、良人は初めて向うの方へ引き返した。

彼女は、急いで湯から上って部屋に帰った。

「おい、何アんだい。ちょっとくらい洗わせたって、いいじゃないか。」と、良人は笑いながら云った。

「みっともないじゃありませんか。」

「おいおい。新婚旅行だぜ。」

「知りません。」

「もう怒っているのかね。」

「あなたが、あまり無礼なことをなさるからよ。」

良人は、寿美子の剣幕にだまって、にやにや笑いながらねそべった。

そこへ女中が這入って来た。

「晩は日本食になさいますか、洋食になさいますか。」

「俺は洋食がいいなあ。」

「洋食だと食堂で召し上っていただくのです。」

だまって、鏡台に向いて、髪をすいていた寿美子は急にくるりと振り返ると、

「妾《わたし》は、日本食にしますわ。部屋へ運んで下さいな。」

「おい洋食にしようよ。」

「いいえ。」

「なぜだあ。」

「なぜでも。」

「洋食の方がうまいぞ。」寿美子はだまっていた。

「おい食堂へ行って洋食を喰べよう。」だだっ子のように云った。

寿美子は、だまったままオールバックの髪に櫛《くし》を入れていた。

「じゃ奥さまが、おっしゃる通り、日本食に致しましょうね。」

女中は、夫婦のうちいずれが権力者であるかをすぐ解した。寿美子は奥さまと云われるのが何よりイヤだった。

心の飢渇

旅行から帰ると、寿美子はちょっと母の家へ行った。母は、嬉しそうに娘を迎えた。どこか娘の容子《ようす》に欣《よろこ》びがあるかどうかを見届けようとするように、旅行の話などを聞いたりした。寿美子はそれに気がつくと、わざと古めかしい女学生時代の話ばかりを始めた。

「お前、一体旅行はどことどこへ行って来たの。」

「どこもここもなくってよ。あの人と歩いていると、気が気じゃないんだもの。」

「まだ、お前そんなことを云ってるのね、現在の御主人を。」母は、顔をくもらせた。

「でも仕方がないじゃありませんか。真実は真実だわ。」

「少しは、あの方を大切に思いなさいよ。」

「だって、向うから大切に思ってくれるんだもの。夫婦の間は、一方さえ大切に思えば円満だわ。」

「馬鹿おっしゃい！」

「そうなのよ。そりゃ林は私を大切に思っているのよ。」

「そんなありがたいことはないじゃないか。仇《あだ》やおろそかに思うと罰《ばち》があたりますよ。」

「だから、なお馬鹿に見えるのね。妾《わたし》なんか追い出してしまえばいいんだわ。」

母親はあきれて娘の顔を見ていたが、娘の気持が前から時々口と反対に動く癖のあるのを知っているので安心した。あんな憎々しい口をききながらも、内心良人《おっと》を愛しているのに違いないと思うと、母親はまた嬉しそうに云い出した。

「林さんは、ああ見えても仲々気前がいい方だから、一緒にいても張りがあるだろうね。」

「ええ有りすぎるくらいよ。有りすぎてときどき冷汗が出るのよ。」

「どうしてだえ。」

「講談物をよんできかせてくれたり、浪花節《なにわぶし》をうたってくれたり。」

「陽気な気さくな方だね。そんな方が一番お母さんなんか好きだよ。」

「だから、妾《わたし》いやなのね。お母さんの好きな人なんか、妾《わたし》好きだったためしがないんだもの。」

「贅沢《ぜいたく》なことお云いでないよ。今に誰でもそんな人が好きになるんだよ。若いうちは、何だかだと思っていても、結局は気さくな人がいいんだよ。」

「妾《わたし》、面白かった日って、結婚式の日だけだわ。これから、もう二三度したいわねえ。」

そう云って、母をあっけにとられさせると、ついこの間まで自分の部屋だった離れの六畳へ行って見た。そこはもうがらんとしてだだ広《びろ》く、窓の外の葡萄棚にはひからびた葡萄の実がちぢれていた。

「もうしばらく、ここにいるんだった。もうしばらく。」

たとい、手をとり足をとられて、かつがれて行かれたにしろ、心にそまぬ結婚などは、死んでもするのではなかったのかしら。彼女はほろりとなって、頬を柱につけ、庭の飛石を包んだ青苔《あおごけ》を眺めていた。彼女はここで幾回も前川の名を胸の中で呼びつづけた。だが、今でも彼女は良人の腕に抱かれながら、前川の名を心の中で呼びつづけているではないか。

林と寿美子とは、香爐園《こうろえん》の控邸《ひかえやしき》で、新婚生活を営んでいた。二人は夕暮になると、そこから大阪まで自動車を飛ばして散歩した。家庭で夫と始終顔を見合せていて、無知な言葉や程を知らぬ動作で神経をなやまされるより、芝居でも活動でも見ている方が、寿美子は気安かった。

だが、芝居や活動の内容の選択で、二人の意見はいつも二つに分れた。

「俺は、松之助の『自雷也《じらいや》』を見たいんだ。」

「妾《わたし》あんなものなんか、お金を貰ったっていやですわ。」

「それじゃ、何を見たいんだ。」

「シラノ・ド・ベルジュラック。」

「何や、それは。」

「ロスタンの戯曲を映画にしたのよ。」

「阿房《あほ》らしい。そんなむつかしいもの、面白いことありゃへん。」

「じゃ、松之助なんかどこが面白いんです。」

「あの立ち廻りの味が分らんか。」

「いやですわ。目をむいたり、追っかけ廻したり、あんな野蛮なもの真平《まっぴら》だわ。」

「無茶云うな。」

「あなた渋い欧洲物など御覧になったことないんでしょう。」

「俺は毛唐の活動は嫌いだ。」

「まあ。あんな刀ばかり振り廻す活動なんか、どこがいいのかしら。あなたなんか、松之助の真似がしたいんでしょう。」

「阿房だら。あのサッと斬る斬り味は、すまんがお前らにゃ分らんわい。」

「ほほほほほ。斬ったり突いたり、あれなら申分のない活動だわ。」

「あれを見ないような奴は、活動見るべからず。」

「そう。じゃ、こうしましょう。あなた松之助を御覧なさいな。妾《わたし》シラノを見るわ。十時までに、自動車に帰ってお待ちしているわ。」

「折角《せっかく》一しょに来て、それじゃつまらんよ。」

「じゃ、妾《わたし》におつきあいなさいよ。」

良人は、とうとうシラノを見ることになった。

シラノ・ド・ベルジュラックは、仏の文豪エドモンド・ロスタンの傑作である。心は美しく武勇秀《すぐ》れた騎士、シラノ・ド・ベルジュラックは、かなしやとても醜い鼻を持っていた。それは天狗のようにそり返った鼻だった。彼は、従妹《いとこ》のロクサーヌと云う美姫に恋しているが、彼の醜い鼻の下に、そんなやさしい心がひそんでいようとは、ロクサーヌは気がつかず、やがてクリスチャン・ド・ヌーヴィレットと云う青年士官と相愛の間になる。やがて、戦争があって、シラノとクリスチャンは相携えて戦場へ出る。ところがこの青年士官は、ちっとも手紙がかけない。騎士にして詩人なるシラノは、クリスチャンの手紙の代作をする。代作をしながらも、シラノはロクサーヌに対する千万無量の心を手紙の中にかきこめる。ロクサーヌは、この手紙に心をうごかされ、たまらなくなって、クリスチャンを追うて、戦場へ訪ねて来る。そして、今ではクリスチャンの美しい姿形《すがたかたち》よりも、幾多の手紙にこめられた優しいお心が慕わしいと云い出すのである。つまりシラノの心を慕い始めたロクサーヌなのである。シラノは、それと知って歓喜に打たれ、自分の恋を打ちあけようとするが、そのとき折あしくクリスチャンは討死《うちじに》して、死者の秘密である手紙の代作は、死者に対する武士の儀礼として永久に打ちあけられぬことになってしまう。

ロクサーヌは、シラノの心を知らず、クリスチャンを悼《いた》むあまり、尼寺に這入《はい》ってしまう。シラノは、爾来《じらい》十四年土曜日ごとにきっと、ロクサーヌを訪問する。自分の火の如き恋はちっとも打ちあけず、友としてロクサーヌをなぐさめている。最後の土曜日の日に、敵のためにだまし討ちに会い、重傷を負いながら、よろめく足をふみしめてなおロクサーヌを訪問する。

ロクサーヌに介抱されながら、昂然として、息を引きとるのだが、彼は苦しい自分の恋心を最後まで一言も云わない。

十四年間、報われない恋を恨まず、苦しい心を、じっと秘めて許された土曜日ごとに恋人の訪問をつづけている顔の醜く魂の美しいシラノの姿を見ていると、寿美子は涙が出て仕方がなかった。

シラノの厳粛な浄《きよ》い恋に比べて、自分などどうしてこうもかるがるしく、他人の手に身体を委《まか》せたかと思うと、寿美子は悔恨の斧《おの》に身を打たれる思いがした。

やっと、映画がおしまいになったとき、寿美子は涙をぬぐいながら、どんな松之助好きの夫でもこの映画には感動しただろうと、そっと夫の方を見ると、夫は身体を椅子の一方へズラせながら、グウグウいびきをかいていた。

不貞な妻

　この頃になって、ようやく分ったことだが、彼女の良人《おっと》は二三度落第を重ねて中学を出ると、二年もかかって慶應へやっと入ったが、性来の学問嫌いのため、一年とは通学出来なかった。

　寿美子は、林の所へ来て、その本箱を見て、スッカリ失望した。教養と趣味の違いのため、心の会話、たましいの会話は、何一つ交したことがなかった。人間は、日常の会話以外、心の会話をしたい。趣味の会話をしたい。一しょに、芸術的感興を語りたい。一しょに気のきいた観察もしたい、批評もしたい、それが出来ない場合は、どんなに物質が豊富であっても、人は心の飢えに堪えられなくなってしまう。

　寿美子は、良人をからかうことでせめて、自分の理智や感情のはけ口を見出していた。

　夫の所へ、三四人の友人が来て、帰った後であった。

「あなたの所へ来るお友達って、ロクな人はいませんね。」と、寿美子は、ずばりと夫に云った。

「お前らに分るものか。」と、良人は云って相手にならなかった。

「本当にそうよ。あなたのような人ばかりだわ。でも、あなたはまだどこか、お人が好《よ》くて、悪気がなくて一番光っていてよ。隣りの室《へや》で、お話をきいていると、つまらないことばかり面白がっていらっしゃるのね。」

「何がつまらないんだ。」

「どこの活動写真館の女給は妖婦《ヴァンプ》だとか、どこのカフェのウェイトレスは、よく煙草を吸いつけてくれるとか、三越のショップガールが、どうしたとか、よくあんな馬鹿馬鹿しい話の種がつきませんね。」

「そんならお前の所へ来る手紙はなんだ。阿房《あほ》らしい、わたし淋しくって淋しくって、まるで年中怪物《ばけもの》屋敷にでもいるようなことばっかり云っているじゃないか。」

それには、寿美子も、一言《いちごん》もなかった。

「まあ、あなたは妾《わたし》の所へ来る手紙およみになった？」

「そりゃよむさ。」

「まあ、驚いた。だまっておよみになっちゃいやよ。」

「秘密でもあるのかい。」

「ええそりゃ沢山あってよ。妾《わたし》、お友達へあなたの悪口をいつも書いてやるんですもの。」

「どんな悪口をかいたんだ。」

「あなたが、妾《わたし》を誘惑したことをかいてやりましたの。」

「俺が、お前を誘惑した。馬鹿を云え！」

「だって、音楽会の帰りに、あなたが妾《わたし》の肩を押したり、追っかけて来たりなすったじゃありませんか。」

「あの時はあのとき。」

「道理でなかなかお上手だと思いましたわ。前にも誰か若いお嬢さんにあんなことをなすったんでしょう。」

「そんなこと誰がする。」

「そんなに白ばくれたって、分っていますよ。男らしく白状なさいね。ね、幾人くらいなすったんでしょう。」

良人は、だまって横を向いていた。

「どんなお嬢さんだって、妾《わたし》のような馬鹿はいないから、あなたの手にはのらなかったでしょう。ね、ね、さあ、お云いなさいね。妾《わたし》怒らなくってよ。五人？　六人？」

「知らん！」と、良人は苦笑しながら云った。

「ダメよ。そんな顔をなすったって。あなたは前に、何人恋人をお持ちになって。」

「知らん云うたら。」

「お持ちにならない筈《はず》がないわ。私を誘惑なすったときだって、初めてなら、とてもあんなにお上手な筈がなくてよ。」

「うるさい奴だな。」

「もう一度、あのときの真似をして御覧なさいな。　僕はあなたのお母さんはよく存じているものですって。まあ、ほほほほほ。」

「何が、おかしい？」

「妾《わたし》は、あなたを不良少年に違いないと思いましたよ。」

「お前にかかったら、かなわんわ。」

「あなた、あなたは不良少年じゃなくって！」

「馬鹿云え。」

「そうよ。きっとブラックリストに乗っているんでしょう。」

「ええ、何やって？」

「警察の閻魔帳《えんまちょう》よ。」

「失敬なこと云うな。」

「だって、あなたが以前何をなすっていたか気になるわ。東京の妾《わたし》のお友達は、結婚してとても仲が良かったんですけれど、御主人が結婚前にとても品行が、わるかったので、怒って別れてしまいなすったのよ。」

「だから、お前も俺のアラを探そうって云うんだな。」

「そうじゃなくってよ。妾《わたし》なんか、どうせ覚悟していてよ。あなたを品行方正な方などと一度だって思っていませんわ。」

な。」

「ははあ。じゃお前も、それをとがめる資格がないんだな。女学生時代に発展したんだな。」

「まあ。そう見えて?」

「うん、そりゃそう見える。」

「じゃ、どうするおつもりなの。」

「こうするつもり。」

柱に、もたれかかっていた良人は、急に立ち上って寿美子を捕《とら》えて、接吻しようとするのを、寿美子はスルリとぬけて、女中のいる次ぎの間へ来てしまった。

「ちょっと此方《こっち》へ、来てくれんか、寿美子。」

「いや、妾《わたし》御用があるのよ。」

そう云って寿美子は台所の方へ来てしまった。良人をからかっているときだけ、寿美子は気がまぎれた。だが良人をからかう罰として彼女はだんだん気がすさんだ。

「何と云う不貞な妻だろう。永久に、こんな不貞な妻なのかしら。妾《わたし》こんな女は嫌いだわ。」

そう思って、彼女は夫に忠実であろうとつとめたが、植えつけられた理智と感情とから来る、夫に対する批評や侮蔑は、どうともすることが出来なかった。

　あなたは、あなたの御良人《ごりょうじん》のために、不幸になったのね。でも、妾《わたし》はそうじゃない。妾は、妾の不貞のために、良人《おっと》を不幸にしていますのよ。まあ、あなたの御良人に対する復讐を妾が、引き受けてやっているような形ですわ。妾の良人は、妾をそれは愛してくれますの。でも妾はその反対なのよ。でも、妾はきっと今に罰があたるかも知れないと思っていますのよ。見ていて御覧なさい。ではまた。

寿美子

桂子さま

　彼女は、こんな手紙をかいたが、出さなかった。

　秋が深くなった。河水の上を渡って来る微風の冷たさに、街人は袖を重ねた。家庭に対する不満を寿美子は社交的な活躍で慰めていた。あらゆる口実で、夫と分れていようとつとめた。彼女は、そうした社交では、天稟《てんぴん》の才を発揮した。丁度、それが失敗した結婚に対する復讐であるかのように、彼女は、社交界で生き生きとして鬱憤をはらしていた。若き林夫人は、『サンデー毎日』や『週刊朝日』や色々のグラフィックに、幾度その可愛い姿を、社交界の新しき孔雀《くじゃく》として一頁《ページ》大の写真に出されたか分らない。良人の健一は、妻の活躍が見事であればあるほど満足した。寿美子の写真が、何かに出るとこおどりして欣《よろこ》ぶのは良人であった。

「俺の寿美子はなかなか豪《えら》いぞ。彼奴《あいつ》は大阪の女子を圧倒していやがるぞ、ははア彼奴は社交界の松之助じゃ。女松之助じゃ。えらい奴や。」

彼は、妻の評判をきくごとに、ホクホク欣んだ。彼は、小遣いの過半で、寿美子の衣物《きもの》や身の廻りのものを買ってくれた。だが、着物や羽織の縞柄は、一度だって寿美子の気に入ったものはなかった。

「もう、一人でお見立てになるのは、御免だわ。一体何を標準でお見立てになるの。」

「一番値段の高いのを買って来るんや。」

「まあ。ほほほほほ。」

金高の標準だけで買物する良人の単純さが、馬鹿馬鹿しくもあり、可愛くもあった。でも良人が一番値段の高いダイヤを買って来てくれたときは、寿美子は笑えなかった。

「ほら。ええか、誰の指輪とでも比べて見い。これで小さかったら、もっともっと大きいの買ったるぞ。」と良人は云った。

だが、こうした豊満な生活も、一番大事な生活のむなしさを、到底満《みた》すものでなかった。

そう云うある日、寿美子はふと、新聞を見た。大きい社告が出ていて、その新聞社の主催で中央公会堂で催される社会思想大講演会の詳細が発表されていた。その講師の中に、前川俊一の名が、ハッキリと浮んでいた。

「あら。」寿美子は、胸を突かれたように、瞬間一切の意識がはたとととまった。

「あら、あら、あら。」

彼女は、夫が傍《そば》にいるのもかまわず、駭《おどろ》きの声を洩《もら》したが、それと気がつくと、顔が焼けるように赧《あか》くなった。

講演会の日

講演会の近づくにつれて、寿美子は前川の名前を幾度も幾度も見た。外《ほか》の講師はみんな博士だった。学士である前川が、それと同じように光って見えるのは、寿美子のひいき目ばかりではないようだった。

講演会の前日には、講師達の来阪が報じられていた。

「いよいよいらしったんだわ。」

彼女は湧き上る欣《よろこ》びと、不思議な怖れとのために、良人《おっと》の傍《そば》で夕刊を見ながら、講演会のこと以外は、何も考えられなかった。

彼女は、顔の赧らんで来るのを抑えながら、

「あなた。」と良人に云った。

「なあんだ？」

「明日は、あなたお忙しくなくって？」

「明日は、鉄砲打ちに行ってやろうかな。」良人はソファの上で云った。

「講演会がありますのよ。」

「ふむ。どこで？」

「中の島の公会堂。」

「ふむ。」良人は興味のない返事をした。

「いらっしゃいませんか。」

「どんな講演や？」

「これを御覧にならない？」

寿美子は、新聞を良人の方へ差し出したが、ソファにねそべっている林は、それを取り上げようともしなかった。

「お前読んでくれよ。」

「三田博士の独逸《ドイツ》の経済状態とその将来、神山さんの農村の荒廃と都市の発達、無産政党の主義政策、これは河口博士。」

寿美子は、なるべく良人の聞きたくなさそうな堅苦しい題目ばかりをよみ上げげた。

彼女は良人と一しょに前川の講演を聞きたくはなかったのだ。

「母体保護と産児制限。」

「そいつは、ちょっと聞きたいな。誰や。」

「あなたこんなものが、お好き。」

「そんなもの好きやないよ。でも一通り研究しとかないかんことやろ。」

「何をおっしゃるの！」

「だって、俺はお前が早く、やや子を産むのは嫌いだよ。」

「妾《わたし》だって、嫌いですわ。あなたの子供産むくらいなら死んでしまいますわ。」

「阿房《あほう》！　お前は、またそんな無茶云いよる！　それから何じゃ！」

寿美子は、ひそかに愛人の名前を見つめていた。だが、彼女はとうとう、前川の名と題名とを読み上げることは出来なかった。

「ね、あなた明日、鳥打《とりうち》にいらっしゃるのなら、妾《わたし》一人で講演会へ行ってもよろしくて。」

「うむ。講演会のお伴なんか、真平《まっぴら》御免や。だが、お前一人で、そんな所へ行っていると、社会主義とでも間違われるぜ。」

「そんなことありませんわ。女だって、社会思想の講演くらい聞きますわ。」

「そんなものきかせるから、女が威張り出して困るんじゃ。」

「男の方は、お聞きにならなくっても威張るじゃないの。」

その翌日の朝から、寿美子は自分が何をしているか分らなかった。暇さえあれば、彼女は良人にかくれて、鏡ばかりながめていた。

「そうそう、爪を切らないといけないわ。髪は？　なるべく、あの方とお会いしていたときのように、でもお下げには結えないわ。着物もあの頃のように、でもあの頃のものはみんなめいせんだわ。」

彼女は、あれこれと簞笥の抽斗《ひきだし》を検《しら》べながら、なるたけ若々しい華美《はで》な着物を選んだ。

だが、前川が自分をどう思っているか、それが寿美子には不安だった。自分の送った写真を何と思って見ただろう。今では、人妻としての自分を忘れようとして努めているのではないかしら。自分があの方の講演などを聴きに行くことは、あの方の折角《せっかく》しずまりかけているお心をかき乱すのではないかしら。なるべく、演壇に遠く分らぬように。彼女はそんなことを考えながら家を出た。形のいいパッカード号の自動車は、午後の秋ばれの大阪の街を、音もなく滑るように走った。行人が、みんな振り返って車上の寿美子を見た。その視線が彼女には、

「不義者め！　不義者め！」と云っているように思われた。

「何時にお迎えに参りましょうか。」運転手が云った。

「そうね。中途で帰りたくなるかも分らないから、いいわ。タクシーを拾うから。」そう云って、わざと自動車を返した。

もう、聴衆は、広い会堂に一杯だった。それでも婦人席は、かなり空席があった。寿美子はあまり前へ行かず、丁度前から数えて十二三番目のベンチに腰を下した。講演は、も

う始まっていた。だが、どう云う都合なのか、演壇のはり紙に依ると前川は最後から二番目だった。

寿美子は、多くの学者の講演を、みんな上の空で聴いていた。彼女は、早く時間が流れて前川の番になってくれればいいと思った。そのくせ、前川の前に出た三田博士の講演が終りかけると彼女の胸は不安や恐怖に充ち溢れた。一《いっ》そ聴かないで、帰ろうかとさえ思った。が、急に拍手が嵐のように起ったかと思うと、三田博士は一礼して演壇を降りて行った。

三田博士を送る拍手が消え、会場がしずまったかと思うと、演壇の隅に垂れてある緑の幕が、軽くはね上って、寿美子の夢にも忘れたことのない前川の瀟洒《しょうしゃ》とした姿が現れた。黒いモーニングを着た前川の姿は、今年の春より色が白くどこかよわよわしく思われた。

「まあ、お痩せなすったこと。でも、ちっとも変っていらっしゃらないわ。」

寿美子は、身を引きしまらせて彼を見詰めていた。彼は、少し沈んだ重苦しい顔をして演壇に立って、お辞儀をした。寿美子の頭も思わず下った。

前川は、日頃教壇に立って馴れているせいか、二千に近い聴衆を前にしても、少しの気《き》後《おく》れも見せず、悠々と周囲を見廻した。

「妾《わたし》ここに居ますのよ。そんな所じゃなくってよ。」寿美子は心の中で呟《つぶや》いた。

前川の言葉は、ハッキリと淀みなくつづいた。代々木や戸山ヶ原で、自分だけにささやいたときのような優しさがない代りに、学者らしい自信が一言一句の中になりひびいていた。頭脳の明晰さが、ちょっとした引例にも分った。彼の視線は、時々寿美子の方へも来た。が、三十秒と止《とど》まらないで、すぐ反対の方角へ行った。

「あの方は、妾《わたし》の居ることをお気づきにならないかしら。妾を御覧にならないのかしら。もっと、此方《こちら》を見ていて下さればいいのに。あら、あら、またあんな方を見ていらっしゃるわ。ここです。こここ。」と、寿美子は手に汗を握って前川の視線を追うていた。

だが、前川の視線は寿美子の上には、止まらなかった。彼の表情にも、寿美子を認めたらしい何の感情も浮ばなかった。

寿美子は、急に寂しくなって来た。やっぱり直接に会った方がいい。良人に、内証で会ったところで、少しも邪《やま》しいことはない。あの方との間は、一点の邪しい所もないほど清浄だ。お訪ねする方が却って自然なのだ。寿美子は、そんなに考えていた。そのうちに、前川の講演は、烈しい拍手につつまれて終った。

「博士? あの方は。」寿美子の隣の洋装した婦人が、連れのお友達に訊いていた。

「博士じゃないでしょう。でも、社会思想家としては、若手じゃパリパリの方よ。」

「立派な方ね。とても、云うことがテキパキしているわねえ。」

「立派と云うよりも、若々しい方ね。」

「ほんとうに。」

「今の前川さんと大原研究所にいる吉村さんとが、福井博士門下の二秀才ですって。」

「そう。」寿美子は、前川の好評をきいて、飛び立つようにうれしかった。

「どうもありがとうございます。」

お礼を云いたいくらいだった。だが、そんな人の評判をきくにつけ、前川に会いたい心持が、どうにも出来ぬほど、かさんで来た。彼女は、もう次ぎの講演を聞いている気がしなかった。彼女は次ぎの講師の登壇が少し遅れたのを幸いに、あわてて会堂を出た。

「講師室へ行こうかしら。それとも、お帰りを待とうかしら。」

そう思って迷っているうちに、あわてている彼女の身体だけは、よく勝手を知っている講師室への入口を這入《はい》って行った。そこに下足を預かる小使がいた。

「今日の講師の方に、お目にかかりたいのですが。」

「どなたや。」

「前川先生。」

「あの背のスラリとした若い方やな。」

「そう。」

「あの方なら、今お帰りになったばっかりや。」

「そう。済んだ方から、お帰りになるの。」

「そんなこと、知らんけど、今の方なら、お帰りになりましたぜ。」寿美子は、かなり失望した。

「お宿屋《やど》はどちらかしら。」

「聞いて来ましょうか。」

「どうぞ。」寿美子は、小使の深切《しんせつ》がうれしかった。小使は、すぐ帰って来た。

「堂ビルホテルですぜ、すぐそこの。」寿美子の暗くなった心持が、少し明るくなって外へ出た。

だが、ホテルへ訪ねて行くことは、講師室で、ちょっと面会することなどとは、丸きり事柄が違って来る。夫のある女が、昔の恋人をホテルへ訪ねて行く。それはかなり重大な、軽々しくは出来ないことだった。いかに、清浄潔白なプラトニックな関係であったとは云え、愛し合っていたことは、たしかに愛し合っていたのである。寿美子は、さすがに足が、その方へは向かなかった。

秋の日は、暮るるに早く、中の島公園の樹木のかげにも、もう薄闇がただよい始めている。六時までには、間違いなく帰ると家へは云って来たものの、後ろ髪を捉えられているように、寿美子は、家へ帰る気はしなかった。人目をさけ、樹蔭《こかげ》のベンチに腰かけて、寿美子は振子《ふりこ》のように、愛人と形式だけの夫との間を、動揺する心を、取りしずめようとしていた。そのうちに、日がとっぷり暮れて、公園の周囲を取り囲んでいるビルディングの窓にも灯がともった。先刻《さっき》小使から教わって急になつかしくなった堂ビルホテルの七階八階も、各室とも、灯がともっている。あの部屋のどの一つにか、きっとあの方は居るのだ。せめて、お目にかかって、自分の心のもだえを聞いて頂くことが罪悪かしら。ちゃんと、思いあきらめて、結婚しているのだもの。そのくらいなこと罪悪になる筈はない。自分が、会おうとさえ決心すれば、十分と経たないうちに、お目にかかれるのだ。寿美子は、そんなことを考えて来ると、気が浮き立って、とうとうベンチを離れ堂ビルホテルの方へと歩き出した。

彼女の腕の白金《プラチナ》の時計は五時半をさしていた。堂ビルに勤めている人達も、大抵退《ひ》け去ったと見え入口は出這入りする人は少かった。彼女は、第一階にあるホテルの案内所の前に立った。

「あの前川さんと云う方お宿《とま》りですか。」

「ええ、いらっしゃいます。」

「お部屋は何番。」

「ええ。」と、ボーイはそこにあるリストを見ていたが、「八階の二十一番です。」

「そう。いらっしゃるでしょうねえ。」

「いらっしゃいます。先刻《さっき》お帰りになりました。」

寿美子は、胸がおどり上るようにうれしかった。彼女は、すぐ傍《そば》に在るエレヴェーターの前に立った。エレヴェーターは、通路をはさんで両側に六つばかり在った。だが、半分以上は『運転休止』の札がかかっていた。彼女は、右側のエレヴェーターの降りるのを待っていた。だが、それは八階のところで、停滞しているらしく、指針が8とかいた電球のところに、いつまでも停滞している。彼女はじれったくなっていると、ガラガラと音がして、思いがけなく左側のエレヴェーターの扉が開いた。彼女は、欣んでそれに乗った。

エレヴェーターは彼女一人をのせて音もなく昇って行った。2、3、4、大きい数字が飛ぶように目をかすめた。四階と思ったとき、ふと彼女は通路ごしに向う側のエレヴェーターが下るのを見た。先刻《さっき》八階で、停滞していたエレヴェーターである。

「あっ！」

寿美子は、思わず低い叫び声をあげた。それは、そのエレヴェーターの中に、黒いモーニングを着た前川らしい姿を見たと思ったからである。

「お降りになるのですか。」ボーイは、寿美子の叫び声をそう取った。

「まさか。前川さんじゃあるまい！」寿美子は、そう思って首を振った。

八階に着くと、寿美子はあわてて、帳場へかけよった。

「あの二十一番の前川さんにお目にかかりたいのですが。」

「ああ前川さんですか。今お立ちになったばかりですよ。」

「ええ？」

「お会いになりませんでしたか。」

「ええ。」

「エレヴェーターですれ違ったのですね。すぐお降りなさいませ。玄関にまだいらっしゃるでしょう。」

「そう。ありがとう。」

寿美子は、気も心も顛倒するようにエレヴェーターの前に立った。だが、どのエレヴェーターも、みんな一階へ降り切っていた。寿美子はやけに、Down《ダウン》と云うボタンを押した。だが、エレヴェーターが、上って来るのには二分もかかった。

早いエレヴェーターさえ、もどかしかった。扉《ドア》があくのを待って、入口の前の広場へ走り出て見たけれども、前川らしい姿はなかった。案内所に居るボーイに聞いて見た。

「前川さんは、どちらへお立ちになったのでしょう。」

「さあ。タクシーにお乗りになりましたが多分大阪駅でしょう。」

寿美子は、狂気のようにタクシーを命じた。大阪駅へ着くと、上りの待合を見た。下りの待合も見た。だが、前川の姿は、どこにも見えなかった。

彼女は、エレヴェーターが恨めしかった。無慈悲な運命と機械とが恨めしかった。

彼女は、夕方どきの人の渦が捲《ま》き返す大阪駅の駅頭に立ちながら、寂しかった。丸きり、荒莫《こうばく》たる沙漠の中に立っているようだった。この雑踏もこの人波も、彼女にはみんな死んで見えた。大都会大阪の繁華も、幾万の人も、灯火《とうか》も、電車も、自動車も、みんな寂しかった。みんな死んで見えた。すべてが、空《くう》の空《くう》だった。愛なくして、何の生活ぞや、何の人生ぞや。彼女は、自分の生活が、今ほど空しく淋しく、たよりなく思われたことはなかった。自分の恋愛そのものが、昇り降りのエレヴェーターで、ただ一目見るだけのまぼろしだったのかしら。寿美子は、そう思った。

蝕《むしば》む家

寿美子が、前川に会えず家へ帰って来たのは、八時を廻っていた。彼女は、もう自分の意識をめちゃくちゃにし、自分の生活を、ぶちこわしてしまいたかった。

良人《おっと》は、座敷で、ラジオを聞いていた。

「何じゃ、遅い講演会やな。」と、良人は云った。

それに、まともに返事をするのさえ、いやだった。スカーフを面倒くさそうに、かなぐり捨てると、

「ああ疲れちゃった！」と、寿美子は、ソファに、無造作に身を投げた。急に、疲労が襲って来たように思った。

「夕飯食ったのかい。」

「食べたかないの。」

「どうじゃ、これから散歩でもするか。」

「いやよ。そんなことしちゃ、妾《わたし》死んでしまってよ。ね、あなた妾におひやを一杯貰ってくれない？」

「此奴《こいつ》、嬶天下《かかあでんか》みたいな奴や。」良人は、そう云いながら、立って呼鈴のボタンを押した。

寿美子は、もっともっと夫を馬鹿にしたかった。

「ね、妾《わたし》肩が凝って仕方がないの。少しもんで下さらない？」

「此奴、どこまでつけ上るんじゃ。」そう云いながらも、良人は妻の傍《そば》へ寄って来て、彼女の肩をもみ始めた。

「もう少し上、ええそこよ、あ、痛！　もっと静かにもんで下さいね。あ、そうそう、いい心持ですわ。」

「馬鹿にするなよ。俺は、ちっとも、よい心持はせんわ。全体、今まで講演会が、かかったのかい。」

「ええそう。」

「嘘をつけ？」

「もっと、早くすんだのよ。」

「お前の云うことは、どっちが本当や。」

「どっちも本当。」

「ね、後生一生ですから、あちらへ行っていて下さいな。」寿美子は、さすがに哀願する
「何云ってるんや、人を馬鹿にするのも、大抵にせい！」

「あら、まだ肩を揉んでいらしったの。」

「ふふむ。お前は、へんに一本参らせるのが上手やな。ごてごて云わんで、御飯でも食わんか。もう肩をもむのは、かんにんしてくれ。」

「妾《わたし》なんか、講演を聴いていても、あなたの事ばかり考えて仕様がなかったわ。」

「何が、結構なことあるもんか。」

「結構だったわ。」

「お前と一しょに食べようと思うてさ。俺はラジオを聞いていても、飯のことばっかり考えて、何が何やらさっぱり分らへん。」

「なぜ、お食べにならないの。」

「俺はまだ夕飯を食わんのじゃぞ。」

「ああうるさい。うるさい！　本当に。」

「何を聴いて来て怒ってるんじゃ、ひとり俺を今頃まで待たしておいて、気がくさくさしたでもあるまいが。」

「ああうるさい。しばらくだまっていて頂戴な。妾《わたし》気がくさくさしているんですもの。」

「二つ本当があるものか。」

ような眸《め》をした。

「飯は？」

「お気の毒です、貴方《あなた》一人でたべて下さいな。」

「何じゃ、つまらない。」

「妾《わたし》、ちっともお腹すかないいんですもの。」

良人は、ひとり食堂の方へ去りかけたが、また後ろを振り向いて、

「飯、ここまで持って来てやろうか。」

「よくってよ、妾《わたし》後で行くわ。」

良人が去ってゆくと、寿美子は張りつめていた気がゆるみ、ソファの上に、つっぷすと、声を挙げてすすり泣き始めた。

東京へ

次ぎの日から、寿美子は気が抜けたように張りがなくなり出した。いつも身綺麗《みぎれい》であった彼女の容子《ようす》も、どことなく乱れて見えた。髪は毎朝暇をつぶして結い直させていたのに、この頃ではぐるぐる捲きつけた束髪に不平を云わせ、良人と一しょに外出することなども、滅多にしなくなった。それかと云って、書物に読み耽《ふけ》るでもなく、良人の身の廻りの物に、

手を出すでもなかった。と、時々急に良人と一しょに、はしゃぎ廻った。

「蓄音機をかけておくれ。フォックストロット。」

女中にそう云うと、躊躇《ちゅうちょ》する良人の手を取って、女中の見る前で、ダンスを始めたりした。新婚間際に、神戸のダンスホールへ通ったことがあるので、二人ともかなり上達していた。とまた急に、寿美子は良人の手を振りほどいて、どっと崩れるように安楽椅子に身を捨てるように腰をかける。

取り残された蓄音機が鳴っている。

「どうしたんや、もっと踊ろうよ。」

「もういいから、あちらへ行って下さい。妾《わたし》、頭が急に痛くなったの。」

「どうしたんや、踊れ踊れ！」と良人は云った。

「いや。頭が痛いの。」

「お薬でも持って参りましょうか。」女中が、恐る恐る寿美子に訊いた。

「いいのよ。じっと、こうしていると、すぐ癒《なお》るの。みんなあちらへ行っていてよ。」

良人は、ぼんやりして寿美子の顔を見詰めていた。寿美子は、だまって眉をひそめながら、庭へ降りて行った。

「お前、どうしたのや。」と良人は、後ろから迫って来て彼女に訊ねた。

「妾《わたし》、もうここにいるのがいやになりましたの。」

「ここってどこや。この家か？」

「いいえ。」

「じゃ、大阪がかい。」寿美子はうなずいた。

「それなら、どこへ行きたいのや。」

「妾《わたし》、東京へ行きたいの。」

「ほら、見ろ！　だから、新婚旅行のとき俺は、東京へ行こうと云うたじゃないか。」

「あの時はあの時だわ。」

「じゃ、また急に行きとうなったのか。」

「そう。」

「そんなことなら、何もくよくよせんかて、ええじゃないか。」

「そんなら許して下さる！」

「その代り、俺も一しょに行くよ。」

「そんなこと分っているわ。ね、東京へ行きましょう。しばらくあちらで生活して、飽いたらまた、こちらへ戻って来たらいいわ。あなたのように、お金の沢山ある方と一しょに居るのですもの、そのくらいなことでもしなきゃ、つまんないわ。」

「頭はどうや。癒ったかい！」

「ええすっかりよくなったわ。」

「現金な奴やな。お前は。」

「おほほほほ。」

「東京が飽いたら、どこへ行くのや。」

「そりゃ、そのときに考えるわ。」

「お前と一しょにいたら、まるで飽くのを待ってるようなものやな。」

「ええ、そう。おしまいには、妾《わたし》すべてのものに飽いて死んでしまうことよ。」

「厭世自殺やな。そんなゲンの悪いこと云わんとけ。お前は、いつでも無茶ばかり云う！」

良人は、寿美子の機嫌がとれたので、ニヤニヤ笑っていた。


寿美子と良人とは、その月の終りに上京した。いい家が見つかったら、一年くらい東京で暮す予定であった。家の見つかるまで、二人は××ホテルに滞《とま》っていた。

なつかしい想出に充ち満ちている東京であった。寿美子は、桂子や照子を訪ねたいと思ったが結婚しないとあんなに云い張って置きながら、もろく誓いを破った自分が、何だか気恥しく、その上また桂子も照子も不幸に陥っているので、自分が訪ねて行って、今の結婚生活を羨《うらや》まれたりしては、随分馬鹿馬鹿しいと思ったので、ちょっと訪ねて行く気はしなかった。ただ、良人を置いて自分一人で出て行くときの口実には、いつも照子や桂子の名を使った。

その日も、寿美子は桂子を訪ねると云って、外出した。そして、一番初めになつかしい渋谷まで行っていた。そして伯母の家へ寄ろうかと思ったが、何だか気がすすまなかったので、省線で代々木まで乗った。沿線の風物は、何一つなつかしくないものはなかった。学生時代の思出と初恋の思出とが、かわるがわる彼女の胸に悲しい陶酔の心を、かもして行った。代々木で降りて、彼女はプラットフォームに二十分も立っていた。

「ここに六時頃まで待っていると、前川さんに逢えるかしら。」

そんな空想に耽《ふけ》ってから、東京駅行きの電車にのった。市ヶ谷あたりの外濠《そとぼり》の景色を見ていると、たまらなく悲しくなって、危く涙が落ちるのをこらえた。

なつかしい市ケ谷へ停ると、ドヤドヤ母校の人達が乗った。中には、寿美子より一級下の人達が二三人いた。

「まあ！　しばらく。」なつかしそうに寿美子に話しかけた。

「しばらく。」

「東京にいらっしゃるの？」

「ええ。」

「ちっとも学校へいらっしゃいませんのね。」

その人達は、寿美子の華美な令嬢らしい扮装を見て、彼女が結婚していようとは、気がつかないらしかった。

寿美子は、その人達と別れてお茶の水で降りた。桂子の家へ行こうかと思ったが、どうしても足が進まなかった。その進まない足が、だんだん九段の方へ向いて、いつの間にか法政大学の前に出ていた。去年は、木曜、金曜、土曜とつづけて三日出ると、前川は云っていたから、去年の通りだとすると、水曜の今日は出ているわけはなかった。と、思いながらも、寿美子は三十分近く、はかない希望をいだいて校門の前を、幾度となく行き返りした。

空しい興奮と幻滅との後にホテルへ帰って来た寿美子は、良人と顔を見合すのさえ、不愉快だった。

その夜、二人は二つ並んでいる寝台に別れて寝た。良人は寝間着を捜していたが、どうしても見つからなかった。

寿美子は、だまって蒲団をかぶったまま、良人の方は見向こうともしなかった。

「おい！　俺の寝間着をさがしてくれ！」

「知らないわ。妾《わたし》！」

「お前、けさ蔵《しま》ったんだろう。」

「知らないったら知らないわ。」

「冷淡なこと云うな。さがせ！」

「知りません。」すると、良人はいつになく怒り出した。

「今日なんか遅うまで、どこぶらついていたんや。黙っていたらええかと思って、勝手な事ばかりするな。」

「何も、勝手なことしないわ。」

「ウソ云うな。お前は、男と逢って来たんやろう。」

「ええそうよ。」と、寿美子は云った。

「なぜ嘘云うのや。」

「嘘なんか云わないじゃないの。本当のこと云ったのよ。」

「おのれ！　男と会いやがって、友達の家へ行ったなんて、図々しい奴や。」

「そりゃ、妾《わたし》だって、外へ出れば誰と会うか分らないわ。」

「誰と会ったのじゃ。」

「男とよ。」

「男って、どんな男じゃ。」

「前の妾《わたし》の恋人よ。」

「本当か？」

「ふふむ。本当だったら、今頃ニコニコ嬉しがっているわ。」

「何やと。」

「おほほほほ貴君《あなた》が、あまりやきもちを焼くからかついで上げたのよ。」

「じゃ、男と会ったと云うの嘘か。」

「定《き》まっているじゃないの。」

「だが、恋人があると云うのは本当か。」

「それは知らない！」寿美子は、くるりと向うをむいた。

「恋人があるのなら、なぜ初めから云わんのか。」

妾《わたし》、あなたと結婚するつもりなんか、なかったのよ。するつもりだったら、ちゃんと白状しとくわ。」

「何やと、じゃ今でも結婚したつもりじゃないのか。俺をだましてやがるんだな。」

「何とでも仰《おっ》しゃいよ。」

「淫婦め！」

「そう。そう。そうに違いないわ。だから、だからどうとも勝手になさるがいいわ。」

「ごてごて云わんであやまれ！」

「何をあやまるの！」

「恋人があるのを、かくしていたのをさ。」

「そんなこと悪いことじゃないわ。」

「何や、ふてくされめ！」

良人は、寿美子を打とうとしたが、ベッドの上に起き上った寿美子の、真剣な犯しがた

い顔付を見ると、良人は意気地なくタジタジとしながら、

「それでも、お前悪いとは思わんか。」

「ええ、悪いと思わないわ。」

「よし、覚えておれ。それなら、俺だって女ぐらいあるぞ。」

「そう。じゃ、その方とお会いになればいいじゃないの。」

「お前の指図は受けん。」

良人は、そう云うと、ぷんぷん怒りながら、手早く衣物《きもの》を着かえた。そしてステッキを持って部屋を出ようとした。

「今頃、どこへいらっしゃるの！」

「大きな、お世話や。」

「そう、行ってらっしゃいませ！」

良人はもう十時を過ぎているのに部屋を飛び出して行った。

亡き人の匂い

照子は、婚約した未来の良人《おっと》、藤木信一郎が巴里《パリー》で客死してから、家人の見る眼も痛ましいほど萎《しお》れていた。初めは、彼女は母や周囲の者から慰められれば慰められるほど、胸

が痛むのであった。周囲の者は、彼女の健康を気づかって、照子を外へ連れ出す機会ばかり造ろうとした。が、彼女はいつもそれに応じなかった。ただ、彼女は時々思い出したように、女中を連れて、井の頭公園へ散歩に行った。それは、夭折《ようせつ》した恋愛生活に対する墓参だった。

彼女が、ひそかに結婚した場所、そのあたりを歩くのが楽しみだった。

「僕は、あなたを一人残して置くのが、心配なんです。」

と、彼女の事実上の良人は、そこで彼女の耳に囁《ささや》いたのだ。そして、巴里へ行って死んでしまった。勿論《もちろん》、彼女は他の誰かと結婚しようなどと云う心は夢にも起らなかった。それ以来彼女は、若くして自分一人尼僧になっていた。

しかし、もし彼女が未来の良人のために、窃《ひそか》に処女の貞操を捧げておかなかったら、今よりはもっと悲しみが少かっただろうか。彼女はそうは考えられなかった。あの事が、愛人に対するせめてもの死のはなむけになったと思った。彼女は井の頭へ行く度にいつも考えた。もし彼とひそかに結婚してなかったなら、今の悲しさが一層深かったに違いないと。せめてもの彼女の慰めは、自分の恋人に自分の処女を与えたと云うことであったかも知れない。純なる愛と共に捧げた貞操は、それが結果に於《お》いてあやまっていたとしても、それほど後悔の種になるものではない。彼女の悲しみは、そのためにどことなく落ち着いていた。悲しんでいたが、迷いはしなかった。彼女は、もう未来に華やかな夢を描こうとするような誘惑はちっとも感じなかった。

桂子が結婚したことを聞き、秋になってからは寿美子までが結婚したことを聞いた。またあまり親しくないお友達や知り合いの縁談や結婚の話が、絶えず耳もとでぶんぶんした。そんなときは、世間が自分一人を抛《ほう》り落して先へ先へと駈けて行っているように思われた。彼女はさすがに寂しかった。そんなとき、彼女は考えまいとして考えた。

「妾《わたし》、もしあの方とあんな秘密な結婚なんかしなかったら、ひょっとしたら、またもう一度誰かと結婚したかしら。」

そう考えたとき彼女はハッとするのが常だった。

「あら。また、妾《わたし》、まだこんな事を考えたりするんだわ。妾、却ってあのことを欣《よろこ》んでいるのじゃないの。いけない、いけない、妾。」

彼女は、そう自分を叱った後は、強いて落ち着くために聖書を読んだ。

夏が過ぎ、秋が来て、もう十一月も末になっていた。その頃、照子は母に伴われて半月ばかりも温泉を廻って歩いた。

その旅から、帰って来ると、照子の身辺にも新しい縁談が持ち上っていた。最初の人は宮内省の式部官であった。母から、それを聞かされたとき、照子はすぐ拒んだ。半月経った。するとまた新しい申込者が、現れた。それは、司法大臣をしたことのある某男爵の二男で、満鉄に勤めている秀才であった。父や母は照子を奨《すす》めようとして骨折った。が、照子は深く決する所あるらしく頑として応じなかった。照子の心の傷が、十分癒えていないのに気がつくと、母も強いてはすすめなかった。

外景は、冬の姿に変ろうとして、初冬の日和が幾日もつづいた。照子は庭園の芝生に籐椅子を持ち出して、アンドレ・ジイドの『田園交響楽』を読んでいた。彼女は、愛人がフランスへ行ってからは、フランスの風物の描かれているものが、何によらず好きだった。するとその時女中が、彼女を探して庭へ降りて来た。

「お嬢さま。お客様でございます。」

「まあ。どなた?」

「この方が。」と、云って女中は一枚の名刺を差し出した。

彼女への訪問者で、名刺を通ずる人などは、これが初めてであった。彼女は、目を丸くしてその名刺を見た。名刺には、望月敬三《もちづきけいぞう》とかいてあった。彼女は、そんな名は聞いたこともなかった。

「まあ。どんな御用かしら。」

「何でも、今度フランスからお帰りになったのでございますって。」

「まあ! フランスから。」彼女の胸は、愛人の追想で、さわぎ出した。「まあ! そう、どんな方!」

「お若い方でございますよ。藤木さんのお友達の方のようでございますよ。」

して置いてね。」

「そう。」彼女は、飛び立つような心を女中の手前抑えて、「じゃ、あのう応接間へお通し

女中は、玄関へ急いだ。照子は、亡き愛人の匂いをでもかぐように妙に涙が浮んで来た。彼女は、あわてて自分の部屋へかけ込むと髪を直し、コンパクトをつけ、新しいめいせんの羽織を着ると、さすがにためらいながら、応接間へ這入《はい》って行った。

応接間では、紺のモーニングを着た瀟洒たる青年紳士が、シガレットをふかしながら照子を待っていた。照子は、顔を赧《あか》くしながら、近づくと静かに頭を下げた。

「いらっしゃいませ。」

「あなたが長沼照子さんでいらっしゃいますか。僕は、巴里《パリー》で藤木君とお知己《ちかづき》になった望月敬三と云うものです。やっぱり大使館にいたものです。」

「まあ、さようでございますか、妾《わたし》が照子でございます。」

「藤木君は、まことに御愁傷なことで、僕なんかから、申し上げようもございませんが、ただ彼方《あちら》で藤木君の御臨終に僕がついていましたので。」照子は、涙が雨のように頬を伝った。

「お知り合いになってから、ホンの一月半くらいでしたが、それでも、同じ一高出身なものですから、ついお心安くなって、まあ僕がずっと病床につき添っていたようなわけなのでございました。」

「まあ、ありがとうございました。」

そう云うと照子は、卓子《テーブル》の上に顔を伏せたまま声を上げて、すすり泣いた。海山遠くはなれているために、自分がどんなにもがいても及ばなかった介抱を、この人がしてくれたのだと思うと、照子はどんなに感謝しても足りない気がした。

「それで、貴女《あなた》のことなども、いろいろお話しになりました。病気は御存じかも知れませんが、急性肺炎で、決して死ぬ病気じゃないのです。少し医者の方で手遅れがあったようです。その点で、僕なんかも非常に残念に思いました。」

照子は、また泣きしきった。初めて会った男性の前であったけれども泣かずにはいられなかった。

「それで、実は亡くなられる二三日前に、藤木君もやっぱりいくらか予感があったのでしょう。もし死んだら、僕の許婚者《フィアンセ》に僕の日記を届けてくれと、こう僕に云われたのです。それで、実は本日その日記を持ってうかがったのです。小包でお送りしようかと思いましたが、僕がすぐ帰朝することになっていましたので、少し遅くなっても直接にお手渡しした方が安全だと思いまして。」

そう云って、彼は赤革のカバンの中から、ノートブックを取り出した。その表紙は、なつかしい愛人の手蹟《しゅせき》で、滞仏日記とかいてあった。

「それから、この封は藤木君がしたのではなく、実は藤木君の死後、すぐ私《わたくし》がしたのですが、しかし内容は決して、拝見していませんから、どうぞ御安心下さるように。それから、これは私が撮った藤木君の写真です。」そう云って二三葉の写真を、卓子《テーブル》の上に置いた。

照子は、涙が溢れ出て礼の言葉さえ口には出なかった。愛人の死に対する悲しみが、マザマザとよみがえって来るのであった。

望月は、照子の激しい愁嘆を見ると長居をすることが、照子を苦しめることだと思ったらしく、

「じゃ、私はこれで失礼いたしましょう。どうも、却って小包でお送りした方が、よかったかも知れませんでした。どうも失礼しました。」そう云って、立ち上った。照子は、あわてて涙を拭《ぬぐ》った。

「まあ、およろしいじゃございませんか。母にも申しまして。」

「いや、またそのうちお目にかかることがございましょう。」

「でも、ちょっと母を呼んで参ります。」

「いいえ。決しておかまい下さいませんように。」

そう云って、望月は照子の引き止めるのもきかずにどんどん帰って行った。

愛人の日記

照子は、望月が帰るとすぐ自分の部屋へ駈け込むように這入って来た。日記帳は、純白な紙で封をしてあった。照子はしばらくその日記帳を胸に抱きしめて目をとじた。そして、それを天国にいる亡き恋人からのなつかしい消息のように読み始めた。

×月×日。ルクサンブールを歩く。危く『照子さん』と云う所だった。あまりに彼女に似ている女だ。横顔が、彼女そっくりだ。今東京で、彼女は何をしているだろう。まだ一週間にもならないのに、東京がこんなに恋しくてはダメだ。後二年、後二年の辛抱だ。二十一の彼女……

×月×日。照子に手紙を書こうとして、自分の思っている半分もかけない。レターペーパーを十二三枚ムダにする。彼女の顔を新聞の上に五つ描く。どれも、あの高貴《ノーブル》な鼻の感じが出ない。ましてあの眼に於《おい》てをや。彼女の写真に接吻す。

×月×日。照子。照子。やっぱり彼女を連れて来るのであった。望月、今朝余《よ》をひやかして曰《いわ》く『昨夜も東京の夢を見たるか』と。まことに余は昨夜照子を膝の上にのせ、ラ・パロマを歌いしなり。

×月×日。下宿に新しき女中来る。余の部屋へコーヒを持ち来《きた》り、卓上の照子の写真を見てスペイン人かと問う。否、日本の娘なりと答う。こんな美しい女も日本に居るかとは失敬なり、おしまいにゲイシャ娘《ガール》なりやと訊く。余大いに憤慨せり。

照子は、ここまで読むと、つい笑った。

「まあ、失礼だわ。ゲイシャだなんて。でも、妾《わたし》スペイン人に見えるのかしら。」

彼女は、またその次ぎを読みつづけた。すると、急に彼女の胸は釘を打たれるように、びくりとした。

×月×日。自分は、照子を残して来たと云うことを後悔している。何故後悔するのか、それは自分には分らない。だが今日モンマルトルを歩いているとき、何故ともなく、ふと照子にもう再び逢えないのではないかと思った。そう思うと、急に不安になって、下宿へ帰った。

その後の日記は、だんだん短くなって、発熱の容子《ようす》などが簡単にかかれている。そして、到るところに『照子！　照子！』と、めちゃくちゃに大きくかきなぐってある。

×月×日。発熱三十九度、驚いて入院、彼女に電報を打ちたい。だが、打ったって仕方がない。ただそれは彼女を苦しめるだけだ。

照子！　照子！

彼女は日記を胸に抱いて、身体を顫《ふる》わせながら泣きしきった。
「堪忍して下さい。堪忍して下さい。でも、妾《わたし》知らなかったのですもの。」
彼女は、愛人の病苦のうめきを聞いているように叫んだ。

×月×日。死ぬかもしれない。何だかそんな気がする。短い一生だった。だが俺の一生の中に彼女は、太陽の如く強い光をなげている。彼女があるゆえに、俺は生に執着する。だが、彼女の愛があるゆえに、俺はあきらめて死ねるのだ。

唯一の理解者

その日記を見て以来、彼女の悶《もだ》えは再び大きくなった。彼女は、暇があるごとに、彼の日記を取り出して読んでいた。彼女の瞼《まぶた》はいつも泣いているように重く腫れていた。しかし、その日記は彼女にとって、悲しいけれども、また何物にもかえがたく貴く楽しかった。彼女にとっては、一つのバイブルにも価《あたい》した。

彼女は、その当座四五日は、日記に気を取られて過したが、ふと望月敬三に、少しも感謝の意を表してないのに気がついた。あの日は、あまりに泣きすぎたため、彼を追い返したことにさえなっていた。彼女は、あわてて手紙をかいた。

突然お手紙を差し上げることをお許し下さいませ。先日はわざわざお訪ね下さいまして、まことにありがとうございました。お届け下さいました藤木の日記にも貴君様《あなた》の藤木に対する御親切が、ところどころ散見され涙のこぼれるほどありがたく存じました。藤木に代り厚くお礼申し上げます。妾《わたくし》も一時は、生きて甲斐なしとさえ思いましたが、この頃ではしずかな諦めに這入《はい》って行けそうでございます。その妾に、お届け下さいました品が、どんなに力になることでございましょう。くれぐれもお礼申し上げます。そのうち、もう一度お目にかかり巴里《パリー》の話を、もっときかせて頂きとうございます。

照子

望月敬三様

望月からは、すぐ返事が来た。

お手紙拝見しました。お礼を云っていただくほどのことではございません。藤木君に対するちょっとした義務を果したにすぎません。藤木君は、巴里《パリー》で死なれるときは、ほんとうにあなたの愛を力として死んで行かれたように思われます。『ねえ君、こうして何千里と云う遠い処で病んでいても、ほんとうに自分を愛している者が、世界中に一人いると云うことは頼母《たのも》しい気がするね。』と云う意味を幾度も云われました。臨終の前にも貴女の名を何度呼ばれたでしょう。だが、その声には貴女に会われない悲嘆などは少しもふくまれず、クリスチャンがクリストの名を呼ぶように、信頼と愛とで貴女のお名前をよんでいました。僕は、浄《きよ》い愛の力を目《ま》のあたり見たように思いました。藤木君が、貴女の愛を頼りとして、恨み多い夭死を甘受されたように、あなたもどうぞ藤木君の愛の記憶を頼りとして、恨み多い生を力づよくお生き下さるよう、蔭ながら祈っています。巴里の話もいろいろございますが、どの話もどの話も貴女には、傷心の種としか思われません。いずれまたそのうちにお目にかかる機会もございましょう。

望月敬三

長沼照子様

照子は、望月の手紙を見て、信一郎の死後、初めて慰めらしい慰めの言葉に接したような気がした。自分の不幸な愛に対するただ一人の理解者が、ここに現れたような気がした。もっと、もっと彼からいろいろな慰めの言葉を聞きたかった。藤木の臨終に居合《いあわ》したただ一人の彼から、もっともっと色々な事を聞きたかった。だが、追いかけて手紙を出すようなことは、照子に出来ることではなかった。ただ、自分達の愛を知っている人が、一人存在していることは、百万の味方よりもうれしかった。

新しい年が来た。まだ松飾《まつかざり》のある一日、照子は女中も連れないで、銀座の松坂屋へ久し振りに行った。母に頼まれて、弟妹のために靴と帽子とを探したが、思わしいのが見つからないので、そこを出ると今度は松屋へ這入った。恰度《ちょうど》入口を這入ると、オーケストラが始まった所で、階下には群集が円くなって聴きとれていた。照子は二階へ上る広い階段の絨毯《じゅうたん》の上を浮き浮きした気持で上って行った。こんな晴れやかな気持になったことは愛人に死なれて以来、初めてのことである。

『何だか、妾《わたし》女学生時代に返ったような気がする』彼女は、そんなことを思いながら、階段の中頃から下の奏楽を眺めていた。

すると、その時階下の群集の中を、一際目立って身についた洋服を着ている青年が動いているのが眼についた。おや見たことがあると思って、見直すと、それは望月だった。彼は、奏楽を取りまく群集の間を何だつまらないと云った風に、さっさと通りぬけて、照子の居るのと反対の階段を昇りかけた。

照子は、それを見ると、弾《はじ》かれたように身を動かして、自分の階段を昇り切ると彼の昇って来る階段の方へ歩いた。

望月は、階段の中頃まで来ても、まだ頭の上に立って微笑している照子には気附かない容子《ようす》だった。照子は、黙って立っていたが、此方《こっち》から話しかけてよいかどうか、ちょっと迷った。そのうちに望月は照子の前まで近寄って来た。

「あのう。」と、照子は呼びかけた。

が、望月と彼女との間を人の流れが遮《さえぎ》った。彼女は、人波を割って彼の傍《そば》へ近づいた。が、また言葉が、不思議につまって呼びかけることが出来なかった。そのうちに、望月は照子に背中を見せて、ずんずん先へ進んだ。照子は、不躾《ぶしつけ》に望月の肩へ手をかけることは出来なかった。彼女は、そわそわしながら、彼の後ろからついて行った。と、望月は逆に流れて来た人波に押されて立ち止まった。すると、人波は後ろから照子をぐんぐん前へ押し出した。照子の身体は、望月の背中にぴったりとくっついた。それでも望月は照子に気がつかなかった。彼女ははらはらしながら、群集の中で望月の白いカラーを見詰めていた。

「あのう。」と、また照子は云いかけた。しかしこの時も、奏楽と群集のどよめきは、彼女の声を消してしまった。

そのうちに、また一しきり大きい人波が二人を一しょにゆすぶった。望月は、顔を顰《しか》めて照子の方を振り向いた。

「あっ！」と、彼は云った。

彼の肩の下で、照子の赧らんだ顔がつつましやかにもまれていた。

望月の顰められた顔が、急に晴々とした。

「やあ。」

「先日は失礼いたしました。」

「いつ入《い》らっしゃいました。」

「階段の所でお姿を見かけたものですから。」

「それはどうも。この人ではたまりませんね。」

「初売出しをしているからでございますわねえ。」

「そうですか。僕はちょっと中を見物に来てとんだ目に会ってしまいました。」

「なるほど、ここは去年出来たばかりですから、御存じない筈《はず》ですわねえ。」

「お一人ですか。」

「ええ。」

「とにかく、もっとしずかな所へ行きましょうか。」

「ええ。」

「喫茶室か何かございませんか。」

「地下室にならございますのよ。」

「じゃ、そこへ行って紅茶でもおのみになりませんか。」

二人は連れ立って地下室へ降りた。喫茶室も混んでいて、五分間ばかり立っていて、やっと空席が出来た。そこは、註文する品物の切符を先へ買う制度である。照子は、甲斐甲斐しく紅茶とお菓子の切符を買った。

「恐れ入りますね。どうも令嬢《マドモアゼル》にそんなことをしていただいては、本当に恐縮です。でも、ちょっと容子がわかりませんので。」

望月は微笑しながら、あやまった。藤木に比べると、男性的なところは少いが、色が白く華奢で巴里《パリー》仕立てのモーニングがぴったりと身体についている。貴公子らしい上品さと、青年外交官らしい如才なさとが、一挙一動にほのめいていた。それでいて、少しも気障《きざ》なところはなかった。

「先日は、どうもいろいろありがとうございました。」

「いいえ。私《わたくし》こそ失礼いたしました。」照子は、最初の挨拶をすると何も云うことがなくなった。

「銀座もよっぽど変りましたね。何だか前よりも明るい感じがしますね。」

「いつ、彼方《あちら》へいらしったのでございます?」

「恰度《ちょうど》二年前です。震災直後です。つまり地震で逃げ出したことになっているのです。もっとも、外務省で都合よく逃げ出させてくれたわけです。」

「ほほほ……でも、あちらへ行っていらっしゃいますと、こちらへお帰りになるのがおいやでございましょう。」

「いいえ、そんな事もございませんよ。僕なんか待っていてくれる人なんかありませんがね、それでもやっぱり帰りたいですね。」

「まあ……」そう云って照子は真赤になってうつむいた。

「それに、今度は両親が、ぜひ一度帰って来いと云うものですから。早く嫁でも持たせようと云うんでしょうけれど。」

「御両親ともお揃いでけっこうでございますねえ。」

「年寄が居ますと、ウルサクていけませんよ。一月も消息を絶とうものなら、外務省へ問い合せにでも行こうと云うさわぎですからね。」

「あのう、巴里っていい所でございますか。」

「巴里の話ですか。でも、貴女に巴里の話をしていいかどうか、却ってお悲しみの種になりはしないかと思って、差し控えているのですが。」

照子の顔が少し曇った。でも、それを拭き消すように彼女ははれやかに笑って、

「いいえ、決して。どんなになつかしいか分りませんわ。」

「でも藤木君は、ほとんど巴里を見なかったと云ってもいいくらいですよ。」照子は、また悲しくなって顔を伏せた。

「やっぱり、巴里の話はしない方がいいようでございますねえ。」そう云って望月は、紅茶をのみ乾《ほ》した。

「僕とグランド・オペラを見に行った翌日からです、発病されたのは。」

「まあ！」照子は、涙が出そうになるのをやっと、まぎらそうとして、「グランド・オペラは立派でございますの？」

「金ピカで立派ですけれども。何、帝劇を見ていれば、ほとんど遜色ありませんよ。帝劇は地震後変ったようでございますね。」

「まだいらっしゃいませんの。以前よりもいいと云う方と悪くなったと云う方と両方ございますの。」

「十三日の日曜に、フランスから来たピアニストのマチネーがございましょう。あの時に一つ小屋を見物に行こうと思っています。」

「まあ、あれの切符をお買いになりました？」

「買ったのじゃない。売りつけられたのです。貴女《あなた》もですか。」

「ええ。」

「おやおや、ピアニストと云ってもあまり彼方《あちら》では聞えてない人ですのに、五円なんて不当ですねえ。」

「でも、慈善音楽会ですもの、仕方がございませんわ。」

「切符をただ捨てるのも勿体《もったい》ないですね、いらっしゃいませんか。」

「ええ。」

それから、二十分くらいして、照子は望月と別れた。

その日、照子は家に帰ってから、何となく心が浮き立っていた。ひとり自分の部屋で、いつものように藤木の日記を読み、中に挟んであるマロニエの葉に接吻しながらも、その日望月から聞いた巴里についての美しい言葉を思い浮べていた。

二三日すぎて、照子は望月から一葉の絵ハガキを受けとった。それは、この間の話に出たグランド・オペラの写真だった。

藤木君と私と一しょに最後の健康な楽しい一夜を送った巴里のグランド・オペラです。

その晩は、アイーダをやっていました。アイーダになったプリマドンナのソプラノが、今でも耳の底に高くひびいています。その晩、私は藤木君から、初めてその約婚者《フィアンセ》のお名前を打ちあけられたのです。いろいろ忘れられない一夜です。

照子は、なつかしさと悲しみとで、胸がきゅっと、ひきしまるように覚えた。彼女は、すぐペンを持った。

何と云うおなつかしいおハガキでしょう。でも、ああしたおハガキだけが、妾《わたくし》の楽しい青春の名残だと思いますと、悲しみで胸が一杯になってしまいます。そして、この悲しみを知っていて下さるたった一人の貴君《あなた》に、

照子は、そこまで書いて来るとハッと気がついた。自分の感激に顫《ふる》えている気持が、藤木が生きて日本にいるとき、彼に手紙をかいている気持と同じであるのに気がついた。彼女は、あわててその手紙を破った。そして、藤木の日記を読んだ。

「まあ！　妾《わたし》、すっかり上ってしまっているんだわ。どうしたって云うのかしら。」

彼女は、決して昂奮してはいないと云うように凋《しお》れた顔をして鏡を見て、自分自身に弁解しようとしたが、なぜだか心は軽々と浮いて来る。

「でも妾《わたし》、そんなんじゃないわ。こんなに藤木さんを愛しているんじゃないの。望月さんは、ほんとうにお優しい方だわ。そして、妾のたった一人の理解者だわ。でもそれは藤木

さんあっての望月さんだわ。藤木さんをこんなに愛していればこそ、望月さんに手紙が書きたくなるんだわ。いいわ、いいわ。このくらいな手紙書いたっていいわ。誰にも済まないことないわ。」

彼女は、ひとり胸の中で弁解するとやっと心持が安らかになって手紙を書き続けた。

十三日のマチネーの日、照子はやっぱり帝劇へ行きたくなった。切符は、彼女がピアノを習っているジロー夫人への義理で買ったので、行っても行かなくてもどちらでもいいのだが、その日が来るとたまらなく行きたくなった。決して、望月に会いたいから行くのではない、切符をムダにするのが惜しいからだと弁解した。そのくせ、彼女はなんだかそわそわして、彼女が自分で一番いい取り合せだと思っている羽織や帯を身につけた。

彼女は、演奏が始まる二十分も前に帝劇へついた。彼女は望月に会いに来たのではないと、心で弁解しながら、階下を一通り歩いて見た。階下には、彼の姿は見えなかった。二階へ上った。二階のホールの植木の蔭に佇《たたず》んで、彼女は小さい胸を人知れずさわがせていた。外人が沢山来ていた。外交団の人達が大抵来ていると見え、胸一杯に宝石を飾った貴婦人なども いた。

演奏が始まる四五分前だった。一人の外人と一人の外人令嬢とを連れながら、望月が階段を急いで上って来た。彼は外人に接するとき、必要以上に卑下する日本人の癖を少しも持っていなかった。照子に対する時などよりも、もっと悠々として、外人の云うことに軽く応答しているように見えた。その態度は、日本人の外人に対する対等的な位置をハッキリ主張していた。

望月は、ホールへ這入ると、鋭い眼で、周囲を見廻した。そして、三四人の知己を見つけると遠くから目礼したが、最後に照子に気がつくと、彼はつかつかと近寄って来た。

「先日は、失礼いたしました。」

「いいえ。妾《わたし》こそ。」

「今日、お目にかかれはしないかと、楽しみにしていました。」

それが、外交官らしいお世辞ばかりとは思えなかったので、照子は少し顔が赧《あか》くなった。

「外交団の人達がみんな来ていますよ。クローデル大使も来ています。」

「有名な詩人の方でございますねえ。」

「そうです。あの方のもの何かお読みになりました?」

「いいえ。」照子は、望月が連れて来た二人の外人が、望月に捨てられて、勝手が分らないらしくぼんやり佇んでいるのが気の毒だった。

「お連れがあるのでございましょう。」

「ええ。あれはこの間赴任して来たばかりの仏蘭西《フランス》大使館の書記官とその令嬢です。」

十八九と見える美しいブロンド型の令嬢は、望月と照子の方をニコニコ笑って見ている。

望月は、フランス語で二言三言云った。すると、令嬢は微笑しながら、二人の傍へ歩いて来た。

「この間中から、日本の美しい令嬢に紹介してくれと云ってせがまれていたのです。御迷惑でしょうが紹介させて下さい。」

「でも妾《わたし》、フランス語なんか。」

「なあに、そんなことかまいません。令嬢《マドモアゼル》ロランジュ。令嬢《マドモアゼル》ナガヌマ。」そう云ってから、望月はフランス語で二言三言流暢につけ加えた。令嬢は、なつかしそうな微笑を浮べながら、コスモスの茎のようにきゃしゃな手を差し出した。

「こんばんは。」握手するとき令嬢は、小さい声で彼女の知っているただ一つの日本語を云った。

「今晩は《ボンソアール》。」照子も、負けない気で云った。令嬢は、照子の口から思いがけなく自分の国語を聴くと、うれしそうに照子の手を力強く握りしめながら、フランス語で何かつづけざまに云った。だが、照子には分らなかった。

「分りませんの。」望月に救いを求めて云った。

「いや。日本人のお友達がほしいから、ぜひ友達になって下さいと云うのです。」

「諾《ウィ》、マドモアゼル！」照子は、そう云って大きくうなずいて見せた。

「貴女《あなた》は、フランス語はお出来になるのじゃありませんか。」

「いいえ、御覧の通り。」

「お習いになったのじゃありませんか。」

「ホンの一月ばかり。すぐよしましたわ。」

なぜ、すぐよしたのか望月にも分ったので、彼はそれ以上は、訊かなかった。藤木がフランスへ行ってから、すぐアテネ・フランセへ通い始めたのだが、恐しい通知に接すると、もう一晩だって通う気はしなかった。でも、やっぱりたしなみに、もっと通って置けばよかったと、照子は今更のように後悔した。ベルが鳴って、演奏の始まることを報じた。

「休憩時間に一しょにお茶でもおのみになりませんか。」望月が照子に云った。

「ええ。」照子は、望月と別れて席についた。

演奏が始まった。だが、照子には鍵盤の上を走せ廻《は》るピアニストの指先と姿勢とが見えただけでしばらくは不思議な興奮のために、感覚が容易に、音調の中へ這入って行けなかった。絶えず彼女の頭の中では、死んだ藤木の姿が、望月の態度となって混乱していた。もし、藤木が生きて、二年経って帰って来たら、きっとあのように洗練した姿で、……そんなことを思うと、彼女にはまた新しい悲しみが湧いて来た。

第一部の演奏が済むと、興奮した顔が廊下へ向ってくずれて来た。照子もそれらの人々に押されて出た。すると、その人波をかきわけて自分の方へ近づこうとする望月の顔が、すぐ目についた。

「お茶をのみに参りましょう。席は取ってあります。」

「どうも。」照子は、望月の後から食堂へ這入った。だが、そこには二人分の席しか取ってなかった。

「まあ。あの方は。」

「ロランジュさんですか。誘いませんでした。」

「いいのですか。」

「かまいませんとも。」照子は、外人の令嬢などよりも、自分の方をどれだけ、かまっているか知れない望月を、頼母《たのも》しく思わずにはいられなかった。

「いかがでした？」

「妾《わたし》などには、何も分りませんわ。」

「どうも、やっぱりダメですね。テクニックはかなりたしかですが、理解が十分でありませんね。今弾いたバッハのものなんかレヴィキなどが弾くとあんなものじゃありませんね。」

「まあ、左様でございますか。」照子は、望月がほんとうに音楽の分る人のように思われて、そんな点でも尊敬の心が湧いた。

演奏が了《おわ》って、照子が一人帰りかけると、いつの間にか望月が、彼女の傍へ来ていた。

「先刻《さっき》のロランジュさんが、たいへん貴女《あなた》が好きだと云うんです。ぜひ、今度お茶に招待したいから承諾を得てくれと云うのですが如何《いかが》です。」

「でも、妾《わたし》、言葉がちっとも分りませんし。」

「いいじゃありませんか。あんまり、クヨクヨしていらっしゃるのもいけません。少しお出かけになった方が、お身体のためにもなりますよ。」

「でも、妾《わたし》一人では。」

「僕が無論御案内致しますよ。」

「でも。」

「いいじゃありませんか。」照子は、ためらったが、望月と一しょと云うことは大きい誘惑だった。

「では。」

「いらっしゃいますね。」照子はうなずいた。

「それでは、いずれお手紙を差し上げますから。」そう云って、望月は叮嚀《ていねい》に会釈して別れ去った。


その頃から、照子の頭には望月の幻影が浮んで来てならなかった。彼女は、絶えずびっこの下駄を穿《は》いているように気が落ち着かなかった。それに気が付くと、彼女は悲しそうに顔を曇らせてひとり呟《つぶや》いた。

「妾《わたし》、まあ！　どうしたと云うんでしょう。これほど、これほど藤木さんを思っているのに。」

しかし、彼女の心は悲しさの中で、ゆらめきながら、一方新鮮な空を仰ぐような美妙な欣《よろこ》びを感じていることだけは、どうともすることが出来なかった。彼女は、藤木の死に依って、人生に於ける光明や歓喜の世界は、もう永久に自分に向って、その扉を閉ざしたとあきらめていた。だが、今その扉が音もなく開かれ、光明と欣びとを背光にして、望月の姿が、自分の方をさし招いていみじくも立っているような気がした。

彼女は、その光明から強いて面《おもて》を掩《おお》い、藤木を胸の中に抱き込むように、彼の残して行った日記の頁《ページ》を繰った。

「照子！　照子！　照子！」

と、愛人はそこで永劫の叫びをつづけているではないか。だが、その日記で面《おもて》を掩うていても光明にあこがれる彼女の人間性は、いつの間にか、日記の紙のはずれから、新鮮な空に光を求めて、仰ぎ見ようとするではないか。

お茶に招待された日、望月は約束の四時前に、わざわざ自動車で迎えに来てくれた。照子の母は、結婚を頭から拒否した照子が、そうした交際を始めたことをむしろ歓んでいた。自動車に一しょに乗ると、大抵の男女は妙に興奮し感激するものだ。照子も、それに洩れず妙に気がつまって、なるべく片方の隅に小さくなっていると望月はいつになく云いにくそうに照子の方を振り返った。

「たいへん、失礼ですが、藤木君が、亡くなられたからと云って、貴女は永久に結婚なさらないというわけではございませんでしょうね。」

「ええ？」と照子は、反射的にきき返したが、その時突如照子にとって、恐しい問題が、稲妻のように頭の中にひらめいた。

最初の求婚

望月は、照子の顔を見詰めながら、いつまでも彼女の答えを待っていた。だが、照子は心の苦痛のために何と答えるべきか分らなかった。二人の沈黙の間に自動車は五六町も走った。望月は照子が何も返事をしないのは、自動車の警笛のために、言葉が聞えなかったのかも知れないと思った。彼は、も一度同じことをくり返した。

「ねえ、長沼さん。あなたは、藤木君のために一生結婚をなさらないおつもりでは、ございますまいねえ。」

しかし、やはり照子は、ちらりと望月の顔を見ただけで、前よりももっと顔を赧くすると、うつむいたまま答えなかった。

車体の動揺につれて、気持の落ち着かない自動車の中でこんな重大な話を始めたのが、わるかったのだと思って望月は、すぐあやまった。

「いや、失礼しました。こんなデリケートな問題は、早急にはお答えにはなれないでしょう。とんだ失礼をしました。」

「あのう、妾《わたし》……」と、云いかけたが照子は、やっぱり中途でだまってしまった。

自動車は、なお疾走しつづけていた。震蕩《しんとう》するクッションの上で、照子の苦悶がまた新しく揺れ上って来た。照子は、望月のそうした問の蔭に、かくれている彼の心をすぐ感ずることが出来た。またその心に感謝せずにはいられなかった。だが、彼女は死んだ愛人藤木のために、その心に応じて行くことは出来なかった。こうして、彼女は自分の中で争っている二つの心に挟まれて、身動きも出来なかった。だが、それよりも彼女にとって、何よりも恐かったことは、彼女自身の貞操の破れていることだった。『この破れた貞操で、どうして望月の問に応じるような答が、出来ようか。』

それならもし、彼女の貞操さえ完全であったならば、

『いいえ。そんなつもりではございません。』と答えたであろうか。

『いや』彼女は、自分に云った。『何も身体の貞操だけに、こだわっているのではないのだ。そんなことを後悔してはいないのだ。そんなことより、妾《わたし》は藤木を愛しているのだ。今でもこの通り、愛しているのだ。』

それだと云って、望月に対して、『はい。一生涯、結婚しないつもりです。』とは、どうしても云えなかった。

ロランジュ氏は、フランス大使館が、大地震後まだバラックであるために、帝国ホテルの部屋を借りていた。ロランジュ嬢は、照子達を快く迎えた。お茶と云っても、サンドウィッチや冷肉のお料理が出て、歓待してくれた。望月の通訳で、嬢は照子にいろいろなことを訊いた。照子もなるべく快活に答えようとした。が、先刻《さっき》の望月の問が、胸のどっかにくっついていて、ともすれば彼女を憂鬱にするのであった。

殊に、ロランジュ嬢と望月とが、自分には少しも分らない言葉で、親しげに話しつづけたりするときは、照子は悲しくさえなった。ロランジュ嬢が、望月を、あまり親しそうな目附きで見るときなどは、照子はロランジュ嬢が、望月を愛しているのではないかと思った。そんなことを思うと、照子は胸が苦しかった。結局、照子は、嬢と望月とが、照子を娯《たのし》ませるために、いろいろ尽してくれたのに拘《かかわ》らず、またそれに応じて、彼女はニコニコ笑いつづけていたけれども、心の中《うち》は楽しんでいなかった。望月と一しょに、ホテルの玄関を出たとき、彼女はホッとしていた。

「却って御迷惑でしたでしょう。」

「いいえ。」

「そこらまで歩いて、タクシーを見つけてお送りいたしましょう。」

「いいえ、結構でございます。電車だと乗り換えがございませんもの。」

照子は、望月と並んで石段を降りた。誰が見ても新婚間もない仲のよい夫婦のように見えただろう。

「すぐお帰りになりますか。」

「どちらでも、よろしゅうございます。」

「じゃ、少し日比谷公園をでも散歩しましょうか。」

「ええ。」

（そんな事をしてはいけない）照子の心の中で、そんな警戒の声が聞えたが、やさしい望月の勧誘は蜜のように照子の心に甘かった。一月の半ばであったが、風がない日で、少しも寒くはなかった。半ばたそがれている日比谷公園には、紫のアーク灯がともり、赤くただれている夕暮の空に、司法省や海軍省の建物が黒く浮んでいた。

正門を這入《はい》ると、植込の中の小径《こみち》を、二人は並んで歩いた。

望月は、だまって四五十間も歩いた後、思い切ったように云った。

「先刻《さっき》、自動車の中で、失礼なことをお訊ねいたしましたねえ。でも、僕としては、ちょっとお訊ねしないではいられなかったのです。」照子は、胸の中が急に、熱湯を注がれたように熱くなった。

「御迷惑でなかったら、お返事して下さいませんか。」望月は、心持蒼ざめた顔の表情を、自分で緩和しようとして、微笑を浮べながら云った。

「妾《わたし》、そんなこと考えたことございませんの。」照子は、ようやく口を開いた。

「それは、どう云う意味なんですか。」

「いいえ。ただ、妾《わたし》、どうお答えしていいか考えたこともございませんの。」

「つまり、結婚なさるお考えがないと云うことなんですね。」

「いいえ。そう申し上げたのじゃございませんの。」

「じゃ、結婚なさるおつもりも、少しはお持ちなのですねえ。」照子の声は、段々低くなった。

「そんなこと、ほんとうに……。妾《わたし》、どうお答えしていいのか……」照子の声は、のどにつまって、消えてしまった。

「どうも、失礼なことをお訊ねして、恐縮です。でも……」

「いいえ。」

「実は、……おかくししないで、申しましょうか。実は、今僕は母から嫁を貰えとしきりに、すすめられているのですが、あなたとお近づきになってからは、どんな令嬢に紹介されても、どんな写真を見せられても、この人と云う気が、どうしても起らないのです。それで、貴女《あなた》に失礼なことをお訊きして赤面の至りです。藤木君とお別れになってから、まだ間もないあなたのお心持は十分お察し出来るのですが、自分のわが儘《まま》でこんなことをお訊ねしたのです。どうぞ、お赦し下さい。」

望月は、そう云って頭を下げた。照子は、この場合、どう答えていいのか分らなかった。

ただかすかに慄《ふる》えを帯びながら、頭を下げ返した。

望月の言葉は、明かに恋愛の告白であった。少くとも、彼女と結婚を欲している言葉だった。彼女の胸は、わくわくとふるえた。彼女の心に、何のこだわりもなかったら、彼女は、どんな歓喜で、それに応ずることが出来ただろう。だが、藤木に対する愛は、なお彼女の心に、赫耀《かくよう》たる尾を引いていた。彼女は、望月の言葉で自分の心がときめくのを知ると、却って愕然としておどろいた。つい、悪魔の誘惑に耳を傾けようとしていた基督《キリスト》教徒のように、おどろき怖れ、かつ狼狽した。このまま、望月と一しょに歩いていることさえ、藤木に対する恐しい裏切のように思われた。

「あのう、妾《わたし》、もう電車に乗りとうございますわ。」照子は泣き出しそうになって云った。

望月はかなりあわてた。

「どうしてです。僕の云ったことが、お気に触ったのですか。」

「いいえ。でも。」

「僕の云った言葉が、もしお気に召さなかったのでしたら、どうぞお赦し下さい。でも、こんなことを申すまでには、よほど勇気と決心がいったのです。失礼だとは、十分知っていたのですけれど。でも、お訊ねせずにはいられなかったのです。どうぞお赦し下さい。」

望月の言葉は、しみじみと力づよくひびいた。

照子は、望月の心を傷つけたと思うと、また悲しくなった。

「いいえ。そうじゃございませんの。妾《わたし》たいへん、あなたに感謝しております。妾、どんなにありがたいか分りませんの。でも……」

「そうですか。それでは、僕もたいへん気が楽になりました。じゃ、電車までお送りいたしましょう。」

望月は、サラリと今までの感情のもつれを、洗い落すように云って、照子の先に立って、サッサと公園の外へ出た。

桜田門の停留場で照子は望月と別れて渋谷行きの電車に乗った。望月は、そこに立って、照子を見送っていたが、照子の乗った電車が、参謀本部前の勾配《こうばい》にさしかかるまで、茫然としてそこに立ちつくしていた。

照子は家に帰って、ひとりになると、前からの悩ましさが増して来た。彼女は例のように、藤木の日記を出して読んで見た。だが、彼女に取って、もうこの時は藤木の日記は紙であった。文字は、少しも頭に来なかった。

「ああ！　駄目だ。」と、彼女は云うと日記の上へ額を伏せた。望月の姿が、ひっきりなしに彼女の頭を駈けめぐった。

『藤木さん、生き返って下さい。妾《わたし》は、今悩んでいます。救って下さい。みんな貴方が、あんな日記を持たせていらしったからです。あなたが妾を、ほったらかして遠い所へいらしたからです。』

　照子は、眼をつむったまま祈るように、死んだ藤木の霊に不平を云った。涙が頰を伝って来た。ふとまた、彼女は自分の貞操について考えた。彼女は、刺されたように頭を上げた。

『妾《わたし》、どうしても結婚しない。』

　彼女は、最後に断乎として自分に云い放った。すると、照子の胸は、だんだん安らかになって来た。しかし、彼女はもう再び望月と会うことを断念しなければならなかった。会うことは、彼を苦しめ彼女自身苦しむことだった。だが、会うまいと決心すると、彼女の胸はうら悲しく湿り出すのであった。

『あの親切にして下すった望月さんと、もう会えないのかしら。あの方は、妾《わたし》に結婚してくれとおっしゃるのに、妾をあんなにまじめに思っていて下さるのに……』

　彼女は、過去の一切を振り放すように立ち上った。

『妾《わたし》は、妾は、一生藤木さんの日記を抱いて、井の頭へ墓参していればそれでいいのよ。妾が、望月さんと……そんなことが、どうして出来るものか。妾は、そんな資格なんかないわ。妾尼《わたし》さんなんだわ。妾のたった一人の良人《おっと》は、パリーへ行って死んだのよ。女としての妾も、そのときに死んだのよ。』

　彼女は、思わず袂《たもと》を顔に当てて泣き出した。

二、三日して、望月から照子に宛てて手紙が来た。照子は、望月が怒っているのに違いないと思っていたので、手紙の封を切るのが怖《おそろ》しかった。

先夜はまことに失礼なことを申しました。どうぞ、お赦し下さい。あんな事を申し上げげたことを後悔し、悲しんでおります。しかし、あれは一時の出来心や、ためしにと云ったような意味で申し上げたのではなく、心から云わずにいられなかったと云うことだけは、どうぞお含みをねがいます。これからも、お友達として、御交際して下さったら、どんなに嬉しいか分りません。でも、それをお願いすることは、却って貴女を苦しめ自分自身苦しむことだと思いますので、差し控えます。どうぞ僕の心をお察し下さい。

望月敬三

長沼照子様

照子は、その手紙をよんでいるうちに、涙が出て仕方がなかった。

妾《わたし》こそ、おゆるしを願わねばなりません。せめて、お友達として、交際《つきあ》っていただきたいのは妾の心からのお願いでございます。でも、妾からそんなことをお願いする資格はございません。どうぞすべてをお許し下さいませ。

照子

望月様

照子は、望月の返事を心待ちにまったけれども、それは一週間経っても、十日経っても来なかった。彼女のほのぐらい生活を照しそうになっていた太陽は、昇る間もなく、重い密雲の彼方《かなた》にとざされてしまったのである。

第二の求婚

彼女は再び教会に通い、また聖書を読み始めた。そして、淋しさに堪えないときは藤木の日記を読んだ。だが、一度掻きみだされた彼女の胸には、以前のようなしずかなあきらめは、到底帰って来なかった。彼女はあきらめよう落ち着こうと思いながら、時々望月に手紙を書こうとする激しい衝動に駆られた。いな幾度、手紙を書いたかも知れない。朝になったら、ポストに入れよう、そう思って書いた手紙を枕許に置いて、寝た夜さえあった。だが、手紙を出すことだけは、どうにか喰いとめることが出来た。しかし、二十日、一月、一月半会わなければ会わないほど、彼女の胸の中に望月は大きい権力を振《ふる》い出した。会えないと云うことが、却ってその権力を大きくしたようだった。彼女の胸の主権者は、藤木なのか望月なのか、彼女にも見当が立たなくなって来た。

桜田門の停留場で別れてから、二月近く経った頃だった。ある日、突然望月の手紙が来た。彼女はその手紙を不安と歓びと半分半分まじった心で、ふるえながら開けて見た。

もう一度だけ、お目にかかりたいと思います。もし、このお願いをおゆるし下さるのでしたら明日四時頃、銀座のカフェー・エスキーモでお待ち下さいませんか。

望　月

長　沼　様

照子は、また自分に恐しい試みが襲来したのを知った。だが、不思議にそれを当惑するよりも、失われていた幸福が、再び蘇《よみがえ》ったような歓びで、彼女の心は躍った。二月会わないうちに、失われた健康のように、失われた望月のありがたさが、彼女はハッキリと分ったのか知れなかった。

『行ってはいけない。』

彼女に心で、そんなつぶやきが聞えないではなかった。だが、それは盗人の良心のように微弱な声であった。

翌日、照子は午頃《ひる》から家を出て、銀座通りを、幾度も幾度も往復した後、三時が鳴るのを待ちかねてその新橋寄りのしずかなカフェーの、一卓子《ひとテーブル》ごとに衝立《ついたて》の立っている、その衝立の陰に落ちつかない心持で坐り込んだ。望月を待っている一時間が、一日のように長かった。

「よく来て下さいましたねえ。」四時近くになって、望月はようやく姿を現した。

「お待ちになりましたか。」

「いいえ。」と云ったが、照子は自分であまり早く来過ぎたので、悲しくなるほど待ちくたびれていた。

「しばらく御無沙汰いたしました。」

「妾《わたし》こそ。」望月は、色がいよいよ白くなり、明かな憔悴《しょうすい》の色が見えていた。

「何か召し上りましたか。」

「はい。」

「もう一度、何かつき合って下さいませんか。紅茶か何か。」

「では、どうぞ。」

望月は、紅茶を註文した。それをのみほすと、

「実は、ちょっと旅行をしていたのです。向うから、お手紙を差し上げようと思ったのですが、思うことがありましたので差しひかえました。ちょっとその辺を一緒に歩いて下さ

いませんか。」

「ええ。」

二人は、裏通りを山下門の方へ、山下門からまた日比谷公園の方へ歩き出した。

「どちらへ御旅行になりましたの。」

「支那へ。」

「やっぱり、お役所の御用で。」

「いいえ。」

「お遊びに。」

「いいえ。貴女《あなた》を忘れるために。」望月は突如として云った。

照子は、ハッと胸を打たれてうつむいてしまった。

「お目にかかるのは、貴女を苦しめ、自分も苦しむことが分っていながら、またこうしてお目にかかってしまったのです。もう一度だけ、僕の云うことをお聞きになって下さい。僕も、もう近々またフランスへ赴任することになりましたから、二度とあなたをお苦しめすることはないでしょう。」

照子は、悲しさで身がちぢまる気がした。

「東京に居てはどうしても貴女を忘れられないので、どうかして、貴女を忘れたいと思って、支那へ旅行して見たのですが、どうしても駄目でした。今度は、思い切ってフランスへ行ってしまうつもりです。ですが、その前にもう一度だけあなたのお心がききたいのです。未練のようですが。」

照子は、望月の熱情の溢れて来るに従って、押しつけられるように、だんだん胸が苦しくなって来た。

「照子さん。」

「はい。」

彼女は、小さい声で答えた。

「貴女は、僕のこう云う言葉を、お聞きになると、藤木君にすまないと思っていらっしゃるのでしょう。」

照子は、だまっていた。藤木に対して、すまないと思ったのは、前のことだった。それよりも、今は自分の破れている貞操の苦痛だった。もし、それがなかったら……照子は、初めて貞操を破った悔《くい》が、マザマザと生れて来るのを知った。

「実際、藤木君にはすまないと、僕は思っています。ですが、今あなたが、僕と結婚して下さっても藤木君を苦しめることではないじゃありませんか。あなたが、誰とも結婚なさらないと云うのなら仕方がありませんが、もしそうでないのなら、僕を助けると思って、僕のお願いすることを聞いて下さいませんか。藤木君だって、貴女が見ず知らずの方と、結婚なさるよりも僕と結婚されるのを欣《よろこ》んでくれはしないかと思うのです。尤《もっと》も、僕がどんなにお願いしても、あなたが僕をお嫌いでしたら、それはもう問題でございません。そんならそうと、おっしゃっていただきたいのです。僕は、フランスへ行ってどんなに苦しくってもあきらめますから。」

照子の身体は、慄《ふる》え出した。だが、彼女は何事も云えなかった。

「あなたは、そんなに僕がお嫌いなのでございますか。」

「まあ、勿体ない。妾《わたし》、嫌いじゃございません。」

照子は、涙ぐんでしまった。

「では、どうしてです。」

「でも。妾《わたし》!」

と、照子は云った。だが、その次ぎはやはり何も云えなかった。

「嫌いではなくても、あなたが僕を少しも愛していて下さらないのは、よく僕にも分ります。しかし外《ほか》の方と結婚なさるようなら、こんなにお願いする僕の……。それとも、貴女を愛していらっしゃる方が誰か外にお在りですか。」

「まあ！ そんな筈《はず》は、ございませんわ。」

「じゃ、貴女が愛する方が、その後お出来になったのですか。」

照子は、唇を堅くしめて、怒ったように顔を上げた。

「そんなことを、おっしゃるのなら、妾《わたし》ここで失礼しますわ。」

「いや、それは失礼しました。もうそんなことは云いませんから、もうしばらく僕の云うことを聞いて下さい。」

すると、照子はまた望月に従って歩き出した。

「ほんとうに、あなたはいつまでも結婚なさらないおつもりなんですか。」

望月は、またくり返した。どうして照子はそれに答えることが出来るものか。

「あなたは、僕を少しも愛していては下さらないんですね。」と、また望月はいらいらした調子で云った。

やはり照子は、だまっていた。

「何とか、はっきり云って下さいませんか。」

「妾《わたし》、貴方《あなた》をお慕い申しておりますわ。」と、照子はようやく呟くように云った。

突如、望月の顔は、歓喜でかがやいた。

「じゃ、じゃ。なぜ、結婚して下さらないんです?」彼は、せき込んで訊いた。

「妾《わたし》、結婚出来ませんわ。藤木にすべてをささげたのでございますもの。」

「そんなこと、僕は百も承知じゃございませんか。」

「でも……」

(身体までもささげたのですよ)と照子は心の中でつぶやいた。

「それとも、あなたは藤木君のことを、ちっとも知らない方と御結婚なさる方が御希望ですか。」

「まあ！」

照子は、あきれて目をみはった。

「妾《わたし》、そんなことかくしてまで、結婚したいと思いませんわ。そんな事をすれば、どんなに苦しいか分りませんわ。」

「それなら、なおのこと僕と結婚して下されば、一番気が楽じゃありませんか。」

それは、望月の云う通りだった。

「でも……」

「じゃ、ある時期までお待ちすればいいのですか。」

千年待ってくれたとて、癒える傷ではなかった。

「いいえ。お待ち下さっても……」

「じゃ、僕に何か不服が、お在りになるのですか。もし、お在りでしたら、何なりとも云って下さい。」

「不服なんか、ちっともございませんわ。そんなことを仰《おっ》しゃると勿体のうございますわ。」

「じゃ、なぜです。なぜ結婚して下さらないのです。」

二人は、いつの間にか、日比谷公園の中へ這入っていた。

「そんなことおっしゃると、妾《わたし》死んでしまいとうございますわ。」照子は泣き出した。

「じゃ、やっぱり藤木君以外の人とは絶対に結婚なさらないおつもりですね。仕方がありません。あきらめます。でも、藤木君は何と云う幸福な人でしょう。」

望月が涙ぐんでいることが、照子にもすぐ分った。

「僕は、貴女にお目にかかったときから、お慕いしていたのです。あなたを離れて生活出来るか、どうか僕には分りません。でも、そんなことを云うのは僕のわがままです。ただ僕が永久に貴女を思っていることだけは、覚えていて下さい！」

照子は泣いた。ちょっと暗い林の中の小径に来たので、彼女は思うさま泣いた。まだ二十《はたち》の彼女である。行先長い遼遠たる人生を、生きてゆくうちに、果して独身で押し通せるだろうか。もし、押し通せなくなったとき、望月のような人を拒んだことが、どんな深い悔になるだろう。でも、破れた貞操を以《もっ》て、どうしてこんな方と結婚が出来るだろう。でも、打ちあけたらゆるして下さるかしら。でも、（妾《わたし》、処女でございませんのよ）そんな意味の言葉は、大きい針のようにのどにつかえてしまうのだった。

「どうしても、駄目ですかね。」

望月は、あきらめ切れないように云った。これが、望月の最後の言葉であった。照子にとっては、最後の機会であった。照子は、ふと気が軽くなって云った。

「あの、二三日考えさせて下さいませんか？」

「どうぞ。うれしいです。どうぞ、よくお考え下さい。」
望月は生々《いきいき》となってそう云った。

何んで似合うぞ

その夜、照子は眠れなかった。あの望月の迫って来る強い熱情がいつまでも頭の中に渦を巻いて燃え上った。彼女は、藤木の幻を描いて、それにすがりつくように哀願した。
『信一郎さん？　どうぞ、妾《わたし》に教えて下さい。妾は、あなたのままになります。あなたが、望月さんへ行けと云えば行きます。でも、貴方《あなた》がいけないと仰しゃれば参りません。』
しかし、そんな哀願は無論何の効果もあろう筈《はず》がなかった。彼女の立っている足場は、砂のように崩れて望月の方へひき寄せられる。また彼女は這い上ると、また彼女は崩れ出す、だが、最後は、いつも定《き》まっていた。
『妾《わたし》の貞操は汚《けが》れている。もう妾は、処女でない。』
あのいつか読んだ、ダーバヴィルのテスが、呪われた歌のように、
何《な》んで似合うぞ
その裲襠《うちかけ》が

　　男こさえた嫁じゃもの

　そう云う嘲《あざけ》りの声が、どこからか絶えず照子の耳にも聞えて来る。それかと云って、すべてを打ちあけても、望月さんはあんなに自分を懇望して下さるかしら。あの方は、妾《わたし》を処女としてこそ、あんなに思って下さるのだ。打ちあけてしまったら、あんなには云って下さらない。目を掩《おお》うて妾から、お離れになるに違いない。それかと云って、だまって……。照子は、転々として、寝返りを打つ間に曙《あけぼの》の光が縞を作って、戸の隙間から流れて来た。

　照子が、眼をさましたのは九時を廻っていた。床の中から、障子の嵌《は》め込み硝子《ガラス》に区切られた空の青さを見ていると、昨夜の悩みは忘れたように無くなっていた。

『何んだか弟達が庭に鶯《うぐいす》が来たと云って騒いでいるのを覚えているけれど、あれは夢だったのかしら。』

　そんなのどかなことを考えながら、御飯をたべていると、ふと昨夜の決心は、どう云う風にかたづけたのかしらと、考えた。すると初めてまた彼女の新鮮な頭の中へ、突如として昨夜の悩みが湧き上って来た。

　苦しみの中に、また夕暮が来た。彼女の感情は、焦点を失って、堂々廻《めぐ》りをし始めた。

　すると、照子に一通の手紙が来た。それは望月からだった。

照子さま。

お考えはどう着きましたでしょうか。僕は昨夜、一睡も出来ませんでした。また今夜も眠れないに定《き》まっています。あなたのお考えも、悩みもすべてを僕に委《まか》して下さいませんか。あなたのすべてを僕に委して下さいませんか。何も、おっしゃらずに、ただ諾《ウィ》と云って下さいませんか。

敬三

照子の感情は、急にうねりを作って、望月の方へ崩れた。彼が、すべてをゆるしてくれるような気がした。すべてのなやみも、皆彼に委してもいいような気がした。きりきり廻っていた彼女の感情の独楽《こま》は、急に望月の方へ倒れかかった。彼女は、急に机の前へ駈け寄ると、ペンを持った。彼女は必死の決心で返事をかいた。

御心配をかけてすみません。どうぞ、よろしくお願い申します。

長沼照子

望月様

そう書くと、切って放されたように、彼女はペンを投げ出した。

「ああ、ああ。」彼女は云った。彼女は、顔を両手で掩《おお》うて泣きじゃくった。

「信一郎さま！　赦して下さい。妾《わたし》は弱い女です。こんなよわい女だとは思っていませんでした。」

彼女は、そう呟くと今かいた手紙をずたずたに引き裂いた。だが、もし今冷淡な返事をすると望月が永久に自分を離れてしまうことを考えると、淋しさに、矢も楯もたまらなかった。そして、再び彼女は溺れた者が、一条《ひとすじ》の藁《わら》にでもすがりつくようにペンを取ると、前と同じ手紙を書いた。そして、心の中で叫んだ。

「望月さま。どうぞ、ゆるして下さい。妾《わたし》は弱い女です。どうしても貴方《あなた》にほんとうのことが打ちあけられません。こんな弱い女とは思いませんでした。」

彼女は、手紙を封筒に入れた。それを自分で、ポストに入れに行こうとして立ち上った。次ぎの間で、弟達が蓄音機をかけていた。それは童謡のレコードだった。

その歌が、彼女の耳に、

　　何んで似合うぞ
　　その裲襠《うちかけ》が
　　男こさえた嫁じゃもの

と聞えてならなかった。

めぐる新春

寒さの裏《うち》に、新春がめぐって来た。世は新しい計画を持ちながら、のどかに冬に籠《こも》っていた。

望月は、照子から結婚の承諾を得ると、その翌日照子の家へ自動車を走らせた。彼は照子の母へ、直接自分の懇望を伝えようと思ったのである。

彼は、自動車の中で『余は勝てり』と、胸の中で叫んだ。

疾走する自動車の速力が、幸福へ駈け込む速力のように思われた。

望月は、照子の家へ着くとすぐ応接間へ通された。彼は、そこでひとりアームチェアーに腰を降して煙草を吸っていた。彼は、照子が現れるまで、彼女にどうして欣《よろこ》びを伝えるべきかと考えた。すると彼は、葉巻を逆に火をつけたことに気がついた。彼は、あわてて消そうとしたが、『待てよ。葉巻はいつまでも逆に煙を出しているものではない。だが、それよりもなぜ照子さんは出て来ないのか。』と思っていた。それが、逆さまに吸っている葉巻よりも、もっと望月の問題だった。

すると、しばらくして、そっとドアが開いた。望月が振り向くと、瞬間扉《ドア》は照子の赧《あか》らんだ顔をのぞかして又閉《しま》った。

「やあ！」彼は閉った部屋の中から、声をかけた。椅子から、飛び立つと、急いでハンドルを引いて見た。

「いらっしゃいませ。」と、照子は云うと、急いで顔をかくして笑い出した。望月が、元の椅子へ帰ると、照子も中へ這入って来た。

二人は、卓子《テーブル》を挟んだまま向い合って、椅子に腰を降したが、どちらも何とも云えなかった。

「昨日は、ありがとうございました。」

しばらくしてから望月が云った。

照子は、うつむいたまま顔を上げることが出来なかった。これが、自分の良人《おっと》になる人であったのか、そう云ったような不思議な感じが、却って彼女の胸の中に湧いて来た。だが、彼女は結婚の欣びよりも、恐れと悲しみの方が多かった。藤木と秘密に結婚したときの方が、どれほどうれしかったか分らないと思った。あのときは、何も嘘はなかった。父や母や世間の目を忍んだけれども、二人の間には何のウソもなかった。今は、丁度《ちょうど》その反対だった。世間や父母の前を大手を振って通れる。だが、二人の間には……だが、今は敢然としてウソを守って行かねばならなかった。

『でも仕方がないんだわ。妾《わたし》からお願いしたのじゃないんだもの。望月さんが妾に、ウソをおつかせになるんだわ。だって、妾どうして望月さんに本当のことを云う必要があるのかしら。妾、本当のことを云わねばならないのなら、どんな望月さんとだって結婚しないわ。そうよ。妾《わたし》云いたくはない。云いたくはない。妾、いつまでも自分の秘密をだまっているの。』

そう、彼女は決心すると、不思議に、いま眼前に横《よこた》わっている幸福の気分へ這入れるような軽々とした気持になって来た。

「妾《わたし》、もっと早くお返事したいと思っていたんですけれど、あまり早すぎるんですもの。御免遊ばせ。」

照子は、そう云って頭を下げた。

「そのことは、僕からあやまります。その点でどれほど貴女《あなた》をお苦しめしたか知れないと思うと、苦しくて堪らないんです。でも、もうどうぞ。」と望月は云うと、藤木君のことは云わないで下さいと云おうとしたのだが、そこでふっつりと言葉を切った。

照子は、それをすぐ感じた。が、彼女とて今の場合、自分が藤木のことを暗示した以上には口に出して云うことが出来なかった。

「あのう、僕から直接あなたのお母さんに一度お願いしたいと思うんですが、どうでしょうか。あなたには何か御都合のわるいことがおありでしょうか。」

わ。」

「そうして下されば母も欣ぶでしょうが。そんなことなさらなくっても、けっこうですわ。」

「御両親の御承諾がなくてもいいと云うのですか。じゃ、一しょに逃げて下さるんですか。」と云って、望月は笑い出した。照子も思わず笑い出した。

「でも、あなたが直接そんなことをして下さらないでもようございますわ。それに、あなたが母と直接お会いになるのはいやですわ。」

「なぜ！」

「でも、母がお気にさわるようなことを申しはしないかと心配ですわ。」

「お母さんは、賛成して下さるでしょうね。」

「ええ。母は欣ぶに定《き》まっています。」

「お父さまの方は、いかがでしょう。」

「父は、母よりももっと簡単ですわ。母よりももっと欣んでくれると思いますわ。」

「じゃ、つまり一番欣ばないのは、貴女と云うわけですか。」

「まあ！」

「何だか、話があまりうますぎますね。こんなに話がうますぎると、どこか一ヶ所危険な所がありそうな気がして、却って不安になりますよ。とにかく、お母さまにお目にかかりましょうか。」

ねえ。御免遊ばせ。」

「ええ。でも、それは後でもようございましょう。あらまあ、まだお茶が来ないんですわ

照子は、立って行こうとすると、望月はそれを遮った。

「待って下さい！」照子は、だまって振り返った。

「お茶を下さるんですか。」

「お嫌ですか。」

「いや、今この話にお茶を入れられては僕が困りますよ。」

「まあ！」

「いや、冗談でなく、僕は御免を蒙《こうむ》りますよ。」そのくせ、望月はニコニコ笑っていた。

「じゃ、コーヒを差しあげますわ。」

「いけません。こう云う幸福な場合、一切お茶類はいけないものなのですから。」

「あら、本当でございますの。」

「冗談を今頃云えると、お思いですか。それよりか、どうぞお母さんにお目にかからせて下さい！」

「じゃ、ちょっとお待ち下さいましな。」

照子は云って、母親の居間へと出て行った。望月は、しなやかなのびのびとした彼女の後ろ姿を見送りながら、限りなく幸福だった。

照子と望月との結婚談は、双方何の異議もなく進んで行った。両家の相談で正式な媒酌人が立てられた。照子の家では、結婚式の準備に忙殺された。三越や高島屋の店員が、毎日のように彼女の家へ呼びつけられた。

照子は、望月との話が、きまってからは、毎夜のように藤木の日記の処置に困り出した。いくら別の夫に嫁《か》すとは云え、あの血を吐くような藤木の日記を見ると、彼女はそれを焼き捨てることは出来なかった。と、云って新しく人の妻となろうとするものが、前の愛人の日記を提げて行けるものではない。いかに望月が、彼女と藤木との愛を理解していようとも、藤木の日記をいだく彼女を、快く思うわけはなかった。と、云って今もなお『照子！　照子！』と呼びかけている藤木の日記を、手放すことは出来なかった。

日記のことを想い出すと、彼女は身を締められるように、苦痛になった。

『妾《わたし》、望月さんとあんなお約束なんかしなければよかった。やっぱり、あの方と結婚するには、イヤなことがいろいろある！』

しかし、今はどれほど彼女が、後悔しても駄目だった。両家の結婚の準備は、急速な勢いで進んでいた。それを再び停止させることなどは……。

『いやいや、妾《わたし》は、センチメンタルなのよ。それが、いけないんだわ。悲しむことなんか、何にもない筈よ。妾は、新しく望月さんを愛しているんだわ。嘘ではないわ。まあ、こんなに幸福よ。』

彼女は、何物かに反抗するように、昂然として藤木の日記を焼き捨てようと決心した。と、彼女は急にしゃくり上げて泣き出した。

『御免なさい。御免なさい。信一郎さん、妾誰《わたし》とも結婚なんかするんじゃなかったの。妾、あなたを愛しているんですもの。ね、信一郎さん！　生き返って妾を助けて下さい。妾きっと、死んでしまえてよ。望月さんと結婚すれば、きっと死んでしまえてよ。』

彼女は、畳の上へつっぷすと、肩を波打たせて泣きつづけていた。

だが、その後で望月から手紙が来ると、彼女は何ものをも忘れて微笑した。

『あら、まあ。昨日は妾《わたし》に下さる指輪を捜しにいらっしったんだって、どんな指輪かしら。でもいいわ。妾の薬指はこんなにきれいなのだもの。』

彼女は、自分の薬指を無心に見つめながら、結婚の夜のことを考えて、恍惚《こうこつ》とするのであった。

そう云う日々が、照子の胸の中《うち》で、繰り返され、その間に望月家から照子の家へ結納が運ばれた。その日は、照子の家で赤飯を炊いて、これを祝った。父の代りに、いよいよ照子は、奉書の紙に結納の受取書を次ぎのように認《したた》めた。

右幾久敷《いくひさしく》目出度《めでたく》受納致し候也《そうろうなり》　　長沼義一

その夜、照子は藤木信一郎の日記を新しい奉書で包み、永劫に再びとは開けまじき封をして、彼女の生れたこの家の仏壇の位牌棚の下の隙へ深く押しこめて礼拝した。

「どうぞ、おゆるしなさいませ！　どうぞどうぞ。」

今は、彼女は一日も早く結婚したかった。なお、この上一日でもここに居ると、藤木の日記と望月の手紙との間で、苦しまねばならなかったからだ。

やがて、結婚式の日取が定められた。案内状が発送された。披露は、晩餐を避けて、この頃専《もっぱ》ら流行する簡単なお茶で済ますことになった。照子は母から、初めて高島田に結わされた。

するると、案内状に答えて、その頃上京して、××ホテルに滞在していた寿美子から、手紙が来た。


妾《わたし》まで、お招きにあずかりありがとうございます。心から、お祝い申し上げますわ。長らくお手紙を下さらないわけが、よく分りましたわ。道理でしたのね。ちょっと、びっくりしましたのよ。でももう皮肉など申し上げませんわ。御披露のとき、きっと伺いますわ。でも、貴女の――と、妾の――とをお比べになることは、まっぴらよ。心ばかりのお祝いの品、おとどけいたします。

寿美子

照子さま

すると、桂子からも案内状の返事が来た。

お手紙拝見しまして、どんなにうれしく思いましたでしょう。本当におめでとうございます。陰ながら、あなたの御幸福をお祈り申し上げます。でも、当日はいろいろ都合が悪うございまして参りかねます。どうぞ、おゆるし下さいませ。

桂子より

照子さまへ

照子は、寿美子の手紙の中の『びっくりしましたのよ』と云う言葉を読んだとき、『そんなに早く外《ほか》の人と結婚して』と云う意味にとれて、思わず胸が、ぎくりとした。だが、桂子の手紙を見たときはこの人には案内を出さない方が、却ってよかったと思うと、急に悲しくなって、胸がせまって来た。

結婚式が、真近く迫って来たある日、望月が、照子の所へひょっくり来た。結婚式まで会わずにいることが、どうにも待ち遠しい、恋人らしい焦躁だった。だが、照子には望月の来た意志がひょっとすると自分の容子《ようす》を索《さぐ》りに来たのではないかしらと思った。自分が、藤木の霊と別れることを、悲しんでいるかどうかを嗅《か》ぎつけに来たように思われてならなかった。それは、いくらか照子のひがみであったとは云え。もっとも、照子は自分がどんなに藤木を愛していたとしても望月が自分を愛してくれるに相違ないとは思っていた。だが、それはそれとして、望月とて照子の容子を知りたいのに違いなかった。

「今日は、僕貴女《あなた》にお別れに来たのですよ。」

「あらまあ。なぜ。」照子は、望月の笑っている顔を見て心配はしなかったが、それでも少し、あわてて訊いた。

「もうこれで、長沼照子さんとはお別れしなければなりませんからね。」

「まあ。なぜ?」

「でも、そうじゃありませんか。もう三四日すれば、貴女は望月照子になってしまうのでしょう。」そう云うと、望月は照子の手を取って、甲の上に接吻した。照子は、真赤になって手をひっこめようとしたが、望月は容易に彼女の手を離さなかった。

「どうか今日は、僕と遊んで下さいませんか。」照子は、赧くなって笑っていた。

「この四五日、ちっとも落ち着かないんですよ。そわそわして。昨日も、役所の階段から転げましてね。」

「おほほほ、まあ。」

「やっぱり落ち着かないからですよ。」

「お役所の方が、お忙しいからじゃございません？」

「いいえ。この頃の役所での僕の用と云えば、友人に冷やかされたとき、どんな返答をするかと云うことですよ。ああ、それからまだありました。階段の上り下りを気をつけることですよ。」

「ほっ、ほっ、ほっ。」と、照子は笑いくずれた。

「いや、僕は本当にこんな感情は、初めてなんですよ。会う人ごとに、冷やかされているようで、何も知らない電車の車掌に見られても、ほっと顔を赧くするほどですよ。」

「まあ、御冗談ばっかりおっしゃって。まあお茶でも召し上れな。」

照子の心には、こんなとき藤木信一郎の鼻が、どんな恰好をしていたかさえ忘れていた。


妾こそ……


望月と照子との結婚式は、二月の初旬、いよいよ日比谷大神宮で行われた。大神宮の控所には式の三十分前に双方の親戚一同が並んでいた。

やがて、神官がおもむろに、一同を神前に案内して着席させると、祝詞《のりと》を奏した。それが終ると、媒酌人が新夫婦、望月と照子とに代って、誓詞を神前に朗読した。次ぎに望月と照子とは誓いのために神に向って礼拝した。杯《さかずき》が、二人の間に廻された。

照子が我に返ったように、ホッとしたときは、二人が写真を撮られてしまったときだった。ここでの結婚式が了《おわ》ると、二人はすぐ工業倶楽部の披露のレセプションへ行かねばならなかった。

二人が、自動車に乗ったとき、望月は照子の耳許でささやいた。

照子は、黙って厚化粧のこわばった唇を笑わせた。

「さあ！　ちょっと。」と、云うと望月は照子の左手をさぐって、指輪をさした。

照子は指輪をさされた手のやり場がないように、しばらくもじもじさせていたが、

「では、どうぞ。」

と、望月にうながされたので、手をおろおろさせながら、実家から自分の指に入れて来た指輪を望月の指にはめ直すと、彼女はうつむいてしまった。

工業倶楽部では、二人は両親や仲人夫婦と金屏風《きんびょうぶ》を後ろに立ち並んで、招待した多くの人々を迎えた。

照子の眸《ひとみ》は妙に視力が薄弱になって、ともすれば知人の顔さえ見忘れていた。だが、多くのお客の中に、寿美子が彼女の良人《おっと》とつれ立って、しずかに這入って来たときには、彼女は自分が花嫁であることを忘れて、

「まあ！」と、声をかけたいくらいだった。だが、寿美子は物なれた容子《ようす》にとりすまして、

「しばらく、おめでとうございます。」と、挨拶すると、さすがにまたなつかしい微笑を交した。寿美子は、何か話したそうだったが、後から次ぎ次ぎに来る客を見ると、「また、いずれ。」と云ったまま、会場に当てられたホールへ這入ってしまった。学生時代よりは色がかがやくように白くなり、一段と美しくなったように思われた。つれだっていた夫も、照子の眼には立派に見え、誰が見ても羨ましく見える若夫婦だった。


披露会が済むとその夕方二人はすぐ新婚旅行の旅に上った。

沼津から、蒲郡、宇治山田、京都、奈良と云う予定だった。

汽車が、東京駅のプラットフォームを滑り出したとき、二人は初めて二人ぎりの世界へ這入った。

「これで、やっとのびのびしましたね。」望月は、照子の耳にささやいた。

だが、照子はまだのびのびとしてはいなかった。自分が、処女でないことが発見されはしないかと思うと、新枕《にいまくら》の夜が彼女には恐しい試煉《しれん》だった。それが、一刻一刻身をしめるように迫って来ているのだった。

「どうぞ、明日の太陽を幸福に見られますように。」彼女は、心の底でそう念じていた。

「沼津と云う所は、僕は初めてですよ。だが、××館と云う宿屋はいいでしょうかね。」

「どうでございますかね。でも、芳沢さんが保証なさるのですから、きっといいのでございましょう。」芳沢と云うのは、仲人になってくれた外務省の高官だった。

「新婚第一夜を不愉快な宿屋なんかに泊りたくはありませんね。」照子は、宿屋の心配だけをしている良人が羨ましかった。ああ新婚第一夜、それが照子の頭上に落ちかかっている大きな剣だった。

「僕は何だか、大きい富籤《とみくじ》を引き当てたような気がしているのですよ。僕は何だか幸運、そのもののような気がして仕方がないんですよ。」

照子も、決して今度の結婚は不運ではない。考えようによっては、願ってもない幸運に違いなかった。だけど……

「一つ、家でも、建てますかね。尤《もっと》も僕はあまりその方に趣味はないんですが、あなたは何か特別な趣味をお持ちですか。」

「いいえ。」

「尤も、家を建てたとて、長くはいられないかも知れませんがね。でも、新しい自分の家に住むことはわるくはありませんね。」

「ええ左様でございますわね。」

照子は、怖しさと不安とのために、良人のすべての言葉が針のように胸に、つきささって来る。良人の傍《そば》に坐っている胸苦しさを少しの間でも逃れようと思って、顔を直す風をして、洗面所へ立って行った。そして、鏡に向ってひとり自分の顔を見ていると、急に自分の後ろから藤木の顔がのぞいているようにゾッとした。彼女は、びっくりして後ろをふりむいた。が、そんな筈のないことを思うと、また強いて落ちついて崩れた化粧の跡をつくっていた。すると、また彼女の頭に、いまわしい記憶が浮んで来た。

鏡の中の彼女の顔は、彼女を見つめながら、『お前は断じて処女ではないんだ。お前はウソをついている。』と、連呼しているように思われた。

照子は、恐しさのために、すぐ席に戻って来たが、もうそれからは前よりも、もっと落ち着けなくなって来た。列車の下の車輪の滑る音さえも、あのテスの歌を歌っているような気持がした。

何んで似合うぞ
その裲襠《うちかけ》が
男こさえた嫁じゃもの

照子の顔は、だんだん憂鬱になって来た。それが、激しくなると、彼女はハンカチを顔に当てて心の中で祈り出した。

「どうぞ、妾《わたし》の罪をおゆるし下さい。黙って来たのがわるいのでございます。でも、妾はそんなことは死んでも云えないことです。どうぞ、今夜が無事に過ぎますように。」

「ねむいのですか。」良人は、やさしく訊いた。

「いいえ。」と、彼女は答えたが、顔からハンカチを取ることが出来なかった。涙に顔がぬれていたので。

だが、今こうしていては、良人の心にどんな翳を投げかけないとも分らなかった。で、彼女は、ハンカチを取ると、かすかに流れて来る微風に吹かれるような顔をして、窓の外を眺めていた。

望月は、照子の隠そうとしてもかくし切れぬ悲しみを見て取った。が、彼は彼女の悲しみを、処女の日と別れる今宵を悲しんでいるのに、相違ないと思った。それ故《ゆえ》、彼は慰めることが出来ず、こう云うときには思うさま泣かせて置くべきが至当だと思った。

汽車は、国府津《こうづ》を過ぎ、富士をめぐる箱根の山麓《さんろく》にさしかかっていた。照子は、一切の過去のことが、投げ捨てられた石のように、その行方が分らなくなればいいと祈っていた。

『妾《わたし》の裲襠《うちかけ》はよく似合っていてよ。まあ、見て御覧！　妾は美しい花嫁よ。』

照子は、そんなことを自分の運命に云ってやりたいような捨鉢的な気が起って来た。彼女は、最近の苦痛のために、高貴な心が失われて、ヒステリカルになりがちだった。

沼津へ汽車が着いたとき、夜は八時を廻っていた。旅館の者は、玄関へ並んで出迎えた。

二人は、離れへ案内された。次ぎの間のついた十畳の広間は、木の香が匂うほど、真新しくそれでいて落ち着いていた。

「これは、上等だ。いい部屋だ。なるほど……夜があけたら、きっと景色がいいだろう。」

望月は、部屋がすっかり気に入ったらしく、硝子《ガラス》窓から夜の海の景色を見ながら、感嘆していた。

望月が、先に湯に這入ることになった。照子は、居間に残って望月の洋服を畳みながら、次ぎに来るべき夜の進行を考えた。すると、彼女の胸は、不安と怖れとで一杯になって来た。欣《よろこ》びが、ときどき頭をもたげようとしても、すぐ怖しい不安でぬりつぶされた。

『ああ、あの時の藤木の腕の代りに、望月の……』

彼女は、月のない海上を硝子戸ごしに見ながら、いつまでも茫然としていた。

望月が、湯から上って来ると、照子が代って這入った。照子は望月の親切な態度や、幸福な容子を考えれば考えるほど胸の中で秘密の暗い塊が重々しくなって来た。今から、このような悩ましさでは、行先とても忍べそうにないのを感じたが、しかしこの夜さえとにかく済んだならばと、それだけをただ一つの心だのみにした。

そんなことを考えていると、浴場の明りとりの窓の向うから、何かのぞいているような気がし、それが死んだ藤木の顔に見えるような気がしたので、彼女は湯から飛び立つように上って、化粧もろくにはしないで、着物を着た。

部屋へ帰って来た照子の顔を見ると、

「どうしたんです。顔色がわるいですね。気持がわるいのじゃありませんか。」と云った。

「そう。でも何ともありませんの。」と、云って照子は誤魔《ごま》かした。

夕飯が了《おわ》ると、望月はのびやかに、脇息《きょうそく》に、もたれながら話し出した。

「今夜は、ゆっくりこれからの夫婦生活の規則でも作りましょうか。」

照子は、むろん異存がないと云うようにだまっていた。

「二人だけの間の法律ですね。僕は、フランスや日本の夫婦生活を見て、いつも思いましたが、夫婦と云うものは、結婚したとき、二人で二人の間の法律を作って置くべきだと思いましたね。初めはそんなものは必要がなくても、だんだん必要なときが来るものですよ。だが、必要なときになって、作るのではお互にわがままを云ってなかなか作られませんよ。だから、二人が一番純に愛し合っているとき、結婚当初の一番神聖なときにならどんなことだって作って置かれますからね。例えば、将来、僕が他の女を愛しようとした……まあ、そんなことは絶対にありませんが、例えばですよ、そんな場合には僕があなたからどんな制裁を受けるか……」と云いさして、望月は急に真面目になって居ずまいを正した。

「ああ、そうそう。やっぱり、貴女《あなた》にすっかり、打ちあけてお赦しを受けて置いた方がいい。その方が、どれだけいいかもしれない。ね。照子さん、僕はあなたにゆるしていただきたいことが一つあるのですよ。」幸福にかがやいていた望月の顔が急に緊張した。

「照子さん。僕は童貞ではないのですよ。」照子は、胸に釘を打たれるような衝撃《ショック》を受けた。

「どうも、外交官として長くあっちに行っていると止《や》むを得ないことです。向うにいると女友達《アミイ》を持つことは、誰もやることとですからね。と云って僕はそのために、自分が犯した罪を免れようと云う気は、ちっともないのです。だから、男らしく白状して、あなたのおゆるしを求めるのです。」

望月の白状は、照子の心の暗いかたまりを、鋭い洋刀《メス》で、ぐいと突き立てることだった。彼女は、身体がふるえて良人の顔を仰ぎ見ることとさえ出来なかった。

望月は、照子がいつまでも、だまっているのを見ると、自分の告白が思ったよりも照子を傷つけたのだと思って、狼狽しながら云った。

「貴女《あなた》は僕をゆるして下さるでしょうね。」

「ええ。」彼女は、低くうなずいた。

「ほんとうですか。僕としては、仕方がないことだったのです。どうぞ、これだけはゆるして下さい。おねがいです。」

望月が、そう云い了るか了らないうちに、照子の目から、涙がはらはらと流れて来た。

望月は驚いて照子の肩に手をかけた。

「堪忍して下さい。そんなに貴女に泣かれては、僕はたまりません。これだけはどうぞ。」

望月は、頭を下げた。

「いいえ。そうじゃ、ございませんの。妾《わたし》、妾。」そう云うかと思うと、照子は顔を畳の上につっぷせて、泣き出した。

「どうなすったんです。照子さん。照子さん。僕は、あなたにそんなに泣かれちゃ……」

望月は、照子の肩に手をやって、抱き起そうとした。照子は、ふと打ちあけるのなら、今だと思った。こんなやさしい望月だもの、きっとゆるしてくれるに違いないと思った。

「どうぞ、許して下さい。妾《わたし》こそ悪うございました。妾こそ、貴方《あなた》にだまっておりました。」

望月は、ハッと照子の肩から手をはなした。

「ええっ！　何ですって、何をだまっていらしったのです。」

「あの、わ……た……し、……」

照子は、口には出せないで泣きしきった。

望月の顔色は、見る見るうちに、蒼ざめ出した。

「藤木君とですか。」

照子はかすかにうなずいた。

望月は、照子の傍から、身を退《ひ》くと慄えながら、呆然とだまってしまった。

それから、三十分ばかり、怖しい沈黙がつづいた。

「私達は、もうこれ以上旅行する必要はありませんね。」と、望月は喘《あえ》ぐように一言云った。

彼は、照子の返事も待たずに、荷物を手早くまとめた。それから、脱いであった洋服を着はじめた。

照子は、それがどう云う意味かよく分った。だが、彼女は良人に詫びようと云う気はしなかった。それは、詫びて許さるべくあまりに大きい科《とが》であることを知っていたからであった。彼女は、もう咄嗟《とっさ》に、すべてをあきらめていた。これが、自分の本当の運命なのだ。先刻《さっき》までのは、運命の印刷工のちょっとした誤植だったのだった……。彼女は深い悲しみの中で、却って不思議に落ち着いていた。ただ、望月には限りなくすまないと思っていた……。

彼女は、良人に見真似て着物を着た。

女中が呼ばれた。

「東京行きの汽車は、まだあるだろうね。」

「ございますけれども、十二時過ぎでございますよ。」

「十二時過ぎと云えば何時です。」

「一時五分でございます。」

「じゃ、それで立ちますから。」

「それまでに、よっぽどございますから、お床を取りましょうか。」

「いや、それには及ばない。その時間に、車の用意をして置いて下さい。」

女中は、不思議そうな顔をして去った。二人は、また黙々として坐りつづけていた。照子も、妙に泣けなかった。泣くにはあまりに、心がはりつめていた。

二人は、深夜の沼津の駅から、東京行きの汽車に乗った。二人は、苦痛の塊のように押しだまって一言も言葉を交えなかった。

二人が、東京へ着いたときは、あたたかそうな早春の朝だった。照子は、望月の後から、しょんぼり歩いた。二人が、降車口の出口に来たとき、照子は初めて口を開いた。

「妾《わたし》、これから妾の家へ帰りましょうか。」

望月は、しばらくだまって、うつむいていたが、低くうめくように、一言云った。

「今は、一《ひと》まずそうして下さいませんか。」

照子は、黙礼すると、彼女自身のスーツケースだけを赤帽にもたせて、タクシーの乗場へ歩いた。

望月も、タクシーを呼ぶために手を挙げた。二台のタクシーは、警笛を鳴らしながら、別々の方向へ走り出した。

望月は、自動車に揺られながら、自分が運転手に、どこへ行けと命じたのかと考えた。だが、今はどこでもよい、行き着く所へ行くだけだと思っていた。

車は、大きい建物の間を、時々突如として輝く街道を横ぎって走った。望月は、それがどこを走っているのか分らなかった。頭の中が、朦朧《もうろう》としてよろめいているようだった。だが、一哩《マイル》と走らないうちに、照子が、傍にいない寂しさを、激しい飢えのように感じて来た。自分は、照子に対して、どんなにでも強く出られると思っていた。だが、強く出られたのは、照子が傍にいてくれたからだった。照子が、傍にいるために、安心して冷然と構えておれたことに気がついた。照子の傍にいるおかげで、照子に威張っておれたことに気がついた。照子が居なくなると、彼には男の意地も、矜持《きょうじ》も威厳も何もなくなっているのに気がついた。処女の照子が、大事なのではなく、照子と云う人間そのものが、彼にとって必要であることが、しみじみと分り出した。照子が、たとい千人の男に肌をゆるしていたにしろ、ぜひとも自分の傍にいてくれないと、寂しくてたまらないことに気がついた。

「おい、原宿へやってくれ!」

彼は、急に運転手に命じた。

自動車は、方向を変えた。原宿は、むろん照子の実家である。

「おい! 急ぐのだ。」

「はい。」

望月は、急変して行く大事件を食い止めようとする人のように、無我夢中になっていら立った。

「おい、もっと急げ、もっと急げ。もっと。」

「これで、もう二十哩《マイル》以上出ているのですよ。」

「礼は、いくらでも出すぞ。」

「はい。これで、二十六、七哩《マイル》です。」

「もっと。もっと。」

望月が、照子の実家へ着いたとき、先に帰っている筈《はず》の照子は、まだだった。

「どうしたのでございます。」照子の母は、色を易《か》えて訊いた。

望月は、だまっていた。

「照子は、どうしたんでございますか。」

「ほんとうに、まだ帰って来ませんか。」

「ええ。」

望月は、応接室の卓子《テーブル》に、うつぶしながら言葉が出なかった。

「じゃ、照子は帰ることになっていたのでございますか。一体どうしたのでございます。」

「どうぞ、しばらく訊かないで下さい。照子さんが、帰ってくれれば何でもないんですから。」

「でも。」

「しばらく、このままにさせておいて下さい。すぐ帰って来るでしょうから。ほんとうに、何でもないのです。」

照子の母は、一大事が湧いたのをすぐ感じて、暗い顔をしたまま、だまった。

どちらも、しばらく何事も云わなかった。

「何だか、あの子はすすまないようなところも、ございましたのです。何か間違いでもございましたのでしょうか。」

彼女の母は、おろおろふるえていた。

「もうしばらく待って下さい。照子さんは、帰って来ない筈はありません。」

望月は、そう力づよく云った。だが、もう、いつの間にか昼近くになっていた。新婚の当夜に夫からあんな目に合わされた照子が、オメオメと帰って来られるだろうか。女性として、あんな恐しい侮辱があるだろうか。彼女が、あれほどの侮辱を受けて、父母や兄妹のところへ帰って来られるだろうか、そう思うと、望月は、愕然として、まぼろしの中に、血まみれになって鉄道線路に横《よこた》わっている照子の姿が浮んで来た。

『いけない！　取り返しのつかないことをした！』

そう思うと、彼は照子の母の前で、蒼白《まっさお》になって、ガタガタ顫《ふる》え出した。

「どこで、あれとお別れになったのですか。」

「東京駅で。」

「此方《こちら》へ帰ると申していましたか。」

見ましょう。」

「もしかすると、親類へでも寄っているのでございましょうか。それとなく電話で訊ねて

照子の母は、そう云って奥へ電話をかけに這入った。今度出て来たときは、前よりもっと蒼白《まっさお》な色に変っていた。

「どこへも参っていないようでございます。」

夕暮が来、夜が来ても、夜が更けても照子はとうとう帰って来なかった。

かすかなれど愛を

寿美子は、良人《おっと》が怒って出て行った後で、ひとり毛布を被って眠ろうとした。が良人の出て行くとき放った捨台辞《すてぜりふ》が、妙に胸につかえてならなかった。

『俺にだって、女ぐらいあらあ。』

実際良人の云ったように、彼には隠している女がないとは云えないと、彼女は思った。それが、どう云う女か、一度は考えようとしていたが、終いにはそれも自分が興味半分で、考えようとしているのだと思うと、馬鹿らしくなって来た。

『いずれロクな女じゃないんだわ。せいぜいあって、カフェの女給か、芸妓《げいしゃ》ぐらいのもの

よ。定《き》まっているわ。』

寿美子は、『ふふん』とひとり、毛布の中で笑った。

『あの人があんな事を云うのなら、妾《わたし》だって前川さんのことを、おっかなびっくりで思わなくってもいいわ。もっと、公然と思ってあげるわ。競争してやるわ。負けるもんか。』

そう思ったものの、さて良人が今頃女とどんな事をしているだろうと想像すると、ちょっと寿美子も眠れなかった。いつの間にか、妻らしいやきもちが、ホンの少しではあるが、彼女の胸にもきざしているのだろうか。彼女は、自棄《やけ》に前川のことを頭に浮べようとして骨を折った。

『前川さんは、上野公園の桜の花の咲きかけた下で、妾《わたし》の肩をそっとお抱きになって、そうして、そうして……』と、彼女は考えて行くと、彼女は急に溜息をし始めた。

『だって、だって、あの方には奥さんがお在りになるんだもの。どんなに思ったって、何にもなりはしない。でも、あの時もっと、二人が積極的に進んでいたら……でも、そんな乱暴は出来なかったわ。だけど、良人は誰と今頃……少し口惜《くや》しいわねえ。』

彼女は、寝衣《ねまき》の襟をかみしめて、寝がえりを打った。香水の香が、ぷんと漂った。

『妾《わたし》、男に生れたかったわ。男に生れて来たら、こんなつまらない結婚生活なんか……』

そこまで、考えて来たときに、不意に部屋の扉《ドア》が開いた。ハッとして寿美子は扉《ドア》の方を見ると、そこに今さき出て行った筈の良人が、苦い顔をして立っていた。

　寿美子は、それを一目見るとくるりと良人の方に背を向けた。良人は、しずかに帽子を取って外套を脱ぐと椅子に腰かけて、煙草をひとり吸いはじめた。だが、どちらもそのまま黙っていた。

　窓に半分垂れ下った窓掩い《ブラインド》の下から、月がひややかに光っていた。

「ああ。今夜は、ええお月さんや。」

　良人は、しばらくしてから呟いた。

「なぜ、帰っていらしったの。」

　初めて寿美子は云い放った。

「帰って悪いかい。」と、良人は云った。

「悪い！　悪い！　出ていらっしゃい！」と、彼女は云った。

「俺は、お月さんを見に行ったんや。」

「嘘おっしゃい！　妾《わたし》、ちゃんとこの窓から見ていたのよ、自動車に乗ってお月さまは見えないわ。」

「阿房《あほ》かいな。」

「もうよくってよ。どんな事でもなさるといいわ。妾《わたし》、あなたがそんな事をして下さると、胸がせいせいするわ。もっと、これからもして頂戴！　遠慮なんか、なさらなくともいいことよ。妾は、ちっとも介意《かま》わなくってよ。なぜ、今頃帰っていらしったの。まさか、とぼけてここを待合と間違えて這入《はい》ったんじゃないでしょうね。」

「阿房云うな。俺は、そんな所へ行くものか。ただ、ぶらぶらして来ただけじゃないか。」

「そんな説明は沢山だわ。さあ、早く出て行って頂戴、そしてその女の方のところで宿《と》まって来るといいわ。」

「俺に女なんて、あるものか。」

「嘘、おっしゃい。出て行くとき何とおっしゃったの。」

「つい腹が立ったので、あんなことを云うたんや。」

「まだ、そんな白ばくれたこと、云っていらっしゃるの？」

「ふむ。俺は、お前のような人間やないわ。俺は一ぺんこの女が家内だと思うたら、コソコソ阿房《あほ》なことはせんわ。」

「それで、どうだとおっしゃるの。」

「まだ俺の云うことが分らんか。」

「あなたの云うことなんか、あまり注意して聴いていないことよ。」

寿美子は、腹立たしさに思うさま、良人に当りちらすようにしていた。が、事実はなぜともなく良人が今までよりも愛らしくなって来た。彼女はそれが嬉しかった。しかし、嬉しければ嬉しいだけ、彼女の毒舌は鋭くなった。こんなに、やきもちらしい口をきくのは結局良人を愛し始めているからだ。と寿美子は思った。だが一度、良人を愛したい。長い間、自分はまだ一度も、良人を愛したことがない。この機会だ、せめて、この欣《よろこ》ばしい感情の起った機会に良人に優しく尽してみたい。そう思った寿美子は、やにわに寝台の上に起き上った。彼女の眼からは、急に涙が流れて来た。

「あなた!」と、彼女は良人を睨《にら》んで云った。今の彼女は、良人を恨むと云うことで、良人を愛するのが一番適当だった。

良人は、妻の興奮したいつもにない強い眼を見ると、たじたじとした。

寿美子は、良人の胸さきを摑《つかま》えて、揺《ゆす》り出した。

「さあ! 仰《おっ》しゃい。どこへいらっしゃったのか。妾白《わたし》状しなければ承知しないことよ。妾をほったらかして、どこへ行っていらしったの。人が、心配して待っているのも知らないで。」

良人は攻めたてられながらも、妻の真剣な怒りから、彼女の愛を感じ、胸がときめいて来るのだった。

「俺は、どこへも行きやせんよ。」

寿美子は、狼狽している良人の胸へ、しなだれるように頭をつけた。

「あなた、あなた、もうどこへもいらっしちゃいやよ。」

「行くもんか。俺にどこへ行くところがあるもんか。でも、お前俺のことを、そんなに心配してくれたんか。」

そう良人が云ううちに、はや彼の両腕は寿美子の背中に廻った。

寿美子は、良人の腕の中で、静かにしていたが、この瞬間の欣ばしさも間もなく、なくなって、また前のように生甲斐《いきがい》のない生活がつづくのだと思った。それを思うと、彼女の欣ばしさは切ない悲しみに変って来た。せめて、今のこの欣ばしさを出来るだけ、持ち堪《こた》えたい、それは彼女にとって、生活に対するかすかな希望だった。彼女はなるたけ、今の気持を自分の肉体からとり逃さないように気をつけて、静かに顔を上げると優しく良人に云った。

「ね。もうおやすみなさいな。今夜は、妾《わたし》ほんとうに嬉しいの。あなたがね、妾にやさしくして下さるのが、本当にありがたくなりましたわ。でも妾。」

そう寿美子は、云いながら、良人の上衣《うわぎ》のボタンをいじっていたが、そのまま黙ってしまった。

「その次ぎは、何や。」と、良人は寿美子の云いかけて止めた言葉を催促した。

「妾《わたし》ね、あなたがお可哀そうで、仕方がないわ。」

「どうしてや。」

「でも、そうですわ。」

「そりゃ、そうや。お前は、俺をいじめてばかりいるものな。」

「ね、そうでしょう。妾《わたし》、それで出来るだけ、これからあなたにも、優しくし返そうと思っていますの。」

「何故、今頃そんなこと云い出したのや。」

「だって妾《わたし》、妾ね。またどんなにあなたを虐《いじ》め出すか知れないと、そんな気がするんですもの。」

「何のことや。俺は、もうお前に虐められるのには、馴れてるで、虐めたいときはいじめてもええわ。」

「御免なさいな。でも、あなたがそんなことをおっしゃると、妾《わたし》何だか頼りないわ。」

「俺はな、お前を貰うまで、人からいじめられたことは、あらへんのや。だが、お前を貰《もろ》うたのは俺から貰うたのや。俺から貰うといて、気に入らんから去《い》ねなんて、そなこと云えんわ。」

「じゃ、貴君《あなた》は妾《わたし》が、お嫌いになっているのを、辛抱していらっしゃるの。」

「阿房《あほ》、第一嫌いなら、こんなこと阿房らしゅうて云えんやないか。」

「おほほ。」寿美子は、可笑《おか》しくなって笑った。

「俺は、こう見えてもお前の旦那や。お前が俺を阿房にしていること、ちゃんと知っている。何ぼ、阿房にしていても、お前はやっぱり俺のもんや。ああ、もううるそうなった。寝よ、ねえ。」

良人は、そう云うと上衣をぬいで、西洋箪笥の上へ抛《ほう》り上げた。

深夜の客

××ホテルの、寿美子の生活は、年をこした。前川と同じ、東京にいることだけでも、寿美子は、何となく頼もしかった。春の芝居を見ることだけでも、退屈をまぬかれた。良人《おっと》にも馴れたので、不愉快を感ずることが少くなった。だが、このままに林健一の妻として、だんだん年を取るのかと思うと、寿美子は限りなく淋しかった。

照子の結婚式に、久しぶりになつかしい友を見た。そして、いつかの女学校時代の約束をふと思い出した。そしてだれが、だれが結婚生活の報告などするものか、こんな馬鹿馬鹿しい生活の報告など、どうして出来るものか、寿美子は、そう考えた。

照子の結婚式に行ったあくる晩、寿美子と良人とが、寝ようとして、それぞれ自分の寝台に落ち着いたときであった。二人の部屋のドアをノックするものがあった。

「どなた?」と、寿美子は訊いた。

「お休みでございますの?」

「どなたですか。」

寿美子は、起き上ろうともせず、今頃失礼なと云わぬばかりの顔をして、ドアの方を眺めていた。

「妾《わたし》よ。寿美子さん、長沼よ。」

「まあ！　照子さん！」

寿美子は、そう云うと、しどけない長襦袢《ながじゅばん》のままで飛び起きた。

「すぐ開けますわ。今ねたばかりなの。」

寿美子は、そう云いながら、羽織だけを、ひっかけて、ドアを開けた。廊下には、青ざめた照子が、ひとりしょんぼりとして立っていた。

「まあ、照子さん。ほんもの？　幽霊じゃないんでしょう。」

「ほんとに、今頃失礼して。すみませんわ。」と照子は云った。

「さあ。お這入りなさい。どうなすったの。今頃、突然いらしっては失礼よ。」

寿美子の、道化《どうけ》た云い方にも拘らず、照子はただ淋しい笑いを浮べただけだった。

「何をしていらっしゃるの。さアお這入りなさいよ。」

「でも、いいんですの。御主人はお休みなんでしょう？　ちょっと、ホールまで来て下さらない？」

寿美子は、それには答えず、だまって照子の手を取って、部屋へ引き入れた。寝たばかりの林健一は、何事が起ったかと云うように、半身を寝台の上へ起したまま、きょとんとして二人の容子《ようす》を眺めていた。

寿美子は、良人を見ると、「まあ、あなた何て恰好していらっしゃるの。それは。」と、

云うと照子の方へ振り返り、

「これが、妾《わたし》のディア・ハズバンドなの、勇敢な顔をしてるでしょう。あなた、」と、また彼女は良人に向いて、「この方は、妾《わたし》の学校時代のお友達よ。長沼照子さんって、おっしゃるの。」

「あ、そうですか、僕は林健一です。どうぞよろしく。おい寿美子、俺の着物をとってくれ！」

「いいの。あなたは、しばらく毛布の中へすっこんでいらっしゃい！」そう云いながら、寿美子は照子に椅子をすすめた。

「でも、変な方ね、あなたは。」と、云いざま、彼女は不審そうに、照子の顔を、眉をひそめて、じっと見た。

「お気の毒ですわね。突然、伺って御免なさいね。」

「御免じゃありませんわ。どうなすったの、お顔の色って、なくってよ。妾《わたし》ほんとうに、幽霊かと思ってよ。」

照子は、部屋の中をしばらく眺め廻してから、「ここは三階ですのね。ほんとうに、美しいお部屋ね。」

「照子さん！」

「ええ！」

「ええって、あなたどうも変よ。」

「この間は、お手紙ありがとう。妾《わたし》お返事書こうと思ったんですけど。」

「貴女《あなた》は、お気がたしかなんですか。」

「どうして？」と、照子はまた淋しそうに、ほほえんだ。

「いけないわ。どこかお悪いんじゃないの。」

「いいえ。どこも、悪くはないの。」

「白状なさい。今幾時だと思っていらっしゃるの。もう、十一時過ぎよ。」

「そう？」

「望月さんも、ここへとまっていらっしゃる？」

照子はかすかに頭を振った。

「まあ！」

寿美子は、あきれ返ったと云う顔をして照子の顔から足先まで、じろじろと見詰めた。その落ちつき払った照子の青ざめた姿は、一種の凄《すご》さを持って寿美子の胸に迫って来た。寿美子は、今ハッキリと照子の結婚式が、昨日だったことを思うと、照子の身に、ただならぬ出来ごとが、湧き起っていることに、気がついた。

「貴女《あなた》、どうなすったの。昨日の今日じゃないの？」

寿美子が、そう訊ねると、急に照子は泣き出した。寿美子は、おどろいて照子の両手を

握ると、

「御免なさいね。でも照子さん。おっしゃって頂戴！　何があったのでしょう。ね、ね。」

と照子の顔を覗《のぞ》き込んだ。

照子は、流れる涙を拭こうともせず、ただ黙っているだけだった。寿美子は、気がいらいらして来ると、良人に、

「貴方！　ちょっと、今夜はこの部屋を開けて下さいな。妾《わたし》、照子さんとここで寝たいんですから。」

「うむ。よしよし。ちゃんとしてあげてくれ。」と、林は云うと寝台から降りてスリッパを突ッかけた。

「いいんでございます。どうぞ、そのままにして下さいまし。そんなことをなさると、妾《わたし》ほんとうに……」と、照子は云った。

「いや、すぐ別の部屋を用意させますから。」

「まあ。そんなにして頂いては。」

「いえ。どうぞ。」

林は、そのまま扉《ドア》の外に出て行った。

「さあ。照子さん話して頂戴、かくさないで。妾《わたし》、貴女《あなた》のためなら、何でもしてよ。ね、一体どうなすったの？」

「妾《わたし》、こんなに遅く来て、御主人に、お気の毒ね。」

「そんな事なんか、訊いていないわ。どうなすったの、昨日結婚なすったばかりだのに。」

「ええ。」

「どうなすったのさ。」

「妾《わたし》、あれから望月と旅行に行ったの。」

「そして、今帰っていらしったの？」

「ううむ。今朝。」

「まあ、お早いのね。」

「沼津までしか行かないのですもの。沼津の旅館へ落ちついてから妾《わたし》初めて藤木とのことを云ったの。」

「御主人は、藤木さんのことを御存じじゃなかったの。」

「ううむ。知っていましたとも。だって、望月は巴里《パリー》で、藤木と一緒に大使館にいたのですもの。藤木が亡くなるとき、藤木の日記をことづかって、妾《わたし》の所へ持って来てくれたのですもの。」

「まあ。そう。」

「それで、妾《わたし》初めて望月と知り合いになったのよ。」

「じゃ、藤木さんのことは、百も承知の筈《はず》じゃないの。」

「ええ知っている段じゃないわ。それに、望月にも藤木のことがあるからと云って、幾度もお断りしたのだわ。」

そう云って、照子はしばらくだまって考えていた。

「それからどうなすって！」

「あんまり、熱心におっしゃるものだから。藤木には、何もかも捧げてあるのですと云ったの。」

「なるほど。それで。」

「それでも、望月は、僕と貴女が、結婚すれば、藤木君だって、貴女が外《ほか》の男と結婚するよりは、欣《よろこ》んでくれるだろうと云いますの。」

「まあ。」

「それで、妾《わたし》とうとう独身の決心を捨ててしまったの。だって、妾、苦しくて仕様がなかったんですもの。それに、望月が万事僕に引き受けさせてくれと云うんですもの。」

「それで結婚しちゃったわけなのね。それじゃ、万事おめでたい訳じゃないの。」

「ううむ。昨夕《ゆうべ》、沼津へ行って……妾《わたし》、はずかしいわ。」

「そんなところで、切っちゃいやよ。それで。」

「あちらで、いろいろ話していると、望月が、僕は本当は童貞ではないが、それだけは許してくれと云うんでしょう。」

「まあ。」

「だから、妾《わたし》ギョッとしましたの……」

「まあ。それで、貴女お腹をお立てになったの。男ってみんな、そうよ。白状するだけ、望月さんはいい方《ほう》だわ。」

「まあ。そんなことで、妾《わたし》だって腹は立てないわ。」

「そう。じゃなぜ？」

「だって、だって……」

「おっしゃいよ。おっしゃいよ。ハッキリおっしゃらなければ駄目よ。」

「でも、でも、妾《わたし》も……」

照子は、顔を赧《あか》くした。

「貴女も、どうなすったの！」

「いやな、寿美子さん！」

「あらまあ、そう！」と、寿美子は駭《おどろ》いたように、眼をみはったが、すぐ笑い出した。

「おほほほほほほ。でも、当然だわ。藤木さんとなら、いいわ。」

「もう。そのこと仰しゃっちゃ、いや。」

「おほほほほ、それで。」

「妾《わたし》、それをハッキリと云って置くのだったわね。でも、妾、何もかも捧げたと云ったし、知っていて下さると思ったのよ。それにそんなこと、ハッキリとは云えないし。」

「そんなこと、ちょっと云えないわねえ。」

「妾《わたし》、そのことは承知していて下さると思ったのよ。尤《もっと》も、そのことが一番恐《こわ》かったけれど。」

「じゃ、望月さんが童貞でないと云ったので、貴女もたまらなくなって、そのことを白状しちゃったの。」

「そう。」

「貴女も、望月さんもあまり正直すぎるから、いけないのよ。妾《わたし》だったら、白ばくれているわ。」

「まあ。」

「そしたら、どうなすって？」

「そしたら、望月は真蒼《まっさお》になってしまって、荷物をまとめ出すのでしょう。」

「まあ、それは、少しひどいわねえ。」

「妾《わたし》も、仕方なく荷物をまとめたの。そしたら、僕達はもうこれ以上、旅行をし続ける必要はありませんと云うの。」

「あら。にくらしい！」

「すぐ、それから二人で東京へ引き返してしまったの。東京へ着くまで、一口も話さないの。東京へ着いてから、妾《わたし》『実家へ帰りましょうか』と云ったの。」

「まあ。」

「すると、とにかく今はそうしてくれと云いましたの。だから、そのまま別れて来たの。」

「まあ！　ひどい人！」

「でも妾《わたし》、実家へは帰れないわ。親類へも帰れないわ。」

照子は、おろおろ泣き出した。

寿美子の眼は、きらきら輝いた。

「失敬な！」彼女は、叫ぶように一言云った。

「妾《わたし》、朝から日比谷公園や宮城の前を、うろうろしていたの。よっぽどどこかへ行って、死のうと思ったの。それでも、ふと貴女のことを思い出したの。貴女の所よりか行くところがないんですもの。でも貴女に一目逢ってから死ぬつもりだったのよ。」

そこまで云って来ると、照子は両手を顔に当てて泣き出した。

寿美子は、照子の両肩を抱きかかえて、泣き出した。

「嬉しいわ。よく来て下さったわ。ありがとうよ。ね、安心していて下さいね。妾《わたし》、きっとよくしてあげるわ。貴女のために、どんなことでもしてよ。大丈夫よ。安心していらっしゃい！　望月さんて、本当に人を馬鹿にしているわ。ね、安心して妾にお委《まか》せなさいね。明日、望月さんに会って、うんと云ってやるわ。ほんとうに、貴女を間接に殺すことだわ。

自分だって、同じことじゃないの。そんなひどいやり方って、ないわ。誰だって、腹が立つわ。ね、今晩は妾と一緒に休みましょうね。」

そう寿美子が云っているとき、林がぬっと顔を出した。

「おい？　二階の百二十六号にいるよ。」

「ええ、どこでもよくってよ。」と寿美子は云った。

林は、またドアを閉めると、眠そうに足をひきずって、ひとりごそごそと廊下を遠ざかって行った。

不思議な夫婦

その翌朝、照子が眼をさますと、寿美子は、ぴったりくっつけてある傍《そば》の寝台で、まだよく寝ていた。カーテンの下から、日の光がさし込んで、自分の枕許まで明るかった。照子は、寝たまま昨晩のことをちょっと考えて見たが、もう昨夜感じたような悲しさは、感じられなかった。それより、久しぶりで自分の友達と一つの部屋で寝られたことが、楽しかった。彼女は、明るい気持で、傍の寝台に眠っている寿美子の顔を眺めていた。

『まあ、何て楽しそうな顔でしょう。でも、これで寿美子さんにも、やはり苦労があるんだわ。きっと。どこか、やつれたような気がするわ。でも寿美子さんはお利口だから、妾《わたし》のような馬鹿な羽目には、這入《はい》らないのよ。この人は、いつでもちゃんと、自分で自分の道を開いて行く人なんだわ。妾なんかと、どこか違ってしっかりしているわ。でも、御主人をあんなにきめつけておかしい人だわ。御主人が不満だから、あんなにきめつけるのかしら。』

そんなことを考えながら、半身を起して、窓から下の街路を眺めて見た。高いビルディングとビルディングの間の道を、荷馬車や自動車が駈けていた。

『まあ。勇《いさま》しそうだこと。あれがほんとうの生活の姿かしら。イキイキした現実に比べると、妾《わたし》の悲しみなんか何でもないんだわ。』

まもなく、朝の光線が寿美子の顔にさしかかった。彼女は、眼をまぶしそうにしばたたいていたが、やがてパッチリあけると照子を見てほほえんだ。

「まあ。お早いのねえ。昨晩、ねむれて？」

「ええ。ここから、下を見ると、勇しくなるわね。」

「そうよ。時々飛び降りたくなるわ。」

「まあ。」

「もう幾時かしら。」

「八時過ぎよ。」

「あら。じゃ、もっと寝坊をするのだったわ。」

「いつも、そんなに遅いの。」

「昼餐時《ランチタイム》より先に起きたことなし。」

「まあ。」

「もう少し、寝ていない。」

「でも、こんなに明るいのに。御主人に叱られますよ。」

「おほほほ、あの人は起さないで置くと、一時まで寝てよ。」そう云いながら、寿美子は床の上へ起き上ると、眩《まぶ》しそうに窓の方へ顔を出した。

「御主人を、ほったらかして置いてもいいの。」

「ええ。気が向かないと、三日ぐらい、ほっとくのよ。でも起きて見ると、早く起きたことを感謝したいわねえ。もう一度寝よと云われたら、喧嘩してよ。」と、云いながら寿美子が窓を明けると、朝の冷たい空気がひやりと顔に当って来た。

「コーヒを飲みましょうか。こうして、貴女と居ると、何だか気が浮き浮きして、ダンスでもやりたくなるわ。」

「妾《わたし》もよ。あなたと居ると、何もかも忘れてしまってよ。」

「唱歌を歌いたいわねえ。……歌いましょうか。」

「でも叱られなくって！」

「そうね。今頃歌うと、隣室へ気の毒だわ。じゃ、コーヒ飲みましょうね。」

寿美子は、ボーイを呼んでコーヒを命じ、それから二人は浴室へ這入って、顔を洗ってちょっと化粧していると、湯気の立つコーヒが運ばれた。

二人は、向い合って窓の傍で、コーヒを飲み始めた。寿美子は、自分の湯気の立つコーヒの中に、朝日のさし込んでいるのを見ると一層新鮮な気持がして欣《よろこ》んだ。

「妾《わたし》、貴女《あなた》とこうしているとどんなに嬉しいかしれないわ。いつまでも、こうしていたいわ。」

「でも、妾《わたし》がこんなにお邪魔していては御主人にすまないわ。」

「林のことなんかいいわ。いつまででも、ここにいらっしゃいね。でも。」と云うと寿美子は、急に言葉を変えて、「望月さんに妾《わたし》今日お会いする方がいいかしら。」

「いいのよ。もう、そんなこと、いいのよ。妾《わたし》帰りたくなんかないわ。もう、こりごりしたわ。それに結婚式はすんだけれども、まだ前と変りはないんですもの。いいのよ。そんなこと。」

「でも、失敬じゃありませんか、向うが。妾《わたし》、あなたに代って、うんと云ってやりたいわ。それにしても、今頃は向うできっと心配しているわ。もっと、だまっていて、心配させてやりたいわ。うんと、心配させて苦しめて、おやりなさいね。ね、そうなさいね。妾、今日望月さんのとこへ行ってもいいのよ。けれど、もう二三日だまっていた方がいいわ。その間二人で遊びましょうね。」

「でも、御迷惑だわねえ。」

「妾（わたし）に？」

「ええ。」

「まあ、こんなに嬉しいことないわ。それに望月さんを、やっつけるのは面白いわ。第一、自分のお友達が、こんなな目に逢っているのに、だまっていられないわ。ね、妾《わたし》に委《まか》せて下さいね。そして、ずっと妾の傍にいて下さいね。」

「でも、貴女の御主人にわるいわ。」

「また、始まった！　妾《わたし》の主人は、望月さんのように、邪険な気むずかしい方《ほう》じゃありませんよ。おほほほほほほ。」

寿美子は、笑いこけた。

照子は、学生時代から、よく寿美子の云いなり次第になった。寿美子の強い意志のままになっていた方が、いつでも落ち着いていられた。そのくせがついているので、寿美子に頼っているのが、今の場合一番安心だった。また、今ほど寿美子が頼もしく思われたことがなかった。

二時間ばかりすると、寿美子の良人が、這入って来た。

「あなた。」寿美子は良人に、向って云った。

「今日からしばらく妾《わたし》、照子さんとこのお部屋で、新しい生活をすることよ。」

「エライ決心やな。」

「理由は後でお話しするわ。今は、妾《わたし》の云う通りにして下さればいいの。」

「何のことや。二人で駈落《かけおち》でもするのかい。」

「まあいいから。貴方《あなた》はしばらく一人で、自由にぶらぶらしていればいいの。分って？」

「ありがたい。そんな役廻りなら、いつでも引き受ける。」

「まあ。」と云って、照子は気の毒そうに、顔をあからめた。

「一体何が始まるのや。」

「男に復讐するのよ。照子さんは、それはひどい目にお逢いなすったのよ。だから、妾《わたし》が代って復讐してあげるの。その復讐がすんだら、今度は照子さんに手伝って貰って、貴方に復讐するのよ。」

「阿房《あほ》なこと云え。俺こそお前に復讐したいわ。」

「おほほほほ。」寿美子は笑い出した。

「照子さん。僕の家内は、こう云う家内ですからね。貴女から、一つ主人を大切にするように云ってくれませんか。もう、どだい、寿美子にかかったら、僕の頭が上ったためしがないんですよ。」

「ほんとうに、御迷惑おかけしまして、何とも申訳がございません。」

「いや、ちっとも迷惑じゃありませんぜ。寿美子のお友達なら、僕は大歓迎ですぜ。だが、家内の奴が、時々無茶を云いますので。ちと、これはキ印に近いもんですから。」

「朝から、そんな失礼なことを云うものじゃなくってよ。照子さんが、本当になすったら、妾《わたし》本当に復讐してよ。」

「本当やないか。初めから、ハッキリ説明して置かんと、お客さんが困るがな。」

「ねえ。照子さん。妾《わたし》の主人は、こう云う人なのよ。妾の主人は、馬《バ》印なのよ。分って。」

「阿房云うな。」

「でも初めから説明して置かないと、お客さまがお困りになるわ。」

照子は、この不思議な夫婦の前で、口を抑えて笑い出した。でも彼女は結婚に失敗した自分の気持を、いたわって、寿美子は、わざと、彼女の良人をからかうのではないかと思った。

「お実家《うち》の方では、心配なさらない?」寿美子は、ふと気がついて云った。

「実家《うち》では、まだ何も知らないと思いますの。」

そう云ったが、照子は急に悲しくなって面《おもて》を伏せた。

階上の靴音

寿美子が麹町《こうじまち》三番町の望月の家を訪れたのは、照子が寿美子の所へ来てから、四日目の午後であった。

「御免下さいませ。」寿美子が玄関で云うと、声に応じてすぐ女中が出て来た。

「あの、望月敬三様は御在宅でございましょうか。」

「はい、いらっしゃいますが、先日から、お身体が悪いので、どなたにもお会いにならないようでございます。」と、女中は丁寧に手をつきながら云った。

『ははあ。苦しんでいるんだわね。いい気味だわ。』と、寿美子は思ったが、しかし今まで望月を苦しましたのは、照子ではなく、自分ではないかしらと思うと、少し気の毒になった。

「それでは、ちょっとお取次ぎだけして下さいませんでしょうか。こう云う者が、照子さまのことでぜひお目にかかりたいと申しているって。」と云って、彼女は林寿美子と云う名刺を出した。

女中は、すぐ引っこんで行った。『誰にも会わないなんて云っても、きっと今に出て来るわ。そしたら、もう一度油をしぼってあげてよ。』と思うと、彼女はこの面会が何となく面白くなって来た。

『そうよ。妾《わたし》は、今日思いきり喧嘩するのよ。まあ云って見れば、婦人争議の実行委員よ。』

すると、女中はすぐ引き返して来て、「どうぞ、お上り下さいませ。」とお辞儀をした。

寿美子は女中に導かれて応接室へ案内された。壁には、セザンヌの風景画がかかってい
た。彼女は、部屋の中を眺め廻しながらも、ここが照子さんの家になる筈《はず》かと思うと、そ
の本人よりも自分が先にこの家へ来ていると云うことが、何となくおかしかった。
彼女は、なおよく四辺《あたり》を見廻していると、背後の壁に肉附きのよい筆触でかいたフラン
ス語の文字の額がかかっていた。筆者は仏の大政治家ポアンカレーで、寿美子のわずかな
フランス語の知識でも読むことが出来た。

Quelque éprouvés que vous soyez, espérez.

『汝《なんじ》ら、いかに困難なりと雖《いえど》も希望せよ』と、彼女は訳した。望月と照子とを融和させる
についてのいろいろな困難が、浮んで来て皮肉な感じがした。しかし、よく考えてみると
この格言は、むしろ自分と前川との間にもっと、きっぱり合っているような気がした。望
月と照子とは、何だかすぐハッピー・エンドが来るような気がした。だが、自分と前川の
間にはあらゆる困難が、目を逆立《さかだ》てて控えているような気がした。でも希望していいのか
しら、この格言が、教えるように、いかに困難なりとも希望していいのかしら、……寿美
子が、そんな事を考えながら振り向くと、窶《やつ》れた青年紳士が、髪をバサバサにしたまま、
ドアのところに立っていた。
「僕が、望月敬三ですが、……」と、望月は寿美子の顔をじっと見詰めた。
「あの、妾《わたくし》、あの御結婚式のときに、ちょっとお目にかかりました林寿美子でございま

す。」

「はっ。はっ！」

望月は結婚式のことを云われて、ドギマギした。

「お見忘れでございますか。」

「いいえ。決して……まあ、どうぞおかけ下さい。」望月は、かなり狼狽しながら、寿美子に腕附椅子をすすめた。

「何か、照子の事について、お話がおありになるそうですが。」と、望月はもどかしそうに眉をしかめながら訊ねた。

「ええ。今日お邪魔に上りましたのは、照子さまの事をちょっとお訊ねに上りましたの。」

「照子のことと申しますと。」

「貴方様《あなた》は、照子さまを御離縁遊ばすお考えでございますか。」

「ええ、何ですって！」望月は、驚いて飛び立ちながら叫んだ。

「何だって、貴女《あなた》がそんなことを仰しゃるんですか。」

「申し上げたのが、お悪うございました。でも、東京駅で貴方は照子さまに何と仰しゃいましたの。」

「ええ！　じゃ貴女は、照子の居るところを御存じですね。」

望月の眸《ひとみ》は、興奮してかがやいた。

「何を仰しゃるんです。僕はこの四日と云うものは、血眼《ちまなこ》になってあれを探しているのです。」

「おほほほほ、そんな事を、貴方がお訊きになる権利がございますでしょうか。」

望月は、狂人のように叫んだ。

「どこです？　どこです？　照子はどこに居ますか。」

「ええ、存じております。」

「御勝手ですわ。」

「貴女は、僕に対してそんな冷静な態度をお採りになるのですか。」

「おほほほ。あなたの様な冷ややかな方にも、他人の冷ややかさが、お分りになりますの。氷には、どんな冷たい水が触っても暖いと思う筈ですわ。」

「常談《じょうだん》を仰しゃっちゃ困ります。僕はそんな冷淡な人間じゃありません。」

「おほほほ、それは妾《わたし》の申し誤りでございましたわ。ほんとうに、あなたは冷淡な方では、ございません。冷淡など云う言葉は適していませんでしたわ。貴君《あなた》は、残酷とか非道とか申した方が、もっとピッタリしたのでしたわねえ。」

望月は、カッとなった。

「あんまり、失礼なおっしゃり方ですね。」

「おほほほ。そうでしたかしら。でも、どんな事情が、ございましても、新婚のあくる朝、突き放すようなそんな非道な事があるでしょうか。そうして、突っぱなされた女は、どこへ参ればよろしいでしょうか。」

望月は、だまってうつむいた。寿美子は、照子の受けた恥や打撃を考えると、どんなにでも強く出られるような気がした。

「貴方《あなた》は、今四日間も血眼《ちまなこ》になって、照子さまをお探しになったと仰しゃいましたわねえ。貴方は、照子さまをどこにいるとお考えになりましたの。それが、聞かせていただきとうございますわ。あんな目に会った女性はどこへ行けばよろしいのでしょうか。」

「僕は、むろん実家へ帰ってくれることとばかり思っていました。」

「新婚のあくる朝に、良人に帰れと云われ、両親の所へオメオメと帰れるでしょうか、貴方さまは、そんなにまで女性の心持がお分りになりませんの。そんな方は女性と結婚遊ばすのは、およし遊ばしませ。おほほほほほ妾《わたくし》、婦人全体の名でお断りいたしますわ。」

「そんなにまで、僕をいじめなくてもいいじゃありませんか。僕は照子を帰して悪いと思ったから、照子を帰してすぐ後から照子の家へ自動車でかけつけたのです。だが、照子は帰っていないのです。」

「誰が帰ってなんかいるもんですか。じゃ、照子さんのお家でも照子さんの在《い》らっしゃらないことを御存じなのですね。」

「そうです。」

「それじゃ早く御通知して置けばよかったわ。お母さんは、御心配していらっしゃるわ、きっと。」

「お母さまだけじゃありませんよ。僕は、一晩だって眠れないのです。」

「おほほほほ貴方《あなた》にだってそんな心持がおありになるの！」

「常談云っちゃ困ります。照子は、僕の妻ですよ。」

「そんなことをよく仰しゃれますね。」

「林さん、どうぞそんなことを仰しゃらないで、僕を照子に会わして下さい。僕きっと照子にあやまって見せますよ。」

「自分が気に入らないと、突っ放《ばな》して置いて、またそんなに手軽におあやまりになろうなんて、貴方さまのわがままですわ。そう貴方さまの勝手ばかりにはなりませんわ。」

「あやまろうとするのが、僕のわがままですか？」

「そうでございますとも。」

「おやおや、貴女には僕の気持は分って貰えないんだなあ。」

「ええ、そうでございますわ。貴方のようなひどいことをなさる方の気持なんて、到底分りませんわ。」

望月の顔は、鉛のように蒼くなったまま、だまってしまった。

「じゃ、妾《わたくし》これで失礼させて頂きますわ。」と、寿美子は立ち上った。

「待って下さい。照子に僕を会わせて下さい！」

「いいえ、照子さんは、貴方と決してお会いになりません。ここへ妾《わたくし》が来ることにさえ、賛成しないのですもの、ただ妾の好意で照子さんが、生きていると云うことだけをお知らせに来たのですわ。じゃ御免下さいませ。」

「そんなことを云わずに、どうぞ照子と会わせて下さい。」

「いいえ、いけませんわ。」

「そんな、ひどい！　貴女が、いやだと仰しゃっても、僕は無理にでも貴女について行きます。」

「おほほほほ、いらっしゃい！　でも、妾《わたくし》は自動車を待たしてありますよ。」

「どうぞ、僕も乗せて下さい！」

「飛んでもない。妾《わたくし》、男の方と同乗など真平《まっぴら》ですわ。左様なら。」

寿美子が、ドアの方へ足を一足うごかしたときだった。ドアが、外から開くと、女中が顔を出した。

「あの前川さんが、いらっしゃいました。」

「前川？　二階へ通して置いてくれ！」と望月は、うるさそうに命じた。

寿美子は、前川と云う名を聞くと、ハッとした。勝ちほこっていた彼女は、少しタジタジとなった。まさか、前川ではあるまい、だが同じ法学士で、しかも前川は仏蘭西《フランス》法科で、望月はフランス大使館にいたとすると、……ドアへ向っていた彼女の足は、ついそこに釘づけになって、彼女は少し混乱した。望月は、いらいらしながら云った。

「ねえ。おねがいですから、照子にちょっとでもいいから会わして下さい！」

寿美子こそ、二階に上って行った前川と云う人に、ちょっと会いたいと思ったが、先刻《さっき》からの形勢では、強く望月を振り切って、この家を出て行かねばならなかった。

「照子さんがお会いになると云うかどうか、一度伺ってから、また参りますわ。それまで、お待ち下さいませ！」

「そんなことを仰しゃらないで、今連れて行って下さい！　御一緒に乗せて頂けないのなら、タクシーを呼びますから。」

「タクシーで、追いかけていらっしゃるの。でも、妾《わたくし》の自動車は、とても速力が出ますことよ。すぐ貴方の車をまいて上げますわ。おほほほほ。」

そう云い合っている時、ドアの前を二階へ行くらしい跫音《あしおと》がした。寿美子は、その前川を一目見ようと思ったので、ドアの方へ歩き出そうとすると、望月は寿美子の前に、つかつかと来て立ち塞《ふさ》がった。

「貴女は、僕をいじめに、いらっしゃったんですか。」

「いいえ、もう妾《わたくし》の役目のことを申し上げた筈でございますわ。」

彼女は、早くドアの外へ出て、ちょっとでもその前川と云う人の顔が見たかった。で望月を振り切って、心を飛ばしながら廊下へ出た。しかし、もうその時は訪問者の姿は、階段に消えて、階上にコツコツと云う靴の音が聞えただけだった。

喧嘩をしている望月に、『ちょっとお訊ねいたしますが、今いらしった前川と云う方は、前川俊一と云う方ですか。』とは、死んでも訊けなかった。

彼女は、心を残しながら、哀願する望月を、もう一度振り切って、門前に待たしてあった自動車に乗った。自動車の窓から、もしやと思って、階上を見たが、春浅い二階の窓には、青色のカーテンが重くたれ下っているだけだった。

東京帝国大学一覧

寿美子は、自動車に乗ると、運転手に、『原宿へ』と云った。照子の母が、照子の失踪を知っているとすると、一刻も早く照子の無事であることを告げねばならないと思った。だが、彼女の自動車が四谷見附《よつやみつけ》にさしかかった頃に、寿美子は先刻《さっき》の前川が、たまらなく気になり出した。もしかしたら、前川さんかも知れない。だって、法学士同志だもの、お友達でいて、決して不思議でないんだわと思った。彼女は、急にその真偽がたしかめたくなった。だが、望月にもう一度会って直接聴くより外《ほか》なかった。

『ああそうそう。東京帝国大学一覧と云う本がある筈《はず》だわ。いつか、古いのがパパの所にあったわ。あれの新しいのがあれば、きっと分るに違いないわ。』

そう、気がつくと、寿美子はすぐ神田へ行って、本屋を捜したくなった。照子さんのお母さんには悪いけれども、心配ついでに、もう一時間だけ心配をつづけていただけばいいんだわ。そう思って、彼女は自動車を引き返させた。

神保町で、車を止めて、寿美子は運転手に本屋を、二三軒捜させた。だがどこにも見当らなかった。ただ、一軒の店であれは丸善で発売している本だから、駿河台下《するがだいした》の丸善の支店に行けばきっとあるだろうと教えてくれた。

彼女は、すぐ駿河台下へ車を走らせた。そこで、東京帝国大学一覧を手に入れると、前川の凡《およ》その卒業年度の見当をつけて、名簿をくって見た。大正八年の法科卒業生の中に、すぐ前川俊一と云うなつかしい名を見つけた。その横を順次に目を走らせて行くと、「あら！」と、寿美子は雀躍《こおどり》した。確かに望月敬三と云う活字が並んでいる。

「じゃ、あの方とあの方と。まあ、どうしたと云うんでしょう。」

彼女は、急にうれしくなって、その名簿を閉じることが出来なかった。

『やっぱり、ポアンカレーの云う通りだわ。汝等、いかに困難なりとも希望せよだわ。だって、こんなことがあるんだもの。だって、照子さんのハズバンドのお友達が、前川さんなのだもの。望月さんだって、きっといい方よ。だって、前川さんのお友達だもの。そんなに薄情な方じゃないんだわ。ついカッとしたのよ。正直だから、ムカッ腹を立てたのよ。

ああそう、妾《わたし》どんなことがあっても、照子さんを元通りにしてあげるわ。だって、望月さんは、あんなに後悔していらっしゃるんだもの、雨降って、地固まるだわ。きっと幸福な家庭が出来てよ。』

寿美子は、そう考えて、自分の得手勝手に呆《あき》れた。

『まあ、なんて現金な人間だろう、妾《わたし》は。おほほ……ひどいわねえ』と、彼女は自分を嗤《わら》いながらも、今更のように、この新鮮な事実に胸の鼓動が高まって来た。トントンと階段を上って行った跫音が、再び耳に聞えて来た。

『妾《わたし》、これからもう一度、望月さんの所へ行こうかしら。でも、あんなに威張って帰って来たのだもの。……口惜《くや》しいわ。妾《わたし》馬鹿ね。』

彼女は、自動車の中で、ちっとも気持が落ち着かなかった。

『妾《わたし》、なぜこんなに、そわそわしているのかしら。おかしいわ。妾、どうしようて云うのかしら、妾あの方のことを、今でも思いつづけているのかしら。でも昨日も忘れていたわ。一昨日《おととい》も忘れていたわ。その前の日も。その前の日も。いややっぱりそうじゃないわ。ただ、あきらめていただけよ、だって、どうしても、大阪へ帰れないんだもの。あの方と、同じ土地にだけでもいたいんだもの。なぜ、あの方のことを思うと、こんなにぼんやりするんだろう。もう会っちゃいけないんだわ。そうよ妾、こんな事を、幾度考えただろう。ああそうそう、こんな事を考えている時じゃなかったわ。照子さんのお母さまに会って、照子さんの無事を知らせて上げねばいけないんだわ。』

寿美子は、呼吸《いき》を吹き返したように、しゃんとして、運転手に云った。

「先刻《さっき》云った原宿へね！」

ままごと

寿美子が、原宿の照子の家に着いたのは、夕方だった。彼女は、学生時代によく照子の家に遊びに行ったので、照子の母とは懇意であった。照子の母は、寿美子を応接間へ入れないで、懐しい人が来たように、茶の間へ通した。

「まあ、寿美子さん、随分お変りになりましたのね。すっかり、貴婦人ですわねえ。」

「まあ！　小母《おば》さん、そんなにおひやかしになっちゃいやですわ。」

「今、どこにいらっしゃいますの。」

「××ホテルにいますのよ。」

「御主人と。」

「もちろんだわ。小母さん。」

「まあ、これは失礼。」

「小母さん、妾《わたし》今日小母さんを、驚かせに来たのよ。照子さんは、妾の所にいるのよ。」

「まあ？　そう！」照子の母は、ぽっくり口を開けたまま寿美子を眺めていたが、見る見る青ざめた顔が、かがやき始めた。

「もっと、早くお知らせする筈だったんですが、ちっとも御存じないのかと思っていましたの。それで何も御存じないうちに、元通りにしようと思っていましたの。」

「まあ、いろいろどうも面倒かけましたわねえ。いつ伺いましたの、そちらへ。」

「その日にすぐですよ。」

「まあ、この四日と云うもの、まんじりともしなかったのですよ。まさか無分別なことはしまいとは思っていましたけれど、……」と云っているうちに、彼女の目尻《まなじり》からぽたぽたと泪が落ちた。

「ねえ、小母さん、もう、少しお預けして下さらない？」

「でも、御迷惑じゃ、ございません？」

「迷惑なものですか。二人とも大欣《おおよろこ》びだわ。毎日活動や芝居を見ていますのよ。昨日《きのう》は、武蔵野館へ行きましたのよ。照子さんの好きなジャック・カトランの『美《うるわ》しの王子』と云うのを見ましたの。」

「まあ、照子ものん気屋さんですわね。」と云いながら、彼女は娘が、そんなに不幸でないのを知ると、うれしくなって、ニコニコした。

寿美子は、ふともう夜になっているのに気がついた。

「妾《わたし》、小母さん、もうこれでお暇《いとま》しますわ。」

「まあ。およろしいじゃありませんか。それに、妾《わたし》を一緒に連れて行って下さらない？」

寿美子は、そう照子の母に云われると、ちょっと考えるように黙っていた。

「あのね小母さん、もうしばらく待って下さらない。でないと。」寿美子は、口に手をあてて、また考えた。

「実はね、照子さんは、妾《わたし》がここへ来たのを、御存じないのよ。照子さんは、望月さんがここへ来たのも御存じないのよ。お家へはまだ何も分ってないものと思っていらっしゃるのよ。だから小母さんも、知らない風をしていて下さらない？小母さんがこんなに心配していらっしゃるのを聴いたら、また照子さんが、どんなにお苦しみになるか分らないわ。照子さんはお家へは知れてないと思うから、まだお苦しみが少いのよ。ねえ、今に妾《わたし》が元の通りにしますわ。望月さんも、あんなに後悔していらっしゃるんですもの。きっとよくなりますわ。そしたら、お家へは永久に知れなかったことにして下さらない？ねえ小母さん！」

照子の母は、自分の娘をいたわってくれる寿美子の利発な心づかいに泣かされて、顔も上げることが出来なかった。

「ねえ、今度のことは、妾《わたし》と照子さんとのままごとにして、置いて下さらない。妾、きっとままごとのまま了《おわ》らせてしまうわ、ねえ小母さん、妾にまかして下さらない。」

照子の母は、うつむきながら、いくたびもうなずいた。

希望する人々

照子は、その日寿美子が出て行ってしまった後、一人になると、そっと日比谷公園を散歩して銀座へ出て、三枝《さえぐさ》で手袋を買ってホテルへ帰って来た。帰ってからも寿美子は容易に帰って来なかった。望月との会見の様子が気になるので、じっと部屋に落ちついてはいられなかった。一人バルコンへ出て暮れ行く市街《まち》の空を眺めていた。建ち並んだ家々の灯には、うすもやがかかっていて、華やかな電気広告は生き物のように明滅した。

照子は、石の欄干《らんかん》に手をついて、ぼんやりしていると、だんだん世離れのした悲しさを感じて来た。

『あの遠い空のどこかに藤木さんは、いらっしゃるのよ。きっと、あのあたりだわ。妾《わたし》も、死んでいる方がよかったわ。そうしたら、今頃は藤木さんと一しょに、笑っていてよ。こんな目に逢うのは、きっとあの方の罰だわ。』

照子は、いつともなく涙をながしながら、そんな空想に耽《ふけ》っていた。今は、彼女にとって、藤木の方が望月よりはるかに、恋しかった。

そのとき、照子は靴音をきいて、後ろを振り返った。すると、若い一人の外国人が笑い

ながら、彼女の方へ近よって来た。そして、馴々《なれなれ》しく、

「夕方、ここ、よろしいですね。」と、日本語で話しかけた。

「ええ。」と云ったまま、照子はだまっていた。

「あなた今日銀座へいらっしゃいましたか。」と訊ねた。

「ええ？」と、云って照子は外人の顔を見上げた。照子は、どうしてそんなことを知っているだろうと、昼間の印象をたどって見たが、彼女はこんな外人の顔なんか、どうしても思い出すことが出来なかった。

「あなた三枝へお這入《はい》りになったでしょう。」

「ええ。」

照子は、外人の態度にある馴々しさを感じていやだったが、相手が外国人であるので、ぶしつけに去るのも、悪いと思ったので、じっとしていた。

「私、あのとき貴女《あなた》の傍《そば》にいました。」

「まあ、妾《わたし》、存じませんでした。」

すると、その外人はポケットから、名刺を出して彼女に渡した。その名刺には、Guido Almirante と書いてあった。英人や、米人の名前とは違っていた。

「私は二階の二百八番にいます。お遊びにおいでなさい！　一しょに、お茶のみましょう。あなた日本人には、ちっとも見えませんね。私の妹が、あなたと大変よく似ています。あ

なたに会った時、妹に逢ったように可愛く思いました。」と、外人はベラベラ喋りつづけた。照子は、相手が話しているとき、場をはずすわけにも行かないので、そのまま聴いていた。

「私は、日本に六年ばかりいます。妹恋しいのです。妹手紙よくよこします。まだ、あなたほど、妹に似た人を見たことありません。いつから、このホテルにいらっしゃいます。」

「三四日前から。」

「はあ、はあ、では、どうぞ、お遊びにおいで下さい。」

照子は、藤木の日記にも、自分の写真がスペイン人に似ているとあったのを思い出し、ふとなつかしい気がして話をしているとき、照子は廊下から、バルコンへ急いで来る人影が、眼についた。すると、その人影は、

「照子さん！」と、いきなり呼んだ。それは寿美子だった。

「はい！」と、照子は返事をすると、外人にちょっと会釈して寿美子の方へ走り寄った。

「今お帰りになったの？　随分御ゆっくりね。」と照子は云った。

「何して、いらっしゃったの、あんな所で？」

「何もしていないわ。」

「駄目よ。」

「どうして。」

「妾《わたし》、あなたを預かっているのよ。めったなことをしないで、頂戴な。」寿美子は、からかうように睨《にら》んで云った。

「まあ。ひどいわ。」

「本当に、仕様のない照子さんね。ちょっと油断していると、もうあんなことしていらっしゃるんですもの。」

「妾《わたし》どんなことして？」

「男の方と、話なんかするのなら、妾《わたし》の許可を得てからにして頂戴！」

「だって、知らない外国人が、向うから話しかけるのですもの。」

「そら、そうよ。貴女《あなた》から、話しかけるようだったら、おしまいだわ。」

「名刺までくれるのよ。」

「どれ。」寿美子は、それを手にして、廊下の電灯ですかしていたがぷっと吹き出した。

「これは、このホテルで札付《ふだつき》の不良外人よ。」

「まあ。」

「若い女だと見ると、誰にでも話しかけるのよ。そして、妹に似ていると云うのが、手よ。あなたも妹に似ている口じゃないの。」

「まあ、ひどいわ。」照子は真赤になった。

「いくら、外交官の奥さんだって、不良外人と交際するのは、およしなさいね。」

「誰が！」

「本当にくたびれたわ。お腹が空いたわ。」

「まだ、御飯召し上らないの。」

「あなたと一しょに食べたいと思ったものだから、今まで我慢したのよ。」

「あらそう。」

「あらそうって、あなた召し上がったの。」

「まあ！」

「じゃ、御飯たべながら、お話しましょうね。」と、寿美子は云って、照子の肩に手をかけると、二人はお転婆娘のように、ふざけながら階段を降りて行った。

食堂で寿美子は、パンを小さくむしりながら云った。

「望月さんて、いい方じゃないの。」照子は、黙っていた。

「一しょに、ついて行くと云って聴かなかったのよ。だから、ついて来るのならついておいでなさい！　でも、自動車にはのせませんよ。と云ってやったのよ。」

「まあ！」

「ひどい？と仰しゃるの。やっぱり、ついて来て貰いたかったの？」

「まあ！　すぐ、そうね。貴女にかかっちゃ敵はないわ。」

「どう？　決心がついて？」

「どうとは、どうなの?」

「望月さんの所へお帰りになるでしょう?」

「妾《わたし》、昨日も云ったように、こりごりしたわ。」

「じゃ、おいやなの。」

「ええ。」

「でも、たいへん悩んでいらっしゃってよ。」

「もう、妾《わたし》トラピストか一燈園《いっとうえん》へ行ってしまいたいの。」

「あなたのような人が、トラピストへ行ったら、支部をいくらこさえても足りないわ。」

「でも、妾《わたし》一生独身で暮したいわ。」

「本当のことをおっしゃいよ。そうでないと、妾《わたし》考えがあるんですから。」

「本当なのよ。」

「じゃ、妾《わたし》てきぱき片をつけてよ。」

「ええ、いいわ。」

「あなたは、嘘を云っていらっしゃるのよ。」と、寿美子は云った。二人はしばらくだまっていた。その間、寿美子は、今日聞いた前川の靴音を思い出していた。

「望月さんに、随分妾《わたし》、ひどいことを云ったのよ。いつか、貴女からよろしく云って置いて頂戴な。」

「いやよ。」と、云って照子はぷんとした。

「あんなに、妾《わたし》が云ったから、随分悲観していらっしゃるわ。でもいいわ。あすこの応接間の壁に、『汝等いかに困難なりと雖《いえど》も希望せよ』と云う額が、かかっているでしょう。御存じ？」

「いいえ。」

「その額の下で、あなたにあやまる事が、いかに困難であるかを云ってあげたのよ。でも大丈夫よ、いかに困難でも、あの方きっと希望して、いらっしってよ。」

「おほほほほ。」

「今笑っちゃ駄目よ。貴女も、希望なさいね。」と云いながらも、寿美子は自分もまた、かなり希望していることに、気がついた。

遊び心

桂子は、その後ずうっと、家にとじこもっていた。一足も戸外へ出ようとはしなかった。仲のよい寿美子や照子にさえ、あまり手紙を書かなかった。

しかし、一体彼女はこの長い人生を、この先どうして行くつもりか。それは、彼女ばかりではなく、彼女の両親も、彼女の親しい伯母達も等しく思いなやむことだった。

それに、桂子の身体は、日々夜々、別れた筈の守山の子供を成長させて行きつつあった。桂子の母は、娘の身体を見る度に、何か突然娘が、不自然な行為をして身体を殺しはしないかと、気遣った。もし幸いに、娘が子供を産み落せば、その後、自然に、事件が落着しそうな気持もした。ただ、現在では桂子の身体から新しい人間が湧き出すまで、誰も彼もが静かに動かずに待っているより、仕方がなかった。

秋が来て、冬が来て、そして年を越して春になった。桂子の腹部は、次第に大きく目立って来た。お腹の大きくなるのに比例して、彼女のヒステリーも進んで来た。

ある日、桂子の母が娘の居間へ這入《はい》って行くと、じっと桂子は母の顔を見詰め出した。すると間もなく桂子の眼から、涙がぽたぽたと流れて来た。

「どうしたの。」母は、そう云って桂子の前へ腰をおろした。

桂子は、急に手に持っていた婦人雑誌の頁《ページ》をびりびり引き裂き出した。

「どうしたの。」

「いや。」と桂子は一口言った。

「何が何だか分らないいね。」

と、母は云いながら、いずれ胎内の変化の故《せい》だと、推測しながら裂かれた紙片を拾っていた。その紙片には、「初産婦の心得」と云う記事が載っていた。

「妾《わたし》、今度のお産で、産褥《さんじょく》熱になりたいわ。」と、桂子はぼんやりした声で、呟《つぶや》くように云った。

「そんな馬鹿なことを云うものじゃありません。貴女《あなた》が、死んだら赤ちゃんはどうなるのです。」

「そうね。赤ちゃんを残すのは、可哀そうね。じゃ子癇《しかん》と云うのになろうかしら。二人とも死ねるでしょう。」

「常談《じょうだん》お云いでないよ。お前のことばかりで家の者が、みんな心配しているんだもの。お産さえ無事に済めば、何事もよくなって行くんだよ。」

「いやよ。お母さんの云うことなんか、当《あて》にならないわ。妾《わたし》を、こんな目に逢わせたのは、みんなお母さんよ。」

そう云われれば、いつも母は黙っているより仕方がなかった。彼女の母は、守山との縁談に、一番乗気になっていたからだ。

「ねえ、お母さん。早く守山の所から、妾《わたし》の籍をとって頂戴よ。妾、こんなことほったらかして置くの嫌よ。」

「だって、お前赤ちゃんが出来たら、どこへ籍を入れるの。」

「そんなこと、妾《わたし》知らないわ。」

「知らないでは、すみませんよ。あなたも、少しはみんなの事を考えねばなりませんよ。」

「みんなって、誰?」

「守山さんのことも、赤ちゃんのことも、お前自身のことも。」

「いや、まだ守山のことを考えなければいけないの。馬鹿にしてるわ。お母さんは、妾《わたし》が守山のために、どうなってもいいと云うの。いつでも、守山の味方ばかりするんだもの。よくってよ、よくってよ。」と、桂子はヒステリカルに泣き出した。

こうなれば、いつも手がつけられなくなるのが、例であった。

「だけど、お前、守山さんはいい方なんだよ。あんなことをなすったのは、一時の遊び心なんだよ。」

「遊び心なら、いいと云うの。いずれみんな遊び心よ。妾《わたし》と結婚したのだって遊び心よ。」

「でも、お前を貰ってから、あの人は少しも遊んだ模様がないじゃないの。」

「そうよ。だから、お母さまが、あの人と結婚なさるとよかったのよ。」

「常談をお云いでないよ。妾《わたし》は、みんなお前のためを思って云っているんだよ。」

「じゃ、早く妾《わたし》の籍を取り返して頂戴よ。」

「それを云い出すと、守山さんは手をついてあやまるんだよ。」

「うそよ。嘘よ。お母さまは、守山と共謀《ぐる》になっているのよ。」

「まあ。お前、そんなに守山が嫌いかえ。」

「嫌いよ。あんな色魔、誰が好くものですか。」

「だって、お前は好きだと云っていたこともあるじゃないの。」

「そんなことは昔のことよ。」

「昔だって、お前半年も経っていないじゃないか。」

「あんな目に逢っちゃ、一日前だって昔になってしまうわ。」

「でもお前、少しはお腹の子供のことも考えておやりなさい。」

「あちらへ行って頂戴な、妾《わたし》そんなこと聞きたくないの。」

「分らない子だね、お前は。」

「うるさいお母さん！」

「お前にも困ってしまうよ。」

「ありがたいわ。」

「ほんとうに、この子は何て強情なのだろう。前には、こんな子じゃなかったんだけど。」

母は、桂子の横顔をつくづく眺めながら、眉をひそめて立っていた。すると、桂子はまた激しく泣きだした。

妊婦の衛生

冬が過ぎて、梅が咲き出す頃になると、桂子は動くのも大儀そうになって来た。彼女は、終日籐椅子に腰かけたまま、やがて出来る子供の帽子や襯衣《シャツ》を編んでいた。彼女は、時々胎内の子を呪うような事もあった。この子さえいなければ、完全に守山から離れることが出来るのだと思うと、発作的に身体を柱へぶちつけたい衝動を感じた。だが、彼女はぴくぴく動く胎児の動作を感じると、俄然として祈りたくなるのが常だった。無論、桂子の心も、守山の上へ帰って行かないこともなかった。しかしいかに過ぎ去ったこととは云え、あの京都の女にした彼の悪徳を思うと、消えかかった腹立たしさが、猛然として燃え上って来るのであった。殊《こと》に、京都の女に生ました守山の子を考えると、彼女は生涯他の女に負かされつづけているような口惜《くや》しさを感じた。

彼女は、口惜しくなると、いつも爪を噛んでいた。あまり噛みすぎたため、爪の下の肉が、ヒリヒリ痛んだ。これは、彼女の受難が彼女に与えた新しい癖だった。

桂子の母は、娘の苦しい心事を推察するごとに、彼女が苦しみの結果流産せぬかと心配した。桂子が濃い茶やコーヒを飲みたがっても与えなかった。そら、山葵《わさび》はいけぬ、唐辛子は辛い、豚は脂肪分が多過ぎる、黒鯛は血を荒す、そう云う風に食物の注意は勿論《もちろん》、ちょっと桂子が背のびをしても『いけません』と注意をした。

「まず、お前何よりも安静が第一だよ。心配や苦労をしたら、子供が可哀相じゃないか。お腹に子供がいる時は、母親の心持一つでその子の一生涯の運命まで定《き》まるって云うんだからね。それから平穏。」

「安静と平穏とどう違うの。」桂子は皮肉を云うのである。

「それは違うよ。平穏と云うのは、お前自分の周囲が静かなことだよ。安静と云ったら、自分の心が静かなことさ。」

「むずかしいわねえ。」

「それから爽快。」

「お母さんは、どこでそんな難しい言葉を覚えていらっして。」

「そんなことは、どうでもいいんだよ。妾《わたし》はちゃんと本を読んで来たんだから、お前は妾の云うことを安心して聞いていればいいんだよ。」

「だって、妾《わたし》は死ねばいいと思っているのですもの。お母さんの云う正反対をするわ。安静平穏の反対は、不安動揺、爽快の反対は、陰鬱だわ。妾《わたし》なるべくそうなるわ。」

「お前は、そんな常談を云っていちゃ駄目ですよ。」

「ううん。常談じゃないわ。本当のことを云っているんだわ。」

　こんな風に、二人がなり出すと、二人の気持は無言のうちに守山の方へ流れて行った。そして母は周章《あわ》てて、話題を別のことに変えるのだった。しかし、二人の気持は、表面はどうあろうとも、所詮守山を離れることは出来なかった。どこまで行っても、桂子は守山の子を産むのであったから。

　桃の花が散り出すと、桜の蕾《つぼみ》がふくらんで来た。ある日、産婆が桂子の腹部を見て、もう間もないことを告げた。

家の中は、急に緊張し始めた。桂子の部屋の隅には、分娩用の品々が積まれ出した。産褥用の新しい蒲団や油紙と一緒に、アルコール、リゾール、ガーゼ、オレーフ油、脱脂綿、硼酸水《ほうさんすい》、それにイルリガートルや湯タンポなどが用意された。瀬戸をひいた楕円形の洋式盥《だらい》が、別室に運び込まれた。

桂子は、それらのものとは、無関心にいつも聖書を読んでいた。ふと、あるとき、馬太《マタイ》伝の頁《ページ》をあけると眼に映った句をよみあげた。

『わが名のために、この如き一人の嬰児《おさなご》を受くる者は、我を受くるなり、されど、われを信ずるこの小子《ちいさきもの》の一人を礙《つまず》かする者は、碾臼《ひきうす》をその頸《くび》にかけられ、海の深みに沈められん方《ほう》なお益なるべし、この世は禍《わざわい》なるかな、そは礙《つまず》かすることをすればなり。』

桂子は、読み終ると自分の身に、ひき比べて胸を突かれる思いがした。もし、自分の産む子に父が永久になかったら、自分は自分の子を、人生の最初から礙《つまず》かせるのと同然だと思った。

しかし、彼女はまた読みつづけて行くうちに、次ぎの句に逢った。

『それ母より生れ来る寺人《てらびと》あり、また人にせられたる寺人あり、また天国のために自らなれる寺人あり、これを受け納《い》ることを得るものは受け納るべし。』

桂子は、自分が正しいと思う行為のために、自分の子が生れながらにして父を離れると云うことは、天が与えたものだと解釈した。自分だけが、それに責任を持たなくてもいいのだと考えたりした。

いよいよ、桂子が陣痛を感じたのは、それから五日ほどした宵だった。桂子の母は、守山からいくどもいくども頼まれていたので、桂子には内証でそっと知らせた。守山は自動車で桂子の家へ駈けつけた。桂子の母は、まさか守山が来はしまいと思っていたので、守山の顔を見ると少し周章《あわ》てた。それでも彼女は、愛想よく彼を奥へ通した。そして桂子の産室とは一番遠い部屋へ座を設けてくれた。守山は、そこで、じっと待っていることが出来なかった。彼は桂子の母が居なくなると、すぐ自分もその後から部屋を出て、家人の混雑にまぎれ込んで、裏庭へ降りると桂子の部屋の外へ近づいた。

部屋の中からは、桂子の陣痛に苦しむ声が、五分隔《お》きぐらいに聞えて来た。守山は、庭の梅の木を握って、部屋の中の産婦のうめき声に呼吸を合せた。桂子の声は、時々苦しそうにぶつりと切れると、またつづいた。守山は桂子の声が、切れる度に梅の木にしがみついて我事のように呼吸を止めた。と、また苦しそうな呻《うめ》き声が、し始める。彼は桂子の苦しみを、感ずると、堪らなくなって庭の中を無茶苦茶に歩き廻った。庭石に躓《つまず》いて、つつじの株の中へ転がった。が、すぐ起き上ると、また産婦の声に耳をそばだてる。彼は全く庭の中の狂人のようだった。

「もう、しばらく。もう、しばらく。そう、そう。しっかりと。」

そんな産婆の声がすると、彼は下腹に力を入れて、ふん張った。彼は、桂子の姿を見ないでも桂子の苦しみを、ハッキリ感ずることが出来た。彼はいつの間にか全身に汗をかいていた。彼は部屋の中からの呻き声が、あまりに激しくなると、いつの間にか手を合して拝んでいた。精神的に桂子を苦しめている上に、肉体的にまでこんなに苦しめることはたまらないような気がした。彼は、桂子の今の苦しみが救えるのなら、片手ぐらいは失ってもいいような気がした。

やがて、桂子がハッとするようなひどい叫び声を上げたかと思うと、その桂子の叫び声を圧倒するような新しい声が部屋の中から、湧き出した。

急に部屋の中で、人影がちらつき出した。

『ああ、やってくれた。やってくれた。』

守山の眼からは、ボタボタと涙が流れた。彼は、自分が大きい重荷を下したように、踏石の上へ坐り込んだ。と、急に子供を一目見たくてたまらなくなった。しかし、赤子と自分との間を断ち切っているのは、ただ障子や壁だけではないのに気がついた。

『いや、俺の子だ。俺の子だ。他の誰の子であるものか。見せぬと云う法があるものか。俺は親父だ、親父はここにいる俺だ。』

彼は、いきり立って桂子の部屋へ近づこうとした。が、ふと彼は産婦のことを考えた。もし、今自分が赤子を見ようとして、家の中へ闖入《ちんにゅう》し、そのことが桂子に知れると、彼女が興奮して、どんな障害を産後の身に来《きた》すかも知れないと思うと、彼は足が竦《すく》んでしまったのだった。

するとき女中の声らしく、「お坊ちゃんですって。」と、叫んでいるのが聞えた。

守山は、闇の中で躍り上った。

「えらいぞ！　桂子、素敵だぞ。もうこれで、大丈夫だ！」

守山は、自分と桂子とをつなぐ、愛慾の絆が、太く逞《たくま》しくなったのに、全く安心した。

命名と入籍

桂子の産後の肥立《ひだち》は、そう悪い方ではなかった。しかし分娩のとき、思ったより、出血が多かったので、しばらくは医師から絶対安静を強いられた。看護婦は二人、一人は桂子に附きっきりで、一人は産室から離れた部屋で赤子に附いた。桂子は、一日に五六回授乳のとき、赤ん坊の顔を見た。

桂子は長い苦痛の後、初めて赤子の勇《いさま》しい泣き声を聞いたとき、俄然として全身が、その方へ牽《ひ》きつけられたのを感じた。どんな事情の下でも、母となることは女性にとって、生甲斐《いきがい》のある頼もしい生活であることをしみじみ感じた。だが、そうした心強い感じのすぐ後で、その反動であるかのように、逆に強い悲しみを感ずることが多かった。それは、赤ん坊の父が身近にいないと云う物足りなさだった。

この相反した二つの気持は、その後赤子の声を聞く度に、桂子の胸の奥底深く湧き起ってくる気持だった。しかし、桂子は一度だって、守山の名を口から出したことさえなかった。殊《こと》に彼女は自分が守山を求め出す時を、今か今かと見守りながら、待ちのぞんでいるらしい母の様子を嗅ぎつけると、なお反感を感じて、守山のもの字も口に出さなかった。

彼女の養生には、あらゆる注意が払われた。間もなく赤子は、彼女の傍《そば》で、寝せられるようになった。彼女は誰も居ないと、赤子を抱き上げて呟《つぶや》いた。

「まあ坊や、お前はお父さま、そっくりよ。綺麗だわ。とてもシャンよ。」そう云って頬ずりした。

桜が散って、若芽が黄ばみ出す頃になると、もう桂子は以前のように健康だった。

ある日、桂子の母は娘の傍へ来て話しかけた。

「ねえ、お前名前をハッキリ付けなければいけないよ。」

父親が、傍にいない子供は、仮に太郎と呼ばれていたのだ。

「守山さんは、義と云う字さえつけてくれれば、後の字は何でもいいと仰しゃるのよ。」

桂子は、だまっていた。彼女が産前の彼女だったら、

「真平だわ。義なんて、あんなお父さんには肖《あやか》らせたくないわ。」と、云うのだったが、今の彼女はだまっていた。

「義太郎とはどうだろう。お父さまは、それがいいと仰しゃるのよ。」

「嫌いだわ。義太郎なんて。」

「じゃ、お前何か考えがあって。」

　桂子は、自分としては守山の記憶を、すっかり消してしまいたくなった。だが、自分の傍にすやすやねている自分とは全く別な人格は、それについてどんな意見を持っているだろうか。成長した後、異議の申立をしはしないだろうか。色魔的な夫であっても、善良な父であり得ないことはない。『お父様の義をつけて貰いたかったな。』小学校へ這入《はい》ればもうそんなことを云うかも知れない。自分だけの感情で義の字を忌避するのは、母の越権であるかも知れない。

「どうせ、向うの家へ籍を入れるのだから、守山さんのおっしゃる通りにしなければいけないよ。」

「お母さんてば、まだ妾《わたし》の籍を取って下さらないの。向うの籍へ入れたら、守山に坊やを取られてしまうわ。」

「だから、よく聞きわけなければいけないのですよ。お前が守山から、離縁して坊やだけを手許へ置こうとしても、無理ですよ。」

「無理じゃないわ。当然だわ。」

「そんなことは、世間が許しませんよ。だって、坊やは守山の長男ですもの、大事な後取りですもの。」

「お母さんてば、守山と共謀《ぐる》になって、そんなことばかり仰しゃるのね。そんなことで、脅したって、駄目よ。妾《わたし》死んだって、守山の所へなぞ帰りやしないわ。」

「少しは、守山さんの心も考えてお上げなさいよ。お前のことを守山さんが、どんなに心配しているかも知らないで。」

「なぜ、お母さんは、そんなに守山の味方をするのかしら。あんなひどい目に会った家へ、帰れと云ったって、帰れるものですか。」

「そんなことは、みんな済んでしまったことじゃないの。これから先、イヤなことがあると云うんじゃないんだもの。お前、坊やが可愛くはないのかね。」

「妾《わたし》、坊やが可愛いわ。坊やが可愛いから外《ほか》の女の方が産んだ兄さんなんか持たせたくないの。」

母は、しばらく娘の顔をみつめたまま黙っていた。

「お前、守山がどんなにお前にあやまったか、お忘れでないだろうね。」

「ええ、知っているわ。」

「じゃ……」

「じゃ、どうしたの。……だって、あやまられたって、ちっとも嬉しくはないのですもの。あやまって、あんな罪が消えるものなら、誰だってあやまるわ。」

「お前、主人が誰でもあんなに女房にあやまられるとお思いかえ！」

「妾《わたし》、お母さん。守山と一緒にいたいのは、山々ですわ。だけど、それが……もう云わないわ。お母さんも云わないで下さいよ。妾いやですから。妾いやいや。」

桂子は、頭に痛みを感ずるように額に、手をあてながら、顔をしかめて頭を振った。母は子供が出来さえすれば、いいだろうと思っていた希望がスッカリ破られて、全く当惑した顔附《かおつき》をした。

「お前、守山さんがお前のお産の時、庭にかくれていて、お前と一しょに苦しんでいたのを知っているの。」と、母は云った。

すると、桂子はハッとするように、首を立て、母の顔をじっと見つめていたが、顔を外《そ》らして泣き出した。

「お母さん、あちらへ行って頂戴！　あちらへ。妾《わたし》お母さんがいや。妾《わたし》一人でいたいの。」

「ねえ、お前守山さんを赦してあげておくれ。お母さんが頼むから。」

「いや、いや。あちらへ行って。」

「どうしても駄目？」

「妾《わたし》、もう、ききたくないの。ねえ、後生ですから。」

母は、桂子の泣いている様子を見ると、ほのかな希望が見えたように、いつもより安心した顔をして、彼女の傍から遠ざかった。

桂子は、その後でまた急に泣き出した。彼女は、良人《おっと》を自分の心から、遠ざけようとすればするほど、自分がだんだん良人の傍近くへ引きつけられるのを感じた。その度に、彼女は頭を振って、最初の決心へ立ち返ろうともがいた。

受難の伴侶

桂子の、その後の日々は、自分の心の中へ近づいて来る守山を、押し除《の》けようとする争闘であったと云ってもよかった。その度に、彼女の心の中には、聖書の中の二つの反した言葉が浮んで来るのが例だった。

『それ人の子は亡びたる者を救わんために来《きた》れり、爾《なんじ》らいかに思うや、人もし百匹の羊あらんにその一匹迷わば、九十九を山に置き、ゆきて、迷いし一を尋ねざるか、もしたずねてこれに遇《あ》わば我まことに爾《なんじ》らに告げん、迷わざる九十九のものよりも、なおその一を喜ばん。』

しかし、彼女が守山を迷いし羊に比《たと》えようとすると、次ぎの言葉が浮んで来る。

『我なんじらに告げん、もし姦淫の故《ゆえ》ならで、その妻を出し、他の婦《めと》を娶る者は、姦淫を行うなり。』

事実、守山は何の罪なき京都の女を出して、桂子と結婚したのであった。桂子はそれを聖書の言葉に照して見ると、これ以上守山と同棲することは、絶えず守山に姦淫せられているのと同じだと思った。

　ある日、桂子は坊やを抱いて庭に佇《たたず》んでいた。まだ、子供には本当の名が、ついていず、届出もしてなかった。彼女は、梅の樹を見ていると梅太郎、梅雄、梅義などと、出まかせな名前が頭の中に浮んで来る。そのとき、

「お嬢さま。」と、女中が呼んだ。

「秋田と云う方が訪ねていらっしゃいました。」

「秋田さん！　男？　女？」

「女の方でございますよ。」

「初めての方なの。」

「何ですか、守山さんのお宅でお目にかかったことがあると、仰しゃっています。」桂子は、すぐあの人だと思った。

「そう。応接室へ通しておいてね。」

「ええ。」

「それから、すみやを呼んでね。」

　子供附きにやとったすみやに坊やを手渡すと、桂子はかなり興奮しながら、応接間へ這入っていった。銘仙の上に、錦紗の羽織を着た美しい婦人が、ふり返った。

「あら。」と、桂子が叫んだ。それは、桂子の感じた通り、守山の京都の女だった。彼女

は、なつかしそうに笑いながら、

「いつかは、まことに失礼いたしました。妾《わたし》の考えなしから、とんだ御迷惑をおかけしました。あのときのお蔭で、母子がどんなに助かったか分りませんでした。」

「まあ。ほんとうに、よくいらっしゃいましたわねえ。どうして、妾《わたし》がここにいることがお分りになって。」桂子も、何となくなつかしかった。

「それが奥さま、ほんとうに妾《わたし》何とおわび申し上げていいか分らないほど、困っていますの。奥さまは妾の不束《ふつつか》からとんだ事にお成り遊ばしたそうで。」

桂子は、そこまで聞くと、彼女が何しに来たのか分った。守山が彼女をあやつッているのではないかと思うと、ちょっと不愉快だった。

「いいえ。妾《わたし》なんか、自分で飛び出して来たのでございますよ。貴女《あなた》こそ、ほんとうに……」

「いいえ。妾《わたし》が、悪うございました。あんなふつつかなことさえ、申さなければ、こんなに御迷惑をかけはしないのに、とそればかりに胸を痛めているのでございます。」

「もう、そんなことはお互に申し上げないことに致しましょう。貴女も、御運が悪かったのでございましょうし、妾《わたし》もあきらめていますのよ。坊ちゃまは、どうなさいまして。」

「もう、スッカリ手を離れまして、今度も聞き分けて留守をすると申しますので……」

「まあ、それは結構でしたわねえ。失礼ですが、お見受けしますと、大変前よりも御元気のようでございますが。」

「ええ、お蔭さまで、やっと日向《ひなた》へ出たような気が致しているのでございます。これも、みんな奥さまのおかげだと思いまして、ほんとうに、東京の方へは足を向けて、寝たことがございませんの。」

「まあ、いやでございますわ。」

「それに、ついこの間守山さんから、たいへんお金を戴《いただ》きまして。それに奥さま、妾《わたし》今度縁談がございまして……」

「まあ、それはそれは、おめでとうございます。」

「それに、その方が子供を引き取って、ちゃんと嫡出子にして下さると、仰しゃいますの。それで少し年は違いますけれども、それが願ってもないことですから、妾欣《わたしよろこ》んで参ることにいたしましたの。」

女は、いつの間にか涙ぐんでいた。自分の産んだ子が、父無児《てなしご》でなくなる欣びが、その涙の中に溢れているのだった。

「まあ、それは……」と、云ったが桂子は、自分の子供のことが、胸に来て、素直に欣びを云うことが出来なかった。彼女が、子供を無理にでも私生子で無くするために、どんなに心を痛めていたかがハッキリ判った気がして、桂子は胸の底まで動かされた。自分も、どんなに守山を憤っていても、坊やを正当の両親の揃った立派な子供であらしめるため、目をつぶって守山の手に帰るべきかとさえ思った。

「お嫁にゆく前に、奥さまの所へお礼やらお詫びに上らないと、夜もおちおち寝られないような気がして参りましたの。」

「まあ！　でも、あなたにもいい御運が来て何よりでございますわ。」

「みんな奥さまのお蔭でございますわ。」

京都の女は、そう云うと手に持ったふくさの中から、京都の銀行で振り出したらしい小切手を出した。

「これは、失礼でございますが、あのときお借りしたものでございます。どうぞ、お受けとり下さいますよう……」

女はおそるおそる云った。

「まあ。」桂子は、あきれてそれを見ていたが、

「それは、守山からあなたに差し上げたお金ですか。」

「はい。」女は、そう云ってうつむいてしまった。

「妾《わたし》、返していただこうと思って、お貸ししたものではございませんの。」

「それは、もうよく存じておりますわ。ただ、妾《わたし》が、あまり心苦しゅうございますし、それに守山さんがほんとうに十分下さいましたものですから。」

桂子は、たとい物質的にでも、守山が彼女に償いをしたことが、嬉しかった。そして、

女が自分から物質上の負債を背負っていることが、どんなに心苦しいかを察すると、やはりこだわりなく受けとった方がいいと思ったので、

「大変お律儀でいらっしゃいますわねえ。じゃ、いただいて置きますわ。妾《わたし》も、これから一人でやって行かねばなりませんのですから。」

「まあ。御冗談でございますわ奥さま。一生のお願いでございますわ。どうぞ早く守山さんを赦して上げて下さいませ。妾《わたし》のことで、御夫婦のなかがいけなくなるようでしたら、妾ほんとうに生きてはいられませんわ。」女は、顔を真赤にして、心から哀願するように云った。

守山のことを云われると、桂子はすぐに返答が出来かねた。

「あのう、失礼ですが、それは守山があなたに、お願いしたのですか。」

「まあ！　守山さんは、一口もそんなこと仰しゃいません、あのう……」と、彼女は云いかけたが、もしや守山に頼まれたと云う方がいいのだろうかと思うと、彼女は迷って、一層顔を赧らめた。

桂子は、女の気持がすぐ判った。守山が、その京都の女を、あやつッてそれを云わせたのではないと云うことが、非常に桂子にはうれしかった。

「守山があなたにお願いしたのでなく、貴女がそう仰しゃって下さるのでしたら、妾《わたし》たいへん嬉しいのでございますけど。」

京都の女は急に、欣びの色が浮んで来た。

「ええ、それはお誓いしますわ。そんなことは、決しておっしゃいませんでした。ただお前にしたことが、どんなに悪いことだか、この頃つくづく判ったと、おっしゃってお金を沢山送って下さいましたのです。そのお手紙に、いろいろなことを、ざんげしてお在りになったので、奥さまと別居していらっしゃるのが判って、妾《わたし》すまないと思いまして、急いで参ったのでございます。どうぞ奥さま、守山さんの所へ帰っていただきとうございますわ。このままでは、死んでお詫びしても、しきれないと思いますわ。」女は、そう云うと、涙を流して泣き伏した。

桂子は、母のすすめる言葉などよりも、十倍ぐらい身にしみた。

「妾《わたし》、守山のことはこの頃、なるべく考えないことにしています。でも、貴女から、そう云われるといろいろ考えますわ。ほんとうにありがとう。」

「そう仰しゃって下さいますと、妾《わたし》もう穴へ這入りたいほどでございます。どうぞ、何もかもお赦し下さいませ。妾がいたらないためにとんだ御迷惑をおかけしました。」

桂子は、不思議になつかしさがこみ上げて来て、じっと彼女を抱きしめてやりたいような衝動を感じた。

一人の男の放埒《ほうらつ》は、裏と表に二重の受難者を生んでいるのだ。表の受難者は桂子で、裏の受難者は京都の女であった。罪もない受難者同志が、ともすれば仇敵のように恨み合う場合も多いが、桂子達の場合のように、同病相憐《あいあわれ》む受難の伴侶《とも》であることも多かった。彼女は、その晩発って帰ると云うのを、桂子は無理に自分の家へ宿《と》めた。翌朝、帰るとき、桂子は自分が三つ持っているダイヤ入りの指輪の一つを、無理に彼女の指に入れてやった。受難の伴侶《とも》だった彼女の未来の幸福を、心の裏《うち》で祈って止《や》まなかった。

親子三人

京都の女が、帰ってから、一ヶ月ばかり経った時である。次ぎのような一事件が起った。それは、晴れた初夏の日の午後である。桂子は赤ん坊をつれて、初めて外出した。すみやに赤ん坊をおんぶさせて、久し振りに三越へ買物に来たのである。

桂子は、最初に坊やのために、ネルの着物を買った。特別上等の乳母車《うばぐるま》を買った。まだ早いと思いながら玩具を二つ三つ買った。それから、女中を休憩室へ待たせて置いて、新柄を山のように積んで在る浴衣《ゆかた》地の売場の中へ這入《はい》って行った。

その時休憩室へ残っている女中の傍《そば》へ、一人の青年紳士が近寄って来た。彼は、女中が、背中から下して抱いている赤ん坊を、じっとみつめていたが、急に、

「ちょっと抱かせて下さい。」と云うと、彼女の返事も待たず、手を出し坊やを抱きとった。女中は、アッ気にとられたが、相手が立派な紳士なので、当惑そうな顔をしながら、

だまって見ていた。

桂子は、浴衣の山の中から、再び女中のいる休憩室へ戻って来た。すると瀟洒とした青年紳士が、彼女の坊やを高く上げたり下げたりしてあやしていた。

彼女は、近寄って後ろから礼を云おうとした。ふと、彼女はその紳士の横顔を見た。それは、半年以上会わない守山だった。彼女は立ち竦《すく》むように身を引いて、彼の後ろ姿を眺めていた。

女中は、桂子の姿を見ると、あわてて守山の手から、坊やを抱き取ろうとした。だが、守山は容易に渡さなかった。

「まあ、いいじゃありませんか、もっと、抱かせて下さいよ。ね、坊や、おお、そうか。もっと上げて貰いたいのか。おおそうか。」

坊やは、人見しりをしないで、ニコニコ笑っていた。守山は、食いつきたいように、その笑顔に見入っていた。

桂子は、急にせかれたように、涙が流れ出した。と、すぐ守山の傍へ近よると、

「あなた!」と云った。

紳士は、彼女の方へ振り返った。と、彼はしばらく桂子の顔を、見詰めていてから、何事も云わず黙礼した。頭を上げたとき、守山の眼からも涙が流れ出した。

「これ坊や。」と、桂子は云った。

「さあ。お母さんにお行き！」守山は云うと、赤子を彼女の方へ差し出した。

桂子は、子供を抱きとると、ニッコリして、

「あなた、おたっしゃですの。」と、訊いた。

守山は、言葉が出なかった。ただ彼はだまってうなずくと、一言、

「どうぞ。帰って来て下さい！」と、云った。

「ええ。」と桂子は云うと、また激しく涙が流れて来た。

時計の埃

桂子は、一旦家へ帰ってから出直すと云うのを、守山がどうしても離さないので、桂子も気を換えて、そのまま守山に寄り添って、三越からすぐ守山の家へ帰って来た。

二人は、どちらも、もう以前のことは一切云わないことにした。

桂子は、子供を抱いて、長らく空《から》にしておいた自分の部屋へ、這入って見た。見ると、部屋の中は何一つとして、前に自分のいたときと変っていなかった。

「あなた、毎日あなたはどの部屋にいらっしゃいましたの？」と、桂子は訊いた。

「この部屋にいたんだよ。」

「でも、妾《わたし》のいたときとちっとも変っておりませんのね。」

「そりゃ、あれから君の道具には、手をつけさせなかったのだ。」

「まあ、なぜ?」

「だって、君が帰って来たときに、気持がわるいと思ったからさ。」

「まあ、妾《わたし》の帰ること分っていたの。」

「分っていないさ。だが、帰らせずには置くものかと思っていたよ。」

「そう。妾《わたし》、剛情だった?」

「うん、こうなって見ると、お前の剛情がうれしいよ。これからお前には、ウカウカした
ことは出来ないと、つくづく思ったよ。」

「いや。そんなに警戒なさるのは、いやよ。」

「だって、電話で振り切ったり、跣足《はだし》でかけ出したりする剣幕たら、なかったよ。」

「まあ、恥しい! そんなこと、云いっこなしじゃなかったの?」

「じゃ、とにかく坊やをお貸しよ。」

守山は、桂子から赤子を受けると、柱鏡《はしらかがみ》に赤子と自分の顔とを映して見た。

「こりゃ、写真屋を一つ呼ぶかな。おい咲や、咲や。」女中が出て来ると、「おい写真屋を
呼んでおいで、すぐと云って。」

「はい。」と云って、女中が退くと、守山はまた鏡に顔を映しはじめた。

「うん。こりゃ俺と、大分似ているぞ。うん、そうか。坊やはね。」と云いかけたとき、

ふと彼は自分の子供の名前を知らないのに気がついた。

「何て云う名だね。」

「まだ名なんかありませんわ。」

「名無しか。」

「ええそう。」

「名無しの三太郎か。」

「いやな、お父さん。だって、お父さまのせいじゃないの。ねえ坊や、早く名前をつけて、区役所へ届けて下さいって。」

「じゃ、早速名をつけてやらないと工合がわるいね。」

「妾《わたし》、いろいろ考えたんですが、いい名が見つかりませんの。」

「桂子の桂でもとって、桂一とでもするか。」

「義のつく方が、ようございますわ。」

「いや義は嫌いだ。こんな親父に似ると困るからな。」桂子は、クスリと笑った。

「ちょっと坊やを持ってくれたまえ。」守山は、また赤子を桂子に渡すと、書斎から、漢和大字典を抱えて来て、めくり出した。

「鳳《ほう》はどうだい。鳳太郎、鳳介。」

「まあ、いやですわ。大阪では、阿房《あほう》のことをほ、う、す、けと云うのじゃないの。」

「守山鳳介君なんて、なかなか阿房でも馬鹿に出来ないと云うところがあっていいよ。」

「命と云う字は、いかが。」桂子は、字典をのぞき込みながら云った。

「守山命太郎か。ちょっと、お位牌のような気がするね。」

「じゃ剛《ごう》は？」

「剛、剛、剛！　汽車が通るようだな。」

「いやよ。おふざけになっちゃ。幡は？」

「そんなむずかしい字は、漢字制限ですぐ駄目になるよ。」

「相はどうかしら。」

「変っているな、守山相之介《そうのすけ》。行儀のいい名前だな。」

「そうね。相之介になさいませ。」

「相之介にするか。」

「品があっていいわ。」

「じゃ、そうしよう、相之介、こりゃ相之介君、守山相之介君、御機嫌はいかがです。」

と、守山は赤子の頬を指の先でつつき出した。

桂子は、ふと茶箪笥の上で、停っている置時計に気がついた。それは、寿美子と照子から贈られたもので、彼女の幸福を羨《うらや》んで、鳴っていた時計である。桂子は、立ち上るとその時計に置いている古い埃を、吹き払った。

「ねえ、あなたこの時計かけて置いてもいい。」

「うん、いいとも。」

桂子は、再び時計が停らぬようにと、時計の捩子《ねじ》を力をこめて巻いた。

電話の声

望月は、寿美子が照子の生きていることを告げて帰ったその日、前川と早々に別れると、すぐ照子の実家に駈けつけた。もし、照子が生きているなら、照子の母は当然娘の在所《ありか》を知っているに違いないと思ったからである。彼は彼女の母に会うと、いきなりその事を訊き始めた。

「今日、僕の所へ照子さんの友人だと云う人が来ましてね。」

「何と云う方でございます。」

「林さんと云う方です。」

「まあ、寿美子さんが！」

「御存じですか。」

「ええ、存じていますとも。さっき、宅へもいらっしゃいましたの。」

「しまった！　じゃ、もっと早く来るんでした。その林さんが、照子さんの居所を知っていると云うんです。だけど、どうしても教えてくれないんですよ。だから、お母さまは、きっと御存じじゃないかと思いまして、お訊ねに来たんですが。」

「私も、まだ照子には会いませんのよ。」

「でも、どこにいるかは御存じでしょう。」

「林さんの処にいるそうでございますよ。」

「その林さんは、どこにいるのです。」

「それがね、さっきも一緒に連れて行ってくれと云っても、私さえ連れて行くとおっしゃらないのです。」

「どうしてです?」

「どうしてでございますか。」

「だけど、あの林さんはどこにいるか御存じでしょう。」

「林さんは、××ホテルにいらっしゃいますの。」

「じゃ、そこへ行けばいいわけですね。」

「でも、私にさえ照子と会ってくれるなと云うほどですから、貴方《あなた》がいらしっても、とても、会わないと思いますの。とにかく一度電話をかけて見ましょうか。」

「ええ、そうして下さい。お願いします。」

そこで、照子の母は、すぐ電話室へ這入《はい》って、寿美子の所へ電話をかけた。寿美子はすぐ出て来た。

「さき程は、失礼しました。」

「ああ、小母《おば》さんでいらっしゃいますの。」

「ええ、あのう、照子は、今そこに居りますの。」

「ええ。」

「望月さんが来ましてね。あなたに、ちょっとお願いがあると、おっしゃいますの。」

「望月さんが。」

「ええ。」望月は、電話の結果が、心配なので、いつの間にか座をはなれ、電話室の前に立っていた。

「どんな御用でしょうかしら。」

「あなたにお会いしたいとおっしゃいますの。」

「でも、妾《わたし》今日お目にかかったばかりでございますのよ。」

「でも。……」

「お話は、分っていますわ。照子さんにとにかく会わせてくれと、おっしゃるのでしょう。じゃ、照子さんに、もう一度伺って見ますわ。」

「どうぞ。」

「ちょっと、お待ち下さいませ。」電話が切れると、一分ばかり経って寿美子が現れた。

「あのね、小母さん。」

「はい、はい。」

「やっぱり、今は駄目でございますって。何と、おっしゃってもお会いしたくないと、おっしゃいますの。」

「どうしても駄目でしょうか。」

「ええ。」

「でも望月さんは、照子とすぐ会いたいとおっしゃいますのよ。」

そこまで、聞いていると、望月はたまらなくなって、扉《ドア》を開けて、中へ這入った。彼は、照子の母の持っている受話器を、ひったくるように受けとった。

「あの、もし、もし!」

「ええ。」と、寿美子が云った。

「僕は望月ですが、あなたは林さんでいらっしゃいますか。」

「ええ。」

「さき程は、失礼しました。」

「妾《わたくし》こそ。」

「あのう、どうか照子さんに会わせて下さいませんか。」

「それが、今も小母さんに申し上げたのですが、駄目でございますの。」

「どうしてもですか。」

「どうしても、今は駄目だとおっしゃいますの。」

「そこに照子さんはいるんですか。ちょっと電話にだけでも出して下さいませんか。」

「いらっしゃいませんわ。」

「ほんとうですか。」

「ウソなんか申しませんわ。」

「僕が、これから其方《そちら》へ上ってもいいでしょうか。」

「でも照子さんには、絶対にお会わせすることは出来ませんわ。」

「貴女《あなた》はとにかく会って下さるでしょう。」

「妾《わたし》なら先刻《さっき》お目にかかったじゃありませんか。」

「あなたに、もう一度お会い出来れば、またいろいろ御尽力が……」

「でも、妾《わたし》照子さんに、もう何度貴方《あなた》の所へお帰りになってはと、お勧めしたか分りませんの。」

「それは、どうもありがとうございました。しかし、せめて貴女にだけでも、もう一度……」

「でも、それは何にもなりませんわ。それよりも、照子さんのお気の静まったとき、もう一度よくおすすめして見ますから……」

「どうしても、今はいけませんか……」

「ええ、まあ……」

「じゃ。どうも失礼しました。」望月は、残り惜しそうに電話口を離れた。すると、照子の母はまた望月に代って電話を受けた。

「それでね、寿美子さん。」

「あら、また小母さんですの。」

「あのう照子に、着物の着更《きがえ》や、小遣いは云って寄越しなさいって云って下さいませ。」

「ええだけど小母さん、そんなこと御心配はちっとも、入《い》らないことよ。着物は、妾《わたし》のでけっこう間に合ってよ。」

そう寿美子が云った後で、『照子さん、お母さんよ』と云う彼女の声が、かすかに照子の母の耳に響いて来た。

すると、向うの声が急に変った。

「お母さんですの。」

「ええ、まあお前、照子かえ。」さすがに、母の声はふるえた。

「御心配かけてすみません。」

「私、もうどうなることかと思っていたのだよ。私そちらへ行かなくていい。」

「ええ。」すると、望月が照子の母の持っている受話器を奪いとるようにした。

「もし、もし、照子さん。もし、もし。」しかし、返事はなかった。

「照子さん、照子さん！」望月は、眼を光らせて呼びつづけた。

「妾《わたし》、林ですのよ。」寿美子の声がした。

「照子さんを呼んで下さい。今出ていたじゃありませんか。」

「でも、もうあちらへいらっしゃいましたわ。」

「では左様なら。」望月は興奮して、受話器を耳から脱《はず》すと、電話室から出た。

「照子が出ましたか。」と、照子の母は訊いた。

「駄目です、絶望です。」

「あなたが、あまりせっかちにおなり遊ばすから、いけませんわ。もっと、ゆっくり時を待っていらっしゃるといいのでございます。」

「なるほど、僕は外交官ですけれども、女性に対する外交は、全くダメですな。」

望月は、蒼い顔で苦笑した。

仲介者

望月は、照子の居る××ホテルへ行こうかと思ったが、しかし今行ったのでは、つづけて面を打たれるだけだと思った。あまりみっともない姿を見せることは、照子に対してでもいやだった。照子だけなら、跪《ひざまず》いても頼むのだが、第三者の林夫人がいるだけに、男子の面目上出来なかった。こんな場合には、よい仲介者を頼むのが一番いいことだと思った。照子が、林夫人を仲に入れている以上、自分も誰かを仲に入れることが、望ましいと思った。それには、友人の前川に頼むより外《ほか》はなかった。学者として世間の事には、疎《うと》い方だが、その篤実な性格は林夫人なり照子なりに、自分の誠意を伝えてくれるに違いないと思った。

望月は、前川がその日別れるとき、人に招待されて、珍らしく新橋演舞場へ行くと云っていたのを思い出した。

で、彼はすぐタクシーを演舞場へ走らせた。

演舞場では、三幕目の寺子屋が了《おわ》ったところで、人波が廊下に溢れ出して来る所だった。彼は蒸されるような人波の中を、あちらこちらと歩きながら、前川を探したが、彼の姿は見つからなかった。そのうちに四幕目の新劇の幕が開いた。人々は再び座についた。望月も人波にもまれながら、席に着こうとしていると、食堂から急いで出て来た前川が、彼の方へ進んで来た。

「あ、君!」と、望月は云って前川の前へ立ち停《どま》った。

「なんだ、君も来ているのか。」

「うん。」

「いつ来た！」

「今だよ。」

「何だって、急に来たんだ。」

「君に是非頼みたいことがあってね、追っかけて来たんだよ。」

「ふん、何だ？」

「この幕がすんでからでいいんだよ。」

「今でもいいよ。お茶でものみながら話そうか。」

「うん。そうして貰おうか、実は家内のことなのだが。」

「じゃ喫茶店へ這入ろう。」

二人は、食堂へ行く道の右側にある喫茶店へ這入った。客は誰もいなかった。望月は、今まで照子の事を、前川に話してなかったので、何から話していいか分らなかった。

「それでだね。簡単に話すと、さっき君が僕の所へ来たとき、林と云う夫人が下の応接室へ来ていたのだ。」

「ふむ。」

「その夫人は、実は僕の家内の友人なんだが、家内は実はその夫人と一緒にいるんだよ。××ホテルだ。」

「ふむ。」

「それは、どう云うわけかと云うと、新婚旅行の晩、突然僕は家内の娘時代の秘密を知ったのだよ。」

「なるほど。」

「もうそれで分ってくれるだろうが、僕はそれからすぐ旅行をやめて、帰って来て、東京駅で家内と別れてしまったんだ。」

「あまりテキパキし過ぎたね。」

「それが、僕のあやまりだったんだ。どんな、秘密があろうとも、僕はあれを捨てることが出来ないことが、すぐ後で分ったんだ。それで、すぐ実家の方へ駈けつけたんだが、帰っていないと云うんだろう。万一、死んだりなんかされちゃ、やり切れないと思っていると、今日その林夫人が来て、無事だから安心しろと云うんだ。それは、いいんだが、その林夫人が僕をさんざんやッつけた上に、どうしても照子に会わしてくれないんだ。」

「ふふむ。その林夫人と云う女は、どんな奴だ。」

「照子の友人なんだがね。」

「若いのか。」

「そりゃ若いさ。二十《はたち》を越したばかりだよ。」

「そんな女に、やッつけられるわけはないじゃないか。」

「ところが、頭がよくて口が達者で手がつけられないんだよ。あれが、所謂《いわゆる》、モダンガールと云うのかしら、とてもスゴいんだ。」

「しかし、君が当然のことをしていて、ヤッつけられるわけはないじゃないか。」

「そこにさ、僕の弱味があるんだよ。僕は家内が前に愛人があることを十分承知していたし、いやだと云うのを強いて貰ったんだからね。」

「それにしたって、なぜアベコベにヤッつけられるんだい。」

「そりゃ、僕の別れ方があまりに人間味がなかったんだ。そこを、非難されちゃ一言もないんだ。」

「だって、新婚の妻にそんなことがあれば、怒るのは当然じゃないか。」

「そう、君が強硬に出てくれちゃ、話がつかないよ。」

「しかし、君はまだ新夫人と何の関係もないのだろう。」

「ない。ただ、結婚式を挙げただけだ。」

「じゃ、向うが怒るのはなお可笑《おか》しいよ。君が、すぐ別れたのは賢明だよ。」

「だが、僕の場合は賢明じゃなかったのだ。僕は、あれの貞操なんか問題じゃないんだ。とにかくあれを妻にしてほしいんだ。」

「それを、君は林夫人に云ったのか。」

「云ったとも、むしろ哀願したくらいだ。」

「聴いてくれないのか。」

「聴いてくれないどころか、散々にやッつけるんだ。」

「怪《け》しからないね、その女は。」

「そんなに怒っても仕方がないんだ。僕が、君にお願いすることは、これから一つ林夫人に会って、僕の心持を素直に伝えて貰いたいんだ。どんな条件でもきくから、ゼヒもう一度戻ってくれって、うまく僕の心持を伝えて貰いたいんだ。」

「そりゃ、やらないこともないが、腹で怒っていて、頭だけ下げると云うやり方だね。」

「いや、僕はもうちっとも怒っていないんだよ。」

「君じゃないよ。僕が、癪《しゃく》にさわるんだよ。」

「だから、君の感情はヌキにして、僕の意志の通り、やってくれないか。すまないが。」

「何だか面白くない役廻りだね。こちらから逆に怒る役目なら、面白いが、頭を下げてかかるなんて。」

「とにかく頼むよ。」

「よし、やろう。」

「頼む。」

「しかし、途中で怒り出すかもしれないぜ。」

前川は、笑いながら渋々引き受けたが、腹の中では立派に承諾しているらしい容子《ようす》を感ずると、望月はありがたくなって来た。

「じゃ、君いつ、その林夫人に会ってくれる。」

「うむ。いつでもいい。その林夫人に会わなきゃいけないのかい。」

「そりゃ、そうだよ。家内を牛耳っているのは、その夫人なんだよ。それをうまく説服することが肝心だよ。なかなかちょっと、面倒な相手だよ。とても、高飛車で……」

「美人《シャン》かい。」

「非常に新鮮な、ピチピチした女だよ。才気煥発だよ。」

「しかし、そう云う方が、きまりが早くつくだろう。何だか、わざと君を苦しめてやろうと云う所があるらしいね。」

「そこが、大有《おおあ》りなのさ。」

「じゃ、君は大分甘く見られているんだな。」

「うん、仕方がない。」

「困るね、そう云う甘い尻を拭かされるのは。」

「とにかく頼むよ。」

「作戦を要するね。」と、前川は云うと、胸でひとり目算を立てるように反《そ》り返って、煙草をぷかぷか吹かし出した。

「君、それから僕が非常に後悔していると云うことを、くれぐれも云ってくれたまえ！」

「参るね、それは。後悔！　なさけないことを云い出したもんだ。」

「しかし、それを云わないと駄目なんだから。」

「つまり、フランス仕込みは、後悔と云うレッテルだな。」

「つまらない皮肉は云うなよ。その代り、後で御馳走するよ。」

「いや、もう後悔だけで沢山だ。」

二人は、笑いながら、立ち上ると食堂を出て、座席の方へ這入って行った。

婦人の職業

寿美子は、照子と連れ立って、日比谷公園を一廻りして来ると、三時のお茶を喫《の》んだ。

「妾《わたし》、何かしたいわ。何かすごいことをしたいわ。」と云いながら、寿美子は窓を開けた。

「あら、ちょっと。」と笑いながら、寿美子は照子を呼んだ。照子は、窓から下を見ると、ホテルのバルコニーで一人の外人が籐椅子を囲んで、若い日本婦人とお茶をのんでいた。

「御存じ?」

「いいえ。誰?」と、照子は訊いた。

寿美子は、照子の肩を叩きながら、大きい声で笑い出した。

「なによ。笑ってばかりいて。」

「だって、あなたとぼけていらっしゃるんですもの。」

「あら、妾《わたし》ちっとも知らないわ。」

「あなたのスイート・ハートじゃないの。」

「おおいやだ！」照子は真赤になった。

「あの不良外人、今日もまた妹をこしらえに来たんだわ。馬鹿に、上機嫌だわねえ、どうあなた、妹になっちゃ。」

「もう、窓をお閉めなさいな。」

「今日は、此方《こっち》から、からかってやろうかしら。妾《わたし》の亡くなったお兄さんは、あなたにそっくりだって。」

「およしなさいよ。」

「貴女《あなた》、先にやらない。妾《わたし》が、後についているから大丈夫よ、危くなったら、ひっぱって上げてよ。やっぱり、望月にわるい？　ほほほほほ。」

照子は、望月のことを云われるとだまってしまった。寿美子も、それに気がつくと、

「あなた、昨夜《ゆうべ》望月さんが電話口へ出たとき、なぜお逃げになったの。」

「だって、会ったって仕方がないじゃありませんか。」

「まあ！　じゃ、あなたはどこまでも、お逃げになるつもり？」

「ええ。」

「本当なの。妾《わたし》またあなた、妾の手前だけ意地を張ってらっしゃるんだ、とばかり思って

いたのよ。」

「あなたに意地なんか張ったって、つまらないわ。」

「そう！　妾《わたし》、あなたは結局望月さんの所へ帰るのが、落ちだと思っていたのよ。だから、妾なるべく貴女の意志を汲《く》んで活動していたのよ。」

「妾《わたし》、そりゃあなたの気持は、十分よく分っていますの。でも、妾のようなものが結婚したって何にもならないわ。妾、もう結婚には、こりごりしたわ。それよりか、妾《わたし》何か職業婦人になりたいわ。」

「それは本気？」

「嘘なんか云わないわ。」

「そう！　妾《わたし》も、職業婦人は大賛成よ、妾だって、独立がして見たいわ。」

「妾《わたし》の行く道は、外《ほか》にないと思うの。」

「でも、なかなか職業婦人にだってなれないことよ。女子大学へでも、お這入《はい》りにならない。」

「でも、もう学校はいやなの。妾《わたし》、タイピストになれないかしら。」

「タイピストなんか駄目よ。」

「どうして。」

「だけど、誘惑にかかろうと云う気なら面白いわ。」

「そんなに誘惑があるかしら。」

「そりゃ、不良外人どころじゃないわ、いけない重役なんか沢山いるんですって。」

「まあ！」

「綺麗なタイピストだと、すぐ秘書にしてやろうとか、何とか云い出すって。」

「秘書になればいいわ。」

「秘書にしてからが、大変よ。」

「まあ！　カフェの女給はどう。」

照子は、面白半分に話していた。

「女給はいいわねえ。あなたが、女給になるのなら、妾《わたし》が女主人になるわ。私、始終あなたを監督してあげるわ。」

「やりましょうか、ほんとうに。」

「ええ、その代り私が、カウンターに坐るのよ。すると、あなたが女給で、はいオレンジエード二つ、アップルパイ、ワン。御新規が、アイスクリームソーダ。お味はストロベリー。」

「およしなさいよ。寿美子さん。」

「いいじゃないの、誰も見ていやしないわ。私の主人を出前持にするわ。」

「まあ、ひどいわ。」

「あの出前持さん、大阪弁で、ときどき不平を云うかも知れないわ。きっと、出前の箱をひっくり返したり、へまのことをしてよ。」

「おほほほほ、いやな寿美子さん。」

「そしたら、私お客さまの前で、ひっぱたいてやるわ。」

「おほほほほほ。」

「やりましょうか——カフェをね。」

「だって、あまり人が来出せばいやだわねえ。」

「だって、来なければ商売にならないわ。」

「でも忙しいじゃありませんか。」

「でも、望月さんだって、ひょっくり来ないとは限らないわよ。」

「いやよ。」

「時々、好かないお客にだって、グロリヤ・スワンソンのような眼つきをしてやらなければならないし。ああそうそう、あなた女優がいいわ。キネマ女優がいいわ。それにお定《き》めなさいよ。あなたなら、すぐスターになれてよ。あなたのような品のいい女優なんか薬にしたくもないもの。」

「妾《わたし》は、駄目、あなたこそいいわ。あなたの表情なら、大もてよ。」

「失礼なこと、おっしゃいますな。」

「ほんとう。あなたは、いつでもぴちぴちしていらっしゃるわ。」

「私がなるんだったら、乗合自動車の車掌になるの。」

「あら。」

「私、あれなら理想的にやれるわ。今に、運転手の札の横に、菊岡寿美子と云ふ札がかかってよ。」

「おほほほほ、冗談ばかし。」

「でもね、私冗談でなくて、この頃何かしたいの。こうのらくらしているのは、死ぬよりもつらいわ。」

「だって、あなたは御主人がお在りじゃありませんか。」

「だからかも知れないわ。私、こんな結婚生活をしているから、こんなに何か奇抜なことをしたいんだわ。私、結婚なんかするんじゃなかったと、今つくづく思うの。私と結婚したため、あの人だって不幸だわ。あなたにだって、それがお分りでしょう。」

「いいえ。どうして？」

「それは、今にお分りになってよ。私こうしていても、何だか身《からだ》の釘が一本ずつ脱けて行きそうで、頼りがなくて仕様がないの。」

「でも、あなたの御主人は御深切な方じゃありませんか。あんな方は、いらっしゃらないと思うわ。」

「そりゃ、深切は深切よ。でも、愛してない人から深切にされるよりも、好きな人から邪険にされた方がうれしいわ、あの人に深切にされると、わがままになって仕方がないの。あまえてそうなるのなら、赦せてよ。だけど、そうじゃないんですもの。深切にされればされるほど、うるさくなるのよ。」

「まあ！」

「変でしょう。私だって、自分が変なの。こうして時々ぼんやり窓から外を眺めていて、こんなことが生活なのかしら、と時々思うの。何だか、ちっとも真面目になれないの。私きっと一生のうちで、一度も真面目な気持になれることが、ないんじゃないかと思うの。そう思うと、私こわくなるの。ぶらぶらしているだけなんですもの。これほど、退屈なことなくってよ。なまじ、お金があるばかりに、退屈を買いに生きてるような気がするのよ。私は人をいっぱい詰め込んだ自動車を、一遍《いっぺん》引きずり廻してみたいの。ガタガタ、ブーブーってね。だから、車掌になりたいの。」

「まあ。」

照子は、寿美子の心の中の暗い影を、のぞき見たような気がして、目を伏せてしまった。

「もう、馬鹿馬鹿しい。こんな話よしましょうよ。でも、男には愛の外《ほか》に仕事があるわ。でも、女には愛がなかったら生活がないのと同じよ。ただ退屈だわ、ちょっと横を向くと、もう主人の顔が眼にひッついているんですもの。」

「まあ！　あなたは恐しいことを考えていらっしゃいますわねえ。」

「ウソよ。こんなことを云って見ただけなの。なかなかこれでも、真面目なの。時々神さまを拝んだり泣いたり笑ったり、はしゃいだり、そうかと思うと、主人に武者ぶりついたりして見るの。妾《わたし》何だか、自分で自分が分らないの。」

「貴女《あなた》は、学生時代とよっぽどお変りになったわねえ。」

「そうお。そりゃ変るわ。なまじっか人生なんて分るものじゃないわねえ。ろくでもないことばかり考えて、ふさぎ込んでそして、……」

と云いかけたとき、部屋のドアをノックする音がした。

「お這入り。」と、寿美子は云った。

ボーイが、名刺を銀盆に入れて這入って来た。

寿美子が、その名刺を取り上げた利那、彼女の美しい眼は、飛び出るように輝いた。彼女の小さい口が、一杯にあいた。照子は、寿美子がこれほど狼狽した表情を見たことがなかった。彼女はその驚きをかくそうとして、窓の外を見つめ出した。すると、彼女の顔色が、急に青ざめ、胸の呼吸が目に見えるほど、早くなって来た。

「お待ちでございますが、何と申しましょうか。」と、ボーイは云った。

「誰に会いたいとおっしゃるの。」

「林さまの奥さまにと仰しゃるのです。」寿美子は、じっと考えた。

「妾（わたし）いないと云って下さい。」

「はい。」ボーイは出て行きそうにした。

「はい。」寿美子は後ろから声をかけた。

「あの、ちょっと。」と、寿美子は、かるくつぶやくと、「じゃ、応接室で待っていただいてね。」

「そうか、分ったわ。」

「はい。」

ボーイが出て行くと、照子は、

「どなた。」と、きいた。

寿美子は、黙って名刺を照子に渡した。

「前川俊一。まあ、望月の友人じゃないかしら。前川さんて方がたしかあるのよ。」

「そう。あなた前から御存じ？」

「いいえ。でもきっと、妾《わたし》のことで貴女《あなた》に会いに来たのだわ。」

「妾《わたし》、会いたくはないけれども、お断りするのはひどいわね。ちょっとここで待っていて下さいな。」

「ええ御ゆっくり。」

寿美子は、ともすれば、ふるえ出そうとする足を踏みしめて、鏡の前に立って、髪や襟《えり》許《もと》などを改めた。鏡の中で、自分の顔が、火のように赧《あか》くなっているのを見ると、またさらに顔が赧くなって行った。

室《へや》から、外へ出て彼女は、廊下の冷たい空気の中で、自分の心を冷やそうとした。

『妾《わたし》の今の名前は、御存じない筈《はず》だわ。』

多分前川は、望月の用事で、林寿美子の何者であるかを知らずに来たのに違いないと思った。

彼女は、応接室の方へ近づいた。が、足がだんだん鈍って来た。胸が、鐘を乱打するように、さわぎ立った。

『妾《わたし》、こんなに落ち着かないでは、お会いしたって、何にも云えやしないわ。』

彼女は、応接室の扉《ドア》に手をかけた。

『でも、妾《わたし》、お会いしない方がいいのじゃないかしら。今お会いすると、めちゃくちゃになって、あの方の胸にすがりそうだわ。お会いすることはこわいわ。恐しいわ。』

そう考えながらも、彼女の手は、ドアの引手《ノッブ》を押しかけていた。

林夫人

寿美子が、扉《ドア》を開けて顔を入れると、前川は振り返った。彼の顔は『アッ』と、声を上げるように口を開けた。

するとと、寿美子はすぐまた顔をひっこめて、扉《ドア》の蔭でモジモジしていた。

つかつかと前川が、立って来て、力づよく扉を引いた。

寿美子と前川とは久方ぶりに向い合って立った。

「御無沙汰いたしておりました。」寿美子は、少し赧くなって頭を下げた。

前川は、お辞儀も返さず、しばらく意外な顔をしたまま、彼女を見詰めていたが、「菊岡さんじゃありませんか。」初めて懐しそうに云った。

「ええ。」寿美子は顔を上げないで、返事をした。

「どうして、こんな所にいらしったんです。」

「しばらく東京で、ぶらぶらいたそうと思いまして。」

「長らく、いらしったんですか。」

「ええもう二三ヶ月も居りますの。」

「じゃ。」と、前川は云いかけて、ちょっと言葉を切ると「まあ、おかけになりませんか。」と、つけ足した。

寿美子は、『じゃ』と、云いかけた前川の次ぎの言葉が聴きたかった。『じゃなぜすぐ逢わなかったか』と、云って貰いたかったのである。だが、前川はそんなことを云える訳はなかった。

二人は、向い合って椅子に腰かけた。

「でも、前川さんは御丈夫そうでいらっしゃいますわねえ。」

「ええ、ありがとう。あなたもお見受けしたところ、お変りもないようですね。」

「まあ。そうでございますか。」と、寿美子は云ったものの、何だか白々しい二人の会話が、縁遠い二人のように感じられた。

「何か御用でも？」

「ええ、ちょっと、このホテルに居る林と云う人と用談がありましてね。僕は、ここは初めてなんですが、案外感じのいい所ですね。」

「まあ、いやでございますわ。」と、彼女は云おうとした。だが、やはり前川は自分が林夫人であることを知らないのだと思うと、しばらくその事を云いたくない遊び心が起って来た。

「前川さんは、いつか大阪へいらっしゃいましたわね。」

「ええ行きました。」

「あの時のお話、妾《わたし》きかせて頂きましたのよ。」

「あの講演ですか？」

「ええ。」

「まあ！　そうですか。」

「妾《わたし》、あなたもお人が悪いと思いましたわ。妾の方を見ていらっしゃったくせに、ちっとも知らない顔をして、澄していらっしゃるんですもの。」

「はっはっ、だって、あんなときは、一人一人の顔が分るもんじゃありませんよ。場内がまるで、ぼうと霞《かすみ》でもかかったように見えるのですから。」

「でも、妾《わたし》あなたの講演がお済みになってから、ホテルへ伺ったのよ。そして、ホテルをお出になるあなたとエレヴェーターで、擦《す》れ違ったのよ。」

「まあ。そうですかね。」

「ええ。あなたは、その時も妾《わたし》の方を見ていらっしゃいましたわ。」

「いや、それも全く気がつきませんでした。」

「随分でございますわ。妾《わたし》それから、すぐタクシーで梅田まで追いかけて行きましたのよ。」

「それは、どうも。」

「でも、いくら待ってもいらっしゃらないんですもの。妾《わたし》、本当に口惜《くや》しくなって。」

「それは、恐れ入りました、僕はあのとき京阪電車で京都へ行ったのです。」

「まあ、ひどい方!」

「僕は大阪へ行きましたとき、あなたによっぽどお目にかかろうと思ったんですが、そんなことをしてもしあなたの平和を、ぶち壊してはと思ったものですから。」

「まあ、妾《わたし》の生活に、平和があるとお考えになりまして?」

前川も寿美子も、黙ってしまった。

「今ここでお話してもいいんですか。」

しばらくして、前川が訊いた。

「ええ、妾《わたし》はちっともかまいませんの。あなたさえお差支えがございませんでしたら。」

「いや、僕だってかまわないのですが。」と云って前川は、ちょっと時計を出して見ながら「だが、林夫人と云う人がここへ来ることになっているんですが。」

「どんな御用でございますの。」

「友人のことでなんですよ。」

「御友達のどんな御用でございますの。」

「それはちょっとこみ入っていて、一言では云えないのですよ。それより、あなたはまだ東京にいらっしゃるつもりですか。」

「妾《わたし》、それが分りませんの。」

「じゃ当分此方《こちら》にいらっしゃるんですか。」

「それも分らないんですよ。妾《わたし》には、今生活の興味も目的もございませんの。ただ、その日その日の気持で生きていますことよ。それに、良人《おっと》は妾の云うままにしてくれますの。だが、自分自身どう暮して行くか……」

そこまで云って、寿美子はだまってしまった。

「でも、それは結構な御主人ですね。」

「結構と云うことは幸福と云うことではございませんわ。」

前川は、だまって寿美子の顔を見た。処女らしい初々しさは無くなっている代りに、人妻らしい深みが、その小さい軀《からだ》に刻まれていると思った。

「一度ゆっくりお話したいですね。だが、林夫人はどうしたのだろう。」そう云って、前川は腕時計を見た。

「まあ、林夫人のことをそんなに御心配ですの。それなら、先刻《さっき》からあなたの前に坐っているじゃありませんか。」

すると、前川の眼は急に光って寿美子の顔を見た。

「あなたが、林夫人ですか。」前川は、初めてなつかしそうに笑った。

「ええ。」

「これは失敬しました。」

「いいえ。妾《わたし》こそ。」

「しかし、ますますこれは不思議ですね。」

「ちっとも、妾《わたし》には不思議じゃございませんわ。あなたが、妾の名を御存じなかっただけですわ。」

「僕は林夫人が、あなただとはちっとも知りませんでした。すると、僕はあなたにお逢いしに来たわけなんですね。」

「まあ、前の菊岡でございましたら会って下さいませんの。」

「そんな馬鹿な、だがあなたも随分人が悪くおなりですね。」

「どうしてです。」

「もっと、早く云って下さればいいに。」

「もっと、早く申し上げたら、あんなに、迷惑そうな顔はなさらなかったの。」

「僕は、あなたが僕を廊下で見かけたので、来て下すったのだとばかり思っていたのですが。」

「ほ、ほ、ほ、……」

「しかし、あなたもお変りになりましたね。」

「いやでございますわ。変ってなんかいませんわ。」

「いや確かに、そう云う所は。」

「でも妾《わたし》、妾からあなたをお訪ねすることは、どうしても出来ませんわ。一度お会いしたいと思っていたんですけれど。」

「それは、僕だって……ですが、そう云う話はよしましょう。それよりも、用談の方をお話いたしましょう。」

「そんなことは後廻しにして下さいませな。妾《わたし》、お目にかかった嬉しさでいっぱいなんですから。」

「ですが、その話を片附けないと、望月に会わす顔がありませんよ。」

「妾《わたし》、東京に参りましたのも、やっぱり、お目にかからないでも、同じ土地に住みたいと思い……」

「その話はよして下さいませんか。」

「でも。どうにもならないと分っていながら、妾《わたし》馬鹿なんですけれど。

「そのお話はそのお話でゆっくりお話するときもありますよ。」今は、こちらの事と、あちらの事とがこんがらかると困りますから。」

「何もこんがらかることなんかございませんわ。妾《わたし》が、望月さんのお宅へお伺いしたとき、貴方《あなた》が丁度いらっしゃいましたのよ。前川と云うお名前を聴いたものだから、もしやあなたじゃないかと思って、帝国大学一覧で検《しら》べましたの。そうしたら、同級生でいらっしゃるんですもの。妾《わたし》たいへん嬉しゅうございましたの。照子さんさえ無事に収まれば、きっと貴方にお目にかかれると思いましたの。」

「じゃ、前からこんな場合を考えていらしったのですか。」

「ええ。妾《わたし》、照子さんのためより、自分のために円満な解決を計画していますのよ。」

「照子さんはやっぱりここにいらっしゃるんですね。」

「ええ毎日、照子さんと二人で遊んでばかりおりますの。」

「御主人はどうしていらっしゃるのです。」

「主人のことは、もう云いたかありませんわ。」

「でも、結構ですね。僕は、大へん嬉しく思っているんです。」

「そんなに結構に見えまして。」

「そうじゃないんですか。」

「そう云うことを、真面目な顔をしておっしゃいますと、妾《わたし》久し振りにお会いしたって、ちっとも張合がありませんわ。」

「いや僕は僕としてこう云うより仕方がありません。」

「そうですわね。それは、もうよく存じておりますけれど、妾《わたし》だって今まで、こんないやな生活をして来たんですもの。もっと何とか温かいことを云って頂きたいわ。」

「しかし、どう云うんです。」

「まあ。」

「そうじゃありませんか。僕にしたって今あなたに僕の思っている通り、云いだしたら、お互に以前よりはもっと苦しむばかりじゃありませんか。黙っているより外《ほか》仕方がないんです。」

　二人は黙ってしまった。寿美子は云ってはならないことと、要求してはならないことを、無茶苦茶に云いもし、要求もしている自分に気がついた。

『しかし、どうしてそんなことを要求してはいけないのか。』それが、彼女にはもう分らなくなってしまっていた。

彼女は、前川に会った懐しさのために、涙と愛と悔恨と怨《うら》みとでいっぱいになっていた。いつまで、自分は自分の愛人から愛を要求してはいけないのか。愛しているものを愛していると云ってはいけないのか。毎日でも会っていたい人をなぜ避けなければいけないのか。いつまで、自分は嘘をついて生きていなければいけないのか。それを思うと、彼女はもうこのまま前川の両腕の中に、自分の全身を投げかけたかった。前川と一しょに、ここから、つまらない義理と道徳の世界から、逃げ出して行きたくてならなかった。だが、そんなにまで渦巻きかえっている自分の胸の情感を、どんな風に愛人の心に投げ出していいのか、今は全く分らなかった。

すると、前川は云い難《にく》そうな顔をして、苦痛の表情をしばらく湛《たた》えていたが、

「あのう、実は僕の家内は去年死んだのです。」と、彼はしばらくしてから彼女に云った。

寿美子は、胸に火をつけられたようにハッとすると、頭を垂れた。人の死を悲しむ悲しみの代りに、欣《よろこ》びが俄《にわか》に殺到したので、彼女は狼狽して真赤になった。

「まあ。ちっとも存じませんでしたわ。いつでございますの。」

「もう三月になります。」

「まあ！ お気の毒でございますわねえ。」

二人は黙り合った。

どうして、人の死がこんなにも自分を欣ばせるのか、彼女にはそれが不思議でならなかった。胸は、忽《たちま》ちにして一脈の明るさのために、輝きだしたではないか。が、それと共に、大きな悔《くい》が、忽然《こつぜん》として湧いて来た。なぜ、自分は結婚したのか。もう一年待っていればよかったのに。それを思うと、急に彼女の胸は暗くなった。彼女は、もう一人別な人の死を願わなければならないのだ。それでなければ、物が自然に運ばないのだ。もう一人の死とは、彼女の良人の死である。自分が思い通りに生きるために、二人の人間の死を願わなければならない。この状態はどこから来るのか。この残酷な現状は何故に存在するのか。そう思うと、彼女は人間が生きてゆくことが、一つの罪悪であると云うことを感じさせられた。

『でも、妾《わたし》は欣んでいいのだわ。何も悪くはないわ。死んだ方《かた》はとにかく損なのだわ。死んだ方は負けたのよ。妾が勝ったのよ。勝ったんだわ。勝ったんだわ。』

彼女は、滅茶苦茶に、駈け廻って見たくなった。心が激しい明暗に、襲われて今は一切何が何だか分らなくなって来た。

「そうそう。僕はこんなことをしてはいられなかったんだ。僕は林夫人に会えば、すっかり怒るつもりで来たんですよ。」と前川は云うと強いて心の苦しさを忘れるように笑い出した。

「どうしてでございますの。」

「いや、あなたが望月の所へいらっしゃって、望月をさんざん虐《いじ》めて、お帰りになったって聞きましたからね、友人のために憤慨してやって来たのです。」

「だって、妾《わたし》だって友人のために憤慨して参ったのですわ。」

「じゃ敵《かたき》同志が落ち合ったわけですね。」

「そうでございますわね。」

「何かもっと憤慨なさることはありませんか。お相手になりますよ。」

寿美子は、思わず笑い出した。が、今はそんな冗談を云うべき時だろうか。前川さんは、それでもいい。自分は、自分はと思うと、彼女は急に訳の分らぬ悲しさと、いらだたしさで胸がいっぱいになった。

「あなたは、今日お急ぎでいらっしゃいます?」

「ええ、その用件さえ済めば、別に用事はありません。」

「望月さんのことは、妾《わたし》がどんなにでも御尽力いたしますわ。」

「どうぞ。貴女の御尽力を待つより仕方がないんです。簡単に云えば、照子さんにもう一度望月の所へ帰っていただきたいのです。望月は後悔して蒼くなっているのですから、その誠意を貴女の口から、照子さんへ伝えて照子さんを動かしていただきたいのです。」

「ええ。でも妾《わたし》照子さんが、羨ましゅうございますわ。」

「どうしてです。」

「だって、あなた方がそんなに躍起になって復縁運動をしていらっしゃるのですもの。」

「そりゃしかし望月君の今度の場合なんかごく簡単ですよ。熱と誠意さえあれば結局、解決が出来るのですからね、そこへ行くと僕達の……」と、前川は云いかけて突然だまった。

実際前川の云うように、寿美子と前川との関係は、熱があればあるほど、誠意があればあるほど、誰か一人地獄へますます落ちなければならなかった。

(それでも介意《かま》わないか)と、寿美子は思った。……(むろん、自分は介意わない)それなら、ぐずぐずしないで、前川の懐の中へ、なぜすぐ飛び込めないのだろう……。

「照子さんには、ちっとも望月の所へお帰りになる意志はないんですか。」前川は、また望月のことを訊き出した。

「ええ、それはないことはないと思いますの。意地でひっぱっていらっしゃるのだと思いますわ。だけど意地ですから、どこまで意地をお張りになるかそれがちょっと分りませんの。丁度いい頃まで張っていて下さらないと、今度は望月さんの方だって、意地をお出しになってしまいますからね。」

「そうです。そうです。意地の張り合いになると、あなたと僕とがいくら間になってやきもきしたって、馬鹿馬鹿しいですからね。」

「ええ。」と、寿美子は気のない返事をした。

「しかし、そうなったら、あなたと僕とも意地を張って、仲裁役をよしてしまおうじゃありませんか、はははは。」

何を、この人は面白がっているんだろうと寿美子は思うと、いらいらして来たが、前川としてみれば、今はそんなことでも云っていなければならないのだろうとすぐ思った。彼の本心から云っていることでないのも、分っていた。

「それで、——と僕は今日照子さんにお目にかからないで万事あなたにお願いして置きますから、どうぞ何分よろしく。」

「ええ。でも、妾《わたし》少し冷淡なようですけれど、今は私のことの方が大切ですから、照子さんの方は、ほったらかしてしまいそうですわ。」

「いや困りますよ。それは。ほんとうによろしくお願いして置きます。じゃこれで。」

「もう御用はそれだけ？」

「でも、僕は……」

「何だか、妾《わたし》つまりませんわ。久し振りにお目にかかったのに、照子さんのことばかり、熱心になっていらしって。妾、今日もう一度ゆっくりお話したいのですけれど。」

「ええ。」前川はじっと寿美子の顔を見つめた。

「いけません？」

「いけないことはありませんが。」

「御都合が出来まして。」

「僕の方は、都合も何もありませんが。」

「妾《わたし》の方は御心配おかけしませんわ。」

「でも、御主人にわるくありませんか。」

「主人なんかあったって、無くたって同じですわ。」

「これは、駭《おどろ》きましたね。でも本当にいいんですか。」

「いいですわ。貴方《あなた》さえ御迷惑でなければ。」

「そうですか。それなら、どこでお目にかかりましょうか。」

「済みませんが、この近くにして下さいませんか。」

「じゃ、日比谷へ来ましょうか。日比谷公園の正門のところで待っていましょうか。幾時頃に。」

「日が暮れてからがようございますわ。六時半に参りますわ。」

「なるべく、かっきりに来て下さい。」

「ええ、お待たせなんかしませんわ。あなたの時計と合して置きましょうか。」

そう云って、寿美子は七つのダイヤが、縁《ふち》に光っている腕時計を入れた手首を差し出した。

「僕は、時計を持っていません。」

「まあ。」

「じゃこれで、失礼します。」

「そうでございますか。じゃまた。つい気がつかないで、お茶も差し上げませんでしたわね。」

寿美子は、前川を先に立てて、廊下へ出た。

前川は、寿美子が玄関まで送り出そうとするのを辞退したが、彼女はきかなかった。二人は階段を並んで降りて行った。すると、下から寿美子の良人が、扇子を使いながら、暢《のん》気《き》そうな顔をして登って来た。寿美子は、ちらっと良人を見たきり黙っていた。良人は、何か物を云いたげに寿美子の方へ近寄った。が、妻の容子《ようす》が厳格そうに見えたので、前川の容子を眺めたまま行きすぎた。

寿美子は、ふと前川に良人を紹介しようかと思った。その方が、自然な気がした。だが、自分の気持から云って、果して自然であろうか、と考えた。すると、彼女はいやになった。

「さようなら。お間違いなく。」と、寿美子は云った。

「失礼。」

玄関で、寿美子は前川に別れると、ひとり踊るような足付で、階段を駈け上った。しかし、こんなに欣びながら、誰の傍《そば》へ行こうとするのかと考えた。行く先には、良人の顔があるだけだった。彼女は急に汚い息を吐きかけられたように、憂鬱になった。彼女は、子供のように階段の光った欄干を弄《もてあそ》びながら、ゆるゆると登り出した。

「妾《わたし》、もう夜まで誰にも会いたくないの。妾、今夜は死ぬかも知れない。妾《わたし》死ぬんだったら、今夜だわ。」

そう思うと、寿美子は急に、死の誘惑を感じ出した。

愛の勝敗

彼女が、自分の部屋へ帰って来ると、良人《おっと》と照子とが待っていた。

「まあ。随分お長かったわねえ。」と、照子は云った。

「あら、だって向うが、しきりにあなたの事を訊くんですもの。」と、寿美子は云うと、急に優しい眼を良人に投げた。

「あなた、先刻《さっき》廊下で妾《わたし》と、一しょに歩いていた方ね。」

「うむ。」と良人は不機嫌な返事をした。

「あの方、照子さんを返してくれと云う望月さんの使者よ、照子さんを返してくれってきかないの。」

「ふむ。」

「妾《わたし》、お返しするように云ったんだけど、貴方《あなた》、どう！」

「俺は、夫婦仲が円満に収まる方が賛成じゃ、夫婦と云うものは、神聖なものだからな。」

「だって、愛のない夫婦関係なんか、男女関係の中では一番不道徳な……」と、云いかけたが、何て馬鹿な議論をしているんだろうと思うと、後の方は云わなかった。

「あら、あなたのネクタイは、何て恰好をしているの。みっともないわ。」

寿美子は、良人の傍《そば》へ寄ると、歪《ゆが》んだネクタイを直してやった。

良人は、この急激な妻の変化にいぶかしそうな顔をしていた。寿美子は、ちょっと良人のふくれた頬を指で突ッついてくるりと照子の方へ向き返った。

「妾《わたし》ね、照子さん。あの方には、貴女《あなた》を望月さんにお返しするように、尽力するってお答えしたの、分って下すって。」

「ええ、ありがとう。御厚意は、そりゃよくわかっているわ。」

「それで……あなた、どう？」

「でもね……」

と照子は云うと、うつむいてだまってしまった。

「あなたの口癖の、妾《わたし》の迷惑なんかお考えなさらなくったって結構よ。」

「ええ、だって、妾《わたし》それも考えないではいられないわ。」

「だけど、そんなことなんかお考えになるようなら、妾《わたし》もう知らなくってよ。それより、妾あなたが望月さんの所へお帰りになるのが、一等自然な気がするの、あんなに後悔してらっしゃるんですもの。」

「でも妾《わたし》、望月の所へ帰っても、向うで一生藤木のことを考えていられるんだと思うと、どうしても駄目な気がするの。」

「そりゃ、そうだけど、そんなことはもうあの方、卒業してらっしゃるんじゃなくって。」

「それはそうかも知れないけど、こんな事ってそんなに早く卒業出来るものかしら。妾《わたし》だめだと思うの、形の上では、元のようになれても心の中では、駄目だと思うわ。」

「でも、あんなに愛してらっしゃるんじゃありませんか。」

「でも、あんな事件があると、愛も変ってしまうわね。愛が未練になっていやしないかと思うの。欠点があるけれども、別れられない、そんな未練なんかで愛されていても、ちっともありがたいと思わないの。こちらがもし愛しだしたら、あちらは勝ったと思うだろうし、あちらが、強く愛しているときは、向うで負けたような気がするでしょうし、お互に初恋同志でないと、そんな計算をしていけないわ。」

「あなたもそう思って、ほんとうね。初恋のときだけは、勝ったも負けたもないわねえ。」

「でも、寿美子さんなんか、いつも勝ちつづけているのじゃない。」と、云って照子はクスリと笑った。

「面白いのね。」と、寿美子は云うと、急に良人の方を振り向いて良人に訊いた。

「あなたどう、いつも妾《わたし》が勝っている？」

「俺はそんなこと知らんな。」

「妾《わたし》が勝っているのね。そうよ。あなたが妾をくれと仰しゃったんですもの。だけど、妾があなたの申入れを受け入れたので、妾が結局負けたのね。」

「すると、やっぱり勝ったり負けたりか。はははは。」と、良人は笑い出した。

寿美子も大きい声で笑った。

「勝ったり負けたり、勝ったり負けたり。」と、寿美子は歌うように云いながら窓から外へ顔を出した。

「あら、あら、ちょっとあすこでも、勝ったり負けたりしていてよ。」

照子が、立ち上って下を見ると、舗道の上を愛人同志らしい若い男女がむつまじげに、歩いていた。

その夜

夜が近づいて来ると、大建築の窓と云う窓に明りがついた。寿美子は、こっそりと化粧をした。大きな牡丹刷毛《ぼたんはけ》がいつもになく、敏捷《びんしょう》に、明るい窓を映した鏡の前で顔の前後を駈け廻った。寿美子は化粧をすますと、良人《おっと》の所へ行った。

「貴方《あなた》、今夜ちょっと妾《わたし》買物に行って来てよ。」

「照子さんと一しょかい。」

「うん、そうじゃないの。照子さんは演芸場で、音楽を聴いているの。」

「じゃ、お前一人でどこへ行くの。」

「銀座へ。」

　良人は、いつもになく美しく化粧した寿美子の様子を、眺めて黙っていた。彼の黙った顔の中には、苦しい嫉妬の皺《しわ》が少しきざまれていた。

「ね、いいでしょう。妾《わたし》、すぐ帰って来てよ。」

「お前は、今夜は馬鹿に美しいな。」

「そう。たまには、美しくならないと、やり切れないわ。」

「なぜじゃ。」

「そりゃそうよ。いつも汚けりゃ、始まらないじゃないの。」

「何を始めるのや。」

「ほほほ。どうなすったの？」

「お前はこの頃、俺をほったらかしてばかりいるじゃないか。」

「どうして。」

「今夜は俺と一しょに行け。」

「そんな無理を云うものじゃなくってよ。」

「いやよ。今度行くわ。あなたに済まないと思っているんですけれど、仕方がないじゃありませんか。」良人は、椅子をぐっとひッつかんで、黙ってしまった。

「ね、怒っちゃいやよ。怒っていらっしゃるの。」

「行って来い！」

「ええ行って来るわ。」

「早《はよ》う行け。」

「ええ行くわ。そんなに出ばなをくじかなくってもいいわ。」

「行け行け。」

「じゃ行って来てよ。待っていてね。」

「向うで待っているわ。」

「ほほほ誰が。」

「誰だか知るものか。」

「ありがとう。」

寿美子は、美しい微笑を閃《ひらめ》かしながら、ドアの外へ出て行った。

林は、むかむかしながら、自棄《やけ》に葉巻の先をへし折ると、火をつけた。

しばらくすると彼は窓から顔を差し出して下をながめていたが、すぐ部屋を出ると、バ

「俺と行け！」

ルコンへ出て欄干にもたれながら、妻の出て行く方向をながめていた。

　すると、寿美子は、ホテルの玄関を出ると、銀座とは反対の日比谷の方へ歩き出すのが、目についた。彼はふと、寿美子が、いつか云った恋人のあった話を思い出した。

「彼奴《あいつ》はおかしい！　俺の寛大につけ込んでいやがるんだ！」

　彼は、すぐバルコンから下へ降りた。彼は、いそがしく部屋へ帰って帽子と外套とを持ち出すと、ホテルの玄関から飛び出した。

　寿美子の姿は、一町ばかり向うの日比谷公園の正門を這入《はい》る所であった。

恵まれぬ恋

　林が、寿美子の後を追って、日比谷公園の入口を這入った時である。彼は、寿美子が十五間ばかり彼方《かなた》を、一人の男と並んで歩いているのを見たのである。しかも、二人がアーク灯の光を正面《まとも》に受けて道を曲ったとき、林は男の顔をハッキリと見たのである。それは、昼間ホテルの階段で逢ったあの男である。

「嘘をつけ！　嘘を。」と、林は胸の中で叫んだ。

　彼は、妻に対する激しい嫉妬と同時に、寿美子を一度、思うさまこらしてやり得る機会を掴んだ快感で興奮した。

「今日こそ一つ、寿美子の嘘の皮を、ひき剝《む》いてやるんだ。日比谷のどこに買物をする所があるんだ。」

彼は、そう思いながら、妻の後からついて行った。二人は、泉水の傍《そば》を通って藤棚の下へ来た。

「あなた、ここが良うございますわ。ここへいらっしゃいよ。」

と、前に立った寿美子が云って、空いたベンチに腰を降した。

男は、彼女の傍に並んで腰をかけたが、しばらくステッキの頭に額を乗せて、憂鬱そうにだまっていた。

林は、飛び出して行って、寿美子を捕まえてやろうかと思ったが、十分の証拠を握らないうちに飛び出して行ったのでは、あの口のうまい寿美子に、手もなく云いくるめられそうな気がしたので、二人がどんなことを話すか聞こうと思って、二人の後ろに忍び寄って、つつじの株の蔭に身をかくした。

「もう、お疲れになりましたの?」と、寿美子は前川に云った。

「いいえ。」

「いまここへ来たばかりですのに、もうお疲れになってはいやですわ。」

「これから疲れるところです。」

「まあ! なぜ。」

「あなたと一緒にいると不思議に疲れますよ。」

「そうでございましょうね。奥さまと、御一緒の時はお疲れになりませんでしたの？」

「あれは、根が馬鹿でしたから、此方《こっち》で神経を使う必要は少しもありませんでした。」

「そう、亡くなった奥さまのことを悪くおっしゃってはいやでございますわ。」

「悪くなんか云っていません。むしろあれの美点を云っているのです。」

「どうもありがとうございます。」

「いや。」

「でも奥さまは、御幸福でいらっしゃいましたでしょうね。」

「どうしてです。」

「あなたに、そんなに愛されていらっしゃったんですもの。」

「妻は、たしかにそう思っていたようです。」

「そうでございましょうね。妾《わたし》も一度、あなたの奥さまのような目に逢って死にたいわ。」

「つまり、ごまかされていたいと云うんですか。」

「いやでございますわ。あなたの奥さまが、どうしてごまかされていらっしゃいましたの。」

「お分りになりませんか。」

「分りませんわ。」

「分らなければ結構です。」

「でも、妾《わたし》一度でもいいから、あなたにごまかされて見たいわ。」

「そりゃ、あまりごまかしてばかりいるから、そんな贅沢《ぜいたく》が云いたくなるんでしょう。」

「あら、妾《わたし》人をごまかしたことなんかありませんわ。」

「しかし、お互にそんな美しい声を出して、威張れないじゃありませんか。」

「だって、妾《わたし》誰をごまかしたんでしょう。誰もごまかしはしないわ。」

（ごまかした。ごまかした。この大嘘つきめ！）と、林はつつじの蔭から、叫び出したくなった。

「そりゃごまかさないに、越したことはありませんよ。だが、我々のように……」と、前川は中途でよした。

「あなたは、妾《わたし》が良人をごまかしているとお考えになって？　妾、良人をごまかしてなんかいないわ。愛しているような振りなんかしていないわ。愛しないものは愛しないとハッキリ云っているわ。妾貴方《あなた》のこともそれとなく云ってあるわ。」

「あなたの御主人は、僕とあなたとの事を知っているんですか。」

「うすうすは知っているかも知れませんわ。今夜だって来るとき、へんな事を云っていましたわ。」

「じゃ、あなたと僕とこうしていることはいけませんね。」

「どうしてです？」

「知ってらっしゃるとすれば、そりゃ気の毒です。」

「でも、良人の方は気の毒だくらいで、済ませますわ。それよりも、妾《わたし》がこんなに久し振りにお目にかかって、二人きりでゆっくりお話が出来なかったら、どんなに気の毒だか分りませんわ。」

「それも分りますね。しかし、僕があなたの御主人に同情したって、いいわけですよ。」

「そりゃ御勝手ですわ。でも、あなたが妾《わたし》の主人に同情なさるくらいなら、妾の方により多く同情して下さってもよろしいわ。」

「だって、貴女《あなた》には同情を越して、こんなにお目にかかっているじゃありませんか。だから、あなたの御主人にすまなくなるのですよ。」

「じゃ、妾《わたし》にどうしろと、おっしゃいますの。」

「いや、あなたこそ、僕にどうしろとおっしゃるんです。」

「もっと、本当のお心を、おっしゃっていただきたいわ。」

「僕の心がお分りになりませんかしら。」

「今度、お目にかかって、あなたのお心がちっとも分らなくなりましたわ。妾《わたし》前よりも、馬鹿になりましたのね。前にはあなたのお心が、手に取るように分りましたのに。」

「僕はまたお分りにならない筈《はず》はないと思うんです。」

「そりゃ分る部分はよく分りますの。でも何だか、長い間お別れしていた部分だけが、分らないのかしら。妾《わたし》、貴方にお会いして、こんなだとは思いませんでした。」

「どんなだとお考えになったんです。」

「そりゃ、口に出しては申し上げられませんわ。何だか、貴方は冷淡におなりなさいましたようですわ。」

「そうですかね。」

「そら、そんな所が、そんなお口のきき方が、憎らしいほどですの。」

「いや、これはあなたと離れている間に覚えた癖なんですよ。僕の家内も、死ぬ前によくそんなことを云っていましたが、僕に最近そんな癖が出来たらしいですね。」

「出来たらしいどころじゃありませんわ。」

「結構です。」

「そら、そら、そんな所。いやですわ。そんな癖なんかおよしあそばせ。」

　蔭で聞いている林には、二人の云っていることが、言葉の技巧のために、ハッキリとは分らなかった。だが、寿美子が眼前の男を愛していると云うことだけは、ハッキリ分った。彼は、飛び出して行って、寿美子と男のベンチを、ひっくりかえしたくなった。すると、男はまた云い出した。

「こんな癖なんか、もっと幸福になれば、自然に癒《なお》って来ますよ。」

「じゃ、どんなことをなされば、幸福におなりになれて？」

「僕には、もう永久に幸福はありませんね。」

「奥さんが、お亡くなりになったから。」

「馬鹿なことを云っては困ります。」

「じゃ、どうすれば幸福におなりになれて。」

前川は、だまって考え込んだ。

寿美子は、いきなり云った。

「妾《わたし》と結婚して下さらない。妾、あなたを幸福にしてあげる自信があるわ。」

「冗談を云っては困りますよ。」

「貴方の方が、冗談を云っていらっしゃるんだわ。」

「じゃ、そんなことを本当に云ったんですか。」

「貴方は、どうお思いになります。」

「僕？」

「ええ。」

「僕は、冗談だと思う外《ほか》ありません。」

「でも、冗談が冗談らしいだけ、実は本当のことを云っているんだと、お考えになりませんか。」

「そりゃ、時と場合によるでしょう。」

「今の時はどんな場合でしょう。」

「冗談の場合です。」

「それじゃ、それで結構ですわ。」

「そうれ、御覧なさい。結局僕が、あなたの仰しゃったことを冗談だと思ってしまえば、却ってあなたがこっそり欣《よろこ》んで、いらっしゃるんですもの。」

「まあ、皮肉な方。」

「でも、そうじゃありませんか。」

「なぜ。」

「でも、僕がそれなら結婚して下さいとお願いしたら、あなたはお困りになるに定《き》まっているじゃありませんか。」

「いいえ、困りませんわ。」

「御主人がお在りになるじゃありませんか。」

「主人なんか捨ててしまいますわ。」

林は、つつじの蔭の中で、真赤になって怒り出した。彼は、唇を噛みながら、もう飛び出して行こうかと思ったが、二人のなり行きをもう少し聞いて、二人がもっとひどい事をしたり云ったりする現場を抑えてから、妻を殴りつけてやろうと思った。すると、男はしばらく黙ってから云った。

「そう云うことを、今あなたがおっしゃるくらいなら、なぜ貴女《あなた》が結婚なさらない前に、僕に妻を捨てろと、おっしゃって下さらなかったのです。」

「でも、そんなことを妾《わたし》のために、して頂いたら、わるいわ。」

「貴女だってそうでしょう。僕だって、僕のために、貴女に御主人を捨てさせたくはないのです。僕は妻を捨ててまで貴女と結婚する勇気がなかったのです。それだのに、妻がなくなったからと云って、自分の都合がよくなったからと云って貴女に御主人を捨てて僕のところへ来て下さいと云ったようなそんな虫のいい勝手なことは僕には断じて出来ません。」

（ヒア、ヒア。大賛成！　此奴《こいつ》はなかなか豪《えら》い男だぞ。）と、林はつつじの蔭で考えた。

「でも、今のような気持で、妾《わたし》が良人と一緒にいますのは、主人を絶えずごまかしているのと同じですわ。」

「それなら、あなたは御主人をごまかしている方がいいんです。」

「妾《わたし》、そんなこと、もうアキアキしました。」

「しかし、僕は……」

「もう沢山、あなたのお心は分りましたわ。」

「しかし、寿美子さん。僕は、あなたが御主人をお捨てになったら、それがどんな御主人であろうとも、将来どんなにいつも良心に苦しめられるかしれないんです。こう云う僕の心は、冷淡と云うのかもしれません。しかし、僕はこうした冷淡さだけはいつも失いたくありません。」

「貴方は、それで御辛抱が出来るかもしれませんが、妾《わたし》には出来ません。」

「今まで、していらしったじゃありませんか。」

「でも、貴方にお会いしたら、もう出来なくなりました。」

「じゃ、どうなさるのです。」

「妾《わたし》、あなたのお傍から、もう離れません。」

「それは、僕を苦しめることです。」

寿美子の泣き声が、急に聞えて来た。林は、一時は今にも寿美子をなぐりつけてやりたいほど怒りに燃えた。だが、男の冷静な態度と、寿美子の不幸な恋の結末を見ると、急に元気が出なくなった。

『俺も不幸だが、寿美子だって不幸なのだ。』と、彼は思った。幸福なものは誰もないのだ。結局一番幸福だったのは、妻の恋を知らなかった自分だったと云うことに気がついた。彼は、わざわざ妻の秘密を嗅ぎつけて出て来た自分が馬鹿だったと後悔した。彼は、この先二人の会話を立ち聞きすることが恐《こわ》いような気がした。

「じゃ、貴方は、妾《わたし》がどんなになってもいいとおっしゃるのですか。」

と、寿美子はしばらくしてから云った。

「僕は、そう云うことは云いません。ただ、貴女が僕と、結婚するために、御主人をお捨てになることが、不賛成なのです。」

（いいから、捨ててくれ。俺を捨ててくれ。）

林は、自棄《やけ》になって、そう叫びたかった。自分を捨てたくてならない妻を、持っていることのつまらなさと口惜《くや》しさとが、彼の心を狂わせかけた。

「でも妾《わたし》、この先どうしても貴方と離れていることは、出来ないと思いますわ。あなたと別々の生活をしていることは、耐えられないことです。」と、寿美子は云った。

「それは、よく分ります。しかし……」と、前川は云いかけて黙ってしまった。

「妾《わたし》、何のために生れて来たんでしょう。妾《わたし》一生、自分の心にもない人の妻になって、暮すために生れて来たのでしょうか。妾それを思うと、これ以上生きていることがいやになってしまいます。」

　前川は、しばらく黙っていたが、やがて沈んだ、しかし確信に充ちた声で云った。

「しかし、僕の妻が死んだからと云って、貴女がすぐ、御主人を捨てて僕の妻になる。それでは何かすまないような気はしませんか。あなたの御主人にすまないとか、道徳にすまないとか、そんなことを云うのではありませんよ。御主人以上、道徳以上の何かにすまないような気がするのです。あまりわれわれが得手勝手にすぎるような気がするのです。」

寿美子は、だまって聞いていた。

「僕は、先刻《さっき》も貴女を待っていながら、考えていたのです。貴女と僕との恋愛は、結局めぐまれない恋愛なのです。貴女が、妻子のある僕を思い切るつもりか何かで、他の方と結婚をすると、ひょっくり僕の妻が死んでしまうのです。あなたが一年結婚しないでいて下されば、二人は一緒になれたのです。」

寿美子は、声を立てて泣いた。

「悪うございましたわ。妾《わたし》。」

「貴女がわるいのではありません。われわれの恋愛が結局めぐまれていない証拠です。今度だって貴女が御主人を捨てて僕の傍へ走って来るようなことをなさっても、きっと何か思いがけない事件が起って来るような気がするのです。それに、僕はこんな風なことを考えたのです。何も愛し合っているからと云って、無理をしてまで夫婦になる必要はないと思うのです。世の中に、何物よりも僕を愛してくれる貴女が存在すると云うことは、僕にとって、一つの力です。信仰です。何も、あなたに始終傍にいて頂かなくっても、その力と信仰とだけで僕は、寂しいけれども幸福に生きて行けるような気がするのです。僕は、この頃ひょっくり夜中に、目を覚すことなどがあります。そんなときは、限りない寂しさに打たれます。でも、代々木のプラットフォームなどで、僕を見つけて走り寄って来て下さったあなたのお姿を思い出して、（寿美子さんもきっと今頃どこかで、僕のことを思ってくれるのだ）と思うと、この世の中が生甲斐《いきがい》があるように感ぜられて来るのです。われわれの運命が、めぐまれないからと云って、ジタバタとさわぐよりも、じっとそれを堪《た》え忍んで行くところに、人生の姿があるのではないでしょうか。そう堪え忍んで行くところから、本当にわれわれの運命が拓《ひら》かれて行くのではないでしょうか。僕は、貴女が外《ほか》の方と結婚したからと云って、貴女を失ったと云う気は、ちっともしないのです。貴女も、僕が貴女と結婚してないからと云って、僕が貴女のものでないとはお考えにはならないでしょう。」

寿美子の泣く声は、一しきり高くなって、やがて消えてしまった。

「分りましたわ。」寿美子は、しずかに云った。

「貴女の御主人は、あなたを愛していらっしゃるんでしょう。」

「ええ。そりゃ。」

「あなたは、ちっとも愛していらっしゃらないんですか。」

「ええ。妾《わたし》、それで困りますの。妾、時々良人を愛し出すんですの。でも、やはり駄目ですの。妾、少しでも良人が愛せたら、どんなにいいかと思いますの。妾、良人の顔を見ると、この頃は気の毒で仕方がありませんの。」

「そりゃ、今によくなるんじゃありませんか。ある時期を待てば。」

「そうでしょうか。妾《わたし》、どうしても駄目だと思いますわ。そんな時機が来るまでには、妾《わたし》死んでしまっているような気がしてなりません。」

「しかし、それは分らないことですよ。」

「いえ。」

「僕がいなくなれば、きっと御主人を大切になさいますよ。」

「貴方が、いらっしゃらなくなる訳は、ないじゃありませんか。」

「実は、僕は外国へ行くことになっているのです。今度出来ました九州大学と約束が出来ましたので二年間仏蘭西《フランス》へ行くことになったのです。」

「まあ！」

寿美子は、悲鳴に似た声をあげた。

「僕は、貴女にこれだけは、御約束出来ます。僕は、一生独身でやって行くつもりです。その代り、あなたは、どうぞ御主人を大切にして下さい。」

「あなたには、そんなことをおっしゃる資格ございませんわ。」

「そりゃない。しかし、僕は、あなたにお願いするんです。どうぞ、あなたは御主人を大切に愛してあげて下さい。」

林は、聞いているうちに、なぜとなく涙が出て来た。もう、彼はこれ以上、二人の様子を見ていることが出来なかった。また二人限り捨《ぎ》てておいても、少しも心配のない二人だった。彼はつつじの蔭から這い出すと、急いで公園の出口の方へ引き返した。

寂しき人々

林は、とぼとぼとホテルへ帰って来た。彼は、自分の部屋へ這入《はい》ると、椅子にもたれたまま、ぼんやりと考え込んだ。何を考え込んだのか。彼は、今までの自分の生活を考えたのだ。自分は何をして来たのか。何を今までしていたのか。すると、彼は結局、自分が妻を愛していただけに過ぎないと云うことに気がついた。そして、妻は、妻は自分を愛していなかったのだ。これが、自分の生活の全部であった。そう思ったとき、彼は寂しさに耐えられなくなって立ち上った。窓が見えた。すると、彼は窓から身体を躍らせて、地上へ飛び降りる勇壮な速力に魅力を感じた。この身体を砕け。この身体のどこに人間としての価値があるか。飛べ！　窓から飛べ！　彼は、半分真剣で、半分ウソで窓に手をかけて見た。

と、そのとき不意に後ろのドアが開いた。振りむくと、そこに照子が立っていた。

「あら、お一人？」と、照子は云った。

林は、黙って照子の顔を気の抜けたように眺めていた。

「寿美子さんは、どこかへお出かけになりましたの。」

「ええ。」

「妾《わたし》は演芸場で、オーケストラを聴いていましたの。」

林はぼんやりしていた。

「寿美子さんは、どこへいらしったんでしょうか。」

「あいつは、行く所をちゃんと持っていますな。」と、林は云うと、どっかりと椅子に腰をおろした。

照子は、林の云うことには、気づかぬらしかったが、憂鬱になっている林を、慰めるために寿美子の噂を、し始めた。

「寿美子さんのような方を、奥さまにお持ちになった方は、一生面白うございますわねえ。」

「そうですかね。」

「でも、あんな賢い方って、妾《わたし》達のクラスに、一人もございませんでしたわ。」

「一体、彼奴《あいつ》のどこが賢いんです。」

「どこって、どこだって、お賢うございますわ。」

「彼奴《あいつ》は、しかし僕のような男と結婚しただけは、馬鹿ですな。」

「まあ。」

「馬鹿でなければ、こんな阿呆《あほう》なことはしませんよ。」

「なぜ、阿呆なことでございますの。」

「阿呆なことじゃありませんか。第一好きでもない男の女房になるなんて、気が知れませんよ。」

「あんなことを仰しゃって、妾《わたし》寿美子さんは、あなたと結婚なすって幸福だと思いますわ。」

「そりゃ、阿呆な男と結婚すると、男をごまかしていられるだけ幸福ですな。」

「あら。貴方《あなた》が、阿呆な男だなんて、妾《わたし》そうは思いませんわ。」

「本当ですかな。僕が、阿呆でなければ何ですかな。」

「ほんとうに、親切ないい御主人だと思いますわ。」

「僕のような阿呆でも、貴女《あなた》のように云ってくれる人が、ありますかな。そんなら、窓から飛ぶの止《や》めたろうかな。」

「窓からお飛びになるなんて、どうなさいましたの。」

「僕は、今つまらんものを見て来ましてな。あんまり、胸糞がわるくなったので、ひとつこの窓から飛んでやろうかと思いましたのやが、あんたが這入って来たのでやめました。」

「まあ！　あんな御冗談を。」

「半分冗談ですが、半分は本当ですぜ。今夜は、もうこの世の中が、阿呆臭《くそ》うて、阿呆臭うて、いやになってしまいました。」

「あなたのような幸福そうな方でも、そんなことがございますの。」

「こんなことは、初めてですよ。でも、今日だけは、くらくらっと来ましてな。」

「どうなさいましたの。」

「こりゃ僕は云いたくないんですが、あなただから云いますが。」と云うと、林は急に大きい声で笑い出した。

「どんなことですの。」

「いやお話になりませんがな。」

「どうして。」

「僕は彼女《あいつ》に恋人のあることを今日知ったのです。」

「あら、そんなこと。」

「本当ですぜ。」

「でも。」

「いや、その男と話している現場を見せて貰いましたのや。」

「いやーな。嘘でございましょう。」

「嘘やったら、何も窓から飛び降りようなんて酔興も起りませんがな。」

「でも、まさか寿美子さんが。」

「ところが、その寿美子がそんなことをしていますのや。」

「でも、寿美子さんが、まさか。」

「あんたは、寿美子がそんなに貞淑に見えましたか。」

「そりゃ、あの方は、形では貞淑そうな顔をなさいませんわ。でも、心の中心は他の方より貞淑ですわ。」

「そうです。そうです。彼女《あいつ》は、貞淑です。だから、人の女房になっていても、昔の恋人に貞淑なのです。」

「まあ。」

「貞淑と云うことは、照子さん！　あなたのような方の事ですぜ。あなたには、どこかに優しさがありますな。嫌いな人でも、一緒にいれば、だんだん好きになろうと、努める優しさがどこかにありますがな。僕のような阿呆をでも、親切ないい人だと云ってくれますがな。」

「いやでございますわ。そんなこと、おっしゃると。」

「僕は、あなたのそのやさしさに感心してますのや。女は、やさしいのが、何よりですがな。僕は、賢いのは嫌いですがな。賢い女に限って、男をごまかしますがな。」

「そんなこと、ございませんわ。」

「いや、寿美子など、僕を馬鹿にし切っていますがな。銀座に買物に行くと云いましてな、とんだ買物をしていますがな。はははは。」

林は、いつものように大きい声で笑った。しかし、彼の心の中の苦悶は、どうしても掩《おお》いかくすことは、出来なかった。この善良な人が、寿美子さんに惚れぬいている以上、とても対等の太刀打は出来ないと思った。寿美子さんに、負けつづけに負けているのだと思うと、林の善良な性質が分っているだけに、照子は何となくいじらしかった。だが、寿美子さんに、恋人などあるのだろうか。いやあるかもしれない！　あると考えて見ると、卒業前後の寿美子の腑に落ちなかった憂鬱や煩悶が、スッカリ解釈がつくように思った。

「ほんとうに、今日はあなたを仏さまのように、思いましたぜ。あなたが、這入って来ると、パッと光がさしたように明るうなりましたぜ。窓から、飛ぼうなど云う阿呆な考えが、スッと無くなりましたがな。」

「まあ！」

「僕は、あなたのようなやさしい方を、追い出した望月さんの気がしれませんがな。僕は、寿美子の代りに貴女と結婚していたら、僕のような阿呆なものでも少しは亭主らしくして貰えると思いますがな。」

「いやですわ。そんなことおっしゃったら。」そう云って照子は真赤になった。一度の恋愛と一度の結婚につまずいた照子は、男性がこわかった。だが、この林のような無学ではあるが善良な夫だったらと、ふと照子は考えたが、寿美子のためにも自分のためにも、そんな妄想はすぐ払いのけてしまった。だが、林の眼がうつむいている自分の身体一杯にそそがれているように感ぜられたので、しばらく顔を上げることが出来なかった。

その時である。

「まあ！　お二人で仲よく話していらっしゃしたのね。感心ね、貴方《あなた》にも照子さんのお相手が出来て？」

フェルトの草履で、音もなく這入って来た寿美子が、扉《ドア》を背にして立っていた。寿美子は、いつになく洗ったように美しい顔をしていた。久しく寝入っていた彼女の情熱が、燃え上りでもしたように。

林は、妻の顔を見ても、ぷッつりと物を云わなかった。

「お帰りなさいませ。」

照子も何となくオドオドして云った。だが、寿美子は照子の様子などに、気を止めず、つかつかと夫の傍《そば》へ行くと、

「貴方《あなた》のお好きな不二屋の洋生菓子《ようなま》よ。」と、菓子箱を林の鼻の前へさし出した。

「ふむ。日比谷公園の中に、不二屋の支店が出来たんやな。」

「あら。日比谷へなんか行かないわ。銀座の大勝堂《たいしょうどう》へ寄っていたのよ。」

「大勝堂！　時計屋かい。ふん、エンゲージ指環《リング》をもう一つ註文したのかい。」

「婚約指環《エンゲージリング》なんか、一つあれば沢山だわ。」

「お前は二つ入《い》りやしないかい。」

「なぜ。」

「なぜだか、お前の心に訊いて見るといい。」

「ほほほほ。いるかもしれないわ。ほほほほ。」

寿美子は、蒼白な顔をしながら笑いこけた。

行く当なき自動車

照子は、林と寿美子との様子が、険悪になって来そうに思ったから、その場を外そうとして立ち上った。

「あなた、どこへいらっしゃるの？」と、寿美子は目ざとく訊いた。

「妾《わたし》、ちょっと。」

「いいでしょう。ここにいて頂戴よ。」

「でも、何だか林さんは怒ってらっしゃるんですもの。」

「林なんか怒ったって、いいじゃありませんか。ね、あなた。」と、寿美子はぷんぷんしている良人の方を振り返った。

「あなた怒っているの？」

「お前のような奴に怒ったって始まるかい。」と、林は云った。

「あら、そう、じゃ妾《わたし》うれしいわ。妾またあなたが怒ってらっしゃるんじゃないかと思っ

れ

て、びくびくしていたの。」

「ふざけるのは、よしてくれ！」と、林は叫ぶように云った。彼は、苦痛で叩きつけられたように顔を顰《しか》めながら、窓の方へ顔を向けた。

「あなた、今日、妾《わたし》が何かしたと思ってらっしゃるの？」

「そんなこと、自分に訊け！」

「でも、妾《わたし》何もしないから自分には分らないわ。ただ妾……」と、寿美子は云ったまま、だまってしまった。

「お前は、まだ嘘を云うつもりか。」

「まだ、嘘も何も云わないじゃありませんか。」

「俺は、お前が何をして来たか。ちゃんと見て来たんだ。」

「そう。じゃ妾《わたし》に、何もおききになる必要はないわね。」

林は、立ち上ると黙ったまま、青くなって寿美子の傍《そば》へ肉薄した。

照子は、慌てて二人の間へ這入ると、林に向って云った。

「ね、林さん。静かにして下さいましな。妾《わたし》寿美子さんに、よく申し上げて置きますから、もう何もおっしゃらないで。ね、ね。」

「照子さん、いいのよ。妾《わたし》、林の好きなようにさしておくんだから、その方がいいわ。」

「まだ、生意気なッ――」

「どうでもなさいよ。妾《わたし》あなたなんか。」

「寿美子さん、もうおっしゃらないで——」

照子は、仲に立っておろおろした。

「いいの。妾《わたし》もう、何もかも、きりをつけたいんですから。その方がどんなに気持がいいか知れないわ。妾、嘘をついてついて、一生嘘をついていようと思っていたんですもの。何も今更、嘘だの何だの云われたって、別に何でもないんですもの。」

寿美子は、ペッと唾でも吐くように、横を向くと、大胆不敵にもベッドの上へ、どんと腰を降した。その反動で身体をぼんと浮き上らせた。

林は、急に力を落したように振り上げた拳を降すと、ぐったりと椅子に坐った。照子は、ひとりやきもきしながら、寿美子に云った。

「あなた、どうなすったの。そんな無茶苦茶なこと、仰しゃるものじゃないわ。林さんだって、貴女《あなた》がいらっしゃらないものだから、ほんとに心配していらしったわ。」

「だって、妾《わたし》だって用があったのよ。」

「男に会う用だろう。」

林が、横から口を入れた。

「ええそう。」と、寿美子は、林に応じて置いてから「照子さん、林の云う通りよ。男に会う用なのよ。私の恋人の前川さんに会う用なのよ。」

林は、安楽椅子の腕に置いた両手を、ぶるぶるぶるわせた。

「ねえ、照子さん。まさか、妾《わたし》だって前川さんに会いに行くんだからって、云えないじゃないの。云うのが、恐しいのじゃないわ。そんな事ぐらい、いつだって云えてよ。だけど、それではあまり林を馬鹿にしているじゃありませんか。だから、妾《わたし》嘘をついたのよ。妾だって、嘘の効用ぐらいはもう知っているわ。人間の幸福の半分は嘘の上にのっているのよ。ほほほほほ。」

照子は、寿美子の口から、初めて大胆な告白を聴いた。彼女の生活の奥には、きっと何かあるとは思っていたが、寿美子に恋人があろうとは夢にも思っていなかった。だが、恋人がありながら、意に充たぬ結婚をしているのだと考えると、彼女の自棄や乱暴さがすっかり分るような気がした。

「寿美子さんにかかっちゃ、妾《わたし》何を云っているのか分らなくなるわ。でも、もう少し林さんに柔《やわらか》く仰しゃっていいわ。」

「妾《わたし》柔く嘘を云ったじゃありませんか。それを何だとか、かんだとか云って、ほじくり出すから腹が立つのよ。」

「でも、もう少しおとなしく仰しゃいよ。」

「もう、おとなしくなんかしていられないわ。長い間、妾《わたし》前川さんにお会いしたいと思っていて、今日ひょっくり逢ったのに、何故妾《わたし》ゆっくりお会いしたらいけないのかしら。

林だって少しぐらい、妾のことを考えてくれたって罰《ばち》は当らないわ。妾、何のために生きているんだか、ああ、いやいや、妾も死んでしまいたい。」と、寿美子は云うと、頭をかかえてベッドの上へ仰向《あおむ》けにねころんだ。

照子は、もう何と仲裁していいか分らなかった。夫婦喧嘩は、結局当人同志に任せる外《ほか》はないと思ったので、そっと部屋を出た。

寿美子は、寝ころびながら、先刻《さっき》の公園での前川との会合を悲しく追想していた。林は太々《ふてぶて》しく寝ている妻の姿を眺めていると、怒りよりも何よりも急に凄《すさま》じい情慾を感じ出した。すると彼は、心の隔っている眼前の妻が、何物よりも遠くにいるように思われて悲しかった。この妻がこの妻が他の男と、エーイ。

「おい、寿美子！　云え！　云え！」

再び林は猛然として、寿美子の襟首をひッつかんだ。

「何を云うの。」

寿美子は、冷然として良人の怒りにひきつッた顔を下から見上げた。

「男と何をして来た。それを云え。それを。」

「馬鹿馬鹿しいじゃありませんか。そんな事云ったって、何にもならないわ。」

「まだ、貴様は。」

林は、寿美子の首を締めつけようとした。寿美子は、良人の手を横に払うと、きっと林の顔を睨《にら》み返した。

「そんな下等なこと、およしなさい！」

林は締めかけた手を止めたまま、寿美子の身体を揺り動かした。

「俺は、お前をどんなに愛していたか、知っているか。」

「ええ、妾《わたし》、そんなことぐらい、知っているわ。」

「それなら、それなら。」

「それなら、首を締めるの？」と、寿美子は云った。

「それなら、そんな不埒《ふらち》なことが出来るか。」

「だって、仕様がないじゃありませんか。妾《わたし》、あなたを愛するなんて、そんなこと一言だって云った覚えはないことよ。」

「俺は、そんなこと訊いていない。」

「じゃ、ここを放して頂戴。」

「云え！　云え！」

「云え！　云え！　だって、そう子供のようには云えないわ。それより、ここを放して下さいな。妾《わたし》あなたの所へ首を締められに帰って来たのではないのですから。」

「俺は、お前の後からついて行ったんだ。俺はお前が、何をしたか知ってるんだ。良人の眼を盗んで馬鹿なことをしやがって、それで良いと思っているんか。」

「うるさいのね。妾《わたし》、幾回あなたに同じことを説明したらいいんでしょう。あなただって、妾のそんな所を見たら、もう妾にお訊きにならなくったっていいでしょう。何もかも知ってらっしゃるんじゃありませんか。」

「知っているから、腹の虫が収まらんのじゃ。女房に瞞《だま》されて、平気でいる男がどこに在る?」

「女房女房って、大きな声で仰しゃらないで下さい。妾《わたし》なんか誰の女房でもないんですもの。妾、あなたの女房だったら、そりゃあなたを愛しますよ。妾、こんないけないことなんかしはしないわ。妾、結婚はしたわ、だけど、心からあなたと結婚したんじゃないわ。でも、妾《わたし》今にあなたと本当に結婚する日が来るような気がしていたの。でも、今のところ来そうにもないわ。ああ、ああ、もううるさい。妾をどうなりとして下さいよ。だけど、首を締めるのだけは、赦して下さい。妾そんな不景気な殺され方なんかしたくないわ。さあ、あっちへ行って頂戴!」

「お前は、俺と一しょに生活するのが、そんなにいやなのか。」

「ええ。」

「じゃ、今まで何故一緒にいたんだ。」

「いやだけれど、そうしているより仕方がなかったんですもの。」

「じゃ、今からここを出て行ってくれ。」

「ええ。いいわ。」寿美子は立ち上った。彼女は、着物の塵《ちり》でも払うように、「さようなら。」と、気軽に云うと、ドアを開けて外へ出た。

林は、この破婚の簡単さに、呆然としてしまった。彼は、椅子の頭をつかんだまま、空虚な部屋の中で、頭を垂れた。と、数分の後《のち》、彼ははっとして頭を上げた。

「もう、寿美子はいないのだ！」

この後、自分の生活は？　淋しさは？　自分は？　と考えたとき、急に彼はドアの方へ突進した。彼は、廊下を走り階段を駈け降りた。しかし、寿美子の姿は見えなかった。彼は玄関に居合せたボーイに訊いた。

「何だかお出かけになったようでございますよ。」と答えた。

彼は、街路へ飛び出すと、左右を見廻した。寿美子の姿がガードの下で、ちらちらした。林は、外見もかまわず、駈け寄ると、ようやくガードを抜け切った明るい電灯の光の中で、妻の肩先をひッつかんだ。

「おい！」

「ええ。」寿美子は、後ろを振り向いた。つい散歩にでも出かけたばかりのような平穏な顔をしていた。

「帰ってくれ！」と、林は云った。

「いや。」

「なぜだ。」

「だって。」

「帰ってくれ。」

「でも妾《わたし》が居ては、御迷惑ですもの。」

「いやかまわん。」

「駄目よ。妾《わたし》。」

「そうじゃない。帰ってくれ！」

「もう帰ったって、何もなりませんわ。」

「何もならんことはない。どうぞ帰ってくれ。」

「そりゃ帰れと、おっしゃれば帰りますわ。」

「それじゃ。」

「だって。」と云い争っていると、もう二三人が立ち止って眺めた。

林は通りかかった空自動車《あきぐるま》を呼び止めると、「とにかくここに乗ってくれ。」と、妻を押すように、自動車の中へ入れた。

「おい！　どこへでもやってくれ。」

「どこにいたしましょう。」

「どこでもええ、ぐるぐる廻れ！」

「はい。」と、自動車は走り出した。

「ほんとに、帰ってくれる気か。」と、また林は云った。

寿美子は、だまっていた。

「俺はさっきあんな無茶を云ったが、あれは堪忍してくれ。俺もあのときは、腹が立ったんだ。」

「そりゃ分っているわ。あなたが、お怒りになるのは、もっともだと思っているわ。だけど、妾《わたし》はわるいとは思わないことよ。妾は、自分で悪いと思わなければあやまれない女よ。」

「そんなことは、もうどうでも、とにかく俺はお前が傍にいなくなると、堪らないのや。」

「でも、妾《わたし》がいなくなる方が、あなたには幸福よ。だって、妾《わたし》貴方を愛することが出来ないんですもの。」

「愛せんかて、ええ、とにかく傍にいてくれ！」

「でも、貴方と一緒にいると、貴方も不幸だし、妾《わたし》も不幸だわ。」

「じゃ、別れる方が、幸福なのか。」

「いいえ。そう云ってるんじゃないわ。別れたって、妾《わたし》もあなたも不幸よ。」

「それなら、別れん方がええのじゃないか。」

「でも、妾《わたし》は別れてもいいのよ。」

「お前は別れる気が、ほんとにあるのか。」

「ほんとも嘘もないわ。別れたって、別れなくたって、結局同じですもの。だから、妾《わたし》あなたが出て行けと、おっしゃったって、腹も立たないし、急に不幸になったとも思わないし、おかしな夫婦関係ね、丁度、この自動車に乗っているのと同じよ、行く当《あて》もなしにただぶらぶら乗り廻っているだけなの。」

「とにかく、帰ってくれよ。」

「ええ、帰れとおっしゃれば、いつでも帰りますわ。だけど、妾《わたし》ただ貴方のお金を使うだけに帰るのよ。」

「あああえとも。俺の金は、みんな親父の金や、ちっとも惜しいことありゃせん。」

「妾《わたし》不幸だけど、あなたのお金が使えるだけは幸福ね。あなただってそうよ。あなたは不幸だけど、妾にお金を使って貰えるだけは幸福なのよ。」

「うむ。話せる。ハハハハ。」と、林はやけ糞に笑いだした。

寿美子も、こんな大胆な話が平気で云える境遇が、何だか新鮮な感じがして来て、面白くなって来た。

これは、彼女が今までの生活の秘密からすっかり解放され、一つの新しい自由な空気を呼吸し始めたことだった。彼女は、もう良人の前で、平気で恋人の名を云うことが出来、何でも思うことはそのまま云ってのけられそうな自由な気持になっていた。彼女は俄《にわか》に、我に返ったようにハッとした。

『これが幸福ではないのかしら。これが、この自由さが。』

『ああ。しかし。』と彼女は思った。彼女は、前川のことを考えた。と、また崩れるように悲しくなって笑い出した。

『何が幸福であるのか。馬鹿馬鹿しい。ああ幸福よ、お前はふわふわ勝手に飛んでおれ。妾《わたし》は自動車に乗って、お前の下をゲラゲラ笑って飛んでやる。』

寿美子は、心の中で歌うようにそう呟《つぶや》きながら、自動車の反動に、ふらふら身体をゆられていた。

渡欧準備

望月は、二日間家に閉じ籠《こも》って、前川の報告を待っていた。前川は、二日目の夜、初めて望月の書斎に姿を現した。しかし前川は、望月と向い合ったまま、しばらく疲れたように、ぐったりと黙っていた。

望月は、彼の容子《ようす》から、彼の活動が思わしく行かなかったのだと感づくと、いらいらして来て訊いた。

「君、駄目だったのか。」

「いや。」彼は答えた。

「じゃ？」

「待ってくれ。どうも困ったんだ。」

「照子は、帰らないと云うのかね？」

「いや、そこまで、まだ話が進んでいないんだ。」

「困ったね。」と、望月は云うと、眼を光らせて考え込んだ。

「しかし、君の方はほぼ大丈夫だと思うんだ。」

「何がだ？」

「照子さんは、帰って来るよ。」

「一体、どうだと云うんだ。帰るのが本当なのか、帰らないのが、本当なのか。」

「帰る！」

「きっぱりと、照子がそう云ったのかい？」

「ううむ。そこまでは、まだ進んでいないのだよ。」

「もう俺には分らない。はっきりと云ってくれ。何だか、君は僕をじらしているんじゃないか。」

「いや、そうじゃない。実は、僕が林夫人に会いに行ったところが、林夫人と云うのは、去年別れた僕の愛人だったのだよ。」

「何だい！　君に、そんなものがあったのかい。」と、云って望月は苦笑した。

「それで君と照子さんの話より、僕と林夫人との話の方が、むずかしくなったんだ。どうも困ってしまったんだ。君の話を進めようとすると、そんなことは、妾《わたし》がいいようにするから、それより妾の方を早く定《き》めてくれと云い出すんだよ。此奴《こいつ》には困ったよ。」

「君の方の話って？」

「まあ、今の主人と別れるから、僕に結婚してくれと云うわけさ。」

「いいじゃないか。」

「ところが、今頃結婚出来るわけはないんだよ。」

「いいじゃないか。」

「良くはないよ。結婚するから、離縁しろとは云えないよ。」

「ふむ。しかし、照子と僕との事は大丈夫だろうね。」

「ああ云う奴だ！」

「とにかく、君は僕の使者じゃないか。僕の方を片づけてから、君の話をきめ給《たま》えよ。」

「そうは行かないよ。僕は、もうこれ以上、照子さんの交渉は御免を蒙《こうむ》ろうと思うんだが。」

「なぜだ？」

「だって、君、照子さんのことを片づけようと思えば、自然林夫人に会わなくっちゃならないだろう。会えば、ますますこだわりが出来てしまうんだ。向うの主人にだってわるいし……」

「じゃ君、林夫人がいやなのか。」

「嫌なら困らないよ。」

「ははア、好きだから困るか。なるほど、しかし照子の事だけは、片づけて貰いたいな。でないと、俺一人では、手も足も出ないんだ。」

「照子さんのことは、林夫人が、きっとやってくれるよ。その点は重々頼んで置いたんだから。僕の久しぶりの頼みだから、聴いてくれるに違いないよ。」

望月は、ぐるぐる部屋の中を廻り歩いて聴いていた。

「しかし、君、君はもう何だな。ほんとに林夫人には会わないつもりかい？」

「誰のためにだい。君のためにか、僕自身のためにか。」

「どっちのためにと云うことはない。会えば結果は同じだから。」

「僕自身のためには会いたくないね。もう、すぐ僕は欧洲へ行かなければならないし、折《せっ》角《かく》あの人に対して、覚悟をした気持を攪《みだ》したくはないからね。」

「何だか、それじゃ林夫人が可哀相じゃないか。」

「何だ。そんなことを云って、僕を林夫人に会わせようと云うのか。現金な奴だ。」

「いや、僕自身のためにも、会って貰いたいよ。だが、君自身のためにも、会った方がいいような気がするよ。」

「はははは、ありがとう。そんなに同情をしてくれるのなら、今度は、君が林夫人と会って、僕とあの人の間を解決してくれるか。はははは、……それよりも、君、松井大使への紹介状は書いてくれたかい？」

前川は、急に話を洋行準備の方へ転換してしまった。

この路

照子は、林と寿美子との間が、自分がいるために、だんだん険悪になるような気がして、寿美子の傍《そば》にいるのがだんだん居づらくなった。それに、寿美子から、邪険に扱われると、林は女性らしい優しさに渇《かつ》えて照子に親しみ出した。その親しみの中に、照子はある危険な芽を感じずにはいられなかった。

「ね、寿美子さん！」と、ある日照子は食堂の隅で小声で云った。

「妾《わたし》ね、怒っちゃいやよ。」

「ええ、なあに。」と、寿美子は訊き返した。

「あのう、妾《わたし》もうあなたの傍に居させて貰っては、いけないような気がして来たの。」

「そりゃ、そうでしょう。分っているわ。」

「あら、いやよ。そんな風に、取っちゃ。妾《わたし》あなたのお傍にいさせて貰えば、どんなに心丈夫か知れないわ。でもね、何だか妾、妾のために、あなたが御主人と喧嘩ばかりしていらっしゃるような気がして来たの。だから、妾……分って？」

「ええ、でも、そうじゃないことよ。貴女《あなた》がいなかったら、妾《わたし》なんかもっとひどい喧嘩をしていそうな気がするの。」

「だって、妾《わたし》が居てはお邪魔になるに定《き》まっているんですもの。妾、それでね。」

「貴女が邪魔になるような、そんな愛人同志の生活なら、妾《わたし》貴女にいて下さいなんて、初めから云わないことよ。妾、あなたが居て下さるんで、それでどんなに生活が面白くなっているか知れないわ。それはそうと、貴女望月さんの方は、どうなさるつもりなの。まだ定《き》めていらっしゃらないの。」

「ええ、定めるも定めないもないじゃないの。妾《わたし》、ちゃんともう前から、あなたに云ってあるんですもの。」

「だって、そんなこと、おっしゃっちゃ、妾《わたし》が困るわ。妾、あなたと望月さんと、もとのようにするからって、前川さんに引き受けたのよ。」

「でも、それは無理だわ。」

「妾《わたし》、ちっとも無理だとは思わないわ。あなたと望月さんとを、今までわざと離れさせて置いたのは妾なんですもの、もっと前に、妾が望月さんにあなたを会わせて置けば何でもなかったのよ。妾が、なまじっか貴女のために、望月さんをやッつけようとしたのが、わるかったのよ。だから、貴女に望月さんと別れようという気を起させたのは、妾じゃないかと思っているの。だから、妾あなたに済まないよりも望月さんにすまないと思うの。もう、妾《わたし》望月さんの味方よ。そのつもりでいて頂戴。」

「あら、だって。」

「だってじゃないわ。そうよ。妾《わたし》知らないことよ。妾の云うこと聴いて頂戴。妾《わたし》自分自身のことを考えても、やはりあなたを望月さんと一緒にさせたくて仕様がないんですもの。あの方はいい方だし。」

「寿美子さんの愛人のお友達だし。」

「それは勿論《もちろん》よ。それに今度のことを十分後悔していらっしゃるし、どんなにあなたが、これから幸福におなりになるか、妾《わたし》ちゃんと知っているんですもの。それに、あなたが望月夫人になっていて下されば、妾いつかは……ほほほほほ云わないわ。」

「前川夫人におなりになるおつもり。」

「ウソ。」

「いいわ。そんな準備のために、妾《わたし》を望月さんのところへ帰れとおっしゃるの。」

「それもあるの。でも、それは、はかない生活の虹よ。そんなことよりも、あなたの幸福のために云っているんだわ、ね。お帰りなさい。その方がいいわ。ね、ね、そうなさいよ。」

「いや。」

「あら。」

「だって。」

「だってじゃないことよ。ね、妾《わたし》悪いことは云わないから。あなたは、きっと幸福にお
なりになれてよ。妾とは、まるで違うんですもの。幸福になれるものは、なって下さいよ。

お願いだわ。」

「はいはい。」と、照子は云って、トマトを一片口へ投げ込んだ。

「ね、ほんとよ。望月さんの所へ帰って下さいよ。妾《わたし》前川さんからくれぐれも頼まれた
んですから。」

「とうとう、本音をお吐きなすったのね。だから、そんなに急に熱心におなりなすったん
でしょう。ひどいわ。」

「あら、あなたこそひどいわ。まだ、あんなこと云ってらっしゃる！　妾《わたし》の云うことを、
素直に受けて下さらない。」

「だって。」

「だってじゃないって。」

「だって。」

「知らない。」

「知らないでもいいわ。」

「さあ、もう望月さんの所へお帰りなさい。ここにいて貰いたくはありません。」

「ええ、もう貴女方《あなたがた》のお邪魔はいたしません。」

「だから、早く帰って頂戴。」

「帰ります。」

「早く。」

「お待ちなさい。妾《わたし》まだ、コキールを喰べないのよ。」

「妾《わたし》、ひとりでゆっくり喰べたいわ。」

「そんなに召し上ると、お腹をこわしてよ。」

「貴女も、妾《わたし》と一しょにこんな生活をしていらっしゃると、だんだん不良になることよ。終いには望月さんのところへ返せなくなることよ。」

「そうなれば、なお結構よ。」

「照子さん！　妾《わたし》、今日は負けたことにするから、どうぞ望月さんのところへ帰って頂戴な。お願いだから、ね。」

「お可哀相だわ。あなたが、お負けになるなんて。」

「いいことよ。今に讐《かたき》を討って上げるわ。」

「それまでには、妾《わたし》逃げ出していることよ。」

「逃がすものですか、妾《わたし》貴女を望月さんのところまで、追いつめてやるからいいわ。」

「冗談は、おいて、ほんとに妾《わたし》今夜失礼するわ。芝の伯母の家へでも行くわ。」

「まあ。どうして。」

「どうしてでもないわ。妾《わたし》が居ては、御迷惑じゃありませんか。」

「もう、妾《わたし》あなたには、ほんとに困ってしまってよ、妾に、幸福がないのは、我慢するとして、あなたまでその真似をさせたくないわ。妾、これほどあなたのことを思っているのに、貴女ってば、どうしてそう頑固なんでしょう。」

「ほんとに、あなたってばどうしてそう無理なことをおっしゃるのでしょう。妾《わたし》、望月のことなんかとうの昔に思い切っているわ。」

「いやよ。そんなこと聴かないわ。さあ、もうこんな話はよして、活動でも見に行きましょうか、何だか妾《わたし》くさくさして来たわ。武蔵野は、何をやっているのかしら、あなた覚えていない。」

二人は、またそれから無駄口をしゃべって、食堂を出ると、外出の支度をするために、二人の部屋へ帰って来た。すると、寿美子の所へ一通の手紙が来ていた。

それは前川からの簡単な手紙だった。

先日は、失礼いたしました。もう、何事も深くは申し上げません。私のことで、お心をお擾《みだ》しにならぬよう、くれぐれもお願いいたします。私は、いよいよ近日渡欧の旅に上ることになりました。貴女のことは、生涯を通じて決して忘れはいたしません。しかし、私はどうしても、この路を通らなければならないと思います。万事冷淡に見える私の行為の底の心をお察し下さって、あなたもどうぞ御辛抱下さいませ。出発まで、お目にかかる機会もありますまい。これをお別れの挨拶といたします。

俊一

寿美子さま

出帆の期日

前川が、フランスへ出帆する日が迫って来た。寿美子は、日比谷で彼と会って以来、再び前川と会うことが出来なかった。

その間、彼女は絶えずそわそわしていた。良人《おっと》と一緒にいることは、朝の食事のとき以外、ほとんどなかった。よく、照子と二人づれで、当《あて》もなしに出歩いた。流行の美しい型の自動車を選んで乗り廻した。うまい一流のレストランを探しては、御飯を喰べに行った。そうかと思うと、一二時間ばかり劇場のボックスに坐ったり、サッと銀座を一通り歩いて、行きすぎる男を馬鹿にして見て満足した。

ある日、寿美子は、何の気なく、良人と自動車の話をし始めた。

「あーあつまらない。妾《わたし》、自動車が一台欲しくなったわ。」

「大阪の家に在るじゃないか。」

「東京で乗るのがほしいのよ。」

「そんなら一台買おうか。」

寿美子は、話すことがなかったので、口から出まかせを云ったのだが、良人が造作なく返事をしたので、急に本当に欲しくなった。

「本当に買って下すって！」

「うむ。」

「車庫は、どうするの？」

「車庫は、どこかの車庫《ガレージ》に預けておくさ。」

「そうね。うれしいわ。ナッシュにしようかしら、クライスラーにしようかしら。やっぱり、パッカードがいいわ。」

「パッカードだったら、一万円もするぜ。」

「いいじゃないの。パッカードの幌《オープン》！　それにきめましょうね。」

「仕方がない。」

「ありがたいわ。やっぱり、貴方《あなた》こそだわ。」

「よしてくれ、何か買わせるときに、きっとおだてるのは。」

「だって、こんなときに賞《ほ》めなければ、あなたを賞めるときがないんですもの。」

「阿呆くさい。お前が、それに乗って男と逢曳《あいびき》に行く自動車を、俺が買わされるのかい！」

「あら、そんなひどいことしないわ。だって、もう前川さんは、フランスへ行っておしまいになるのよ。」

「本当か。」

「嘘なんか云いはしないわ。」

「万歳！　あの男が、行ってしまうのなら、俺は自動車を買ってやろう。」

「あら！　じゃ、買っていらないわ。」

「何故《なぜ》さ。」

「前川さんが、洋行なさるのは、妾《わたし》にとって嬉しいことじゃないことよ。あなたは、まるで前川さんの洋行を祝っていらっしゃるのね。」

「そりゃ祝うさ。あの男が居なければ、こうまで、俺は馬鹿にされずにすむ。」

「あなたは、妾《わたし》の主人じゃないの。少しぐらいは、妾の悲しみのために、一しょに悲しんで下さいな。」

「何じゃと、もう一度云うて見てくれ。」

「妾《わたし》は、あの人が行ってしまうと、かなしいの。」

「それで、俺にも悲しめと云うのか。」

「ええそう、血の廻《めぐ》りのわるい方ね。」

「あーあ。」と、林は云って立ち上った。

「俺は、一生に一度でええ。お前を一つうんとなぐって見たいもんや。」

「おほほほ。そんなに妾《わたし》が殴れないの。」

「うん、なぐれん。」

「殴るぐらい、いくらなぐってもいいのよ。その代り、一度殴ったら、一万円ずつ下さらない。」

「三度で、三万円か。パッカードが、三台買えるな。」

「ううむ。二度以上は、割引するわ。三度なら、二万五千円に負けてあげるわ。」

「阿呆! どうれ、酒場《バー》へでも行って来ようかな。」と林は云って部屋の外へ出て行った。

＊

その日、寿美子は望月のところへ電話をかけた。今日、ちょっと会ってくれるかどうかを訊き合せた。望月は、この上なき吉報として快諾した。彼女は、照子のことを一度望月に話して置く必要を感じた以上に、前川の近況を訊きたかったのである。

行ったときは、夕暮に近かった。望月は、欣《よろこ》んで寿美子を応接室へ導いた。

「しばらくでございましたねえ。先日は、本当に失礼なことを申し上げましたわ。おゆるし下さいまし。」と寿美子は云った。

「いや僕こそ。今度は、たいへんな御厄介をかけまして。」

二人は、何から云い出してよいか黙っていた。

「あの実は、照子さんのことで、お伺いに上ったのですが。」

「ああ、そうですか。照子は、やっぱり？」と、云いかけて望月は、黙って寿美子の顔を見た。

「ええ、何だかまだはっきりしたことは、ちっとも仰しゃいませんのよ。でも妾《わたし》は、大丈夫だと思いますの。ただ、初めからの行きがかりで、妾の前ではすねていらっしゃるんだと思いますの。それで、妾、ちょっとお伺いしたいんですが前川さんは、いつお立ちになりますの。」

「前川君を、前から御存じだそうですね。」

「ほんとうに、不思議な偶然でございましたわ。」

「全くです。」

「あの方、いつお立ちになりますの。」寿美子は、せき込んで訊いた。

「十五日の午後二時の出帆だそうです。」

「沢山お見送りの方がございましょうね。」

「いや、何だか見送って貰うのが嫌だからと云って、誰にも黙っているらしい容子《ようす》ですよ。」

「さようでございますか。妾《わたし》、そのときちょっと参りましてもよろしゅうございましょうかしら。」

「え、それは……」と、望月はちょっと考えてから、「彼も、それは非常に欣ぶでしょう。」

「いいえ。案外！　御迷惑かもしれませんわ。」と、云って寿美子は、美しく微笑した。

「御冗談でしょう。貴女《あなた》のことは何だか気にかけていたようでございますよ。」

「あら！　気にかけていただく必要なんかございませんわ。」

「だが、あの男は新しい思想を持っているくせに、道徳的には非常に旧人ですよ。何よりも良心を重んずる男ですよ。あの男の良心にかかっちゃ、新しい思想や学説も歯が立たないんですな。」

「ほほほほ、でも、フランスへいらっしゃると、少しは変るかも知れませんわねえ。」

「あの男の良心も少しは柔くなるでしょう。」

「ほほほほ、少しぐらい、柔くなっていただかないと、やり切れませんわ。」

寿美子は、心の底で悲しくなればなるほど、ここを最後とはしゃぎたくてならなかった。

しかし、望月は急に黙って、寂しそうな顔をした。

そうだ、照子さんのことを云うのだった。と、寿美子は気がつくと、

「あのう、妾《わたし》、十五日に横浜へ照子さんをお連れしたいと思いますの。」

「照子も行くんですか。」と、望月の眼は輝き出した。

「いいえ、まだ何とも云ってありませんの。今から、そんなことを云うと、決して行くとはおっしゃりませんわ。だから、妾《わたし》横浜へ買物に行くと云って、一しょにお連れしようと思っていますわ。そしてあなたに、お渡ししようと思っていますの。」

「それで、うまく行きますかな。今の様子では、僕は……」と、望月は考え込んだ。

「そんな御心配なんかいりませんわ。照子さんも心の中では、もう許していらっしゃるに定《き》まっていますわ。」

「いや、どうもいろいろ御厄介をおかけしてすみません。どうぞ、よろしくお願いいたします。」

「その代り、もう二度とあんなことをなすってはいけませんことよ。女って云うもの、それは痛々しいものなんですから。」

「もう、そのことだけは云わないで下さい。」

「妾《わたし》照子さんが、いらっしたとき、すぐあなたの所へお返ししとけば、こんなに長びかなかったのですわ。でも、あのとき妾も、ちょっと腹が立ちましたのよ。」

「まあ、お弱くおなりなさいましたのね。」と、寿美子は云って、懐しそうに微笑んだ。

「そりゃもう。」

＊

その翌晩、寿美子は照子と一しょに銀座を歩いていた。店々の飾窓の装飾は、当然あるべき街路樹のように、別に彼女達の好奇心を、そそらなかった。すると、ある一軒の洋品店の前で、寿美子は立ち止った。

「ちょっと。」

「なあに。」

照子は、寿美子の傍《そば》へ寄って、中をのぞくと、春を迎えるべき流行の婦人洋服が奥深くまで、色とりどりの華やかさで、並んでいた。

「あの奥から二番目のいいわねえ。」

「あのローズ色の。」

「ええ、そう。でも、ビーズがついているのは、いやね。」

「あの次ぎのもいいわねえ。」

「でも、袖《スリーヴ》が変だわ。」

「あなた、一度洋服を着て御覧にならない？」と照子が云った。

「妾《わたし》は、柄が小さいから。似合うかしら。」

「似合うわ。あなたのは、小さくても均斉がとれているんですもの。」

「あら、お口がお上手ね。あなたこそ、お召しにならない、外交官のマダムじゃないの。」

「いやな、寿美子さん！」

「妾《わたし》、ほんとうは洋服をこさえたいのよ。でも、こさえるのなら、やっぱり横浜がよくはないかしら。」

「横浜なら、きっといいわ。」

「近い内に、一度行って見ない。」

「ええ。」

「行って下さる？」

「お伴するわ。」

「じゃ、十四五日頃に行かない。」

「ええ、いつだっていいわ。」

「うれしいわ。あなたは、何でも妾《わたし》の云うことをきいて下さるわねえ、お礼に資生堂であなたの好きなオレンジエードを御馳走するわ。」

二人は、また手を取り合いながら、人ごみの中を、流れていた。すると、向うから林が、所在なさそうにぶらぶら歩いて来た。

「ちょっと、照子さん、あすこへ来たわ。」

「誰《だ》アれ。」

「私の親愛者《マイディア》。」

照子は、小間物店をのぞき込んでいる林を見ると、「あら、あなた行っていらっしゃいよ。」と寿美子の肩を押すようにした。

「そんなに、しなくったって、今に行ってやるわ。なんだか、淋しそうにしているわねえ。でもああしていると、好紳士ね。」

「おほほほほほ、ほんとうよ。あなたが、いけないいんだわ。」

「そうよ。妾《わたし》が、いけないいんだわ。こう、遠くから、あの人を見ていると、妾ときどき可哀相でたまらなくなることがあるの。」

「あなたでも。」

「まあ。おっしゃるわねえ。」

「だって、あなたは、林さんには、傍《はた》で見ていると、ひやひやするようなことを云うんですもの。」

「あれ、きっと、妾《わたし》のものを買う気でいるのよ。ちょっと、ここで見ててやりましょうよ。」

「あなたは、でも林さんがお好きでしょう。」

「ええ嫌いじゃないわ、愛せないだけよ。」

「でも、夫婦って結局そんなのがいいのじゃないかしら。」

「自由で、楽々としていて、わがままが云える点はね。」

「あなたは、林さんがお死にになったら、どうなすって?」

「妾《わたし》ちょっと泣いてよ。」

「感心ね。」

「妾《わたし》、一度林を愛してみたいの。一度愛してから、あの人が死ぬなり、妾が死ぬなりしたいわ。あの人には、何の罪もないんですものね。」

二人は、林の傍《そば》へだんだん近寄って行った。

「ね、照子さん、林もしばらく仲間に入れてやって下さらない!」

「まあ! どうぞ。」と、照子は云った。

寿美子は、小走りに林の傍へ駈けて行くと、後ろから良人《おっと》の円い肩を軽くたたいた。

林は、ふり返ると、妻の顔を見てにっこりした。

「何を、ぼんやりしていらっしゃるの。」

「あの手提《てさげ》は、お前にいいじゃないか。」と林は云った。

「資生堂へ、連れて行ってあげるわ。」

「一人かい。」

「ううむ、照子さんと。さあ、いらっしゃいよ。マイデア、ねえ、照子さん、妾《わたし》これから、林をマイデアと云って呼ぶことにきめたの。」

「どうして。」

「ほら、あなたも知っている近藤さんね。あの方の奥さんが、マイデアって、それは甘ったるい声で呼ぶのよ。とても、仲がよさそうでいいわ。」

「ほほほほほ。」

三人は笑いながら、資生堂の方角へ歩いた。

切れるテープ

十五日の朝、寿美子は朝起きると良人《おっと》に云った。

「ね、妾《わたし》、あなたには嘘をつかないことにしたわねえ。だから、ほんとうのことを云うのよ。今日ね、前川さんがお立ちになるの、だから妾ちょっと横浜まで行って来てもいい。」

「うむ。」と、良人は云った。

「妾《わたし》、あなたを愛するのは、これからなの。」

「もう結構や。」

「待っていて下さいね。あなたに、お土産《みやげ》を買って来るわ。」

「ふむ。涙のお土産やろ。」

「そりゃ、少々は泣くかもしれないわ。」

「帰って来てから、あたり散らされるだけは、御免やぜ。」

「でも、少しぐらいは、覚悟しておいて貰わないと、いやよ。」

「よしよし。」と、林は云うと、手拭《てぬぐい》を下げて、バスに出かけた。

寿美子は、照子と一しょに、やや遅い朝食を摂ると、念入りにお化粧をして横浜行きの電車に乗った。彼女は照子には望月のことを、一言も云わなかった。

「あなたは、今日何だか悲しそうね。」と、照子は電車の中で云った。

「そう。」

「変よ。溜息ばかりついて、いらっしゃるんですもの。」

「妾《わたし》何だか悲しくって。ね、あちらへ着いたらすぐ海を見に行かない？　海を見たら気が晴れるような気がするの。」

「でも、どうかなすったの？」

「今に分ってよ。」と、寿美子は小声で云った。

横浜へ着くと、二人はすぐ港の方へ自動車を飛ばした。赤い鉄のアーチのついた万国橋《ばんこくばし》の上を過ぎて、倉庫の建てつらなったアスファルトの道を進むと、彼方《かなた》の岸壁に前川を乗せて出る筥崎丸《はこざきまる》の船体が、横着《よこづけ》になっているのが見えた。

（ああ、あれだ。あれが……）と、寿美子は思うと胸の悲しさの中《うち》で、ホフマンの船歌の緩い旋律が流れ出した。

「あなた、こんな方へ来て、どうなさるの？」と照子は訊いた。

「まあ、しばらく黙って、妾《わたし》と一しょに来て下さいな。妾の一生のお願いだわ。」

二人は、岸壁近い大倉庫の陰で、車を降りると、寿美子は先に立って、群集している見送り人の中へ這入《はい》って行った。

「ああ。」と、男が向うから、寿美子の方へ手をさしあげた。

それは、前川だった。流石《さすが》に彼の眼は輝いていた。寿美子は、黙礼して近寄った。彼も人混《ひとごみ》をかきわけて、此方《こっち》へ来た。

「よく来て下さいましたね。」

「まだ時間がございまして？」

「ええ、まだ一時間と少しあります。」

「もっと早く、来ようと思ったんですけれど。」

「いやもう、お目にかからないで行った方が、却っていいと思っていたんですが。」

「まあ、そんなことをなすったら、妾《わたし》、フランスまで、従《つ》いて行きますわ。」

「それには及びません。だが、お身体だけは気をつけて下さい。」

「ありがとうございます。あちらへ、いらっしったら、時々お手紙を下さいましな。」

「ええ、しかし。」と、前川は云って、ちょっと黙った。

「いいんでございますのよ。主人も、あなたと妾《わたし》のことは、存じていますのよ。今日だって、貴方《あなた》をお送りするように云って来たんですもの。」

「そうですか。あなたも、なかなかおやりですな。」と、前川は悲しい微笑を洩した。

「あら。」

そう云っているときに、寿美子の傍《そば》へ望月が、近寄って来た。

「やあ、先日は、失礼致しました。」

「妾《わたし》こそ。」

二人が、会釈をすますと、寿美子は照子の方を振り返った。

照子の姿は、見えなかった。寿美子は、待たしてある自動車の方へ行って見た。照子は、その傍の積荷の陰に立っていた。

「貴女《あなた》、ちょっといらしって。」

「いや。」と、照子は云った。

「ほんとうは、今日前川さんがお立ちになるのよ。」

「妾《わたし》がいては、邪魔でしょう。」

「いやよ。早くちょっと。」

「いいの。」

「ええ。」と、寿美子は云ったが、照子の顔から、まだ望月の来ていることに気が付いていなさそうな表情を感じると、望月のことを、打ちあけて良いのか、わるいのか、ちょっと迷った。

彼女は、照子を連れて、再び前川の居る方へ来た。すると、照子は、黙ったまま急に蒼ざめて、元来た方へ引き返した。

「照子さん。照子さん。」寿美子は、また照子の方へかけ寄った。

「ちょっと、どうなすったの。」

しかし、照子は答えなかった。

「来て下さいな。ね、ね。」

「あなたは、ひどいわ。」と、照子は、俯向《うつむ》いたまま云った。

「どうしたの。」

「妾《わたし》をお瞞《だま》しになるんですもの。」

「御免なさいな。でも、仕方がなかったんですもの。」

「いいの。妾《わたし》帰るわ。」

「あら。」

照子は、さっさと歩き出した。寿美子は、彼女の手を持って引き止めた。

「今度だけは、堪忍して下さいな。後生だから妾《わたし》の云うことを聞いて下さいな。妾、前川さんと別れるだけで、十分かなしいの。あなたまで、妾を苦しめないでね。」

寿美子の顔も蒼ざめ、めずらしく涙が光っていた。

「妾《わたし》、今日はさびしくてたまらないのですもの。しばらくおつき合いして下さいね。」

するとと、照子の眼からも、急に涙が出て来た。

「でも、妾《わたし》。」

そう、照子が云ったとき、望月が二人の傍へ寄って来た。

「照子さん。」

照子は、ちらっと望月の顔を見ると、眼をそらせてだまっていた。

「照子さん。」

彼女は、二三歩彼の傍から歩き出した。望月は、彼女の後を追うと、傍に並んで歩いた。

「ねえ、僕をゆるして下さい。僕は。」と、彼は云ったが、後は何も云えなかった。

しばらく二人は、だまっていた。

「貴女《あなた》は、まだ僕を怒っていらっしゃるんですか。」

「いいえ。」と、照子はかすかに云った。

「本当ですか。」

「ええ。」

「ありがとう。僕は、どんなに貴女に会いたかったか知れなかったのです。なぜ、一度会紳士が立っていた。

って下さらなかったのです。」

しかし、照子はそれには答えず立ちどまった。

「船が出たあとで、東京へ一しょに帰って下さいますか。」照子はかすかにうなずいた。

「照子さん。」と、寿美子は呼んだ。照子が、顔を上げると、寿美子の傍に、若い重厚な紳士が立っていた。

「あの、この方前川さん。」と、寿美子は云った。

「望月君の友人です。御結婚式のときには、つい、ゆっくり御挨拶もしませんでしたが。」

と、前川は云った。

ほんとに、頼もしそうな人だと思った。寿美子さんが、あんなに思っていらっしゃるのは、尤《もっと》もだと照子は思った。

「今日、お立ちになりますと、いつ頃向うへお着きになれますの。」

「五月の初め頃です。」

「お一人旅で、お淋しゅうございましょうね。」

「ええ、しかし向うには、かなり友人も居ますし、それに望月もすぐまた仏蘭西《フランス》へ赴任するそうですから。そのときは、あなたもどうぞ御一しょに。」照子は、真赤になってうつむいた。

「それ、御覧なさい。貴女など、すぐそんなに幸福になれるじゃないの。」と、寿美子は云って照子の肩をつついた。

「まだ一時間近くあるから、ちょっとサロンへ這入ろうか。」前川が、振り返った望月に云った。

前川の友人や親戚五六人に、照子と寿美子とを加えた一行は、階段を昇って船へ上った。サロンは、船客やそれを取り巻く多くの見送り人で、満ちていた。悲しげな顔や、萎《しお》れた顔の間から華やかな笑声が湧き上った。悲しみと欣《よろこ》びとの交響楽だった。

寿美子は、快活であった。彼女は、人の萎れるとき、浮き上って咲く花のように、絶えず微笑をもらしていた。が、時々彼女はそっとデッキへ出て、そこでソッと涙を拭いて、また人々の前に現れた。

『でも、この人は、なぜ妾《わたし》を残して行くんだろう。やっぱり、妾をほんとうには愛していないのかしら。』

そう思う疑問は、どうしても彼女の胸からとれなかった。

『どこか、あの人には冷淡なところがあるんだわ。本当に愛していたら、私に林と離縁しろと云う筈《はず》だわ。』

すると、急に彼女の頭はもうろうとし始めた。

『妾《わたし》は、死にたい。死にたい。生きているから、またこんな悲しい別れ方をしなければならないのだ。』

彼女は、コンパクトをとり出して、のぞいて見た。

『妾《わたし》の眼は、光っているわ。あらあら、妾は昨夜眠らなかったから、こんなにやせたのだわ。ああ、もう三十分、もう三十分で、あの人は……』

と、思うと、彼女はもう、自分がどこにいるのだか分らなくなって来た。ただ、遠くで石炭を積んでいる船と、波と笑声と、デッキを行き通《か》う人とがちらちらするだけだった。

『でも、まあ、あの人は、にくらしい。いっそ、あの人の胸倉にとりついて、泣き出してやろうかしら。あらあんな大きい声で笑っているわ、にくらしい。あんなに落ち着いて、あらあんな大きい声で笑っているわ、にくらしい。』

彼女は、またデッキへひとりで出て来た。彼女は、ヴェンチレーターの傍で、立ち止ってぼんやりしていた。

ふと、そのとき後ろから、彼女の肩に手をかけるものがいた。彼女は、すぐそれが前川だと云うことを感じたが、そのまま黙って彼の方を向こうともしなかった。

「寿美子さん。」

「ええ。」

「じゃ。僕は行って来ますよ。」

「ええ。」

「長い間ありがとう。」

「ええ。」

「おたっしゃでいて下さい。」

「ええ。」

「では、御機嫌よう、御幸福に、お暮しなさい。」

「そんなこと、おっしゃっても、無理よ。」

彼女は、そう云うと、いきなり泣き出した。

前川は、それをいたわるように、寿美子の肩に置いた手に、じっと力をこめたが、やがてその手をとると、頭を垂れながら、サロンの方へ行こうとした。

「あなた。」と、寿美子は呼んだ。

前川はふり返った。

「御機嫌よう。」と、彼女は云った。

「さようなら。」

「あの、これね。」と、寿美子は云うと、栗鼠《りす》のように前川に近寄った。

「これ持って行って下さらない。」

「ありがとう。何です？」

「腕時計よ。はめていて下さらなきゃいやですよ。」

「きっと、はめています。」そう云って前川は、寿美子からの贈り物を、右のポケットに収めた。

「僕は、向うからきっと、何か送ります。照子さん宛に送ります。それでは、左様なら。僕があなたを愛していることだけは覚えていて下さい。」

「今になってそんな気安めをおっしゃるのは、御免だわ。」

前川は、ちょっと悲しそうな顔をしたが、左の内ポケットから丈夫な紙の袋をとり出した。

「これなにですの。」そう云って、寿美子は袋の中の書類をとり出した。

「これ旅行券《パスポート》じゃないの。」

「もう一つ這入っているでしょう。」寿美子は、袋の中をのぞいた。そこに、かつて自分が、結婚する前に、大阪から送った自分の写真がはいっていた。

寿美子は、涙がさんさんと、しばらくは、世界が、もうろうとしていた。

「では。」と、云うと前川は、決然として、サロンの方へ引き返した。

やがて、見送り人の、退船を命ずる銅鑼《どら》が鳴った。

「さようなら。」

「さようなら。」

「御機嫌よう。御無事で。」

「おたっしゃで。」見送りの人々は、甲板からどやどやと埠頭《ふとう》へ流れ降りた。

「××君万歳！」

「△△君万歳！」

「さようなら！」

「御機嫌よう。」

赤白紫青、とりどりのテープが、甲板から投げられた。船は、音もなく巨体をうごめかし始めた。見る見る人々の顔が小さくなった。

寿美子と、前川との握り合っているテープも、だんだん張られて行った。そして、二人の間の情縁そのもののように、はかなく、ぷつりと切れて、ひらひら舞いながら、波の上に散っていた。二人をいつまで隔てるかも分らない波の上に。

争った罰

照子は、望月の所へ帰って来た。二人は今までの種々《いろいろ》のいきさつについては、どちらも何も云わなかった。

とにかく、二人にとっては、前川の出発を送ったこの夜が、二人の忍びやかな最初の夜であるに違いなかった。

望月は、青い掩い《シェード》のスタンドの前のソファに腰をおろしながら、照子の横にならんでいた。その照子のアームチェアと、真向いに坐らねばならぬ筈の望月が、何故照子の横顔より見られぬような位置を、わざわざ取っていたのであろうか。これは、彼女の肩にやすやすと手を置きうるためであろうか、いやそう思うのはあやまりである。その二人の並び方を見ていると、その二人は正面から互に顔を見合うのが、羞《はずか》しいからだと云うことがすぐ分る。顔を見合うと、あれほど猛烈な争いをして置きながら、急に突然こんなにも幸福になり得た自分達の幸福さに、テレるからに相違なかった。

照子は、ふと顔を上げて、部屋の中を見廻して云った。

「まあ。あの額は、ようございますわね。」

しかし、照子はどうしてそんなことを、云いたくて云っているものか。その証拠に彼女の顔は一言云う度に、そわそわして赧《あか》らんでいるではないか。

「ええ。あれは、僕も気に入っているんですよ。セザンヌですが。」

この望月の返答も何と実感がこもっていないことよ。お互は、心にもないそらぞらしい会話を、今しばらくはつづけねばならなかった。それは、二人が喧嘩した罰なのである。

『でも、妾《わたし》にもう一度あんな苦痛な時が来るだろうか。』そう心の中で思っているのは、照子だった。

『いや、もう二度《ふたたび》あんな苦痛を嘗《な》めてたまるものか。』と、考えていたのは望月である。

「僕達は、この事をあなたのお母さんにお知らせしなくっちゃいけないでしょう？」と望月は云った。

「ええ、でも。」と、照子は云ったまま、ちょっと黙った。

「何か、お考えでも？」

「いいえ。でも、妾何《わたし》だか。」

「しかし、お母さまは、御心配になっていらっしゃいましょう。」

「でも、今夜だけは、いやでございますわ。」照子は、またポッと顔を赧らめた。

望月には、照子の気持がすぐ分った。

二人が真実の、永遠の夫婦になる夜は、二人ぎりの外《ほか》、誰にも知られたくないのに定《き》まっていた。

「では、明日にしましょうね。ちょっと、あなたの部屋を見ておいて下さいませんか。」

そう望月は云うと、先に立って家の中を案内した。

二人が、照子の部屋に定められた下の八畳の間に来ると、

「あら、まあ。綺麗ですことね。妾《わたし》、こんな部屋は好きですわ。」

「そして、貴方《あなた》のお部屋は？」と、彼女はすぐ口から出かかった。けれども、彼女の慎《つつま》しやかさは思わず彼女の口に手を当てさした。

しかしどうしたと云うのだろう。あんなに敢然と望月の傍《そば》へは、もう帰らないと威張っていた照子が、一旦帰って来ると、なぜ急にこんなにも慎しやかになったのか。それが、彼女には分らなかった。どうして、自分がこんなに望月の気に入るように気に入るように

と、気を使っているのか可笑《おか》しくなった。だが、このとき彼女は寿美子のように高飛車に
出られる境遇が、羨《うらや》ましいとは思えなかった。なぜか？　なぜだか、少しも羨ましいとは
思われなかった。
照子は、二階の望月の書斎へ案内された。
「これが、僕の部屋なんですよ。一人ものですから、取りちらかしてありますよ。」
照子は、『まあ、そうでございましょうね。』と云うかのように、黙ったまま微笑を洩し
て、書棚の本の多さに目をみはっていた。
「さあここへ。」と、望月は云いながら、安楽椅子をすすめた。
二人は、卓子《テーブル》を中にして対坐した。
しかし、さて二人はどうしたものだろうか。望月は、照子の手に自分の手を触れること
さえ出来なかった。彼には、なぜかしら照子が、恐くなっていた。彼女の端麗さまでが、
何となく恐くなっていた。もし、手でも差し出して、もう一度嫌われるようなことがあっ
ては？
こうして、この夜二人は互に二人の感情が恐くてならなかった。それにも拘《かかわ》らず、二人
は間もなく幸福の絶頂へ飛び上って行くことを予想している。二人は黙っているとどちら
もかすかに、ぶるぶると身顫《みぶる》いをし始めた。これは、どうしたと云うのだろう。この不可
思議な身顫いは。

「妾《わたし》、何だか寒くなりましたわ。」と、照子は云った。

「僕も少し。」と、望月は云った。

しかし、二人は互に、どちらも何の寒さも感じていないのだと云うことさえ、知り合っていた。

『これはいけない。俺達は、もう正式に結婚しているのだ。なにかまうものか。』と、望月は自分に自分で、勇気を付けた。

彼は、照子の顔を真正面から、見つめようとした。だが、彼には自分の眼前に、自分が苦しめた塊りが凝《かたま》っているような気がして、顔が上らなかった。この気持は照子とても同じであった。しかし照子は、どうした拍子にか、ちらと上眼で望月の顔を見た。と、望月の眼も同時に、照子の顔を見たのである。

「照子さん。」と、初めて望月は云った。

「ええ。」と云う声がした。

望月は、心を決したように、照子の肩に手をかけた。

「僕は、ほんとうに貴女を愛しているのです。どうかいい妻になって下さい。」

「ええ。」

「ありがとう。ありがとう。」と、望月は云った。

すると、照子は額に、頬に、唇に急速な無数の熱い唇を感じて、恍惚《うっとり》となってしまった。

結婚生活とは？

寿美子は、前川がフランスへ出発してから、毎日世界地図を壁に貼りつけて眺めていた。彼女は、前川を乗せた船の航路を、地図の上で、一日に一分《いちぶ》ずつ延ばして行った。それ以外の、彼女の日課は、ほとんどこれと云って、定《き》まっていなかった。彼女は、化粧もしなくなった。ただ時々、彼女は照子の所へ電話をかけた。だが、訪問はしなかった。出かけて行くのが億劫なばかりでなく、今友人の幸福を見せつけられては、一層自分の不幸を感じさせられるからだった。

彼女は、街へも以前のようには、出歩かなくなった。ひとりふらふらして、夕暮から日比谷の森の中をさ迷うているのが、好きになった。

ある日、彼女の所へ照子から電話がかかって来た。照子の所へ久し振りに、桂子が訪ねて来たから、これから二人で寿美子を訪ねようと云うのであった。

二人が来たとき寿美子は、前川に別れて以来、初めてうきうきした心になり、二人を迎えた。

「まあ、まあ。」と云って、寿美子は桂子を見た。

「お久しぶり。」と桂子は云った。彼女は背がのびて、一番奥さまらしくなっていた。

三人が、テーブルを囲むと、学校時代の話が、口をついて出始めた。それから、学友達の結婚話に花が咲いた。

「でも、あの頃はよかったわ。あの理化学教室の後ろの芝生の上で、よく話したわ。そうそう三人が、結婚の報告をしましょうと云ったわね。」と、桂子が云った。

「あら、そんなことあったかしら。」と、寿美子は云った。

「まあ。寿美子さんたら、あなたの御本の表紙ウラへ書いたじゃない？」と照子は云った。

「え、思い出したわ。でも、今日はダメよ。皆が結婚してから、一年後と云う約束だったわ。照子さんは、まだ資格がなくってよ。それとも、何か報告する事あって？」

「まあ、おほほほほほほ。」

「おほほほほ。」と、三人は笑った。

「でも、妾《わたし》結婚の報告なんか、十年経っても、百年経っても、何もすることがなくってよ。どうぞ、あなた方お二人で、なすって頂戴な。御遠慮には及びませんから、どしどし御幸福なところをお聞かせ下さいな。」

「あら、あんなことをおっしゃるわ。一番に寿美子さんが、なさらなければ、するものがありませんわ。」

「まあ。それよりも、照子さんの新しい所が聴きたいわ。」

「あら。いやですわ。」照子は赤くなって窓を見た。

「でも、あなたは何だか、ほくほくしていらっしゃるわ。もう、きっと妾《わたし》なんかをお腹の中で、馬鹿にしていらっしゃるのよ。ほんとうの結婚の味なんか、寿美子さんなどには分らないんだわ、と思っていらっしゃるんでしょう。」

照子は、だまってただ笑っていた。

「ね。そうでしょう。白状なさいな。あなた、妾《わたし》に楯《たて》ついて妾をいじめぬいた癖に、望月さんの傍《そば》へいらっしゃれば、うんともすんとも、おっしゃらないのね。妾、ひどい方だと思っていたわ。まさかお羞《はずか》しいからではないでしょう。」

「あら、いいわ。」

「ね。桂子さん、照子さんって、とてもひどい方なのよ。あのね……妾《わたし》が、おっと照子さん、そんなに、にらまなくっても云いはしないわ。」

「あら、あら。いいじゃありませんか。照子さん、どうかなすったの?」と、桂子は目を円くして、寿美子に訊いた。

「ええ。どうかどころじゃないことよ。でも、照子さんに悪いから云わないわ。」

「ね、照子さん、どうかなすったの。どんなこと?」

「何でもないの。寿美子さんが、妾《わたし》をあんな人の所へ行けとおっしゃるんですもの。」

「まあ。」と、寿美子は云って照子を睨《にら》んだ。

「どうなすったの。妾《わたし》には、何だかちっとも分らないわ。」桂子は、ただぼんやり二人の顔を眺めていた。

「そんなこと、御存じなくてもいいことよ。それよりか桂子さん、あなたの御主人は、たいへんなお美しい方だって、云うじゃありませんか。」と、寿美子は訊いた。

「いいえ。それに、この頃子供ばかり可愛がって、妾《わたし》なんかそこにいるかとも云わないの。」

「御円満でいらっしゃいますわね。」寿美子は、わざと叮嚀《ていねい》な言葉で云った。

「あら、ひどいわ。」

「ちっとは、妾《わたし》達にも紹介して下さるものよ。」

「だって羞しくって、これが良人《たく》ですなんて云えないわ。」

「まあ良人《たく》！　そのお言葉だけで、沢山だわ。もうそんなに愛妻振りを発揮なさるのね。にくらしい。」

「いやな寿美子さん。あなたこそ、あなた蜜月旅行《ホネームーン》の延長のようなことを、していらっしゃるくせに。」

照子は、絶えずにこにこ笑って二人の話を聴いていた。寿美子は急に照子の方を振り返った。

「なぜ、照子さん黙ってばかり、いらっしゃるの。もう、お帰りになりたいんでしょう。」

「妾《わたし》、女学生時代のことを思っていたの。妾、あのときが一番うれしかったわ。」

「照子さんは、案外つまらない方ね。」

「なぜ。」

「だって、ちっとも本当のことをおっしゃらないのね。なぜ、桂子さんのように妾《わたし》の良人《たく》は妾を愛しているわと、おっしゃらないの。桂子さんのように、良人《たく》良人《たく》と云うのもいいものよ。」

「まあ。妾《わたし》、たった一度口をすべらしただけじゃないの。ひどいわ。」

「おほほほほほ。」

「おほほほほ。」

そこで、三人は笑い合った。

それから三四時間三人は、子供のように、騒いでいたが、結局誰もが、自分の結婚生活について何も云わなかった。彼等は結婚生活に一歩、踏み入れただけで、めいめいの激しい受難を経た。これからも、またどんな恐しい受難がないと誰が保証し得よう。

その日、桂子と照子とは、夕方近くつれだって、帰って行った。寿美子は、二人を見送って、玄関からひとり階段を上って来た。すると、彼女は急に影の中へ這入《はい》ったように、淋しくなった。彼女は階段の欄干に手をのせたまま、しばらくじっと立ちどまっていた。

『妾《わたし》の生活が、これが結婚生活と云うのかしら、こんなデカダンな、どうにもならない生活が。』

ふと彼女はそう思った。すると、俄《にわか》に不覚な涙が浮んで来た。世の中に、自分ほどの廃《すた》れ者はないような気がした。彼女は、首を垂れたまま、輝く大傘灯《シャンデリア》の下を重そうに、また階段を上って行った。

恋愛以外にも

寿美子は、その翌日から急に憂鬱になった。良人《おっと》ともほとんど言葉を交えなかった。彼女の頬には蒼ざめた影が増して行った。

林は、寿美子の健康が、普通でないのに、気がついてから、ただぼんやりとして、彼女の顔を見ているようなことが多かった。前には、寿美子は林を愛してはいなかったが、快活であった。それだのに、今はその快活さえ、なくなってしまった。そして、彼女は淋しさ、そのもののように窶《やつ》れていた。

前川を乗せた船が、寿美子の部屋の世界地図の上で、スエズ運河へ這入った頃、寿美子は急に風邪にかかってねてしまった。扁桃腺《へんとうせん》が、はれてかなり高い熱が出た。

林は、寿美子の枕許に、つききりで看病した。寿美子は、良人の親切な姿を見るたびに、良人が憐《あわ》れに思われてならなかった。しかし、それがどうともならない以上、彼女はただ良人の親切さに苦しめられるばかりだった。

寿美子は、いつも天井ばかり仰《あお》いでいた。食物はただスープか、とき折りの果物だけだった。

あるとき、林は自分で、果物の皮をむいて寿美子に、喰べさせようとした。すると寿美子は口も開かずに、横をむいた。林は、妻が自分を嫌っていることを、しみじみ感じたので、訊ねて見た。

「おい。お前は、俺が傍《そば》についているのが厭《いや》なのかい。」

寿美子は、だまって答えなかった。

「お前は、俺がここにいるのが、目ざわりなら、外《ほか》の部屋へ行ってもええぞ。」

「そんなこと、したって駄目。」と彼女は小さな声で云った。

「そんなら、どうしたら、ええのや。」

「そのままにしていて頂戴。」

「このままでも、ええのか。」

彼女は、目をつむったまま、肯《うなず》いた。

林には、妻の心が、全く分らなかった。それは、無理なことではなかった。今、寿美子の気持の中には、何となく大きな転換が、来ていたのであった。彼女は、前川の愛に対して、だんだん日頃の疑いが強くなって行くのであった。自分を残して、海外に去った人、その人にたとい愛があったとしても、それは暖い愛だとは思えなかった。結局あの人は、唯物史観的な愛しか出来ないのではないか。もし愛していたなら、どうしてあんなに悩みなしに、海外へ行かれるだろうか。よし、妾《わたし》に良人があるとは云え、妾はすべてを捨てて、あの人の傍へ走ろうと云ったではないか。もし、あの人が本当に自分を愛していてくれたら、これほどの自分の愛を、何等かの形式で受け容れてくれぬ筈《はず》はない。

この彼女の考えは、彼女の寝ている間、日々彼女の胸の中で、くり返された悩みだった。しかし、そうかと云って、彼女は前川のことを忘れることが出来なかった。

ある朝、寿美子は、目を醒ますと、まだ寝ている良人を揺り起した。

「あなた、あなた。」

林はうむうむ云いながら、目を醒ました。

「ちょっと起きて下さらない。」

「なんだ。」

「もう、お正午《ひる》よ。」

「そうか、正午《ひる》か。」と、良人は云って、急に大きな目を開けた。

「あのね。ちょっと起きて、あの地図の線を三分《さんぶ》ばかり延ばして下さらない。毎日、一分ずつ、三日分延ばして下さらない。」

「何故だい。」と、良人は訊いた。

「そんなこと、訊かなくったって、いいわ。」

「今日は熱はどうだい。」

「妾《わたし》、起きるのが、面倒だから、あなたに頼んでいるんだわ。」

「まだ熱があるのか。」

「あるわ、少し。」

「薬は、飲んだか。」

「ええ。」

寿美子は、良人が、自分の病気を心配しながら、自分に云わるるまま、地図の上の前川の航路を、三分だけ進めるために、起き上って行くのを見ると、はっとした。なぜ、こうも自分を愛していてくれる良人が、自分を愛しなかった愛人の航路を、自分のために、延ばさなければならないのだろうか。これほど、良人を侮辱していることがあるだろうか。そして、良人は自分を愛したがために、なぜこうも自分に侮辱されねばならないのか。『自分は、愛情に対してあまり贅沢だったのだ、もっと良人がくれる愛情を大切に思わなければならなかったのだ。』

寿美子が、そう考えたとき、林はペンを持って、スエズから地中海へ出る船を三分進めようとして、地図の前に立っていた。

「あなた！」と、寿美子は強く叫んだ。

良人は振り返った。

「あなた、そのペンを捨てて頂戴！」

「なぜだい！」

「いいの、そのペンを早く捨てて頂戴よ。」

「ここへ書くのやろ。」

「もういいの、妾《わたし》、あなたに、そんなことをさせて、すまなかったわ。」

「いや結構や。」

「ちょっとここへ来て頂戴！」

「何や？」

と、良人は云って、寝巻の帯を、引き摺《ず》ったまま、彼女の傍へ近寄って来た。すると、寿美子はいきなり、起き上って、良人の額へヒステリカルに接吻した。

「お早うございます。」

「お前、寝ぼけているのかい。」

「もういいのよ。あなたお眠ければ、もう一度お休みなさいな。」

「俺は、もう眼がさめて、寝られはせんわ。」

「じゃ、なお結構よ。お茶を一しょに、飲みましょうよ。まだ、今日は早いのよ。」

「そうやろ、お正午《ひる》にしては、足の裏が冷えすぎると思った。」

「そうよ。まだ、朝よ。妾《わたし》、これから早く起きようと思うの。あなたも、これから早く起してあげてよ。人は、早く起きなければ、駄目だわ。」

「柄《がら》にないことを云い出すな。」

「妾《わたし》、今日から心を入れ易《か》えるの。もっと、しゃんとするの。」

「しゃんとか。」

「ええ、妾《わたし》、いままでは、あまりぐうたらな生活をしていたわ。下らないことばかり考えて、下らないことばかりして、一体妾《わたし》今まで何をして来たのでしょうね。妾、あなたのお金を使いに生きていたようなものだわ。」

「そりゃそうや。」

「だから、妾《わたし》今日から何か仕事をしようと思うの。」

「何の仕事や?」

「それは、まだ考えていないのよ。だけど、何か人はしなければいけないわ。お金を使うのだけが、能ではないわ。あなただって、妾《わたし》にお金ばかり使わせていては、いけないことよ、あなたが、もっとちゃんとしていて下さらなければいけないわ。」

「これで、案外ちゃんとしているではないか。」

「駄目よ、そんなことでは。第一、あなたは妾《わたし》の襟首を、ぐっと握っていらっしゃらないじゃありませんか。妾は、あなたの云うままになりたいのよ。」

「お前が、俺の云うままになる女かい。」

「そこを云うままにさせるのが、男の腕だわ。」

「俺には、そんなこと、うるそうて出来んわ。」

「それがいけないのよ。妾《わたし》、あなたが、だんだん好きになって行くんですから、もっと良人らしく、しゃんとしていて頂戴よ。」

「また、しゃんとか。ところで、お前起きていて良いのか。」

「ええ。妾《わたし》の寝ているのは贅沢なのよ。妾、今日から起きるわ。」

「もっと、寝ていたらええ。無茶するといかんぞ。」

しかし、寿美子は、それに答えず、ベッドから下りると、顔を洗いに立って行った。

バスルームへはいると彼女は、鏡に向って、ちらりと自分の顔を見た。と、自分が結婚した夜の翌日、鏡の前に立ったときの、自棄《やけ》気味な、あの顔を思い出した。だが、今は、と思うと、この長い間の悩みが、それほど無駄なことでもなかったと云うことに気がついた。どこだか、明るいではないか。どこかに光がさしているではないか。何となく、このいつも見馴れた窓からの風景までもが、ほのぼのと新鮮な感じがするではないか。

あの方が、フランスへ行ったのは、やっぱり彼《か》の人自身をも救い、妾《わたし》をも救ってくれるためだったかもしれない。愛人と結婚する、それは人生の輝かしい幸福の第一だ。しかし、それが出来なかったとしても、そのために人生その物をまで壊してしまうことは、あまりに勿体《もったい》ないことだ。恋愛以外にも、生活はあり、生活のあるところ、どこにでも欣《よろこ》びはあるのだ。と、寿美子は考えた。

「あなた！」と云って、寿美子は良人の方を振り返った。

良人は、じっと彼女の後ろ姿を眺めていた。何だか訳が分らぬように。

「ちょっと来て下さいな。」

良人は云われるままに、また彼女の傍へ近寄って来た。彼女は鏡の中から、良人を見ながら微笑した。

「どうするのや。」

と、良人は後ろから云った。

「妾《わたし》を抱いて下さらない。」

林は、おずおずしながら、まるで勝手が違うように、妻の肩に手をかけた。

「もっと、もっと。」彼女は云った。

鏡の中では、二人の恋人同志が、最初の接吻をする時のように、生き生きとした二つの顔が、朝日に照されて並んでいた。

それから、十分間もしてからだった。二人は食堂の方へ降りる階段を、何か未来の共通の仕事について、相談しながら睦《むつま》じそうに降りて行った。

終　曲

五月になると、セーヌの川水は毎日少しずつ澄んで行った。前川はある日の午後、巴里《パリー》の学生街であるカルチェ・ラタンのサンミッシェル大通りを歩いていた。マロニエの花が、一杯に咲いていた。栗の花に似て、純白なしらじらした花が、前川の郷愁をさそった。

彼は、街角の時計屋の前にさしかかったとき、先週の火曜日に、修繕を頼んだ腕時計が、今日出来ていることに気がついた。それは寿美子からの贈り物だった。ほとんど完璧と云われるナルダンの機械であったのだが、船中でふとした機会から、それをはめていた腕首を、ひどく寝台の金具に打ちつけたため、調子が狂っていたのである。

前川が、時計屋へはいると、白い頬髯《ほおひげ》をはやした老人の主人は、前川の顔を見覚えていたと見え、すぐ出来上った時計を持って出た。彼は前川の目の前で、ウラ蓋をこじ開けて、なめし革でふいていたが、急に、にやにや笑いながら云った。

「C'est le cadeau de votre petite amie, n'est-ce pas?」（これはお前の愛人から貰ったのだろう。）

「Oui. Mais pourquoi le savez-vous?」（そうだ。しかし、それがなぜ分る。）

「Parce qu'on lit ceci.」(なぜって、ちゃんとここに彫りつけてあるではないか。)

前川は、あわてて老人の手から時計を取り上げた。そして、修繕費を払うと、外へ飛び出した。彼は、セーヌの岸へ出ると、そこの石崖《いしがけ》に腰をかけて、時計のウラ側を見た。そこに、フランス語で、

A mon bien cher S. M.
Par Sumiko qui t'aime pour toujours.

(親愛なるS・Mへ
おん身を永久に愛する寿美子より。)

と、彫りつけてあった。

それを見た刹那、前川は横浜の埠頭に残した彼女が、つい目の前に立っているような気がした。

「寿美子さん。寿美子さん。」

彼は、我を忘れて、セーヌの川波に、そう叫びかけた。

この物語は、これで了《おわ》る。結末を求むる人あらば、作者は答えるだろう。真の人生に結

末のないごとく、この物語にも、また結末はないと。

解説

酒井順子

女学校の卒業を控え、談笑する仲良し三人組の様子から始まる、『受難華』。高貴な容貌の照子。小柄で愛くるしい寿美子。そして色白美人の、桂子。いずれ劣らぬ「華」達は、ほどなく満開の時期を迎えようとしており、

「三人が皆結婚してから、一年目に、三人で会って、結婚生活の報告をすること」

という「お約束」をして、女学校から旅立ちました。


三人は、進学も就職も、する様子がありません。『受難華』は大正十四年（一九二五）から翌年にかけて、雑誌『婦女界』に連載された小説ですが、当時、一部の帝国大学では女子の聴講生をわずかに受け入れていたものの、それはあくまで例外的な存在であり、基本的に大学は〝男子校〟でした。日本女子大学等は、まだ専門学校としての扱いであり、この物語の冒頭に、「（女学校を）出てから専門学校へ行く人々は、入学試験に忙殺され」とあるのは、そちら方面に進む人の様子であったと思われます。

寿美子は、本当はもっと勉強を続けたかったものの父がそれを認めなかったのであり、もし許されるなら、

「目白の英文科か、英学塾か、どちらかへ這入りたいと思いますわ。」

とも言っています。「目白」とは日本女子大のことであり、「英学塾」は、後の津田塾大学。娘が勉学への意志を持っていても、それを許さない親も珍しくなかったのです。

女学校を卒業した人が職業を持つことも、考えづらい時代でした。「職業婦人」は次第に増えてはいましたが、大正時代の職業婦人といえばまだ、「家庭の事情で働かざるを得ない、同情すべき女性」といった印象。外で働く女性は身持ちが悪いといったイメージもあり、事務員や小学校の教員であっても、目立たないようにこそこそと出勤していたというのです。

だからこそ高等女学校を出た、つまりは比較的余裕のある家庭の子女達が、卒業後に仕事を持つことは考えづらかったのであり、となると彼女達の未来に待ち構えているものは、結婚しかありません。

「でも、妾達《わたし》の運命は、やっぱり結婚よ。とにかく結婚よ。」

と桂子が言うのは、当時の女性達の一般的な感覚であったことでしょう。女子は遅かれ早かれ結婚するのが当然だったからこそ、

「女学校を卒業してしまえば、それでいい人達はのんきであった」

という状況だったのです。

照子には、若き外交官の「愛人」（当時の「愛人」は、「恋人」的な意であった模様）がおり、いずれ結婚することが予想されていました。桂子は、京都大学を出て三井物産に勤務する男性との媒酌結婚が、ほぼ確定している身。当時、美貌の女学生は在学中に結婚して女学校を退学することもあり、卒業まで結婚が決まっていないと「卒業顔」などと陰で言われることもあったのだそうです。

三人組のなかで一人、結婚に対して積極的でなく、

「妾《わたし》結婚なんかしないわ。」

と言い切る寿美子は、しかし「卒業顔」だったわけではありません。彼女は心に思う人がいて、その人が既婚者であったことから、結婚に夢を抱くことができないのです。

美しい「華」たちの「受難」のストーリーである本書において、そんなわけで最も早くから人生の難局を意識していたのが、寿美子でした。また最も幸福の近くにいると目されていた桂子も、結婚後、夫にはかつて子までなした女がいたことが発覚してしまいます。

そして照子は、愛人である藤木から、パリ渡航前に「二人の間だけで結婚」したいと迫られ身体を許したというのに、藤木はパリで病死。その後、藤木の同僚の望月と結婚することになるものの、初めての夜を過ごす前に照子が藤木との関係を告白すると、望月が激怒して新婚旅行は中断……。

桂子のようなケースは、現在でも珍しいものではありません。子供がいるいないは別として、「他にも女がいるのに私と結婚したのね」と苦しむ女性は、今もいるのです。対して現代人にとってわかりづらいのは、照子のケースかと思われます。照子に身体の関係を求めた時、藤木は、

「あなたが僕以外の男性と結婚出来ないようになっていただきたいのです。」

と言っていますが、誰かと身体の関係を持ったならその人以外とは結婚できないと思っている女性は、現代社会にはいまい。

当時の男性にとって、「結婚相手は、処女でなくてはならない」という信念は強固でした。妻が自分の所有物であるからこそ、まっさらの新品でないと嫌だったのであり、照子が藤木との事実を打ち明けた時、望月が激怒したのも、だからこそ。

この頃の「女は、結婚まで処女でいなくてはならない」「女が肉体関係を結ぶのは、生涯で夫のみ」という感覚は、日本人がずっと抱き続けていたものではありません。平安時代まで遡《さかのぼ》れば、『源氏物語』などを読んでもわかるように、処女性はほとんど問題にされていませんし、女性はその生涯において、何人もの男性と関係を持っている。

江戸時代においても、武家の女性はともかくとして、庶民の女性は未既婚にかかわらず、おおらかに性の悦びを享受していたのです。

そのような感覚が変化したのは、明治になってからでした。キリスト教に基づく欧米の

処女信仰が日本に入ってきて、おおらかな性は文明的でない、という感覚に。主に武士の世界に浸透していた儒教的倫理観における貞節志向とあいまって、処女性が重視されるようになったのです。

本書においても、寿美子の想い人である前川は、女学生時代の寿美子について「素絹《しらぎぬ》のような処女の心」などと思っています。女学生だからといって処女だとは限らないではないか、と今を生きる我々は思いますが、処女とはそもそも「家に処《お》る女」、すなわち未婚で実家で暮らす女の意。未婚女性は親とともに実家にいるのが当然で、未婚ならば性交は未経験であるのが当然であったからこそ、「処女」は「性交をしたことのない女」を表す言葉となり、未婚の寿美子も処女でないはずがなかったのです。

「女は、結婚まで処女でいなくてはならない」のに対して「男は、結婚前に別の女と性行為をしていても問題なし」というアンバランスな感覚があったが故に、照子や桂子の受難は発生します。『受難華』は『婦女界』でおおいに人気となり、連載中、照子が行方不明になると、

「照子は自殺したか？　生きているか？」

について読者に予想させ、正解者の中から抽選で桐簞笥《きりだんす》やら鏡台やらをプレゼントするという企画も行われました。非処女の新婦が新郎から拒絶されるという出来事は、自殺に値すると思われていたのです。

同誌では、

「照子、桂子、寿美子の三人の中で、あなたは誰が一番お好きですか」

という人気投票も行われましたが、圧倒的に人気が高かったのは、寿美子でした。

寿美子は三人の中で最も闊達で大胆な性格でありながら、想い人である前川との間に、肉体的な関係は結んでいません。寿美子は精神的な恋愛の問題で苦しんでいたのです。

寿美子のキャラクターは型破りのようでありつつ、しかし彼女の状況は、最も読者が自分を重ねやすいものであったように思います。『受難華』の時代は、厨川白村《くりやがわはくそん》の『近代の恋愛観』がベストセラーとなり、恋愛至上主義を標榜する恋愛ブームの只中にありました。

前川にしても、

「恋愛至上。彼はそんな言葉をけなしていた」

というのに、寿美子の新鮮な魅力に触れ、

「ただ恋愛こそが緑なす生命の樹だ」

と、恋愛の力にうっとりしているのです。

寿美子と前川は、いわばブームに乗って恋愛をしていました。親の決める結婚が一般的であったからこそ、恋愛の刺激は若者に刺さったのでしょうし、その恋愛が終わり、「妾《わたし》結婚なんかしないわ」と言っていた寿美子が好きではない男性と結婚せざるを得なくなるのも、当時の状況を考えると、やむを得ないところでしょう。

そして当時は、そのような人がたくさんいたのだと私は思います。寿美子ほどではないにせよ、密かに思いを寄せていた人がいながら、全く違う人と結婚しなくてはならなかった、という人が。

そんな女性達は、寿美子に自分を重ねることによって、ひと時の夢を見たのではないでしょうか。夫には愛していないことをストレートに伝え、しかし夫のお金は自由に使い、やがては前川のことも夫に打ち明けるという彼女の行動は、好きでもない男と結婚せざるを得なかった多くの女性達の心を、すっきりとさせたのではないか。

寿美子は結婚後、前川と再会します。前川の妻は他界していたものの、前川は寿美子の愛を受け入れず、二人は二度目の別離を迎えることに。二人の「恋愛」は結局、実を結ばなかったのです。

しかし寿美子はそこから立ち上がりました。夫の様子を見るにつれ、

「恋愛以外にも、生活はあり、生活のあるところ、どこにでも欣《よろこ》びはあるのだ」

というところへ、思いは向いていく。

寿美子の着地点は、寿美子ほどにドラマチックに生きていない多くの女性にとっても、救いとなったことでしょう。恋愛は一時の夢であり、生活とは分けて考えなくてはならない。……と、自立の道はほぼ閉ざされていた当時の読者は、思ったのではないか。

「今日は帝劇、明日は三越」を地でいく寿美子達は、大正末期という爛熟の時代を享受し

ているように見えます。しかしその中でも寿美子は、さらなる教育を受けることを諦め、そして恋愛をも諦め、「生活」に戻っていくのでした。この結論こそが読者を最も安心させると同時に、読者の限界を示すものでもあったのだと私は思います。

（さかい・じゅんこ　エッセイスト）

受難華

初　出　『婦女界』一九二五年三月号～二六年十二月号

初　刊　『受難華』上中下、春陽堂、一九二五年九月、二六年二月、同十一月

編集付記

一、本書は『菊池寛全集』第六巻（高松市菊池寛記念館、一九九四年四月）を底本とし、新たに書き下ろしの解説を付したものである。

一、中公文庫へ収録するにあたり、旧かな遣いを新かな遣いに改めた。また、読みやすさを考慮して、副詞、接続詞などの表記を一部ひらがなにし、カタカナ語の表記を一部改めた。難読と思われる語には新たにルビを付した。送りがなや表記のゆれは適宜統一した。

一、底本中、明らかな誤植と考えられる箇所は訂正した。

一、本文中、今日の人権意識に照らして不適切な語句や表現が見られるが、著者が故人であること、執筆当時の時代背景と作品の文化的価値に鑑みて、底本のままの表現とした。

中公文庫

受難華《じゅなんげ》

2021年1月25日　初版発行

著　者　菊《きく》 池《ち》 寛《かん》

発行者　松 田 陽 三

発行所　中央公論新社
〒100-8152　東京都千代田区大手町1-7-1
電話　販売 03-5299-1730　編集 03-5299-1890
URL http://www.chuko.co.jp/

ＤＴＰ　ハンズ・ミケ
印　刷　三晃印刷
製　本　小泉製本

Published by CHUOKORON-SHINSHA, INC.
Printed in Japan　ISBN978-4-12-207016-5 C1193

中公文庫既刊より

各書目の下段の数字はISBNコードです。978－4－12が省略してあります。

あ-84-1
女体について 晩菊の八篇
安野モヨコ選・画 太宰治／岡本かの子／森茉莉他
はたかれる頬、蚤が戯れる乳房、老人を踏む足、不老の童女……文豪たちが「女体」を讃える珠玉の短篇に、安野モヨコが挿画で命を吹きこんだ贅沢な一冊。
206243-6

あ-84-2
女心について 耳《みみ》瓔《よう》珞《らく》の十篇
安野モヨコ選・画 芥川龍之介／有吉佐和子／円地文子他
わからないなら、触れてみる？ 女の胸をかき乱す、淋しさ、愛欲、諦め、悦び――。安野モヨコが愛した、女心のひだを味わう短篇集シリーズ第二弾。
206308-2

あ-84-3
背徳について 黒い炎の七篇
安野モヨコ選・画 幸田文／久生十蘭／永井荷風他
全員淫らで、人でなし。不倫、乱倫、子殺し……濃密に咲き乱れる、人間たちの〝裏の顔〟。安野モヨコの挿絵とともに、永井荷風や幸田文たちの名短篇が蘇る。
206534-5

か-30-1
美しさと哀しみと
川端康成
京都を舞台に、日本画家上野音子、その若い弟子けい子、作家大木年雄の綾なす愛の色模様。哀しさの極みに開く官能美の長篇名作。〈解説〉山本健吉
200020-9

た-30-7
台所太平記
谷崎潤一郎
若さ溢れる女性たちが惹き起す騒動で、千倉家のお台所はてんやわんや。愛情とユーモアに満ちた筆で描く抱腹絶倒の女中さん列伝。〈解説〉阿部 昭
200088-9

た-30-13
細雪（全）
谷崎潤一郎
大阪船場の旧家蒔岡家の美しい四姉妹を優雅な風俗・行事とともに描く。女性への永遠の願いを〝雪子〟に託す谷崎文学の代表作。〈解説〉田辺聖子
200991-2

た-30-53
卍（まんじ）
谷崎潤一郎
光子という美の奴隷となった柿内夫妻は、卍のように絡みあいながら破滅に向かう。官能的な愛のなかに心理的マゾヒズムを描いた傑作。〈解説〉千葉俊二
204766-2

う-3-7
生きて行く私 宇野千代
〝私は自分でも意識せずに、自分の生きたいと思うように生きて来た〟ひたむきに恋をし、ひたすらに前を見つめて歩んだ歳月を率直に綴った鮮烈な自伝。
201867-9

い-115-2
それを愛とまちがえるから 井上荒野
愛しているなら、できるはず？　結婚十五年、セックスレス。妻と夫の思惑はどうしようもなくすれ違って……。切実でやるせない、大人のコメディ。
206239-9

か-57-6
これでよろしくて？ 川上弘美
主婦の菜月は女たちの奇妙な会合に誘われて……夫婦、嫁姑、同僚。人との関わりに戸惑いを覚える貴女に好適。コミカルで奥深いガールズトーク小説。
205703-6

か-86-2
夫の墓には入りません 垣谷美雨
ある晩、夫が急死。これで〝嫁卒業〟と思いきや、介護・墓問題・夫の愛人に悩まされる日々が始まった。救世主は姻族関係終了届⁉　心励ます人生逆転小説。
206687-8

さ-74-1
夢も定かに 澤田瞳子
翔べ、平城京のワーキングガール！　聖武天皇の御世、後宮の同室に暮らす若子、笠女、春世の日常は恋と友情と政争に彩られ……。〈宮廷青春小説〉開幕！
206298-6

つ-31-1
ポースケ 津村記久子
奈良のカフェ「ハタナカ」でゆるやかに交差する七人の女性の日常。それぞれの人生に小さな僥倖が訪れて……。芥川賞「ポトスライムの舟」五年後の物語。
206516-1

な-64-1
花桃実桃 中島京子
会社員からアパート管理人に転身した茜。昭和の香り漂う「花桃館」の住人は揃いも揃ってへんてこで……。40代シングル女子の転機をユーモラスに描く長編小説。
205973-3

な-64-2
彼女に関する十二章 中島京子
五十歳になっても、人生はいちいち、驚くことばっかり——パート勤務の宇藤聖子に思わぬ出会いが次々と。ミドルエイジを元気にする上質の長編小説。
206714-1

各書目の下段の数字はISBNコードです。978－4－12が省略してあります。

は-45-1
白蓮れんれん
林　真理子
天皇の従妹にして炭鉱王に再嫁した歌人柳原白蓮。彼女の運命を変えた帝大生宮崎龍介との往復書簡七百余通から甦る、大正の恋物語。〈解説〉瀬戸内寂聴
203255-2

は-45-3
花
林　真理子
芸者だった祖母と母、二人に心を閉ざしキャリアウーマンとして多忙な日々を送る知華子。大正から現代へ、哀しい運命を背負った美貌の女三代の血脈の物語。
204530-9

ま-51-1
おばちゃんたちのいるところ Where The Wild Ladies Are
松田　青子
追いつめられた現代人のもとへ、八百屋お七や皿屋敷のお菊が一肌ぬぎにやってくる。お化けの妖気が心のしこりを解きほぐす、ワイルドで愉快な連作短篇集。
206769-1

み-51-1
あの家に暮らす四人の女
三浦　しをん
父を知らない佐知と母の暮らしに友人の雪乃と多恵美が加わり、笑いと珍事に溢れる牧田家。ゆるやかに流れる日々が心の孤独をほぐす。織田作之助賞受賞作。
206601-4

わ-6-26
阿寒に果つ
渡辺　淳一
阿寒湖を見下す峠で〝天才少女画家〟純子は十八歳の若い命を断った。純子の愛の遍歴と謎の死を追う〈私〉は意外な事実を知る。渡辺文学の原点ともいうべき恋愛長編。
206103-3

は-38-2
瓜子姫の艶文
坂東　眞砂子
伊勢参りで沸く松坂の町。木綿問屋の女将・りくが夫宛の文を開いた時、悲劇が始まった。女の深き業と情念を描く、著者最後の長篇。〈解説〉酒井順子
206301-3

ひ-37-1
実歴阿房列車先生
平山　三郎
阿房列車の同行者〈ヒマラヤ山系〉にして国鉄職員だった著者が内田百閒の旅と日常を綴った好エッセイ。人物像を伝えるエピソード満載。〈解説〉酒井順子
206639-7

う-15-15
女と文明
梅棹　忠夫
半世紀以上前に発表するや賛否両論の大反響を巻き起こした「妻無用論」「母という名のきり札」。先見的な女性論、家庭論を収録。〈解説〉上野千鶴子
206895-7